KB190147

자비의 시간

A Time for Mercy

1

A TIME FOR MERCY

Copyright © 2020 by Belfry Holdings, Inc.

All rights reserved.

Korean translation copyright © 2025 by DAEWON C.I. Inc.

Korean translation rights arranged with THE GERNERT COMPANY, INC.

through EYA Co., Ltd.

자비의 시간

A Time for Mercy

1

존 그리샴
장편소설

남명성 옮김

하빌리스

차
례

1

불행한 작은 집은 클랜턴에서 남쪽으로 10킬로미터 정도 떨어
진 시골, 어디로 가는지 알 수 없는 오래된 지방도로가 지나는 곳
에 있었다. 도로에서 보이지도 않는 집은 구부러진 자갈길 진입로
를 따라서 안쪽으로 들어가야 했다. 길이 위아래로 경사지고 휘어
서 밤에는 집에서 기다리는 사람들에게 경고라도 하듯 다가오는
자동차 전조등 불빛이 창문과 출입문을 쓸고 지나곤 했다. 집이 외
딴곳에 있어서 곧 닥칠 공포는 더 커졌다.

일요일 새벽, 자정이 훨씬 지난 시간에 드디어 전조등 불빛이
나타났다. 이 집을 휩쓸고 지나던 자동차 전조등 불빛은 불길하고
조용한 그림자를 벽에 드리우다가 차가 마지막 내리막으로 접어
들면서 사라졌다. 집에 있는 사람들은 한참 전에 잠들어야 했지만,
이런 끔찍한 밤이면 잠드는 일은 불가능했다. 거실 소파에 앉은 조
시는 깊게 심호흡하고 짧은 기도를 올린 다음 창가에 서서 다가오

는 차를 바라보았다. 평소처럼 휘청거리며 흔들리는지, 아니면 제대로 움직이고 있는지. 이런 날 밤이면 늘 그랬던 것처럼, 술에 취했을까? 아니면 오늘은 술을 자제할 수 있었을까? 조시는 그의 눈길을 끌어 혹시라도 폭력적인 분위기를 로맨틱하게 바꿀 수 있을까 생각하고 레이스 달린 네글리제를 입고 있었다. 전에 한번 입었을 때는 그가 좋아하기도 했다.

집 옆에 멈춘 차에서 그가 내리는 모습을 지켜보았다. 넘어질 듯 비틀거렸고, 그녀는 앞으로 벌어질 일을 상상하며 마음을 다잡았다. 불이 켜진 주방으로 가서 기다렸다. 문가에는 아들의 알루미늄 야구 배트가 잘 보이지 않게 세워져 있었다. 혹시라도 아이들까지 위험한 상황이 되면 쓰려고 그곳에 숨겨두었다. 그걸 사용할 용기를 낼 수 있도록 기도했지만, 스스로 미덥지 않았다. 그는 주방 출입문에 몸을 부딪치더니 문이 잠겨 있기라도 한 것처럼 손잡이를 잡고 흔들었다. 문은 열려 있었다. 결국 그가 발로 걷어차 열린 문이 냉장고를 때렸다.

스튜어트는 감상적이고 폭력적인 주정뱅이였다. 창백한 아일랜드인의 피부는 벌겋게 변했고 양쪽 뺨은 벌게졌고 눈빛은 그녀가 여러 번 봤던 것처럼 위스키 색깔 불빛으로 번쩍였다. 서른넷의 나이에 머리는 이미 하얗게 셌다. 가지런하게 넌은 머리카락으로 벗어지는 머리를 감춰보려 했지만, 밤새 술집을 전전하는 바람에 머리칼이 귀 아래로 늘어져 있었다. 얼굴에 상처가 나거나 멍이 들지는 않았는데, 그건 좋은 신호일 수도 그 반대일 수도 있었다. 그는 싸구려 술집에서 주먹다짐을 즐겼는데, 거친 밤을 지내고 온 뒤에는 대개 상처를 핥으며 곧바로 잠자리에 들기도 했다. 하지만 싸우지 않은 날에는 가끔 집에 와서 싸울 거리를 찾기도 했다.

"대체 무슨 짓거리를 하고 있어?" 그는 문을 닫으려 애쓰며 으르렁거렸다.

조시는 최대한 차분하게 대답했다. "그냥 당신 기다리고 있었지. 당신 괜찮아?"

"기다릴 필요 없다니까. 지금 몇 시야? 새벽 두 신가?"

그녀는 모든 것이 괜찮다는 듯 다정하게 미소 지었다. 일주일 전, 침실에서 기다리려 해본 적이 있었다. 늦게 집에 돌아온 그는 위층으로 가서 아이들을 위협했다.

"두 시쯤 됐어." 그녀는 부드럽게 말했다. "침실로 가자고."

"뭐 하러 그런 걸 걸치고 있는 거야? 걸레가 따로 없군. 오늘 밤 누가 놀다 가기라도 한 거야?"

요즘엔 툭하면 이런 의심을 했다. "말도 안 되는 소리. 그냥 자려고 입은 거야."

"창녀 같은 년."

"그러지, 마, 자기. 나 졸려. 자러 가자고."

"어떤 놈이야?" 그는 뒤로 비틀거리다 문에 등을 부딪치며 으르렁댔다.

"어떤 놈은 무슨. 아무도 없다니까. 밤새 아이들이랑 기다렸다고."

"거짓말을 술술 늘어놓네, 망할 년."

"거짓말 아냐, 자기야. 침대로 가자니까. 늦었어."

"오늘 저녁에 들었는데, 며칠 전 존 앨버트의 트럭이 여기 서 있는 걸 본 사람이 있어."

"존 앨버트가 누군데?"

"존 앨버트가 누구냐고? 이런 빌어먹을 년. 존 앨버트가 누군지 뻔히 알면서." 그는 문에서 몸을 떼고 불안정한 걸음걸이로 그녀를 향해 다가서더니 조리대 모서리를 붙잡고 몸을 지탱하려 애썼다. 그녀를 손가락질하며 말했다. "창녀 같은 년이 옛날 남자 친구랑 놀아나는 거잖아. 내가 경고했는데."

"당신이 내 옛날 남자 친구야, 스튜어트. 천 번도 넘게 말했잖아. 왜 내 말을 못 믿는 거야?"

"그야 네년이 거짓말쟁이고 전에도 그러다 나한테 들켰으니까. 신용카드 일 기억하잖아. 망할 년아."

"이러지 마, 스튜. 그건 작년이고 다 지난 일이잖아."

앞으로 달려든 그는 왼손으로 여자의 손목을 붙잡고 얼굴을 향해 힘껏 손을 휘둘렀다. 손바닥이 그녀의 턱을 때리자, 살과 살이 부딪치는 끔찍한 소리가 크게 울렸다. 그녀는 고통과 충격에 비명을 질렀다. 위층에서 문을 잠근 채 귀를 기울이며 모든 걸 듣는 아이들을 생각해 어떻게든 비명만은 참겠다고 다짐했던 그녀였다.

"이러지 마, 스튜!" 그녀는 얼굴을 감싸 쥐고 숨을 고르려 애쓰며 소리쳤다. "때리지 좀 마! 또 그러면 나가버리겠다고 했잖아. 정말 나갈 거야!"

그는 웃음을 터뜨리더니 말했다. "아, 그러셔? 그래서 지금 어디로 가겠다는 거야? 이 개 같은 년. 숲속 트레일러? 다시 차에서 자면서 살래?" 그는 손목을 잡아당겨 그녀의 몸을 획 돌리더니 두툼

한 팔뚝으로 목을 감고 귀에 대고 으르렁거렸다. "넌 갈 곳이 아무데도 없어, 이년아. 네가 태어난 빈민촌 트레일러조차 말이야." 그는 그녀 귓가에 뜨거운 침과 퀴퀴한 위스키와 맥주 악취를 내뿜었다.

몸부림치며 그의 손을 뿌리치려고 했지만, 그는 꺾은 팔을 부러뜨리기라도 할 것처럼 거의 어깨까지 밀어 올렸다. 그녀는 어쩔 수 없이 다시 비명을 질렀고 그러면서도 듣고 있을 아이들이 불쌍했다. "팔 부러져, 스튜! 제발 그만!"

그가 팔에서 아주 살짝 힘을 뺏지만, 더 거칠게 그녀를 밀어붙였다. 그는 그녀 귀에 대고 속삭였다. "어딜 간다는 거야? 비 피할 집에, 먹을 음식에 네년이 데려온 더러운 새끼들 방까지 있는데, 집을 나간다고? 못 나갈 거잖아."

그녀는 몸에 힘을 주고 몸부림치며 벗어나려 애썼지만, 남자는 힘이 센 데다 성질마저 나빴다. "팔 부러져, 스튜. 제발 좀 놓으라고."

남자는 오히려 팔에 힘을 주어 비틀었고 그녀는 계속 소리 질렀다. 맨발 뒤꿈치로 남자 정강이를 걷어찬 다음 몸을 돌려 왼쪽 팔꿈치로 그의 갈비뼈를 때렸다. 순간적으로 움찔하는 남자에게 큰 피해를 주지는 못했지만 그래도 주방 의자가 넘어지는 순간 잡힌 몸을 빼낼 수 있었다. 아이들이 겁먹은 요란한 소리는 더 커졌다.

남자는 미친 소처럼 달려들어 여자의 목을 잡고 벽에 밀어붙였고, 손톱이 여자 목의 살을 파고들었다. 조시는 소리를 지를 수가 없었고, 침을 삼키거나 숨을 쉴 수도 없었다. 미친 것처럼 번들거리는 남자의 눈빛은 이것이 두 사람의 마지막 싸움이라는 걸 말해주었다. 마침내 남자가 여자를 죽일 순간이었다. 그녀는 발길질했지만 소용없었고 순식간에 남자가 날린 오른쪽 주먹이 턱을 때리면서 그녀는 정신을 잃고 말았다. 그녀는 무너져 내렸고 다리를 벌린 채 등을 바닥에 대고 쓰러졌다. 네글리제가 벌어져 가슴이 드러났다. 남자는 잠시 그 자리에 서서 자신이 한 일을 자랑스레 내려다보았다.

"망할 년이 먼저 덤비니까 그렇지." 남자는 중얼거리더니 냉장고로 다가가 맥주 한 캔을 꺼냈다. 캔을 따서 한 모금 마시고 손등으로 입가를 닦고 혹시 여자가 정신을 차릴지 밤새 쓰러져 있을지 보려고 기다렸다. 여자가 움직이지 않자 남자는 가까이 다가가 숨을 쉬는지 확인했다.

그는 평생 길거리 싸움꾼으로 살아왔고 첫 번째 규칙을 알고 있었다. 턱에 한 방 먹이면 끝이라는 사실.

집 안은 아무 소리 없이 적막했지만 남자는 위층에 아이들이 숨어 기다리고 있다는 걸 알았다.

드루는 여동생 키이라보다 두 살이 많지만, 그의 다른 변화들 대부분이 그런 것처럼 사춘기도 늦게 오고 있었다. 열여섯 살이지만 나이에 비해 키와 덩치가 작아 고민이었는데, 특히 어색할 정도로 빠르게 자라는 여동생 옆에 서면 더 그랬다. 둘은 모르고 있지만, 그들은 각자 아버지가 달랐고, 신체 발달 과정도 절대 비슷하게 이루어지지 않을 터였다. 타고난 것과 상관없이 그 순간 그들은 그 어떤 남매보다 더 단단히 서로 끌어안은 채 어머니가 또 구타당하는 소리를 공포에 질린 채 듣고 있었다.

폭력은 점점 심해졌고 학대는 더 빈번해졌다. 둘은 어머니에게 집을 나가자고 했고 어머니도 약속했지만, 세 사람은 갈 곳이 없다는 사실을 알았다. 조시는 아이들에게 상황이 나아질 것이고 스튜는 술을 마시지 않을 때는 좋은 사람이며 사랑으로 남자를 건강하게 바꾸겠다고 결심했다.

갈 곳은 없었다. 그들의 마지막 '보금자리'는 먼 친척네 집 뒷마당에 세워둔 낡은 캠핑카였고, 친척은 자기 땅에 그들이 사는 걸 창피하게 여겼다. 스튜에게 붙어 힘겹게 살아가는 유일한 이유는 그에게 벽돌과 양철 지붕으로 이루어진 진짜 집이 있기 때문임을 세 사람 모두 알았다. 배를 곯던 고통스러운 기억을 여전히 갖고 있었지만 굶주리지는 않았고 학교에도 다녔다. 남자가 학교 근처에는 절대 얼씬도 하지 않았기에 학교야말로 그들의 피난처였다. 드루가 성적이 좋지 않고 두 사람 모두 친구가 거의 없는 데다 낡은 옷을 입고 무료 급식을 받아야 하는 등 학교에서도 문제는 있었다. 하지만 적어도 학교에 있을 때는 스튜와 멀리 떨어져 있었기에 안전했다.

다행히 술에 취하지 않았을 때가 더 많았는데, 그럴 때도 그는 아이들의 부양을 거절하는 재수 없는 작자였다. 친자식은 없었다. 그가 아이를 절대 원하지 않았기도 했고, 과거 두 번의 결혼 생활은 시작한 지 얼마 지나지 않아 끝나버렸기 때문이기도 했다. 그는 집이 자기 성이라 생각하는 깡패였다. 아이들은 환영받지 못하는 손님 심지어 무단침입자 취급을 당했고 그래서 온갖 지저분한 잡일을 도맡아야 했다. 공짜 일손이 생기자 그는 일거리를 끝도 없이 만들어냈는데, 대부분 자신이 게으름뱅이라는 사실을 감추기 위한 수작에 불과했다. 조금만 규칙에 어긋나면 아이들에게 욕설과 협박을 퍼부었다. 그는 자신을 위해 먹을 것과 맥주를 샀고 조시의 적은 월급으로 "그들"이 먹을 것을 감당해야 한다고 주장했다.

하지만 폭력에 비교하면 집안일이나 음식, 협박은 아무것도 아니었다.

조시는 거의 숨도 쉬지 않은 채 움직이지 않았다. 서서 내려다보던 그는 그녀의 가슴을 보고 늘 그랬던 것처럼 좀 컸으면 좋겠다고 생각했다. 젠장, 키이라 가슴이 더 크겠군. 그는 그런 생각에 웃음 짓고는 한번 봐야겠다고 마음먹었다. 그는 작고 어두운 거실을 가로지른 다음 아이들이 겁을 먹게 하려고 최대한 크게 소리 내며 계단을 오르기 시작했다. 계단 중간쯤에서 술에 취해 높은, 거의 장난스러운 목소리로 소리쳤다. "키이라, 오, 키이라……."

키이라는 어둠 속에서 두려움에 떨면서 드루의 팔을 더 꼭 쥐었다. 스튜는 느릿느릿 나무 계단을 따라 묵직한 발걸음을 옮겼다.

"키이라, 오, 키이라……."

그는 잠기지 않은 드루의 방문을 열었다가 쾅 닫았다. 키이라의 방문 손잡이를 돌렸지만 잠겨 있었다. "하하, 키이라, 너 여기 있는 거 알아. 문 열어." 그는 쓰러지듯 문에 어깨를 기댔다.

두 사람은 키이라의 좁은 침대 끝에 함께 앉아 문을 노려보고 있었다. 문에는 드루가 창고에서 찾아낸 녹슨 쇠막대를 받쳐두었는데, 두 사람은 문이 열리지 않게 쇠막대가 버텨내기를 기도했다. 막대 한쪽 끝은 문짝 아래에 끼워져 있고 다른 끝은 철제 침대 프레임이 막고 있었다. 스튜가 잠긴 문을 흔들기 시작하자 드루와 키이라는 연습한 대로 쇠막대에 몸을 기대 힘이 더해지도록 했다. 두 사람은 이런 상황을 가정해 연습했고 문이 버텨내리라 거의 확신했다. 만일 문이 벌컥 열리면 함께 공격하기로 계획해 두기도 했다. 키이라는 낡은 테니스 라켓을 잡을 것이고 드루는 주머니에서 작은 후추 스프레이 병을 꺼내 발사할 것이다. 혹시 몰라 조시가 아이들을 위해 사둔 물건이다. 두 사람은 이번에도 스튜에게 얻어맞을 수 있지만 적어도 싸워보지도 않고 포기하지는 않을 것이다.

문을 걷어차고 들어오는 일은 쉬울 것이다. 한 달 전에 그렇게 한 적이 있었는데, 그러고는 새 문을 다느라 100달러가 들었다며 마구 화를 냈다. 처음에는 조시가 비용을 내야 한다더니 아이들 돈까지 탐을 내다가 결국 불평을 멈추었다.

키이라는 두려움으로 몸이 굳은 채 소리 죽여 울고 있었지만, 그녀 역시 오늘은 평소와 다르다는 생각이 들었다. 전에 그가 방을 찾아왔을 때는 집에 다른 사람이 없었다. 목격자도 없었고 만일 입 밖으로 말을 꺼내면 죽여버리겠다고 위협했다. 스튜는 이미 어머니를 조용하게 만들었다. 마찬가지로 드루도 해치고 위협할 생각일까?

"오, 키이라. 오, 키이라." 그는 또 문에 몸을 부딪치며 바보처럼 노래했다. 마치 포기하는 것처럼 목소리가 약간 부드러워졌다.

그가 폭발할까 봐 두 사람은 쇠막대를 누르며 기다렸지만, 조용해졌다. 그러더니 물러나는지 계단에서 내려가는 소리가 멀어졌다. 주위가 조용했다.

어머니는 아무 말도 없었다. 그건 세상의 종말을 뜻했다. 어머니는 죽었거나 의식을 잃은 채 아래층에 있을 것이다. 그렇지 않다면 끔찍한 싸움도 없이 그가 계단까지 올라왔을 리가 없다. 그가 다시 아이들을 해친다면 조시는 잠든 그의 눈알을 파내버렸을 것이다.

시간이 조금씩 흘렀다. 키이라는 울음을 멈췄고, 두 사람은 침대 끄트머리에 앉아 소음이나 목소리, 문을 쾅 닫는 소리를 기다렸다. 하지만 아무 소리도 나지 않았다.

마침내 드루가 속삭였다. "나가서 봐야겠어."

겁에 질린 키이라는 대답도 하지 못했다.

그는 말했다. "가서 엄마를 확인할게. 여기서 문 잠그고 있어. 알았지?"

"가지 마."

"가야 해. 엄마한테 무슨 일이 생긴 거야. 그렇지 않으면 여기 올라왔을 텐데. 다친 게 분명해. 꼼짝하지 말고 문 잠그고 있어."

그는 쇠막대를 치우고 소리 죽여 문을 열었다. 계단 아래쪽을 살펴봤지만, 아무것도 보이지 않고 암흑 속에서 현관 등 불빛만 희미하게 비쳤다. 키이라가 뒤에서 조심스럽게 문을 다시 닫았다. 드루는 후추 스프레이를 손에 쥔 채 한 걸음 계단을 내려섰다. 빌어먹을 놈 얼굴에 독성 가득한 기체를 뿜어내 눈이 불타는 것처럼 아프다가 멀어버리면 끝내줄 것 같다는 생각이 들었다. 천천히 한 번에 한 걸음씩 소리 내지 않고 움직였다. 거실로 내려간 다음 멈춰 꼼짝하지 않은 채 귀를 기울였다. 짧은 복도 건너에 있는 스튜의 침실에서 작게 소리가 났다. 드루는 잠시 더 기다리면서 혹시라도 스튜가 어머니를 때린 뒤 침실로 데려갔을 수도 있다고 희망을 품었다. 주방에 불이 켜져 있었다. 문 안쪽을 들여다보는데 바닥에서 꼼짝하지 않는 맨발이, 그리고 이어서 다리가 보였다. 무릎을 꿇고 서둘러 탁자 아래 어머니 옆으로 기어들어가 팔을 거칠게 흔들었지만, 말은 전혀 하지 않았다. 조금이라도 소리를 내면 놈의 관심을 끌 것이다. 그는 다시 몸을 흔들면서 소리 죽여 말했다. "엄마, 엄마, 정신 차려!" 하지만 대답은 없었다. 어머니의 왼쪽 얼굴이 벌겋게 부어올라 있었고 어머니가 숨을 쉬는지 확실하게 알 수가 없었다. 그는 눈가를 훔치고 뒤로 물러나 기어서 복도로 갔다. 복도 끝 스튜의 침실 문이 열려 있었고 희미한 테이블 전등이 불을 밝히고 있었다. 한참 집중해서 보고서야 침대 끝으로 튀어나온 부츠 신은 발이 보였다. 스튜가 가장 좋아하는, 앞이 뾰족한 뱀 가죽 부츠였다. 드루는 일어나 재빨리 침실로 걸어갔다. 그곳에 스튜어트 코퍼가 옷을 모두 입은 채 두 팔을 머리 위로 뻗은 모습으로 침대 위에 널브러져 정신을 잃고 누워 있었다. 드루가 억누를 수 없는 증오심으로 그를 노려보는 동안 스튜어트는 소리 내며 코를 골았다.

드루는 계단을 뛰어 올라갔고 키이라가 문을 열자 소리쳤다. "죽었어, 키이라. 엄마가 죽었어. 스튜가 엄마를 죽였어. 주방 바닥에 쓰러져 있는데 죽었어."

키이라는 몸을 움츠리며 소리를 지르더니 오빠를 붙잡았다. 두 사람은 눈물을 흘리며 계단을 내려가 주방에 가서 어머니의 머리를 안았다. 키이라는 흐느끼며 속삭였다. "눈 떠, 엄마! 제발 일어나!"

드루는 조심스럽게 어머니의 왼쪽 손목을 붙잡고 맥박이 뛰는지 확인하려 해봤지만 어떻게 해야 제대로 하는 건지 확실하게 알 수가 없었다. 손에서 아무것도 느껴지지 않았다.

"911에 전화해야 해."

"그는 어디 있어?" 키이라가 주위를 둘러보며 물었다.

"침대에서 자고 있어. 맛이 간 것 같아."

"엄마를 붙잡고 있을게. 오빠가 전화해."

드루는 거실로 가서 불을 켠 다음 수화기를 들고 911을 눌렀다. 한참 벨이 울리고 나서야 누군가 전화를 받았다. "911입니다. 무슨 상황인가요?"

"스튜어트 코퍼가 우리 엄마를 살해했어요. 엄마가 죽었어요."

"얘야, 이름이 뭐니?"

"드루 갬블이에요. 우리 엄마는 조시고요. 엄마가 죽었어요."

"집 주소가 어디지?"

"바트가에 있는 스튜어트 코퍼의 집이요. 바트가 1414번지요. 제발 누구 좀 보내주세요."

"그래, 알았다. 이미 사람들이 가고 있어. 그런데 엄마가 죽었다고 했잖아. 엄마가 죽은 걸 어떻게 알았지?"

"숨을 쉬지 않으니까요. 맨날 그랬던 것처럼 스튜어트가 엄마를 또 때렸어요."

"스튜어트 코퍼가 집에 있니?"

"네, 여긴 그 사람 집인데, 우린 그냥 여기 함께 살아요. 또 술을 먹고 들어와서 엄마를 때렸어요. 엄마를 죽였어요. 우리가 소리를 들었어요."

"그 사람은 어디 있지?"

"침대에요. 곯아떨어졌어요. 제발 빨리요."

"전화 끊지 말아라, 알았지?"

"아뇨. 엄마를 확인해야 해요."

그는 전화를 끊고 소파에 놓인 담요를 챙겼다. 키이라는 무릎 위에 조시 머리를 올려놓고 훌쩍거리며 부드럽게 머리를 쓸어 넘기면서 계속 말했다. "얼른, 엄마. 제발 일어나. 제발 눈을 떠. 우릴 두고 가지 마, 엄마." 드루는 담요로 엄마의 몸을 덮고 발치에 앉았다. 눈을 감고 양손을 모아 코를 덮고 기도하려 애썼다. 집 안에는 정적이 흘렀다. 유일하게 들리는 소리는 키이라가 울면서 어머니를 부르는 소리뿐이었다. 시간이 흘렀고 드루는 울음을 멈추고 뭔가 자신들을 보호할 행동을 해야겠다고 마음먹었다. 스튜어트는 침실에서 자고 있지만 깨어날 수도 있었고, 만일 아래층에서 그들을 본다면 미친 듯이 화내며 때릴 수도 있었다.

전에도 그런 적이 있었다. 술에 취하고 화를 내고 위협하고 뺨을 때리고 정신을 잃었다가 또 한 번 재미 볼 생각에 잠에서 깼다.

그 순간 스튜어트가 거친 숨소리를 내뱉더니 술김에 무슨 기척을 냈고 드루는 스튜어트가 정신을 차릴 수도 있다는 생각에 겁이 났다. 드루가 말했다. "키이라, 소리 내지 마." 하지만 키이라는 그의 말을 듣지 못했다. 그녀는 정신이 나간 채 뺨에 눈물을 흘려가며 어머니를 쓰다듬고 있었다.

드루는 천천히 네발로 기며 주방을 빠져나왔다. 복도에서는 몸을 웅크리고 발끝으로 걸어 다시 스튜어트가 꼼짝도 하지 않고 누워 있는 침실로 들어갔다. 그는 여전히 부츠를 신은 채였다. 다부진 몸이 침대 시트 위에 널브러진 모습이었다. 입을 크게 열고 있어서 파리라도 날아 들어갈 것 같았다. 그는 스튜어트를 노려보았다. 증오심에 눈앞이 제대로 보이지 않을 정도였다. 짐승 같은 자가 결국 어머니를 죽이고 말았다. 몇 달이나 계속되던 짓이고 다음에 죽을 사람은 분명 그들이었다. 그래도 아무도 스튜어트를 귀찮게 하지 않을 터였다. 그는 스스로 뻐기는 것처럼 연줄이 있고 중요한 사람들을 알고 있었기 때문이다. 가난한 백인인 그들은 캠핑카가 모여 있는 빈민촌에 사는 사람들에게도 버림받은 신세였지만, 스튜어트는 땅이 있었고 배지를 차고 다녔기에 힘이 있었다.

드루는 한 걸음 뒤로 물러나 복도 끝 바닥에 누워 있는 어머니의 모습을 바라보았다. 여동생이 어머니 머리를 붙잡고 고통스럽게 낮은 소리로 웅얼거리고 있었다. 완전히 정신이 나간 것 같았다. 그는 침실 한쪽 구석으로 걸어가 스튜어트가 자는 쪽에 놓인 작은 테이블로 갔다. 스튜어트는 그곳 서랍에 권총과 두꺼운 검은 벨트와 권총집 그리고 별 모양 배지를 넣어두고 있었다. 권총집에서 권총을 꺼내며 새삼 무겁다는 생각이 들었다. 글록 9밀리미터 권총은 경찰서 보안관보들이 모두 사용했다. 민간인이 그 총을 만지는 건 규칙에 어긋났다. 스튜는 바보 같은 규칙에는 신경 쓰지 않았다. 얼마 전 어느 날 술에 취하지 않았고 웬일인지 기분이 좋았던 스튜어트는 뒷마당에 있는 드루에게 걸어와 권총을 어떻게 다루고 쏘는지 보여주었다. 스튜는 총을 다루며 컸지만 드루는 그렇지 않았고, 스튜는 아무것도 모르는 아이를 바보로 취급하며 놀려댔다. 그는 여덟 살 때 처음으로 사슴을 죽였던 일을 자랑하며 떠벌였다.

드루는 총으로 세 발을 쐈지만, 활쏘기용 과녁에서 한참 빗나갔다. 오히려 총이 튀어 오르는 느낌과 큰 소음에 깜짝 놀랐다. 스튜는 겁먹은 아이를 보고 비웃더니 재빨리 여섯 발을 쏴 모두 과녁 한가운데에 맞혔다.

드루는 오른손으로 권총을 들어 살펴보았다. 장전이 되어 있다는 건 알고 있었다. 스튜의 총은 늘 사용할 준비가 되어 있었기 때문이다. 벽장 속 캐비닛에는 라이플과 샷건들이 모두 장전된 상태로 잔뜩 들어 있었다.

키이라는 멀리서 넋두리하듯 울고 있었고, 그의 앞에서는 스튜가 코를 골고 있었다. 곧 경찰이 나타나겠지만 전에도 그랬던 것처럼 그들은 결국 아무 일도 하지 않을 것이다. 아무것도. 드루와 키이라를 보호하기 위한 그 어떤 행동도 하지 않을 것이다. 두 사람의 어머니가 주방 바닥에 죽어 쓰러져 있는 데도. 스튜어트 코퍼가 어머니를 죽였지만, 그는 거짓말을 할 것이고 경찰은 그의 말을 믿겠지. 드루와 여동생은 어머니 없이 더 어두운 미래를 맞이하게 될 것이다.

권총을 손에 들고 침실을 나와 천천히 주방으로 걸어갔지만, 아무엇도 바뀐 것은 없었다. 어머니가 숨을 쉬느냐고 물었지만, 키이라는 아무 대답도 없이 계속 훌쩍거리기만 했다. 그는 거실로 걸어가 창문 밖 어둠 속을 바라보았다. 그에게도 아버지가 있기는 한지 그는 알지 못했다. 도대체 가장은 어디에 있는 건지 다시 한번 자신에게 물었다. 우리의 지도자, 우리에게 조언해 주고 우리를 보호해 줄 현명한 사람은 어디에 있는 걸까? 그와 키이라는 단 한 번도 안정적인 부모의 보호를 받아본 적이 없었다. 위탁 가정에서 다른 아버지들을 본 적이 있었고 소년 법원에서 그들을 도우려 애쓰는 변호사들을 만나본 적도 있지만, 그들이 믿을 수 있는 남자의 따뜻한 품은 한 번도 느껴본 적이 없었다.

책임은 결국 오빠인 그에게 남겨졌다. 어머니가 없으니 어쩔 도리 없이 그는 한 단계 올라 사내가 되어야 했다. 길어지는 악몽에서 그들을 구해낼 사람은 오직 그뿐이었다.

뭔가 소리가 들려서 그는 깜짝 놀랐다. 침실에서 신음인지 콧소리인지 모를 소리가 났고 스튜가 움직이다가 정신을 차리는지 침대 매트리스가 덜컹대며 흔들리는 소리가 들렸다.

드루와 키이라는 더는 참을 수 없었다. 마침내 그 순간이 왔고 그들이 살아남을 유일한 길이 손에 있었다. 드루는 행동해야만 했다. 침실로 돌아와 스튜를 응시했다. 그는 여전히 똑바로 누워 저세상 사람처럼 자고 있었지만, 이상하게도 한쪽 부츠가 벗겨져 바닥에 떨어져 있었다. 죽어 마땅한 놈이야. 드루는 혹시 뭔가 일이 벌어지더라도 키이라가 엮이지 않도록 하려는 듯 천천히 문을 닫았다. 해낼 수 있을까? 드루는 양손으로 권총을 움켜쥐었다. 숨을 멈추고 총을 내려 총구 끝을 스튜의 왼쪽 관자놀이에서 한 뼘 떨어진 곳에 가져다 댔다.

눈을 감고 방아쇠를 당겼다.

2

키이라는 고개를 들지 않았다. 어머니의 머리칼을 어루만지며 물었다. "어떻게 한 거야?"

"쏴버렸어." 드루는 아무렇지도 않게 말했다. 목소리에서 아무런 감정도, 두려움이나 후회도 느껴지지 않았다. "내가 쐈어."

키이라는 고개만 끄덕이고 아무 말도 하지 않았다. 드루는 거실로 가서 밖으로 난 창문을 다시 바라보았다. 경찰차는 도대체 언제 오는 거지? 구급차는 왜 안 오는 거야? 전화로 엄마가 짐승 같은 놈에게 살해당했다고 신고했는데 아무도 나타나지 않았다. 그는 스탠드를 켜고 시계를 보았다. 2시 47분. 죽을 때까지 스튜어트 코퍼를 쏜 정확한 순간을 기억할 것이다. 떨리는 손의 감각이 사라지고 귀가 울렸지만, 새벽 2시 47분 어머니를 죽인 자를 죽인 일에 전혀 후회가 없었다. 다시 침실로 돌아가 천장 조명을 켰다. 권총은 작고 흉한 구멍이 난 스튜의 머리 왼쪽 옆에 놓여 있었다. 스튜는 눈을 부릅뜬 채 여전히 천장을 보고 있었다. 선홍색 피가 둥 그렇게 시트를 적시며 퍼지고 있었다.

드루는 주방으로 돌아왔지만, 그곳 역시 아무것도 바뀐 것은 없었다. 거실로 가서 다른 조명을 켜고 현관문을 열고 스튜의 리클라이너에 앉았다. 스튜는 자신의 왕좌에 다른 누군가가 앉은 모습을 보면 발작을 일으키곤 했다. 의자에서 그자의 냄새가 났다. 오래된 담배 냄새, 말라붙은 땀내, 낡은 가죽 냄새, 위스키와 맥주의 냄새. 한참이 지난 뒤 드루는 리클라이너가 끔찍하다는 생각이 들었고 작은 의자를 창가에 끌어다 놓고 앉아 순찰차 불빛을 기다렸다.

처음 도착한 것은 경광등이 맹렬하게 번쩍이며 소용돌이치는 순찰차였다. 그들이 진입로 마지막 경사 부분에 올라섰을 때쯤 드루는 두려움에 사로잡혀 숨을 제대로 쉬기가 어려웠다. 그들이 그를 체포하러 오고 있었다. 그는 보안관보가 운전하는 순찰차 뒷좌석에 수갑을 찬 채 남겨질 것이고, 어떤 수를 써도 그 상황을 막을 수는 없었다.

두 번째로 현장에 도착한 것은 붉은 불빛을 번쩍거리는 구급차였고, 세 번째는 다른 순찰차였다. 현장에 시체가 하나가 아니라 둘인 걸 알게 되는 순간 다른 구급차가 달려올 것이고 더 많은 경찰이 그 뒤를 따를 터였다.

조시는 맥박이 살아 있었고 서둘러 들것에 실려 병원으로 향했다. 드루와 키이라는 거실에 격리된 채 움직이지 말라는 지시를 받았다. 그들은 어디로 가게 되는 걸까? 집 안의 모든 조명이 켜졌고 방마다 경찰이 없는 곳이 없었다.

오지 윌스 보안관이 직접 현장에 왔고, 집 앞에서 그를 맞이한 수석 보안관보 모스 주니어 테이텀이 말했다. "코퍼가 집에 늦게 돌아왔는데 싸움이 벌어졌고 여자를 때리고 침대에서 굴아떨어진 모양입니다. 아이가 코퍼의 총으로 머리에 한 방 쐈습니다. 즉사했습니다."

"아이랑 얘기해 봤나?"

"네. 드루 갬블, 16세. 코퍼 애인의 아들입니다. 별로 말을 안 해요. 충격을 받았겠죠. 여동생 키이라는 14세인데, 걔 말로는 여기서 산 지 1년 정도 되었고 코퍼에게 학대당했다고 합니다. 자기 엄마를 늘 때렸다면서요."

"코퍼가 죽었다고?" 오지는 믿지 못해 물었다.

"스튜어트 코퍼가 죽었습니다, 서장님."

오지는 역겹고 믿을 수 없다는 듯 고개를 흔들더니 활짝 열린 현관문으로 걸어갔다. 안으로 들어간 그는 드루와 키이라가 소파에 옆으로 나란히 앉아 혼란스러운 상황을 무시하려 애쓰며 고개를 푹 숙이고 있는 모습을 발견했다. 오지는 뭔가 말하고 싶었지만 그냥 넘어가기로 했다. 그는 테이텀을 따라 아무것도 손대지 않은 침실로 향했다. 권총은 코퍼 머리에서 한 뼘 정도 떨어진 침대 위에 놓여 있었는데, 그 주위 시트에 커다란 원 모양 핏자국이 생겨나 있었다. 반대편 총알이 빠져나간 구멍에는 머리뼈 일부가 터져 날아갔고 피와 뇌수가 시트와 베개, 침대 헤드보드, 벽에 흩뿌려진 모습이었다.

원래 오지는 정직원 보안관보 열네 명을 두고 있었다. 이제는 열세 명이 되었다. 그 외에도 시간제로 일하는 직원이 일곱 명에 그가 원하는 것보다 많은 자원봉사자가 있었다. 7년 전인 1983년 투표에서 역사적 압승을 거두며 포드 카운티의 보안관이 되었다. 역사적이었던 이유는 당시만 해도 그가 미시시피주에서 유일한 흑인 보안관이었고, 더구나 백인 주민이 다수인 곳에서 처음으로 당선되었기 때문이다. 지난 7년 동안 그는 단 한 명의 직원도 잃지 않았다. 1985년 드웨인 루니가 법원 총격 사건으로 다리를 잃었지만, 범인 칼 리 헤일리는 재판을 받았고 루니는 여전히 경찰로 일하고 있다.

하지만 이곳, 무시무시한 현장에 그가 잃은 첫 번째 부하가 있었다. 가장 유능하고 의심할 것 없이 가장 용감했던 스튜어트 코퍼는 확실하게 죽은 모습으로 계속 체액을 흘리고 있었다.

오지는 모자를 벗고 짧은 기도를 올린 다음 한 걸음 물러섰다. 코퍼에게서 눈길을 떼지 않은 채 말했다. "경찰관 살해 사건이야. 주 경찰에 연락해서 수사하도록 해. 아무것도 건드리지 말고." 그는 테이텀을 보고 물었다. "아이들과 얘기했나?"

"네."

"같은 얘기야?"

"네, 서장님. 사내아이는 입을 열지 않습니다. 여동생 말로는 오빠가 쐈답니다. 엄마가 죽은 줄 알았답니다."

오지는 고개를 끄덕이고 상황을 머릿속으로 정리했다. 그는 말했다. "좋아, 아이들에게 더는 질문하지 말고 신문도 하지 않는다. 지금부터 어떻게 행동하든 전부 변호사들에게 검토부터 받도록 해. 일단 아이들을 데려가되 말을 섞지는 마. 아예 내 차로 데려가 야겠군."

"수갑은요?"

"물론 채워야지. 사내아이만. 주변에 아이들 가족이 있나?"

보안관보인 믹 스웨이지가 헛기침 후에 말했다. "없는 것 같습 니다, 오지. 제가 코퍼와 친했는데, 이 여자를 데리고 와 함께 살았 습니다. 코퍼 말로는 꽤 거친 삶을 살아온 여자랍니다. 이혼도 한 두 번 했고요. 어디 출신인지는 모르지만, 근처에서 살았던 여자는 아니라고 했습니다. 몇 주 전에 뭔가 일이 벌어져 신고를 받고 여 기 왔던 적이 있는데 여자가 고소하지 않았습니다."

"좋아. 알아내 보자고. 내가 아이들을 데려가지. 모스, 나랑 같이 가도록 해. 믹, 자네는 여기 남고."

드루는 일어나라는 소리에 일어서서 양손을 내밀었다. 테이텀 은 조심스럽게 앞쪽으로 수갑을 채우고 용의자를 집 밖에 서 있는 보안관의 차로 데려갔다. 키아라는 눈물을 닦으며 그 뒤를 따라갔 다. 언덕 주위에서 난리가 난 것처럼 수천 개의 불빛이 번쩍였다. 경찰이 죽었다는 소식이 퍼졌고 비번 중인 카운티의 모든 경찰이 확인하러 몰려온 것이다.

오지는 다른 순찰차들과 구급차를 피해 진입로를 따라 도로까 지 내려갔다. 그는 경광등을 켜고 페달을 밟았다.

드루가 물었다. "서장님, 엄마를 볼 수 있나요?"

오지는 테이텀을 보더니 말했다. "녹음기 켜."

테이텀이 주머니에서 작은 녹음기를 꺼내더니 스위치를 눌렀다.

오지가 말했다. "좋아, 우린 이제부터 전부 다 녹음할 거야. 제 이름은 보안관인 오지 월스이고 지금은 1990년 3월 25일 새벽 3시 51분입니다. 저는 지금 차를 몰고 포드 카운티의 구치소로 가고 있고 앞 좌석에는 보안관보 모스 주니어 테이텀이, 뒷자리에는, 얘야 이름이 뭐라고 했지?"

"드루 앨런 갬블이요."

"나이는?"

"열여섯이요."

"그리고 그쪽 이름은요, 아가씨?"

"키이라 게일 갬블, 열네 살입니다."

"어머니 이름은?"

"조시 갬블이요. 서른두 살입니다."

"좋아. 오늘 밤 무슨 일이 있었는지 말하지 않기를 조언한다. 변호사를 만날 때까지 기다리렴. 알겠지?"

"네. 엄마는 살아 있나요?"

오지는 테이텀을 보았고, 테이텀은 어깨를 으쓱해 보이더니 녹음기에 대고 말했다. "우리가 아는 한 조시 갬블은 살아 있어. 현장에서 구급차에 실렸고 아마도 벌써 병원에 도착했을 거야."

"저희가 보러 갈 수 있나요?" 드루가 물었다.

"아니, 당장은 안 돼." 오지가 말했다.

잠시 침묵이 흐른 뒤에 오지가 녹음기 쪽을 향해 말했다. "자네가 현장에 처음 갔지?"

테이텀이 말했다. "네."

"그럼, 여기 두 아이에게 무슨 일이 있었는지 물어봤나?"

"네. 남자아이인 드루는 아무 말도 하지 않았습니다. 여동생인 키이라에게 혹시 아는 것이 있느냐고 물었는데, 오빠가 코퍼를 총으로 쐈다고 했습니다. 그 얘기를 듣자마자 더는 묻지 않았습니다. 무슨 일이 있었는지는 꽤 확실합니다."

무전기가 시끄럽게 울렸고 포드 카운티 전체가 어둠 속에서도 살아 있는 것 같았다. 오지는 무전기 볼륨을 줄이고 아무 말도 하지 않았다. 그는 계속 가속 페달을 밟았고 큰 갈색 포드 자동차는 으르렁거리며 지방 도로를 달렸다. 중앙선을 넘나들며 달리는 차 때문에 감히 어떤 야생동물도 도로 위에 얼씬거리지 못했다.

오지는 4년 전 짧은 군 경력을 마무리하고 포드 카운티로 돌아온 스튜어트 코퍼를 보안관보로 채용했다. 스튜어트는 불명예제대를 당한 일을 두고 모두 절차상 문제이자 오해 때문이라는 식으로 그럭저럭 그럴듯하게 설명했다. 오지는 그에게 제복을 입히고 수습 기간을 6개월로 정한 다음 잭슨에 있는 경찰학교에 보냈는데, 그는 그곳에서 좋은 성적을 거두었다. 근무할 때도 누구도 불만을 제기하지 않았다. 코퍼는 시골인 포드 카운티에서 길을 잃고 헤매는 멤피스 마약상 세 명을 혼자 체포한 일로 순식간에 유명해졌다.

근무 중이 아닐 때는 상황이 달랐다. 오지는 음주와 소란 행위를 저질렀다는 보고를 받고 그를 두 번 이상 질책했고, 스튜어트는 대개는 눈물을 흘리며 사과하고 자기 행동을 바로잡겠다며 약속하고 오지와 경찰에 충성을 맹세했다. 그리고 그는 지독할 정도로 충성스러웠다.

오지는 불쾌한 경찰관을 참아낼 수 없었고 그런 녀석들은 오래 가지 못했다. 코퍼는 인기가 있는 축에 속했고 학교나 주민 모임에 나가 봉사하기를 좋아했다. 군대 생활을 하면서 세상을 본 경험 때문이었는데, 그는 대부분 주 경계 밖으로 나가본 적도 없는 다소 소박한 동료들 사이에서는 특이한 존재였다. 공적으로는 경찰에 도움이 되는 자산이었고, 항상 웃으며 농담을 던지는 사교적인 경관이었으며 모든 이의 이름을 외웠고 아이들에게 나눠줄 사탕을 준비해 유색인종이 주로 사는 로타운 거리를 총도 없이 걸어 다니기를 즐겼다.

사생활에는 문제가 있었지만, 제복을 입은 형제들인 동료들은 그런 사실을 오지에게 들키지 않도록 애썼다. 테이텀과 스웨이지 그리고 보안관보들 대부분은 스튜어트의 뭔가 어두운 면을 알았지만, 그냥 무시하고 아무도 다치지 않고 최선의 결과가 나올 수 있도록 바라는 편이 더 편했다.

오지는 다시 백미러에 시선을 던져 어둠 속에 앉은 드루를 살펴보았다. 눈을 감고 고개를 숙인 채 아무 소리도 내지 않고 있었다. 오지는 충격을 받고 화가 난 상태였지만 아이를 살인자로 생각하는 건 쉽지 않았다. 마른 데다 여동생보다 키도 작고 창백한 피부의 소년은 소심해 보였다. 당황한 것이 분명해 보이는 아이는 수줍어하는 열두 살짜리라고 해도 믿을 수 있을 것 같았다.

그들이 탄 차는 으르렁거리며 어두운 클랜턴 밤거리 속으로 들어서 곧 광장에서 두 블록 떨어진 구치소 앞에 미끄러지듯 멈췄다.

구치소 정문 앞에 보안관보 한 명이 카메라를 든 사내와 함께 서 있었다.

"빌어먹을." 오지가 말했다. "저건 듀머스 리잖아?"

"그런 것 같습니다." 테이텀이 말했다. "소문이 났나 봅니다. 요샌 누구나 경찰 무전 수신기를 쓰니까요."

"일단 차에 있어." 오지는 차에서 내려 문을 쾅 닫고 곧바로 기자를 향해 걸어가며 고개부터 흔들었다. "아무것도 알려줄 수 없어, 듀머스." 그는 거칠게 말했다. "미성년자가 관련된 사건이라 이름도 사진도 안 되니까, 빨리 꺼지라고."

듀머스 리는 〈포드 카운티 타임스〉의 사건 취재 기자 두 사람 가운데 한 명으로 오지와는 잘 알았다. "경찰관이 살해당했다는 걸 확인해 주실 수 있나요?"

"아무것도 확인 못 해줘. 10초 안에 사라지지 않으면 수갑 채워서 처박을 테니까, 꺼지라고!"

기자는 슬그머니 움직이더니 금세 어둠 속으로 사라졌다. 오지는 그를 보고 있다가 테이텀과 함께 아이들을 차에서 내리게 하고 서둘러 안으로 데려갔다.

"입감 절차를 밟게 하실 겁니까?" 교도관이 물었다.

"아니, 나중에 하자고. 그냥 미성년자 감방에 들여보내 둬."

테이텀이 뒤를 따라오는 가운데, 드루와 키이라는 철창 벽 사이를 따라 좁은 복도를 걸어가 좁은 창이 달린 두꺼운 철문 앞에 도착했다. 교도관이 문을 열었고 두 사람은 빈방으로 들어갔다. 이 층 침대 두 개가 놓여 있고 한쪽 구석에 변기가 있었다.

오지가 말했다. "수갑 풀어줘." 테이텀이 수갑을 풀자 드루는 바로 손목을 문질렀다. "여기서 몇 시간 지낼 거야." 오지가 말했다.

"엄마를 만나고 싶어요." 드루는 오지가 생각했던 것보다 더 강하게 요구했다.

"애야, 넌 지금 뭘 원할 처지가 아니야. 살인 혐의로 체포되었기 때문이지."

"그자가 엄마를 죽였어요."

"네 어머니는 다행히 죽지 않았어. 난 이제 병원에 가서 네 어머니 상태를 확인할 거야. 돌아오면 뭘 알게 되었는지 말해주마. 그게 내가 할 수 있는 최선이야."

키이라가 물었다. "제가 왜 감옥에 갇혀요? 아무 짓도 안 했는데요."

"알아. 안전한 곳이 필요해 구치소로 온 거야. 그리고 넌 여기 오래 있지 않을 거다. 몇 시간 후에 풀어주면 넌 어디로 갈 거니?"

키이라는 드루를 바라보았다. 아이들은 아무 대책이 없는 것이 분명했다.

오지가 물었다. "너희들 혹시 근처에 친척이라도 있니? 삼촌이나 숙모, 할머니 할아버지라도?"

둘은 머뭇거리더니 천천히 고개를 옆으로 흔들었다.

"좋아. 키이라라고 했지?"

"네, 서장님."

"만일 지금 당장 널 데리러 올 사람에게 연락하라고 하면 어디에 전화하겠니?"

키이라는 발끝을 내려다보며 고개를 흔들었다. "찰스 목사님이요."

"성이 뭔데?"

"파인 그로브에 사는 찰스 맥게리요."

오지는 목사들을 전부 안다고 생각했는데 아마도 한 사람 빼먹은 사람이 있는 모양이었다. 카운티 전체에 교회가 300개나 되니 그럴 법도 했다. 대부분 시골에 흩어져 있는 작은 교회들로, 싸우고 갈라서고 목사들이 달아나는 것으로 유명했다. 누구도 정확한 명단을 알 수 없었다. 그는 테이텀을 보고 말했다. "모르는 사람인데."

"제가 압니다. 좋은 사람이에요."

"연락해서 깨우고, 이리로 오라고 해." 그는 아이들을 보며 말했다. "일단은 안전한 곳이니 너희를 여기 두겠다. 사람들이 먹을 것과 마실 걸 줄 거야. 집에 있다고 생각해. 난 병원에 가봐야겠다." 그는 한숨을 내쉬고 아이들에게 최대한 동정심을 내보이지 않으려 애썼다. 그의 압도적인 관심사는 보안관보의 사망이었고 그 범인이 눈앞에 있었다. 하지만 도무지 어찌할 바를 모른 채 애처롭게만 보이는 아이들에게 복수심을 품기는 어려웠다.

키이라는 눈물 젖은 눈을 들더니 물었다. "서장님, 그 사람 진짜 죽었나요?"

"그래, 확실해."

"안 됐어요. 하지만 그 사람은 엄마를 많이 때렸고 우리도 괴롭혔어요."

오지는 양손을 들어 보이며 말했다. "더 얘기하지 말자. 우리가 변호사를 구해서 너희들과 얘기하도록 할 테니, 그 사람에게 뭐든 원하는 대로 말하면 돼. 일단 지금은 그냥 아무 말도 하지 말도록 하자."

"네, 서장님."

오지와 테이텀은 감방을 나와 문을 쿵 소리가 나게 닫았다. 앞에 있던 교도관이 전화를 끊더니 말했다. "보안관님, 얼 코퍼 전화였는데요, 조금 전에 아들인 스튜어트가 살해당했다는 얘기를 들었답니다. 엄청나게 화났어요. 전 모르는 일이라고 했는데, 연락해 주셔야 할 것 같습니다."

오지는 속으로 저주를 퍼부으며 중얼거렸다. "그러려던 참이었어. 하지만 난 병원에 가봐야 해. 자네가 해결할 수 있겠지?"

"아뇨." 테이텀이 말했다.

"해결해야지. 몇 가지 알려주고 내가 나중에 연락한다고 해."

"어쨌든 알겠습니다."

"그래." 오지는 서둘러 정문을 나서더니 차를 몰고 사라졌다.

거의 새벽 다섯 시가 다 되었을 무렵 오지는 병원의 텅 빈 주차장에 들어섰다. 응급실 근처에 차를 세우고 서둘러 안으로 들어가다가 그보다 한 걸음 앞선 듀머스 리와 부딪칠 뻔했다.

"노코멘트야, 듀머스. 아주 짜증 나게 하는군."

"제 직업이잖습니까, 서장님. 오직 진실을 좇는 거죠."

"난 진실이 뭔지 몰라."

"여자는 죽었나요?"

"난 의사가 아니라고. 자, 이제 날 좀 놔 줘."

오지는 기자를 로비에 남겨둔 채 엘리베이터 버튼을 눌렀다. 3층에서 기다리던 보안관보 두 명이 보스를 맞이해서 한쪽 데스크로 데려갔다. 그곳에서는 젊은 의사가 그들이 오는 걸 보고 기다리고 있었다. 오지는 자신을 소개했고 모두가 아무 말 없이 악수를 교환했다. "뭘 알려줄 수 있나요?" 오지가 물었다.

의사는 차트도 보지 않고 말했다. "의식은 없지만 안정된 상태입니다. 왼쪽 턱이 부서져서 곧 바로잡는 수술이 필요하지만 급하진 않습니다. 제가 보기에는 턱에 한 방 맞고 정신을 잃은 것 같습니다."

"다른 상처는 있습니까?"

"별로 없어요. 손목과 목에 타박상이 있는데 치료해야 할 정도는 아닙니다."

오지는 깊게 한숨을 쉬고 한 번에 살인 사건이 한 건만 벌어진 사실을 신에게 감사했다. "그럼 괜찮아질까요?"

"활력 징후는 아주 좋아요. 지금으로 봐서는 별일 없이 회복될 겁니다."

"그럼, 언제쯤 정신을 차릴까요?"

"예측하기 어렵지만 48시간 이내에 깨어날 겁니다."

"좋아요. 자, 당연히 기록을 잘해두시겠지만, 이 환자와 관련한 모든 일은 아마도 언젠가 법정에서 다루어질 것이라는 사실을 기억하세요. 잊지 마시고. 반드시 엑스레이나 컬러 사진을 잔뜩 찍어두셔야 합니다."

"그러죠."

"상황을 파악하기 위해 이곳에 경찰을 한 명 배치하겠습니다."

오지는 성큼성큼 엘리베이터로 걸어가 병원을 떠났다. 구치소로 차를 몰고 돌아오던 길에 그는 무전기를 잡고 테이텀을 호출했다. 얼 코퍼와의 대화는 예상대로 끔찍했다.

"직접 연락하시는 게 좋겠습니다, 오지. 직접 보러 현장으로 간다고 했습니다."

"알았어." 오지는 통화를 마치고 구치소 정문 앞에 도착했다. 전화기를 들고 노려보면서 이런 끔찍한 순간에 늘 그랬던 것처럼 다른 가족들에게 늦은 밤이나 새벽에 전화하던 일들을 떠올렸다. 많은 사람의 삶을 극적으로 바꾸거나 심지어 엉망으로 만들었던 끔찍한 통화들. 너무 하기 싫지만, 직업 때문에 어쩔 수 없이 해야 했던 통화들. 옆에 유서를 남기고 얼굴에 총을 쏴 자살한 젊은 애 아빠. 과속 차량에서 튕겨 나온 술에 취한 10대 아이들. 결국 도랑 속에서 발견된, 정신이 오락가락하던 할아버지. 지금까지 그의 인생에서 가장 끔찍했던 일들이었다.

얼 코퍼는 발작하듯 누가 자기 "아이"를 죽였는지 알고 싶어 했다. 오지는 참을성 있게 당장은 자세한 내용을 말할 수 없다고 대꾸하면서 유족과 만나고 싶다고 말했다. 끔찍하지만 피할 수 없는 또 한 가지의 일이었다. 거긴 안 돼요. 얼이 들어갈 수 없기에 스튜어트 집에서는 그들과 만날 수 없었다. 현장에서는 보안관보들이 주 과학수사연구소에서 올 조사관들을 기다리고 있었고, 감식 작업은 오래 걸릴 터였다. 오지는 가족들이 얼의 집에 모여 있으면 오전 늦게 들르겠다고 했다. 얼은 전화기에 대고 오열했고 오지는 겨우 통화를 마칠 수 있었다.

구치소에 들어간 그는 테이텀에게 혹시 마셜 프레이더 보안관보에게도 연락이 되었느냐고 물었다. 테이텀은 연락되었고, 일하러 오는 중이라고 했다. 프레이더는 베테랑 경찰로 스튜어트 코퍼와는 클랜턴 초등학교부터 함께 다닌 친한 친구였다. 청바지에 스웨터 차림으로 나타난 프레이더는 믿을 수 없어 했다. 그는 오지를 따라 그의 사무실로 들어갔고 두 사람은 의자에 털썩 앉았다. 테이텀이 따라 들어와 문을 닫았다. 오지는 아는 사실을 있는 그대로 얘기했고, 프레이더는 감정을 억제하지 못했다. 그는 강인한 사내답게 이를 악물고 눈을 가렸지만, 고통스러워하는 모습이 역력했다.

길고 고통스러운 침묵이 흐르고 프레이더가 간신히 말했다. "초등학교 3학년 때부터 알고 지냈습니다." 목소리가 작아지면서 그는 고개를 숙였다. 오지는 테이텀을 바라보았고 테이텀은 고개를 돌렸다.

다시 길게 이어진 침묵 뒤에 오지가 말했다. "이, 조시 갬블이라는 여자에 관해 뭘 알고 있나?"

프레이더는 침을 꿀꺽 삼키더니 감정을 떨쳐내기라도 하는 것처럼 고개를 흔들었다. "한두 번 보기는 했는데 잘 몰라요. 스튜가 여자와 어울리기 시작한 지 1년쯤 되었을 겁니다. 여자가 아이들을 데리고 집으로 들어왔죠. 괜찮은 여자 같았지만, 경험이 아주 많은 여자였습니다. 꽤 거친 과거를 가졌더라고요."

"무슨 말이야?"

"교도소에 갔다 왔더군요. 마약일 겁니다. 다채로운 과거를 지녔고요. 스튜랑은 술집에서 만났는데, 놀랄 일은 아니죠. 시작부터 죽이 잘 맞았던 모양입니다. 스튜는 아이를 두 명이나 데리고 온다는 게 마음에 들지 않았지만, 여자가 설득한 것 같습니다. 생각해보면 여자는 살 집이 필요했고 스튜는 침실이 남았던 거였습니다."

"어떤 매력이 있었던 거지?"

"아시잖아요, 오지. 못생긴 여자는 아니에요. 사실 꽤 귀여운 얼굴에다 몸에 꼭 끼는 청바지를 입으면 괜찮았어요. 스튜를 아시잖습니까. 늘 여자 노래를 불렀지만, 여자들이랑은 잘 어울리지 못했으니까요."

"술 문제는?"

프레이더는 낡은 모자를 벗고 머리를 긁적였다.

오지는 찌푸린 얼굴을 앞으로 숙이더니 말했다. "내가 묻고 있잖아, 마셜. 대답해야지. 지금은 엉뚱한 곳을 보면서 바보처럼 다른 경찰 편을 들어줄 때가 아니야. 난 대답을 들어야 해."

"저도 잘 몰라요, 오지. 정말입니다. 저는 3년 전에 술을 끊었고 이제 술집에 놀러 다니지도 않아요. 네, 스튜는 술을 너무 많이 마셨고 아마 점점 나빠지고 있었을 겁니다. 제가 두 번이나 얘기했어요. 그 친구는 다른 중독자들처럼 괜찮다고 했습니다. 여전히 싸구려 술집을 전전하는 사촌이 한 명 있는데, 그 친구 말로는 스튜가 술집에서 말썽꾼으로 유명하다고 하더군요. 별로 듣고 싶은 얘기가 아니었죠. 호숫가에 있는 휴이스에서 도박도 많이 했다고 하고요."

"그런데도 내게 보고하지 않았다는 거야?"

"왜 이러세요, 저도 걱정했어요. 그러니까 그 친구랑 얘기를 따로 한 거죠. 또 얘기할 생각이었어요, 정말입니다."

"그런 소리 마. 그러니까 우리 경찰서 보안관보가 술 마시고 싸우고 쓰레기들과 도박했고, 거기에다 집에서 애인을 때리면서 살았는데 자넨 내게 그걸 숨겼다는 거야?"

"아시는 줄 알았습니다."

"저희도 그렇게 생각했습니다." 테이텀이 끼어들었다.

"그거 알아?" 오지가 쏘아붙였다. "난 가정폭력에 관해서는 한마디도 들어본 적 없어."

"한 달 전에 신고가 들어왔습니다. 어느 날 밤늦게 여자가 911에 전화를 걸어서 스튜가 날뛰고 있다고 신고했습니다. 퍼틀과 맥카버가 순찰차로 출동해서 상황을 진정시켰습니다. 여자가 맞은 것이 분명했는데 고소는 하지 않겠다고 했습니다."

오지는 화가 치밀었다. "이 얘기는 들어본 적도 없고 보고서도 못 봤어. 어떻게 된 거야?"

테이텀이 프레이더를 노려봤지만, 프레이더는 그를 쳐다보지 않았다. 테이텀은 아무것도 모르는 것처럼 어깨를 으쓱하더니 말했다. "체포하지는 않았고 사건 보고서만 있습니다. 보고가 안 된 것 같네요. 저도 영문을 모르겠습니다."

"분명히 아는 사람이 아무도 없겠지. 고하를 막론하고 경찰서의 모든 사람을 족쳐도 왜 그렇게 되었는지 아는 사람이 나올 리가 없을 거야."

프레이더는 오지를 노려보며 물었다. "그러니까 지금 스튜가 총 맞을 짓을 했다는 겁니까, 오지? 피해자가 잘못이라고요?"

오지는 의자에 몸을 깊이 묻고 눈을 감았다.

이 층 침대 아래층에서 드루는 가슴까지 닿게 무릎을 끌어안고 서 얇은 담요를 뒤집어쓰고 낡은 베개를 베고 누워 있었다. 멍하니 어두운 벽을 바라보았다. 이미 몇 시간째 아무 말도 하지 않고 있었다. 키이라는 이제 무슨 일이 생길지 몰라 함께 기다리면서 침대 끄트머리에 걸터앉아 한 손으로는 침대 속 오빠의 발을 어루만지고 다른 손으로는 자신의 긴 머리를 배배 꼬고 있었다. 가끔 복도에서 목소리가 들렸지만, 점차 작아지다가 완전히 들리지 않게 되곤 했다.

처음에 그녀와 드루는 알고 있는 사실에 관해 이야기를 나누었다. 어머니 상태, 어머니가 죽지 않았다는 놀라운 소식 그리고 스튜를 총으로 쏜 일. 그가 죽었다는 사실은 두 사람에게 안도감을 주었고 두렵긴 해도 가책은 느껴지지 않았다. 스튜는 두 사람의 어머니를 샌드백처럼 두들겨 패면서 아이들에게도 손찌검했고 반복적으로 그들을 위협했다. 이제 악몽은 끝났다. 이제 다시는 어머니가 술에 취한 깡패에게 얻어맞는 끔찍한 소리는 들리지 않을 터였다.

구치소 감방이라는 사실은 중요하지 않았다. 이렇게 조악하고 비위생적인 환경은 초짜 범죄자에게는 불편할지 몰라도, 둘은 훨씬 심한 일도 겪었다. 드루는 과거 다른 주에서 소년원에 넉 달 동안 들어갔던 적도 있다. 작년에만 해도 키이라는 보호 감호소라는 시설에 이틀 동안 갇혀 있었다. 감옥은 견딜 만했다.

늘 이리저리 옮겨 다니며 사는 작은 가족에게 눈앞에 닥친 문제는 다음에는 어디로 가느냐였다. 일단 어머니와 합류하면 다음에 움직일 계획을 세울 수 있을 것이다. 그들은 스튜의 친척 일부를 만난 적이 있는데 늘 환영받지 못하는 느낌이었다. 스튜는 할아버지가 유산으로 남겨준 덕분에 대출에서 '깔끔하고 자유로운' 집을 소유하고 있다며 떠벌리길 좋아했다. 사실 그다지 훌륭하지도 않은 집이었다. 더럽고 수리가 필요했고, 조시가 깨끗하게 청소해도 늘 만족스럽지 않았다. 둘은 스튜의 집을 그리워하지 않기로 마음먹었다.

한 시간이 지나자 이들은 드루가 얼마나 고생스러운 일을 겪게 될지 추측하기 시작했다. 두 사람에게 이 사건은 자기방어, 생존 그리고 보복의 단순한 문제였다. 드루는 천천히 단계적으로, 기억할 수 있는 한 최대로 총격을 회상하기 시작했다. 너무 순식간에 벌어진 일이어서 흐릿했다. 스튜가 벌게진 얼굴로 입을 벌린 채 누워 있었고, 아주 기분 좋게 잠에 빠진 것처럼 코를 골았다. 스튜가 술 냄새를 풍겼다. 폭력적인 사람인 스튜는 언제든 잠에서 깨어나 그냥 재미로 아이들을 때릴 수도 있었다.

폭발한 화약의 매캐한 냄새. 베개와 벽에 흩뿌려진 피와 뇌수 자국. 총에 맞은 스튜가 눈을 번쩍 떴을 때의 충격.

하지만 시간이 지날수록 드루는 말이 없어졌다. 그는 담요를 턱까지 끌어올리고 피곤해서 말하기 싫다고 했다. 키이라는 천천히 몸을 웅크리더니 멍하니 벽만 보는 오빠를 바라보았다.

3

구치소는 비번인 보안관보들과 클랜턴시 소속 경찰관들, 다른
수없이 많은 사람으로 북적였다. 일부는 구치소 직원들이었고 아
닌 사람들도 있었다. 그들은 담배를 피우고 커피를 마시고 오래된
빵을 먹고 죽은 동료 그리고 업무 환경의 위험성에 관해 목소리
낮춰 얘기했다. 오지는 자기 사무실에서 전화하느라 바빴다. 주 경
찰, 과학수사연구소와 연락하며 기자들, 친구들과 또 누군지 모르
는 사람들 전화를 피하고 있었다.

도착한 찰스 맥게리 목사는 큰 사무실로 안내받아 그곳에서 오
지와 악수를 나누고 자리에 앉았다. 오지는 자세한 내용을 설명하
고 키이라가 목사를 찾는다고 말해주었다. 키이라는 주변에 가족
이 없고 남매는 갈 곳이 없다고 말했다. 오빠와 함께 감방에 있기
는 했지만, 오지는 여자아이에게는 혐의가 있다고 보지 않았다. 미
성년자용 감방이 두 개 더 있지만 이미 수용자가 있었고, 어차피

키이라는 유치장에 있어야 할 필요도 없었다.

목사는 이제 겨우 스물여섯 살로 시골 교회를 이끄느라 최선을 다하고 있었다. 오지는 보안관 선거 때 그곳을 방문한 적이 있지만, 그때는 다른 목사가 있었다. 쾌활한 청년 목사가 상황에 압도당한 상태임을 한눈에 알아볼 수 있었다. 겨우 14개월 전에 신학교를 마치고 선한목자성서교회에 고용되어 처음 일을 시작한 목사였다. 테이텀이 준 커피 한 잔을 받은 그는 자신이 아는 갬블 가족의 짧은 역사를 들려주었다. 6개월 전 한 교인이 맥게리 목사에게 도움이 필요해 보이는 사람들이 있다고 말했을 때 처음 조시와 아이들을 만났다. 목사는 평일 밤에 그들 집에 찾아갔고, 스튜어트 코퍼는 목사에게 무례하게 굴었다. 그곳을 떠나면서 목사는 조시를 교회 일요 예배에 초대했다. 그녀와 아이들은 몇 번 교회에 나왔지만, 여자 말에 따르면 코퍼가 그들이 교회에 가는 걸 허락하지 않는다고 했다. 맥게리 목사는 스튜 몰래 그녀와 두 번 상담했고, 그녀의 과거를 알고 충격을 받았다. 두 아이 모두 10대일 때 결혼도 하지 않은 채 낳았고 마약 소지로 교도소에 간 적도 있으며 그 밖에도 많은 악행을 저질렀지만, 지금은 모두 과거일 뿐이라고 맹세했다. 그녀가 교도소에 있을 때 아이들은 위탁 가정과 보육원을 전전했다.

"여자아이를 어디 안전한 곳으로 데려가 줄 수 있나요?" 오지가 물었다.

"그럼요. 당장은 우리와 함께 살아도 됩니다."

"목사님 집이요?"

"네. 저랑 집사람, 막 걷기 시작한 아기가 있고 곧 둘째가 태어날 겁니다. 저희는 교회 옆 목사관에 삽니다. 작지만 침실을 줄 수 있습니다."

"좋아요. 아이를 집으로 데려가세요. 하지만 이 지역을 벗어나서는 안 됩니다. 수사를 하게 되면 이야기를 들어야 하니까요."

"그럼요. 드루는 얼마나 심각하게 엮인 겁니까?"

"어마어마하죠. 금방 감방에서 풀려날 수 없으리라는 건 확실합니다. 녀석은 미성년자 감방에 남게 될 거고 판사가 하루 정도면 국선변호사를 임명하겠죠. 그때까지는 우리도 신문할 수가 없어요. 사건은 뻔한 것 같습니다. 여동생한테 코피를 쏟았다고 말했대요. 달리 용의자는 없습니다. 아주 큰 곤경에 빠진 겁니다, 목사님. 아주 커요."

"알겠습니다, 서장님. 배려해 주셔서 감사합니다."

"별말씀을요."

"부하 직원을 잃으신 일에 애도를 표합니다. 정말 믿기 어려운 일이네요."

"그러게요. 같이 감방으로 가서서 여자아이를 데려가도록 하시죠."

맥게리는 오지와 테이텀을 따라 북적거리는 대기실을 지났다. 실내가 조용해졌다. 몇몇은 목사에게 곱지 않은 시선을 보냈는데, 마치 벌써 그가 상대 팀에 가담하기라도 한 것 같았다. 그는 살인자 가족에게 도움을 주려고 그곳에 나타난 것이다. 묘한 곳, 더 묘한 상황 속에서 목사는 날카로운 시선들의 중요성을 인식하지 못했다.

교도관이 감방문을 열었고 그들은 안으로 들어갔다. 키이라는 미심쩍은지 머뭇거리더니 이내 일어서서 맥게리에게 달려들었다. 한참 만에 처음 보는 믿을 수 있는 사람의 얼굴이었다. 목사는 아이를 꼭 안고 머리를 쓰다듬으며 데리러 왔다고, 어머니는 괜찮아질 거라고 속삭였다. 키이라는 흐느껴 울며 목사를 꼭 안았다. 두 사람이 포옹을 풀지 않자 오지는 모스 주니어에게 눈짓을 보냈다.

이제 다음으로 넘어가야 했다.

침대 아래 칸에 있던 드루는 담요 밑에서 몸을 드러내지 않았고 그들이 감방에 들어간 뒤에는 근육 하나 움직이지 않았다. 맥게리가 마침내 키이라를 간신히 조심스럽게 몸에서 살짝 떼어냈다. 목사가 손가락으로 닦아주려고 했지만, 아이가 흘린 눈물은 뺨을 타고 흘러내렸다.

"우리 집으로 가자." 맥게리가 여러 번 말했고 키이라는 웃음을 지으려 애썼다. 목사는 아래층 침대 속 드루를 흘깃 봤지만 거의 아무것도 보이지 않았다. 그는 오지를 보고 물었다. "드루에게 뭘 좀 말해도 될까요?"

오지는 단호하게 고개를 저으며 안 된다고 했다. "자, 여기서 나갑시다."

맥게리는 키이라의 팔을 잡고 감방에서 복도로 나섰다. 키이라는 문이 닫히면 혼자 어두운 세상에 남게 될 드루에게 뭔가 말하려 하지 않았다. 오지는 두 사람을 데리고 옆문으로 나가 주차장으로 향했다. 두 사람이 맥게리의 차에 오르자 보안관보 스웨이지가 나타나 오지에게 속삭였다.

오지는 듣고 고개를 끄덕이더니 말했다. "알았어." 그는 맥게리의 차창으로 가더니 말했다. "병원에서 막 연락이 왔습니다. 조시 갬블이 깨어났고 아이들에 관해 묻는답니다. 내가 가볼 텐데 목사 님도 가서 기다려도 좋습니다."

다시 차를 타고 떠나던 오지는 온종일 골치 아픈 상황 사이를 오가야 할 것 같다는 생각이 들었다. 그러는 사이 끔찍한 이야기가 펼쳐질 것이다. 멈춤 표지판을 무시한 채 달리는 그를 보고 테이텀 이 말했다. "제가 운전할까요?"

"난 치안 책임자고 중요한 일로 달리고 있어. 누가 뭐랄 거야?"

"저도 그렇게 생각합니다. 저, 아까 목사님과 같이 계셨을 때 현 장에 있는 루니한테서 전화가 왔습니다. 얼 코퍼가 정신이 나간 채 찾아와 아들을 보고 싶다고 했답니다. 루니와 퍼틀이 현장을 봉쇄 했는데도 얼이 안으로 들어가려고 난리를 쳤나 봅니다. 조카를 두 명 데려왔는데, 어린 녀석들이라 거칠게 구는 바람에 마당에서 한 바탕 소동이 벌어졌고요. 그때쯤 주 경찰 수사관들이 과학수사연 구소의 밴 차량과 같이 도착했다고 합니다. 그들이 집 전체가 범죄 현장이고 안에 들어가면 불법이라고 얼을 설득했습니다. 결국 얼 은 앞마당에 자기 트럭을 세우고 조카 두 명과 함께 앉아 있다고 합니다. 루니가 떠나달라고 했지만 자기 땅이라고 했다는군요. 땅 이 가족 재산이라고 했대요. 아직도 현장에 있는 것 같습니다."

"좋아, 한 시간 정도 후에 내가 얼과 그 가족 전부 만날게. 자네 도 갈 텐가?"

"이런, 싫습니다."

"자네도 가야 해. 이건 명령이야. 내 뒤를 받쳐줄 백인 두 사람이 필요하고, 그걸 자네와 루니가 맡아줘야 해."

"서장님한테 투표한 사람들인가요?"

"모두가 나한테 투표했어, 모스. 그걸 모르나? 지역 선거에서 이기고 나면 전부 자기가 찍어서 그렇게 됐다고 하는 법이야. 내 득표율은 70퍼센트였으니 불만스러울 건 없어. 하지만 지금껏 포드 카운티에서 날 찍지 않았다는 사람은 만나본 적이 없네. 모두 내가 자랑스럽다면서 또 내게 투표하길 고대한단 말이야."

"제가 알기로는 68퍼센트였던 것 같은데요."

"자네가 사는 블랙잭의 게을러빠진 놈들이 좀 투표했으면 70퍼센트가 되었을 거야."

"게을러요? 우리 동네 사람들은 투표는 끝내주게 합니다, 오지. 전부 지치지도 않고 끈기 있게 투표해요. 투표소에 일찍 가고, 자주 가고, 온종일 투표하고, 늦게까지 하고, 부재자 투표에 진짜 투표용지, 중복 투표용지, 가짜 투표용지에도 하죠. 죽은 사람, 미친 사람, 나이가 미달인 사람, 투표할 권리 없는 중범죄자도 투표합니다. 거의 20년 전 이야기라 기억하지 못하실 테지만, 저희 삼촌인 펠릭스가 죽은 사람 이름으로 투표했다가 감방에 갔죠. 한 선거에서 묘지 두 곳을 털어서 사용했어요. 그런데도 선거에서 졌고 삼촌 상대가 여섯 표 차이로 이긴 다음에 삼촌이 기소당했습니다."

"삼촌이 교도소에 갔다고?"

"교도소라고 안 했어요. 구치소에 있었죠. 석 달 정도 갇혀 있었는데 그리 나쁘지 않았다고 했어요. 영웅 대접을 받으며 풀려났지만 절대 다시 투표할 수 없었죠. 그래서 투표함을 채우는 법을 배웠습니다. 서장님은 우리 쪽 사람들이 필요해요. 우린 선거를 어떻게 흔드는지 압니다."

오지는 이번에도 응급실에서 가까운 곳에 차를 세웠고, 두 사람은 서둘러 안으로 들어갔다. 3층으로 올라가니 여전히 같은 보안관보 두 명이 복도를 따라 그를 안내했다. 그곳에서는 전에 봤던 젊은 의사가 간호사와 이야기를 나누고 있었다. 보고는 간단했다. 조시 갬블은 의식이 돌아왔지만, 턱뼈가 부러진 탓에 통증이 너무 심해 진정제를 맞았다고 했다. 활력 징후는 정상이었다. 환자에게 스튜어트 코퍼 사망 사실이나 아들인 드루가 구치소에 있다는 말은 하지 않았다. 아이들에 관해 묻는 말에 의사는 안전하다며 안심시켰다고만 했다.

오지는 깊은 한숨을 내쉬고 테이텀을 봤지만, 그는 이미 상관의 마음을 읽고 고개를 가로젓고 있었다. 테이텀이 부드럽게 말했다. "알아서 하셔야죠, 보스."

오지가 의사에게 물었다. "안 좋은 소식을 듣고 감당할 수 있을까요?"

의사는 웃더니 어깨를 으쓱하고는 말했다. "언젠간 알아야죠. 그게 별로 문제가 되지는 않습니다."

"가지." 오지가 말했다.

"전 여기서 기다리겠습니다." 테이텀이 말했다.

"아냐, 따라와."

15분 뒤, 병원을 떠나던 오지와 테이텀은 응급실 대기실에 앉은 맥게리 목사와 키이라를 발견했다. 오지는 그들에게 걸어가 방금 조시와 이야기를 나누었고 그녀가 정신이 들어 얼른 키이라를 만나고 싶어 한다는 걸 조용히 설명했다. 그녀는 코퍼의 죽음과 드루의 체포에 몹시 당황하고 혼란스러워했고 정말 딸을 보고 싶어 했다.

오지는 도와준 목사에게 다시 한번 감사하면서 나중에 연락하겠다고 약속했다.

차까지 간 오지가 말했다. "자네가 운전해." 그러고는 조수석으로 걸어갔다.

"다행이네요. 어디로 갈까요?"

"자, 피투성이 시체를 본 지도 몇 시간 되었으니, 스튜어트를 보러 가자고. 그 친구가 편히 쉴 수 있으면 좋겠군."

"별로 달라진 건 없을 겁니다."

"그리고 주 경찰과도 얘기를 좀 해야겠어."

"그 친구들이 이런 사건을 망칠 리는 없죠."

"좋은 친구들이야."

"그러시겠죠." 테이텀은 문을 쾅 닫더니 시동을 걸었다. 시 경계선을 넘은 뒤 오지가 말했다. "지금 시간이 8시 반인데 3시부터 한숨도 못 잤군."

"저도요. 저도 지금 8시 반이니까요."

"아침도 못 먹었어."

"배가 고파 죽을 지경입니다."

"안식일인데 이런 멋진 시간에 문을 연 곳이 있을까?"

"글쎄요, 휴이스는 아마 조금 전에 닫았을 테고, 거긴 아침은 안 팔아요. 소더스트는 어떠세요?"

"소더스트?"

"네, 제가 알기로는 일요일 이렇게 이른 시간에 여는 곳은 거기밖에 없습니다. 적어도 이쪽 지역에서는요."

"내가 가면 환영받겠군. 그 가게엔 날 위한 특별 출입문이 있으니까. '검둥이는 이쪽으로 들어오세요' 하고 말이야."

"그거 없앴다고 들었어요. 들어가 본 적 없어요?"

"없네, 테이텀 보안관보. 단 한번도 소더스트 잡화점에 들어가 본 적이 없어. 내가 어릴 때 그곳은 여전히 KKK단이 회합 장소로 사용했고, 그런 사실이 비밀도 아니었어. 우리가 지금 1990년을 살고 있을지는 몰라도, 소더스트에서 물건을 사고 식사하는 사람들, 겨울에 그곳 낡은 쇠 난로 주변에 앉아 검둥이를 놀리는 농담이나 하는 사람들, 그곳 테라스에 앉아 담배를 씹어 길바닥에 뱉으면서 칼로 나무를 깎고 체커를 두는 사람들은 내가 어울리고 싶지 않은 자들이야."

"거기 블루베리 케이크 진짜 맛있는데요."

"내 음식에 독을 넣을 수도 있어."

"아뇨, 안 그래요. 같은 메뉴를 시키고 음식이 나오면 바꿔서 먹으면 되잖아요. 제가 팩 쓰러져 죽으면 코퍼와 합동 장례식을 치르면 되겠네요. 젠장, 광장 주변에서 벌어질 장례식 행렬을 생각해 보세요."

"진짜 가고 싶지 않아."

"오지, 두 번이나 압도적인 승리를 거두고 포드 카운티 보안관으로 선출되셨잖아요. 이 지역 권력자께서 일반 식당에 들어가 밥 먹는 걸 부끄러워하다니 믿을 수가 없네요. 겁이 나서 그러시면 제가 보호해 드리기로 약속하겠습니다."

"그런 거 아니야."

"질문 있어요. 7년 전에 보안관 자리에 출마한 뒤로 백인이 운영하는 곳 중에서 몇 군데나 피해 다니고 있는 겁니까?"

"글쎄, 백인들 교회를 전부 찾아다니지는 않았지."

"그거야 모든 교회를 방문하는 일은 불가능하니까 그런 거죠. 교회가 천 개는 될 테고, 지금도 짓고 있잖아요. 그리고 제가 물어본 건 교회가 아니라 가겝니다."

오지는 작은 농장들과 소나무 숲 근처를 달리는 동안 대답을 생각하더니 말했다. "생각나는 곳은 한 군데뿐이네."

"그럼 가시죠."

"거기 가게 앞에 아직도 남부 연합군 깃발이 걸려 있나?"

"그럴걸요."

"지금 주인은 누구야?"

"몰라요. 저도 몇 년 동안 안 가봤습니다."

두 사람은 샛강을 건넌 다음 방향을 바꾸어 다른 지방도로로 들어섰다. 테이텀은 중앙선을 밟고 달리며 속도를 높였다. 평일이라 다니는 차가 적은 데다 일요일 아침이라 특별히 더 조용했다. 오지가 말했다. "파인 그로브 선거구로군. 백인이 95퍼센트고 내 득표율이 30퍼센트에 불과했지."

"30퍼센트요?"

"그래."

"제가 사람들이 그럼프스라고 불렀던 외할아버지 얘기했던가요? 제가 태어나기도 전에 돌아가셨죠. 그편이 다행이라고 해야하나. 40년 전에 타일러 카운티에서 보안관 선거에 나섰는데 득표율이 8퍼센트였답니다. 그러니까 30퍼센트면 대단한 거죠."

"선거 당일에는 대단하게 느껴지지 않았어."

"그만 좀 하세요, 보스. 큰 차이로 이겼잖아요. 그리고 이건 소더스트에서 식사하는 똑똑한 사람들에게 좋은 인상을 줄 기회입니다."

"왜 이름이 소더스트(톱밥-옮긴이)야?"

"이곳 근처에 제재소가 몰려 있었고 벌목꾼이 많았습니다. 거친친구들이죠. 저도 잘 모르지만 이제 곧 알게 될 것 같습니다."

많은 픽업트럭이 주차장을 채우고 있었다. 새 차도 있었지만 대부분 낡고 찌그러진 트럭들은 주인이 아침을 먹으러 정신없이 뛰어간 것처럼 아무렇게나 주차되어 있었다. 주차장 한쪽에 서 있는깃대에는 위대한 미시시피주 깃발과 남부 연합의 영광스러운 대의를 알리는 깃발이 펄럭였다. 옆문 근처 우리 속에는 검은 곰 두마리가 서로의 몸에 코를 비비고 있었다. 오지와 모스 주니어가 밟고 올라선 계단 널빤지가 삐걱거리는 소리를 냈다. 출입문을 통해좁은 시골 가게로 들어서니 천장에 훈제 고기들이 매달려 있었다. 베이컨을 굽고 나무를 태우는 진하고 묵직한 냄새가 실내를 가득채웠다. 카운터 안에 서 있던 나이 든 여자가 테이텀을 본 다음 오지를 보더니 마지못해 고개를 까딱이며 말했다. "어서 오세요."

두 사람은 이야기를 나누며 가게 안쪽에 있는 카페 공간으로 들어섰다. 백인 남자들이 테이블 절반을 채우고 앉아 있었고 여자는 보이지 않았다. 사람들은 식사하며 커피를 마셨고 일부는 담배를 피웠다. 모두 수다를 떨다가 오지를 보는 순간 멈춘 것 같았다. 눈치챌 수 있을 정도로 실내가 조용해졌지만 1초에서 2초 정도가 지나고 사람들은 그가 누구라는 것, 두 사람이 모두 경찰이라는 걸 알아차렸다. 그 순간 사람들은 마치 참아넘길 수 있다는 듯 심지어 더 적극적으로 이야기에 열을 올리며 두 사람을 무시하려 애썼다.

테이텀이 빈 테이블로 손짓을 해 보였고, 두 사람은 자리를 잡고 앉았다. 오지는 즉시 메뉴를 열심히 읽으며 바쁜 척했지만, 굳이 그럴 필요가 없었다. 웨이트리스가 커피 주전자를 들고 와 두 사람의 컵을 채웠다.

가장 가까운 테이블에 앉은 남자가 두 번째로 시선을 보내는 걸 보고 테이텀이 덥석 물었다. "여기가 전에 블루베리 팬케이크로 유명했잖아요. 여전히 그런가요?"

"그럼요." 남자는 씩 웃으며 말하더니 불룩 솟은 배를 두드렸다. "사슴고기 소시지도 좋죠. 몸매 유지에 도움이 되거든." 한두 명이 웃었다.

다른 사내가 말했다. "저, 방금 스튜어트 코퍼 얘기 들었소." 실내는 갑자기 조용해졌다. "진짜요?"

테이텀은 보스에게 재빨리 고갯짓했다. 마치 이렇게 말하는 것 같았다. '지금입니다. 카운티의 보안관답게 행동하세요.'

오지는 식사를 하는 사람들의 적어도 절반을 등지고 앉아 있었다. 그래서 그는 일어서서 사람들 전부를 바라보았다. 그는 말했다. "네, 안타깝게도 사실입니다. 스튜어트는 오늘 새벽 3시쯤 집에서 총에 맞아 살해되었습니다. 우린 최고의 경찰을 잃었습니다."

"누가 쐈나요?"

"지금 당장은 자세한 얘기를 할 수 없습니다. 내일이면 더 많은 걸 발표할 수 있을 겁니다."

"듣기로는 같이 살던 아이가 쐈다던데."

"글쎄요, 우리는 열여섯 살짜리 사내아이를 붙잡아두고 있습니다. 그 아이 엄마가 코퍼 애인이었죠. 지금 드릴 수 있는 얘긴 그뿐입니다. 주 경찰이 지금 현장을 조사하고 있어요. 다시 말하지만, 많이 알려드릴 수 없습니다. 나중에 기회가 있겠죠."

오지는 부드럽고 친근하게 말했지만, 그의 말에 어떤 반응이 나올지는 알지 못했다. 지저분한 부츠에 색 바랜 작업복 차림에 사료 회사 모자를 쓴 시골 노인이 정중하게 말했다. "고맙소, 보안관님."

잠시 정적이 흘렀다. 얼음은 깨졌고 다른 몇 명이 더 감사 인사를 했다.

오지는 자리에 앉아 팬케이크와 소시지를 주문했다. 그들이 커피를 마시며 기다리는 동안 테이텀이 말했다. "선거 유세치고 나쁘지 않았네요, 그렇죠?"

"난 정치는 절대 생각하지 않아."

테이텀은 터지는 웃음을 누르며 고개를 돌렸다. "있잖아요, 보스. 여기 한 달에 한 번씩 와서 아침을 먹으면 모두의 표를 받을 수 있어요."

"모든 표를 받을 생각 없어. 그냥 70퍼센트만 얻으면 돼."

웨이트리스는 테이블 위에 잭슨에서 발행되는 신문 일요일판 한 부를 내려놓더니 오지를 보고 웃음 지었다. 테이텀이 스포츠면을 가져갔고 오지도 시간을 보내기 위해 미시시피주 뉴스를 읽었다. 신문 위를 향하던 그의 시선이 오른쪽에 있는 벽으로 향했다. 벽 한가운데 1990년 미식축구 일정표 두 개가 커다랗게 걸려 있었다. 하나는 올 미스(미시시피 대학 애칭-옮긴이) 팀, 다른 하나는 미시시피 주립대 팀의 것이었다. 그 주위에는 양 팀 상징 깃발과 함께 옛날 스포츠 영웅들이 역동적인 포즈를 다양하게 취하고 찍은 흑백 사진들이 액자에 담겨 걸려 있었다. 전부 백인들이고 아주 옛날 사람들이었다.

오지는 클랜턴 고등학교에서 스타였고 올 미스 팀의 첫 흑인 선수가 될 수 있기를 꿈꿨지만 뽑히지 못했다. 고등학교 팀에 이미 같은 목표를 가진 흑인이 두 명 있었고 오지는 그 당시에만 해도 두 명이면 너무 경쟁이 심하다고 생각했다. 그는 미시시피 대학 대신 알콘 주립대에 입학해 4년 동안 주전 선수로 활약하다가 L.A. 램스 프로팀에 입단했다. 하지만 열한 경기를 뛰고 나서 무릎을 다치는 바람에 미시시피로 돌아왔다.

오래전 스타들 얼굴을 자세히 살펴보면서 그들 가운데 몇 명이나 프로 미식축구팀에서 실제로 뛰었을지 궁금한 생각이 들었다. 포드 카운티에서 두 명이 더 프로에 진출했고 그들 모두 흑인이었지만 벽에 걸린 사진에는 없었다.

그는 신문을 조금 더 들어 올려 기사를 읽으려 해봤지만, 집중이 되지 않았다. 주변에서는 날씨, 다가오는 폭풍, 채툴라 호수에서의 배스 낚시, 그들이 전부 알고 지냈던 늙은 농부의 죽음, 잭슨의 주 상원 의회가 최근에 벌인 일들에 관한 얘기를 나누고 있었다. 그는 신문을 읽는 척하면서 주의 깊게 귀를 기울였고 그가 없을 때는 다들 무슨 얘기를 나눌지 궁금했다. 같은 주제로 이야기를 나눌까? 아마도 그럴 것이다.

오지는 1960년대 후반 연방대법원이 인종차별 정책을 폐지하자 배신감에 따로 사립학교를 세우겠다고 결심한 성질 급한 백인들이 이곳 소더스트를 모임 장소로 썼다는 사실을 알고 있었다. 학교는 클랜턴 외곽 기부받은 땅에 세워졌는데, 단순한 철골 건물에 낮은 급여를 받는 교사들이 일했고, 저렴하다고 하지만 절대 싸지 않은 학비를 내야 했다. 몇 년 동안 부채가 늘고 카운티 전체가 공립학교를 지원하는 등 압박을 받더니 문을 닫았다.

팬케이크와 소시지가 나왔고 웨이트리스는 컵에 커피를 다시 채웠다.

"사슴고기 소시지 먹어봤어요?" 테이텀이 물었다. 그는 40여 년 살아오면서 포드 카운티 밖으로 나가본 적이 거의 없는데도 가끔은 한때 NFL(미국 프로 미식축구 리그) 선수로 미국 전역을 누비던 자기 상사보다 훨씬 많은 걸 안다고 생각하는 것 같았다.

"할머니가 자주 만드셨어." 오지가 말했다. "만드시는 걸 봤지." 그는 한입 먹고 생각하더니 말했다. "괜찮네, 약간 맵긴 해도."

"벽에 걸린 사진들 보시던데요. 서장님 사진도 있어야겠어요."

"내가 자주 오는 곳이 아니잖아, 테이텀. 난 상관없어."

"그래도요. 옳지 않은 일이잖아요."

"그만둬."

두 사람은 네 명 가족이 먹어도 충분할 정도로 잔뜩 쌓인 팬케이크를 몇 입 즐겁게 먹었다. 그러던 중에 테이텀이 몸을 앞으로 숙이고 물었다. "장례식이나 뭐, 그런 거 어떻게 생각하세요?"

"잘 모르는 모양인데 내가 가족이 아니잖아, 모스. 아마 스튜어트 부모가 알아서 하겠지."

"네, 그렇지만 그냥 장례식에 가서 하관식만 해줄 수는 없잖아요? 젠장, 그 친구는 경찰관이었다고요, 오지. 군악대도 오고 의장대가 와서 장례 행진에 집총 경례도 하고 해야 하지 않습니까? 저라면 제 장례식에 사람들이 모이고 슬퍼하는 사람도 좀 있고 신문에도 나고 그랬으면 좋겠는데요."

"아마 그럴 일은 없을 거야." 오지는 나이프와 포크를 내려놓고 천천히 커피를 한 모금 마셨다. 그는 보안관보를 유치원생이라도 되는 것처럼 보더니 말했다. "약간 차이가 있어, 모스. 우리 친구 코퍼는 임무 수행 중에 사망하지 않았어. 사실 그는 근무 중이 아니었고 십중팔구 술에 떡이 되었던 것 같은데, 누가 정확히 알겠나. 그런 그의 장례식을 성대하게 치르자고 나서기는 쉽지 않을 거야."

"가족이 그러길 원하면요?"

"이것 봐, 이제야 시체 사진을 찍고 있는 정도라고. 그러니 걱정은 나중에 해, 알았지? 먹자고. 서둘러 넘어가야 해."

그들이 스튜어트의 집에 도착했을 때, 얼 코퍼와 조카들은 사라지고 없었다. 언제쯤인지 기다림에 지친 그들은 아마 가족에게 돌아가야 할 필요가 있었던 모양이었다. 진입로와 앞마당은 순찰차와 여러 공무 수행 차량으로 가득했다. 주 과학수사연구소에서 밴이 두 대 왔고 스튜어트의 시신을 실어 갈 구급차 한 대와 혹시 필요할지 모를 경우를 대비해 구급대원이 탄 추가 구급차 한 대가 대기 중이었다. 심지어 교통 체증 해결에 도움을 주기 위해 소방서에서도 자발적으로 차량 두 대를 보내왔다.

오지는 그럴 필요가 없지만, 안면이 있는 주 경찰 수사관이 하는 간단한 보고를 받았다. 두 사람은 다시 스튜어트의 시신을 보았는데, 전에 본 모습 그대로 유지되고 있었다. 유일하게 달라진 것은 시신 주위 침대 시트를 물들인 핏자국 색깔이 짙어진 것이었다. 피가 흩뿌려져 얼룩진 베개는 사라졌다. 머리부터 발끝까지 감추는 방호복 차림의 감식 요원 두 사람이 침대 헤드보드 위쪽 벽에서 채취한 샘플을 천천히 들어내고 있었다.

"너무 뻔하다고나 할까요." 수사관이 말했다. "그래도 어쨌든 시신을 옮겨 간단히라도 부검해야죠. 듣기로는 아이는 아직 구치소에 있다면서요."

"네." 오지가 대답했다. 아이가 달리 갈 곳이 어디 있겠는가? 이런 현장에서는 늘 그랬지만, 오지는 주 경찰 사람들이 잘난 체하며 들이닥치는 걸 보고 역겨움을 참을 수가 없었다. 그들을 꼭 현장에 불러야 하는 건 아니었지만, 재판까지 이어질 살인 사건의 경우 배심원들은 주 경찰 소속 전문가들을 더 인상 깊게 보는 경향이 있음을 배웠다. 결국 중요한 것은 유죄 판결을 내리는 것이었다.

"지문 채취했나요?" 수사관이 물었다.

"아뇨. 우린 여러분이 와서 하게 해야 한다고 생각했습니다."

"좋습니다. 우리가 구치소로 가서 지문 뜨고 화약 잔여물 여부 검사를 하죠."

"대기하고 있습니다."

그들은 밖으로 나왔다. 테이텀은 담배를 피워 물었고 오지는 보온병에 커피를 담아온 한 소방관이 건네주는 종이컵을 받아 들었다. 오지가 다음 만남을 늦추려고 애쓰는 바람에 두 사람은 조금 빈둥거렸다. 현관문이 다시 열리고 감식 요원이 천천히 뒷걸음질 치며 시트로 단단히 감싼 스튜어트 시신을 바퀴 달린 들것에 실어 밖으로 운반했다. 벽돌 깔린 보행로를 따라 옮겨진 시신을 들어 올려 실은 다음 구급차 문이 닫혔다.

얼 코퍼와 재닛 코퍼는 몇 킬로미터 떨어진 곳에 있는 1960년대 스타일의 낮게 지은 농장 주택에서 아들 셋과 딸 한 명을 키웠다. 스튜어트는 맏아들이라는 이유로 4만 제곱미터나 되는 숲과 집을 할아버지에게 물려받았고 그곳에서 살다가 죽었다. 코퍼 가족은 부유하지 않았고 땅뙈기도 갖고 있지 않았지만 늘 열심히 일했고 검소하게 살았으며 문제에 얽히지 않으려 애썼다. 그리고 카운티의 남부 지역 여기저기 많은 수가 흩어져 살았다.

1983년 처음 보안관 직에 출마했을 때 오지는 그들 가족이 누구에게 표를 주었는지 전혀 알 수 없었다. 하지만 4년 뒤, 스튜어트가 경찰이 되어 번쩍이는 순찰차를 몰게 되었을 때 오지는 그들 가족의 모든 표를 얻어냈다. 그들은 집 마당에 그를 지지한다는 팻말을 내걸었고 심지어 소액이지만 선거 후원금을 보내오기도 했다.

이제 이 끔찍한 일요일 아침, 그들 모두가 모여 자신들이 뽑은 보안관이 애도의 뜻을 표하고 그들 질문에 대답하러 오기를 기다리고 있었다. 그들을 지지한다는 뜻을 보여주기 위해 오지는 테이텀에게 운전을 맡기고 다른 두 명의 백인 보안관보인 루니와 맥카버가 함께 다른 차를 타고 그들을 뒤따르게 했다. 어쨌거나 이곳은 미시시피였고, 오지는 언제 백인 보안관보를 쓰고 언제 흑인 보안관보를 사용할지를 배웠다.

기대했던 것처럼 길게 이어진 진입로에 승용차와 트럭들이 줄지어 늘어서 있었다. 테라스에는 사내들 한 무리가 담배를 피우면서 기다리고 있었다. 멀지 않은 곳 나무 아래에도 역시 다른 무리가 모여 같은 모습으로 서 있었다. 테이텀이 차를 세웠고, 두 사람은 차에서 내려 집 앞 잔디마당을 가로질러 걸어가기 시작했다. 친척들이 우울한 모습으로 인사를 건네며 그들에게 다가왔다. 오지와 테이텀, 루니와 맥카버는 악수하고 애도의 뜻을 전하고 가족과 함께 슬퍼하며 집을 향해 걸어갔다. 얼이 현관문 앞에 서 있다가 계단을 내려오며 오지에게 와주어 고맙다고 인사했다. 괴로움에 눈이 벌건 얼은 오지가 양손으로 악수하면서 아무 말도 하지 않자 다시 울기 시작했다. 많은 사람이 뭔가 들을 말이 있는 것처럼 보안관 주위로 몰려들었다.

오지는 사람들의 슬프고 고통스러운 눈길을 보며 고개를 끄덕이고 똑같이 가슴 아픈 것처럼 보이려 애썼다. 그는 말했다. "이미 여러분이 알고 있는 것에 더해 말씀드릴 것이 별로 없습니다. 오늘 새벽 2시 40분경 신고 전화가 왔습니다. 조시 갬블의 아들이 전화해서 자기 어머니가 구타당했고 자기 생각에는 사망한 것 같다고 했습니다. 경찰이 도착했을 때 아이의 어머니는 주방에서 의식을 잃은 상태로 14세인 딸이 돌보고 있었습니다. 딸은 오빠가 스튜어트를 쐈다고 말했습니다. 그 후 우리는 침실 침대 위에서 스튜어트를 발견했는데, 머리에 자신이 근무할 때 사용하는 권총에 맞은 총상이 한 군데 있었고, 총은 침대 위에 놓여 있었습니다. 남자아이인 드루는 아무 말도 하지 않았고, 그래서 체포했습니다. 아이는 지금 구치소에 있습니다."

"그 아이 짓이 분명합니까?" 누군가 물었다.

오지는 고개를 흔들었다. 안 되지. "자, 지금 당장은 제가 말씀드릴 수 없어요. 지금 방금 말씀드린 것 외의 진실은 우리도 똑같이 모릅니다. 사실 더는 뭔가 밝혀질지 의심스럽기도 합니다. 어쩌면 내일 뭔가 더 알 수 있을 겁니다."

"구치소에서 풀려나진 않겠죠?" 다른 사람이 물었다.

"그럼요, 절대로요. 제 생각에 판사가 아이에게 즉시 변호사를 붙여줄 것이고, 그 시점부터는 정해진 대로 굴러가게 됩니다."

"재판이 열릴까요?"

"모르겠습니다."

"아이가 몇 살인가요?"

"열여섯이요."

"아이를 성인으로 취급하나요? 교수형에 처할 수 있어요?"

"그건 재판 결과에 달렸습니다."

사내들 일부는 자기 발을 내려다보고 다른 사람들은 눈가를 닦는 사이 침묵이 흘렀다. 얼이 부드럽게 물었다. "스튜어트는 지금 어디 있나요?"

"지금 잭슨의 주 경찰 과학수사연구소로 부검을 위해 가고 있어요. 부검 후에 시신을 부모님께 돌려드릴 겁니다. 괜찮으면 재닛을 좀 보고 싶은데요."

얼이 말했다. "모르겠소, 보안관. 지금 침대에 누워 있고 언니 동생들이 돌보고 있어요. 누구든 보고 싶어 할지 모르겠소. 혼자만의 시간을 좀 줘요."

"물론이죠. 제가 애도를 표한다고 전해주세요."

다른 차량 두 대가 도착했고, 멀리 고속도로에서 다른 차가 속도를 줄이며 다가오고 있었다. 오지는 어색하게 조금 더 시간을 보내다가 이만 가보겠다고 말했다. 얼과 다른 사람들은 와주어 고맙다고 대답했다. 오지는 내일 전화해서 상황을 알려주겠다고 약속했다.

4

일주일에 여섯 번, 일요일을 제외한 매일 제이크 브리건스는 새벽 5시 반이라는 끔찍한 시간에 시끄러운 알람 시계 소리에 침대에서 끌려 나왔다. 일주일 가운데 여섯 날, 그는 곧장 주방으로 가 커피포트 버튼을 누른 뒤 잠에 빠진 아내와 딸과 먼 지하에 있는 그만의 작은 개인 샤워실로 서둘러 내려가 5분 만에 샤워를 마치고 5분 동안 나머지 해야 할 일들을 끝낸 뒤 전날 밤 미리 준비해 둔 옷을 차려입었다. 그런 다음 서둘러 위로 다시 올라가 블랙커피를 한 잔 따르고 다시 침실로 돌아가 아내에게 작별 키스를 한 뒤 커피를 들고 정확히 5시 45분에 주방 문을 닫고 뒷마당 테라스로 나갔다. 일주일 가운데 여섯 번 그는 클랜턴의 어두운 거리를 차로 달려 그가 아는 삶의 중심이 되는, 위풍당당한 법원 건물이 그림 같은 모습으로 서 있는 광장으로 갔고 워싱턴가에 있는 자신의 사무실 앞에 차를 세웠다. 또 매주 여섯 번 새벽 6시에 소문을 듣거나 만들어내기 위해, 또 호밀빵 토스트와 옥수수죽을 먹기 위해 커피숍이라는 이름의 식당으로 들어갔다.

그렇지만 일곱 번째 날에는 쉬었다. 안식일에는 절대로 알람 시계가 울리지 않았고, 제이크와 칼라는 늦잠을 자는 호사를 누렸다. 그래도 그는 결국 7시 반쯤이면 벌떡 일어났고 아내에게는 더 자라고 명령했다. 주방으로 간 그는 수란을 만들고 빵을 굽고 커피와 주스까지 챙겨 아내가 침대에서 아침을 먹을 수 있도록 해주었다. 평범한 일요일에는 그랬다.

하지만 오늘은 전혀 평범하지 않았다. 7시 5분에 전화가 울렸는데, 칼라가 전화기를 그가 자는 쪽 옆 테이블에 두도록 한 뒤부터 전화 받기는 그의 담당 업무였다.

"나라면 며칠 이곳에서 달아날 거야." 낮고 신경질적인 해리 렉스 보너의 목소리였다. 어쩌면 가장 좋은 친구이자 가끔은 하나뿐인 친구였다.

"좋은 아침이네요, 해리 렉스. 좋은 일이 아니기만 해봐."

해리 렉스는 재능 있고 교활한 이혼 전문 변호사로 포드 카운티의 어두운 그림자 속에서 일했고, 경찰을 제외하면 거의 다른 모든 사람보다 빨리 새 소식과 추문, 험담 거리를 파악한다는 사실에 어마어마한 자부심을 느꼈다.

"스튜어트 코퍼가 어젯밤 머리에 총을 맞았어. 죽었대. 오지가 코퍼 여자 친구 아들로 아직 솜털도 안 가신 열여섯 살짜리 아이를 체포했는데, 지금 구치소에 갇혀 변호사를 기다리고 있고. 누스 판사는 분명히 벌써 알고 있을 테고 이미 누굴 변호사로 붙일지

고민하고 있을 거야."

제이크는 몸을 일으키고 베개를 세웠다. "스튜어트 코퍼가 죽었어요?"

"그렇다니까. 자고 있을 때 아이가 머리통을 날려버렸대. 1급 살인이라고, 친구. 사형 선고를 받을 거야. 우리 주에서 경찰을 죽이면 십중팔구는 가스실로 가는 거잖아."

"당신이 그 친구 이혼 소송해주지 않았어요?"

"첫 번째 이혼이었지, 두 번째는 아니고. 수임료에 화가 났는지 불평불만이 말도 못 했어. 두 번째로 이혼한다고 연락했길래 꺼지라고 그랬지. 두 번이나 미친 여자랑 결혼했는데, 늘 나쁜 여자한테 끌리더라고. 특히 꽉 끼는 청바지를 입은 여자라면."

"아이는 있었나요?"

"내가 아는 한은 없어. 자기가 아는 바로도 없다더군."

칼라가 후다닥 침대에서 내려와 옆에 와서 섰다. 그녀는 거짓말을 듣는 것처럼 제이크를 향해 얼굴을 찡그려 보였다. 3주 전 스튜어트 코퍼 보안관보는 그녀가 맡은 6학년 교실에 와서 불법 약물의 위험에 관한 훌륭한 수업을 해주었다.

"하지만 이제 겨우 열여섯 살이잖아요." 제이크는 눈가를 긁으며 말했다.

"정말이지 진보적인 피고 변호인처럼 말하는군. 누스가 금방 연락할 거야, 제이크. 생각해 보라고. 포드 카운티에서 가장 최근 1급 살인 사건을 누가 맡았지? 자네야. 칼 리 헤일리 사건."

"하지만 그건 5년 전인데요."

"상관없어. 심각한 형사 사건을 맡을 수 있으리라 생각만이라도 해볼 수 있는 변호사가 주변에 있다면 말해봐. 아무도 없지. 더 중요한 건, 제이크, 사형을 받을 수도 있는 사건을 맡을 수 있을 정도로 능력 있는 사람이 카운티 내에는 아무도 없잖아."

"그럴 리가요. 잭 월터는?"

"또 술에 빠졌어. 누스 판사가 불만을 품은 의뢰인에게 지난달에만 벌써 두 건의 항의를 받았고 주 변호사협회에 통지할 참이야." 해리 렉스는 어떻게 이런 일을 알고 있는지 제이크는 늘 놀라웠다.

"벌써 쫓겨난 줄 알았어요."

"쫓아냈는데 돌아온 거야. 전보다 더 술을 밝혔다는군."

"길 메이너드는요?"

"작년에 그 강간 사건으로 힘들었잖아. 누스 판사한테 또 끔찍한 형사 사건에 변호인을 맡게 되느니 미리 변호사 자격증을 반납하겠다고 했대. 또 사람들 앞에서 말재주가 없잖아. 법정에서의 솜씨를 보고 누스 판사가 좌절 이상으로 실망했잖아. 다른 사람 이름을 대봐."

"좋아요, 좋다고. 잠깐 생각 좀 하고요."

"시간 낭비야. 장담하지, 제이크. 누스 판사가 오늘 중에 전화할 거야. 해외로 일주일정도 달아날 수 있어?"

"말도 안 되는 소리 말아요, 해리 렉스. 우리 화요일 아침 10시에 누스 판사한테 제출할 신청 건이 있잖아요. 스몰우드 사건이라고 별로 중요한 건 아니지만 말이에요. 그건 기억해요?"

"빌어먹을. 난 그거 다음 주라고 생각했는데."

"내가 그 사건을 담당으로 맡고 있어서 다행이네요. 칼라나 그녀의 직장 그리고 해나와 학교 수업처럼 하찮은 문제는 말할 필요도 없겠네요. 우리가 휙 사라질 수 있다고 생각하는 건 어리석은 짓이에요. 난 달아나지 않아요, 해리 렉스."

"달아날 걸 그랬다고 생각하게 될 거야, 진짜라고. 이 사건은 골칫덩이일 뿐이야."

"만일 누스 판사가 전화하면, 내가 왜 맡을 수 없는지 설명하겠어요. 다른 카운티에서 누군가를 찾아 임명하라고 제안하죠. 누스가 좋아하는 옥스퍼드의 두 사람 있잖아요. 그 친구들은 무슨 사건이든 맡을 텐데요. 전에도 불러온 적 있고."

"지난번에 듣기로는 사형수 항소 건으로 정신이 없다더군. 그 친구들, 재판에서 항상 지잖아. 그러면 항소심이 영원히 이어지는 거지. 내 말 잘 들어, 제이크. 절대로 경찰 살해 사건을 맡으면 안 돼. 사실관계가 불리하다고. 정치적으로도 마찬가지고. 배심원들이 약간의 동정심을 보일 가능성도 없어."

"알았어요, 알았다고, 해리 렉스. 커피 좀 마시고 칼라와 얘기할게요."

"칼라는 지금 샤워 중이신가?"

"음, 아뇨."

"내가 제일 좋아하는 상상 속 장면이라서 말이야."

"나중에 봐요, 해리 렉스." 제이크는 전화를 끊고 칼라와 함께 주방으로 가서 함께 커피를 내렸다. 봄날 아침은 거의 테라스에 나가 앉을 수 있을 정도로 따뜻했지만, 아직은 일렀다. 두 사람은 아침 식사를 위해 구석진 자리에 놓은 작은 테이블에 자리를 잡았다. 뒷마당에 핀 분홍색과 흰색 진달래가, 기분 좋은 경치가 잘 보이는 곳이다. 최근에 입양한 유기견이 자기 영역인 화장실에서 나와 테라스로 나가는 문을 바라보았다. 멀리라고 부르는 녀석은 불러도 쳐다보지도 않고 먹이에만 반응했다. 제이크는 녀석을 밖으로 내보내 주고 커피를 두 잔 따랐다.

제이크는 커피를 마시면서 마지막에 칼라가 샤워 중이냐는 헛소리만 제외하고 해리 렉스가 한 모든 말을 되풀이해 들려주었고, 두 사람은 이번 사건에 끌려 들어갈 불쾌한 가능성을 두고 토론했다. 제이크는 친구이자 멘토인 오마르 누스 판사가 별로 인재가 없는 포드 카운티 변호사회에서 굳이 다른 변호사를 지명할 것 같지 않다는 데 동의했다. 변호사라면 누구나 배심원이 있는 재판을 하는 대신 조용하고 작은 자기 사무실에서 업무에 필요한 서류 작업을 하는 편을 선호했다. 해리 렉스는 늘 법정 싸움을 잘 해냈지만, 배심원이 없는 판사 앞에서의 가사 사건에서만 그랬다. 형사 사건의 95퍼센트는 유죄 인정 협상을 통해 재판을 열지 않는다. 교통사고나 낙상, 개 물림처럼 소소한 불법 행위는 보험회사끼리 협상한다. 만일 포드 카운티의 변호사가 우연히 큰 민사 소송 건을 건지게 되면 대개는 투펄로나 옥스퍼드로 달려가 그곳에서 소송 경험이 풍부하고 배심원을 겁내지 않는 진짜 재판 변호사를 찾아 공동으로 수임했다.

제이크는 여전히 이런 상황을 바꾸고 싶은 꿈이 있었고, 서른일곱 나이에도 도박을 걸어 재판에서 이기고 명성을 쌓고 싶어 애쓰고 있었다. 의심할 여지 없이 그의 가장 영광스러운 순간은 5년 전 칼 리 헤일리의 무죄 판결을 받아낸 때였다. 그 사건의 영향으로 큰 사건들이 알아서 그를 찾아오리라 확신했다. 그렇지 않았다. 사건이 들어올 때마다 정식 재판으로 일을 키우겠다며 소송 상대방을 위협했고, 그런 작전은 잘 먹혔지만, 보상은 여전히 하찮았다.

하지만 스몰우드 사건은 달랐다. 미국 역사에서 가장 큰 민사 소송이 될 가능성이 있는 사건이었고, 제이크가 수석 변호사를 맡았다. 13개월 전에 소송을 제기했고 그때부터 업무 시간 절반을 이 사건에 쏟았다. 그는 이제 법정에 나설 준비를 마쳤고 피고 측 변호사에게 날짜를 잡자며 소리를 질러대는 중이었다.

해리 렉스는 카운티 소속 전문 국선 변호인의 역할을 언급하지 않았는데, 그럴 만한 이유가 있었다. 현재 카운티 국선 변호인은 숫기 없는 초짜로, 초기 직무 수행 평가 결과가 최악이었다. 그가 그 직책을 맡은 이유는 아무도 원하지 않았고 1년 동안 공석이었으며 카운티에서 월급을 마지 못해 2천5백 달러로 인상해 주었기 때문이다. 그가 1년을 더 견뎌낼 거라고 기대하는 사람은 아무도 없었다. 그는 한 번도 배심원이 있는 재판까지 끌고 가려고 노력을 해본 적도 없고 그러려는 관심도 보여주지 않았다. 게다가 그는 사형 선고가 가능한 살인 사건 재판을 구경한 적조차 없다는 사실이 가장 중요했다.

칼라가 즉시 여자를 동정하고 나선 것은 놀랍지 않았다. 칼라 역시 스튜 코퍼를 좋아했지만, 근무 시간이 아닐 때 일부 경찰은 다른 사람처럼 악인일 수 있다는 것도 알고 있었다. 게다가 만일 가정폭력이 발단이라면 사실관계는 더 복잡해질 뿐이었다.

하지만 칼라는 또 이목이 쏠리고 논란이 될 사건은 경계했다. 칼 리 헤일리 재판이 끝난 지 3년 후에도 브리건스 가족 집 앞에서는 경찰관이 순찰차에 앉아 경계를 서야 했고 협박 전화를 받았고 가게에 가면 모르는 사람들의 증오에 찬 눈길을 느껴야 했다. 이제 다른 좋은 집으로 이사를 했고 사건은 더 오래전 일이 되었으며 그들은 천천히 정상적인 삶에 적응하고 있었다. 제이크는 여전히 차에 허가받은 총을 지니고 다녀 그녀가 인상을 쓰곤 했지만, 경찰 경비는 사라졌다. 그들은 현실을 즐기고 미래를 계획하고 과거는 잊기로 했다. 헤드라인을 장식할 수도 있는 사건을 칼라는 절대로 원치 않았다.

두 사람이 조용히 이야기를 나누고 있는데 해나 양께서 파자마 바람으로 등장했다. 졸린 눈에 손에는 여전히 가장 좋아해서 옆에 두지 않고는 잠을 자본 적 없는, 봉제 동물 인형을 들고 있었다. 인형은 닳고 닳아 상품 유통 기한이 오래전에 지났고 아홉 살이나 된 해나는 이제 인형에 집착을 버려야 했지만, 진지한 논의 끝에 여전히 인형과 함께 자기로 했다. 딸은 아버지의 무릎에 파고들더니 다시 눈을 감았다. 엄마와 마찬가지로 해나도 최대한 소음을 적게 내면서 조용한 아침을 맞기를 좋아했다.

부부는 법률 문제에 관한 이야기를 멈추고 해나가 아직 읽지 않은 일요 성경학교 수업 숙제 얘기로 주제를 바꿨다. 칼라가 사라졌다가 학습 안내장을 들고 돌아왔고, 제이크는 그가 가장 싫어하는 성경 이야기 가운데 하나인 〈요나와 고래〉에 관해 읽기 시작했다. 해나 역시 이야기에 관심이 없었고, 졸고 있는 것 같았다. 칼라는 아침 준비하느라 주방에서 바빴다. 해나는 오트밀, 어른들은 수란 과 호밀빵 토스트였다.

두 사람은 조용히 아침을 먹으며 평화로운 순간을 함께 즐겼다. 일요일에는 TV 만화영화는 대개 금지였고, 해나는 보여달라고 할 생각도 하지 않았다. 늘 그렇듯 해나는 조금 먹고 마지못해 목욕하 러 갔다.

9시 45분, 그들은 가장 좋은 옷으로 갈아입고 예배를 위해 제 일장로교회로 출발했다. 차에 탔을 때 제이크가 선글라스를 두고 나오는 바람에 서둘러 집으로 돌아가야 했고, 들어가면서 늘 켜두 는 방범 경보 시스템을 해제했다.

주방 벽에 매달린 전화기가 울리기 시작했고 발신자 번호가 보 였다. 같은 지역번호였고 다른 국번이었지만 눈에 익었다. 바로 옆 인 밴뷰런 카운티일 수도 있었다. 이름이 보이지 않아 누구 전화인 지도 몰랐지만, 제이크는 감이 왔다. 그는 전화기를 바라보면서 전 화를 받을 수도 없고 받을 생각도 없었다. 뭔가가 그에게 받지 말 라고 했기 때문이다. 해리 렉스가 아니라면 평화로운 일요일 아침 에 누가 전화를 하겠는가? 혹시 루시엔 윌뱅크스일 수도 있지만, 그는 아니었다. 중요한 내용이고 분명히 골칫거리일 테지만 그는 잠시 그 자리에 선 채 멍하니 전화기를 보며 꼼짝하지 못했다. 결 국 여덟 번째까지 벨이 울렸고, 그는 메시지 녹음 불빛이 반짝이며 버튼이 눌리길 기다렸다. 귀에 익은 목소리가 말했다. "좋은 아침이로군, 제이크. 누스 판사일세. 난 체스터의 집에서 교회로 가려는 중이네. 아마 자네도 그럴 것 같군. 방해해서 미안하네만, 클랜턴에서 급박한 사건이 생겼고 내 생각에 지금쯤이면 자네도 들었을 것이 분명해. 최대한 빨리 전화해 주길 부탁하네." 그리고 전화는 끊겼다.

그는 이 순간을 아주 오랫동안 잊지 못할 터였다. 자기 집 주방에서 자신감에 가득 찬 것처럼 짙은 색 정장을 차려입은 채 받기 겁난다는 이유로 전화기를 노려보고만 있던 그 순간을. 이때처럼 겁쟁이가 되었던 적은 찾아낼 수 없었고, 그런 일이 다시는 일어나지 않아야 한다고 맹세했다.

경보장치를 다시 켜고 문을 잠그고 딸에게 환한 웃음을 꾸며내 보여주며 차로 돌아가 올라탔다. 진입로에서 차를 빼서 나오는데 해나가 물었다. "아빠, 선글라스는 어디 있어?"

"아, 찾아도 없더라고."

"우편물 옆 카운터 위에 있는데." 칼라가 말했다.

그는 상관없다는 듯 고개를 흔들더니 말했다. "못 봤어. 이러다 늦겠다."

성인 남성부 성경 공부는 지난주에 이어 〈갈라디아인들에게 보낸 바울의 편지〉였지만, 실제로는 그 주변에도 가지 못했다. 살해당한 경찰관은 부모와 조부모가 이곳 카운티 출신에다 다른 친척들도 이 지역 주변에 많이 흩어져 사는 이곳 토박이였기 때문이다. 토론 대부분은 범죄와 처벌에 관한 내용이었고, 살인범이 얼마나 어린지에 상관없이 신속한 처벌을 옹호하는 분위기였다. 살인자가 열여섯 살이든 예순 살이든 별 상관이 없지 않아요? 시간이 지날수록 주가가 오르는 것 같은 스튜 코퍼 사건에서는 상관이 없는 게 분명해 보였다. 사람을 쏜 나쁜 아이라면 연쇄살인범만큼이나 큰 피해를 줄 수도 있으니까요. 성경 공부반에는 변호사가 세 사람 있었는데, 제이크를 제외한 다른 두 사람은 장황하게 온갖 의견을 늘어놓았다. 제이크는 수동적이었지만 깊은 생각에 잠긴 채 괴로워하는 것처럼 보이지 않으려 애썼다.

그의 장로교 형제들은 사형제도를 매우 좋아하는 길 건너의 침례교와 오순절 교회 근본주의자들보다는 관대한 것으로 여겨졌지만, 작은 교실 안에서 느껴지는 복수에 대한 목마름으로 판단할 때 제이크는 스튜 코퍼를 죽인 소년은 이미 파치먼 교도소 사형장으로 향하고 있다는 생각이 들었다.

그런 생각을 떨쳐버리려 애썼다. 그건 다른 사람이 걱정해야 할 문제이기 때문이다. 그렇지 않나?

10시 45분, 파이프 오르간이 우렁차게 울리며 예배 시간을 알렸고 제이크와 칼라는 통로를 따라 앞에서 네 번째 줄 오른쪽 좌석으로 가서 앉아 일요 성경학교 수업을 마치고 통통 뛰어올 해나를 기다렸다. 제이크는 오래된 친구들, 지인들과 이야기를 나누었다. 대부분 교회 밖에서는 볼 일이 없는 사람들이었다. 칼라는 학교 학생 두 명을 만나 인사했다. 제일장로교회는 아침 예배에 평균 250명의 교인이 참석했는데, 그들 대부분이 서성거리며 서로 인사를 나누고 있는 것 같았다. 머리가 허옇게 센 사람이 많았고, 제이크는 목사가 젊은 가족들 사이에서 교회의 인기가 떨어지는 걸 우려한다는 사실을 알았다.

늘 불만이 많아 사람들 대부분이 피하고 싶어 하지만 다른 누구보다 헌금을 많이 내는 캐버너 노인이 제이크의 팔을 잡더니 아주 큰 소리로 말했다. "우리 보안관보를 죽인 녀석하고는 엮이지 않을 거지?"

아, 물론 제이크는 이렇게 받아치고 싶었다. 첫 번째. 이 짜증 나는 늙은이야, 당신 일에나 신경 쓰지? 두 번째. 당신과 당신 가족은 내 사무실에 한 푼 보태준 적도 없으면서 왜 갑자기 내가 하는 일에 간섭이야? 세 번째. 도대체 이 사건하고 댁이 무슨 상관있다고?

그러는 대신 그는 상대방의 눈을 똑바로 보면서 웃음기를 싹 거두고 말했다. "어떤 보안관보 말씀하시는 거죠?"

캐버너 씨는 살짝 놀라 제이크가 잡힌 팔을 빼내는 동안 말을 잇지 못하더니 겨우 이렇게 물었다. "이런, 아직 못 들었나?"

"뭘요?"

성가대가 예배를 알리는 찬송가를 부르기 시작했고 이제 자리에 앉을 시간이었다. 해나가 나타나 엄마와 아빠 사이로 끼어들었고, 제이크는 늘 그러듯 아이에게 미소를 지어 보이면서 이런 날이 얼마나 이어질지 궁금했다. 딸아이는 머지않아 '예배 설교' 시간에 친구들과 함께 앉도록 해달라고 보챌 것이고, 그 후에는 금방 남자아이들과 어울리고 싶어 할 것이다. 미리 걱정하지 마, 제이크는 속으로 생각했다. 그냥 이 순간을 즐기자.

그렇지만 즐기기 어려운 시간이었다. 시작 기도와 첫 번째 찬송을 마친 지 얼마 되지 않아 엘리 프록터 박사가 연단에 오르더니 모두가 이미 아는 우울한 소식을 전했다. 목사는 스튜어트 코퍼 경관의 비극적인 죽음이 마치 어떤 식으로든 직접적으로 그에게도 영향을 미치는 것처럼 말했다. 적어도 제이크는 살짝 지나치게 극적이라고 생각했다. 제이크는 그런 행동이 짜증스러운 습관이라고 가끔 칼라에게 말하곤 했지만, 그녀는 그런 불평을 들어줄 정도로 참을성이 있지는 않았다. 프록터는 남태평양 태풍이나 아프리카 기근을 묘사할 때도 거의 울음을 터뜨릴 정도였다. 물론 모든 기독교인이 기도해야 할 정도의 재난은 맞지만, 지구 반대편의 일이었다. 목사가 그런 일들과 유일하게 연결될 수 있었던 건 미국의 모든 사람이 함께 보는 케이블TV 뉴스를 봤기 때문이었다. 그런데도 목사는 다른 누구보다 더 깊게 공감했다.

그는 길고 깊게 정의와 치유를 위해 기도했지만, 자비에 대해서는 큰 비중을 두지 않았다.

청년 합창단이 찬송가 두 곡을 불렀고 예배 분위기가 달라졌다. 손목시계로 정확히 11시 32분에 설교가 시작되었고, 제이크는 시작한 설교를 어떻게든 들어보려고 애써봤지만 이내 앞으로 닥칠, 며칠 사이에 벌어질 수도 있는 어지러울 정도의 여러 시나리오 속에서 정신이 아득해졌다.

점심 식사 후 누스 판사에게 전화하게 되리라는 것만은 확실했다. 제이크는 이 지역 담당 판사를 엄청나게 존중하고 존경했고, 그의 그런 감정은 누스 판사가 그를 마찬가지로 생각한다는 사실로 더욱 강화되었다. 젊은 변호사였을 때 누스는 정치에 뛰어들었다가 경력을 망친 적이 있다. 주 상원의원이었을 때 그는 간신히 기소되는 신세를 면했고 다음 선거에서는 망신당하고 떨어졌다. 언젠가 그는 제이크에게 자신이 젊은 변호사였던 중요한 시기를 낭비했고, 재판정에서의 기량을 제대로 닦아본 적이 없다고 말했다. 그는 제이크가 재판정에서 성장하는 모습을 엄청난 자부심을 품고 지켜보았고, 헤일리 재판에서 스스로 내린 무죄 판결을 여전히 기분 좋게 생각하고 있었다.

제이크는 존경하는 오마르 누스 판사의 말을 거역한다는 건 불가능에 가깝다는 사실을 알고 있었다.

만일 그가 승낙해 아이의 변호사가 된다면? 제이크도 수없이 방문했던, 바로 근처에 있는 구치소의 미성년자 감방에 앉아 있는 그 소년을 만난다면? 이곳에 있는 독실하고 착한 장로교도들은 그를 어떻게 생각할까? 이 가운데 구치소 안을 본 적 있는 사람이 몇 명이나 되겠는가? 사법 체계가 어떻게 돌아가는지 눈치라도 채고 있는 사람이 몇 명이나 될까?

그리고 무엇보다 중요한 건, 착하고 준법정신 투철한 이곳 사람들 가운데 모든 피고인이 공정한 재판을 받을 권리가 있다는 사실을 아는 이가 몇 명이나 되겠는가? 그리고 '공정'이라는 단어에는 좋은 변호사의 조력을 받는다는 뜻이 포함되어 있다는 사실도.

가장 뻔한 의문은 이것이다. 끔찍한 범죄를 저지른 사람을 어떻게 변호할 수 있는가?

그의 일반적인 대답은 이렇다. 만일 당신의 아버지나 아들이 끔찍한 범죄로 기소되었다면, 당신은 적극적인 변호사와 만만해 보이는 사람 가운데 누굴 선택하겠습니까?

늘 그렇듯이, 그는 적지 않은 좌절감과 더불어 혹시 다른 사람이 어떻게 생각할지 생각하느라 다시 바빠졌다. 변호사한테는 심각한 결함이었다. 적어도 다른 사람 눈길 따위는 한 번도 걱정해본 적 없는 위대한 루시엔 윌뱅크스가 보기에는 그랬다.

제이크가 로스쿨을 마치고 루시엔에게 배우며 윌뱅크스 변호사 사무실에서 일하게 되었을 때, 상사인 루시엔은 이런 명언을 남겼다. "저기 로터리클럽과 교회, 커피숍에 있는 멍청이들은 널 변호사로 만들지도, 땡전 하나 보태주지도 않아." 그리고 "진짜 변호사가 되려면 우선 낯짝이 두꺼워져야 하고, 두 번째로 의뢰인을 제외한 모든 사람에게 지옥에나 가라고 말해야 하는 법이야." 또 "진짜 변호사는 인기 없는 사건을 두려워하지 않는 법이지"라고도 했다.

제이크가 일을 배울 때는 분위기가 그랬다. 온갖 악행으로 변호사 자격을 박탈당하기 전까지 루시엔은 성공한 변호사였고 소수자, 노조, 학군이 좋지 않은 동네, 버림받은 아이들, 노숙자처럼 약자를 변호하며 이름을 날렸다. 하지만 뻔뻔스러움과 자기 인식의 문제로 그는 가끔 배심원들과의 소통에 실패했다.

제이크는 자기 살을 꼬집으며 자기가 설교 중에 왜 루시엔을 생각하는지 이유가 궁금해졌다.

왜냐하면 만일 여전히 변호사 자격이 있다면, 루시엔은 누스 판사에게 전화해 루시엔 자신을 아이 변호사로 임명해 달라고 말할 터였기 때문이다. 그리고 이 지역의 다른 모든 변호사가 사건에서 달아날 때, 누스는 루시엔을 임명할 것이고 모두가 기뻐할 수 있었을 것이다.

"이 빌어먹을 사건을 맡아, 제이크!" 소리치는 그의 목소리가 들리는 것 같았다.

"누구나 변호사를 가질 자격이 있어!"

"늘 의뢰인을 골라서 받을 수는 없어!"

칼라는 남편이 딴생각에 빠져 있다는 걸 알고 그를 째려보았다. 그는 웃어 보이고 해나의 무릎을 어루만졌지만, 딸은 재빨리 그의 손길을 피했다. 어쨌거나 해나도 이제 아홉 살이나 되었기 때문이었다.

바이블 벨트 지역 표현으로, 믿음 속에 있는 사람들은 믿음 밖의 사람들을 묘사하기 위해 많은 단어와 용어를 사용한다. 정도에 따라 극단적인 사람들은 '길 잃은 사람'이라는 말로 이교도와 구원받지 못하고 더럽고 지옥으로 가는 사람들 그리고 예전에 말하던 죄인을 모두 가리켰다. 좀 더 정중한 기독교인들은 그런 사람들을 불신자, 미래의 성도, 타락한 사람 또는 가장 선호하는 표현인 비신자라고 불렀다.

용어가 어쨌든, 코퍼 가족은 수십 년 동안 교회를 떠나 있었다고 말하는 편이 옳았다. 일부 먼 친척들이 교회에 적을 두고 있기는 했지만, 그쪽 집안사람들은 원칙적으로 성경 말씀에 영향을 받기를 거부했다. 나쁜 사람들은 아니었고, 그냥 더 성스러운 길을 따를 필요를 전혀 느끼지 못할 따름이었다. 그들에게도 기회는 있었다. 선의를 가진 여러 시골 목사가 그들에게 손길을 내밀었지만,

소용없었다. 또한 여행하는 선교자들이 그들을 목표로 삼기도 했고, 심지어 열띤 설교 중에 그들의 이름을 대놓고 거론하기도 했다. 그들은 기도 목록 맨 앞에 자주 등장했고 집마다 찾아가는 전도사들의 목표물이 되었다. 그런 모든 노력에도 불구하고 그들은 하나님을 따르라는 모든 공세를 견뎌냈고 그렇게 그들끼리만 사는 상황에 매우 만족했다.

하지만 그 우울한 날 아침에 그들은 이웃 사람들의 품과 동정이 필요했다. 그들은 신과 더 가까운 사람들이 평소처럼 뿜어내는 사랑과 동정심이 필요했지만 얻을 수 없었다. 대신 그들은 얼의 집에 단체로 모여 상상조차 할 수 없던 사태에 대처하려 애썼다. 여자들은 모여 앉아 스튜의 어머니인 재닛과 함께 울었고, 남자들은 집 밖 테라스와 나무 아래에 앉아 담배를 피우고 나지막이 욕설을 내뱉으며 복수를 이야기했다.

선한목자성서교회 신도는 높은 뾰족탑과 뒤쪽에 잘 가꾼 묘지가 있는, 아름다운 하얀색 건물에서 모였다. 건물은 160년이나 된 역사적인 곳으로 감리교도들이 지어서 소수의 침례교도에게 넘겨주었는데, 그들이 흩어지면서 떠나 30년 동안 비어 있었다. 교회를 세운 사람들은 독자적인 단체로 1970년대 남부를 휩쓴 교파주의나 과격한 근본주의, 정치적 편애를 좋아하지 않았다. 100여 명의 신자를 가진 교회는 압류된 건물을 매입해 매우 세심하게 수리했고 지배적인 교리에 지치고 깨우친 영혼들을 반겨 맞이했다. 여자들이 장로로 뽑혔는데, 이런 급진적인 개념 때문에 선한목자교회는 "사이비"라는 조용한 소문이 생겨났다. 흑인과 다른 소수 인종도 환영했지만, 그들은 다른 이유로 다른 곳에서 예배를 보았다.

그 일요일 아침, 살인 사건의 최근 소식을 알아보려고 출석한 신도들이 있어 참석자가 조금 많아졌다. 찰스 맥게리 목사가 피의자인 어린 드루 갬블이 사실상 교회 신도이며 어머니인 조시는 잔인하게 구타당해 심하게 다쳐 병원에 있다고 알리자 교회 사람들은 외부를 향한 방어 태세를 갖추고 그들 가족을 에워쌌다. 전날 밤 끔찍하고 고된 시련을 겪을 때 입은 청바지와 운동화 차림 그대로인 키이라는 일요 성경학교의 작은 교실에서 다른 10대 여자애들과 앉아 자신이 어디에 있는지 이해하려고 애썼다. 어머니는 병원, 오빠는 구치소에 있었는데, 이미 그녀는 집에 돌아가 소지품을 챙길 수 없다는 말까지 들었다. 울지 않으려 애썼지만, 도저히 그럴 수가 없었다. 예배 시간 동안 앞줄에 앉아 있던 그녀의 한쪽에는 목사 부인이 앉아 그녀의 팔을 잡고 있었고, 다른 쪽에는 학교에서 친하게 지내는 여자아이가 앉아 있었다. 간신히 눈물은 그쳤지만, 생각을 제대로 할 수가 없었다. 한 번도 들어본 적 없는 옛날 찬송가를 부르려 일어났고 눈을 꼭 감고 찰스 목사와 함께 기도하려 애썼다. 설교에 귀를 기울였지만, 아무것도 들리지 않았다. 몇 시간 동안 먹지 못했음에도 먹을 것은 사양했다. 내일 학교에 가는 일은 상상할 수 없었고, 억지로 학교에 가지는 않으리라 마음먹었다.

키이라가 원하는 것은 어머니의 병원 침대 끄트머리에 앉아 반대편에 앉은 오빠와 함께 어머니의 팔을 만져보는 것뿐이었다.

5

일요일 점심은 가벼운 샐러드와 수프로 평상시와 같았다. 제이크의 어머니가 진수성찬을 차리고 싶은 기분일 때는 좀 달랐지만, 그건 한 달에 한 번 정도 있는 행사였다. 오늘은 그날이 아니었다. 제이크는 금세 점심을 먹고 칼라를 도와 테이블을 치우고 접시를 쌓고 주말 낮잠을 즐길까, 생각했지만 해나는 다른 계획이 있었다. 해나는 멀리를 데리고 시내 공원에 산책하러 가고 싶었고, 칼라는 제이크가 자진해 모험에 참석하도록 했다. 제이크도 불만은 없었다. 무엇이든 시간을 보내며 누스 판사에게 전화할 수 없게만 해주면 되니까. 그는 2시에 집에 돌아왔고 해나는 자기 방으로 사라졌다. 칼라는 물을 끓여 아침 식사용 테이블에서 함께 마실 녹차를 준비했다.

그녀가 물었다. "판사가 억지로 당신에게 사건을 맡길 수는 없지?"

"사실은 모르겠어. 오전 내내 생각했는데 판사가 변호사를 임명하려고 했는데 변호사가 거절했던 경우가 기억나지 않더라고. 순회법원 판사는 권력이 어마어마하고, 누스 판사는 내가 거절하면 내 인생을 끔찍하게 만들 수도 있어. 솔직히 그러니까 거절하지 않는 거지. 시골 변호사는 담당 판사한테 찍히면 죽으니까."

"스몰우드 사건도 걱정되는 거고?"

"물론 그 걱정도 되지. 정보 공개도 거의 끝났고 재판 날짜를 잡자고 누스를 괴롭히는 중이었거든. 항상 그렇듯 피고 측이 시간을 끌고 있지만, 그들은 우리 때문에 정신이 없을 거야. 해리 렉스는 그쪽이 화해 조정을 받아들일 수도 있다던데, 그러려면 확실하게 재판 날짜가 잡혀야 할 거야. 계속 누스 판사를 기분 좋게 해줘야 해."

"판사가 다른 사건 때문에 앙심을 품을 수도 있다는 거야?"

"오마르 누스는 멋지고 늙은 판사로 거의 매번 제대로 된 판결을 하지만, 까다롭게 굴 수도 있어. 인간이고 실수도 하거니와 자신이 원하는 건 뭐든 얻어내는 데 익숙하지. 적어도 자기 법정에서는 그래."

"그러니까 다른 사건의 영향을 받는다는 거야?"

"그럼. 그런 적이 있지."

"하지만 그는 당신을 좋아하잖아, 제이크."

"그 사람은 스스로 내 멘토라고 생각하고 내가 훌륭한 일들을 해주길 원해. 노인네를 계속 행복하게 해주어야 할 완벽한 이유지."

"나도 이 건에 투표권이 있나?"

"당연하지."

"좋아. 이건 헤일리 사건과는 달라. 인종적 긴장 문제가 없지. 내가 아는 한 관련자 모두가 백인이잖아?"

"아직은 그래."

"그러니까 KKK단과 그런 미친놈들은 이번에는 나타나지 않겠네. 확실한 건 당신이 그 아이를 당장 목매달고 싶어 하는 사람들을 화나게 할 거라는 점이야. 그런 사람들은 이번 사건을 맡는 변호사가 누구든 원망하겠지만, 이 동네는 원래 그런 곳이잖아? 당신은 변호사고, 내가 보기엔 솜씨가 최고인데 지금 당장 열여섯 살짜리 사내아이가 아주 곤란한 상황에 빠져 도움을 바라고 있어."

"우리 동네에는 다른 변호사도 있어."

"당신이 사형 선고를 받을 수도 있는 상황이면 누굴 고용하고 싶은데?"

제이크가 너무 오래 머뭇거리자, 그녀가 말했다.

"그것 봐."

"톰 모틀리가 기대되는 재판 변호사지."

"그렇지만 형사 사건에 뛰어들어 손을 더럽히는 법은 없지. 그 사람 때문에 당신이 화내는 걸 내가 몇 번이나 들었는지 알아?"

"보 랜디스도 훌륭하고."

"누구? 분명히 훌륭한 사람이겠지만, 누군지 잘 모르겠는데?"

"젊은 친구야."

"그럼 당신은 그 친구를 목숨 걸고 믿을 수 있어?"

"그렇게 말하지는 않았어. 여보, 내가 이곳의 유일한 변호사도 아니고, 내가 보기에 누스 판사는 다른 사람의 팔을 비틀 수도 있어. 이런 지저분한 사건에 카운티 외부에서 변호사를 임명하는 일이 보기 드문 일도 아니고. 3~4년 전에 박스힐에서 있었던 끔찍한 강간 사건 기억해?"

"그럼."

"우리가 못하겠다고 했더니 누스 판사가 투펄로에서 변호사를 불러서 우릴 보호해 줬지. 아무도 모르는 사람이었지만 기대했던 대로 잘 처리했어. 상황이 좋지 않은데도."

"유죄 인정 협상을 했지?"

"그래. 30년 형이었지."

"부족하네. 이번 사건에서는 유죄 인정 협상 가능성이 있을까?"

"누가 알겠어? 피의자가 미성년자니까 누스 판사가 좀 봐줄 수는 있겠지. 하지만 피를 보자는 요구가 아주 많을 거야. 사형이지. 희생자 가족도 가만히 있지 않을 테고. 오지도 부하 직원이 죽었으니 제대로 재판을 열고 싶어 할 거야. 내년이면 모두가 선거에 나설 테니 범죄에 철퇴를 가하는 모습을 보여줄 완벽한 기회가 될 거야."

"열여섯 살짜리 아이를 사형대로 보내는 건 옳은 일이 아닌 것 같은데."

"그 얘기를 코퍼 가족에게 해봐. 그들을 모르지만, 분명히 아이를 가스실로 보내야 한다고 생각할 거야. 만일 누군가 해나를 해쳤다면, 그 사람 나이를 두고 고민하지 않겠지?"

"그렇지."

두 사람은 깊은 한숨을 쉬고 끔찍한 생각이 지나가기를 기다렸다.

"이제 당신이 투표할 준비가 된 것 같은데." 제이크가 말했다.

"모르겠어, 제이크. 내리기 힘든 결정이지만, 만일 누스 판사가 밀어붙이면 당신이 어떻게 거절할 수 있을지 모르겠어."

벨이 울렸고 두 사람은 전화기를 바라보았다. 제이크가 전화기로 걸어가 발신자가 누군지 확인했다. 그는 칼라에게 웃어 보이고 말했다. "판사님이야." 제이크는 수화기를 들고 인사를 건넨 다음 전화선을 끌고 주방을 가로질러 아침 식사 테이블에 앉은 아내 곁에 자리를 잡았다.

그들은 사교적인 인사를 나누었다. 가족들은 모두 평안했다. 계절 바뀌는 얘기도 했다. 스튜어트 코퍼의 끔찍한 소식을 주고받았다. 두 사람 모두 애도를 표했다. 누스는 오지와 이야기를 나누었고, 오지는 아이를 안전한 곳에 가두었다. 사람 좋은 오지. 누스가 상대했던 대부분의 보안관이었다면 아이를 고문대에 눕히고 열 페이지 분량의 자술서에 서명하게 했을 것이다.

누스가 본론으로 들어가며 말했다. "제이크, 난 자네가 이 아이의 예비 심리를 맡아줬으면 하네. 사형 선고를 다투게 될지 알 수 없지만, 늘 그럴 가능성은 존재하니까. 클랜턴에서 최근 사형 가능성이 있는 사건을 맡아본 사람이 없고, 자네는 내가 가장 신뢰하는 변호사야. 만일 사형 선고 가능성이 생기면 다시 검토해서 다른 변호사를 찾아볼 수 있도록 해보겠네."

제이크는 눈을 감고 고개를 끄덕인 다음 판사가 말을 멈추자마자 대답했다. "판사님, 만일 제가 지금 나서면 끝까지 엮일 수밖에 없다는 건 판사님이나 저나 다 알고 있잖습니까?"

"꼭 그렇지는 않아, 제이크. 조금 전에 옥스퍼드의 로이 브라우

닝과 얘기했네. 아주 훌륭한 친구야. 그 친구 아나, 제이크?"

"로이를 모르는 사람은 없죠, 판사님."

"그 친구 올해에 사형 선고가 가능한 재판을 두 건이나 했고 아주 바쁘지만, 대신 아주 높게 평가하는 젊은 파트너 변호사가 있다더군. 나중에 사건이 커지면 사건을 살펴보고 맡아주기로 약속했네. 그렇지만 지금 당장은 누군가 구치소에 가서 아이와 대화하고 경찰이 함부로 하지 못하게 해줬으면 하네. 난 허위 자백이나 교도소 내부 밀고자 따위를 보고 싶지는 않아."

"저는 오지를 믿습니다."

"나도 그렇네, 제이크. 하지만 경찰이 죽은 사건이고 그 친구들이 사건을 어떻게 만들어낼 수 있는지 자네도 알 거야. 난 그저 그 아이가 당장 뭔가 보호를 받을 수 있다면 더 안심할 수 있을 것 같네. 임명 기간을 30일로 하지. 자네가 구치소에 가서 아이를 만나고 화요일 오전 민사 소송 일정 조정 전인 9시에 나랑 만나도록 하자고. 자네가 스몰우드 건으로 뭔가 신청서를 내는 걸로 아네만."

"하지만 저는 피해자와 아는 사이였어요, 판사님."

"그래서? 좁은 동네라서 서로가 전부 알고 지내는 곳 아닌가?"

"너무 밀어붙이시네요, 판사님."

"미안하네, 제이크. 그리고 일요일에 이렇게 괴롭혀서 미안해. 하지만 상황이 위험하게 흘러갈 수도 있고, 안정적인 손길이 필요하네. 난 자네를 믿어, 제이크. 그래서 자네가 개입해 주기를 부탁하는 거야. 있잖나, 제이크. 젊은 변호사였을 때, 나는 우리가 늘 의뢰인을 선택할 수는 없다는 걸 배웠네, 알지?"

대체 왜 그래야 하냐고요, 제이크는 속으로 물었다. "아내와 상의를 좀 했으면 좋겠습니다, 판사님. 아시다시피 5년 전에 저희는 헤일리 사건으로 많은 일을 겪었고, 아내도 어느 정도 의견이 있을지도 몰라서요."

"이번 건은 헤일리 때와는 전혀 달라, 제이크."

"다르죠. 하지만 경찰이 죽었고, 살인 용의자를 변호하는 사람은 누구든 지역사회의 반발에 직면하게 될 겁니다. 말씀하신 대로 좁은 동네니까요, 판사님."

"꼭 좀 자네가 나서줬으면 좋겠네, 제이크."

"칼라와 상의하고 괜찮으시다면 화요일 아침 일찍 뵙도록 하겠습니다."

"그 아이는 지금 변호사가 필요해, 제이크. 내가 알기로 아이는 아버지도 없고 어머니는 상처를 입고 병원에 있다고 하네. 주변에 다른 친척도 없어. 벌써 살인을 시인했다고 하니 일단 입부터 다물어야 해. 그래, 우리 둘 다 오지를 신뢰하지만, 구치소 주변에는 믿을 수 없고 성미 급한 사람이 분명히 있을 것 같아서 걱정이야. 부인과 상의하고 두 시간 안으로 전화해 주게."

철컥 소리가 크게 들리더니 전화가 끊어졌다. 존경하는 판사께서는 명령을 남기고 전화를 끊어버렸다.

3월 바람이 오후 늦게 세게 불어오더니 기온이 떨어졌다. 거실에서 모녀가 옛날 영화에 푹 빠진 사이 제이크는 집을 나서 클랜턴의 조용한 거리를 따라 한참 걸었다. 일요일 늦은 시간이면 사무실에서 한두 시간 혼자만의 시간을 보내면서 지난주 마무리하지 못한 사건들을 살펴보고 어떤 걸 뒤로 미루어야 할지 고민했다. 지금 진행 중인 사건은 80개였지만, 그럴듯한 사건은 손으로 꼽을 수 있을 정도였다. 작고 가난한 동네의 변호사 생활은 그런 식이었다.

요즘 그는 스몰우드 사건에 온 힘을 다하고 있었고, 다른 대부분 문제는 무시하고 있었다.

사실관계는 간단하면서도 복잡했다. 테일러 스몰우드와 아내 세라 그리고 세 아이 가운데 둘은 포크 카운티 경계선 근처의 위험한 건널목에서 그들이 탄 작은 수입차가 기차와 충돌했을 때 즉사했다. 금요일 밤 10시 30분경에 일어난 사고였다. 가족이 탄 차 뒤쪽 90여 미터 지점에서 사건을 목격한 픽업트럭 운전자에 따르면 건널목의 빨간색 신호등이 충돌 시점에 작동하지 않았다고 했다. 기차 기관사와 보조 차장은 작동했다고 맹세했다. 건널목은 800미터 떨어진 곳의 꼭대기부터 50도 각도의 내리막으로 이어진 언덕 아래에 있었다.

사고 두 달 전, 세라는 세 번째 아이 그레이스를 낳았다. 사고 당시 그레이스는 클랜턴에 사는 테일러의 여동생이 보고 있었다.

대개 이런 놀라운 사건이 벌어지면 모든 변호사가 어떻게든 사건을 따내려고 연줄을 동원하면서 지역 변호사 사회는 열광 상태에 빠지곤 했다. 제이크는 사고를 당한 가족을 들어본 적도 없어서 시작부터 밀려나 있었다. 그렇지만 해리 렉스가 세라 여동생의 이혼을 맡아 진행했고 그녀는 결과에 만족했다. 독수리 떼가 하늘을 맴도는 가운데 해리는 재빨리 계약서를 작성해 가족 구성원 여럿의 서명을 받아냈다. 그런 다음 법원으로 달려가 유일한 상속인이자 원고 자격이 있는 그레이스에 대한 후견인 자격을 설정하고 철도회사인 센트럴 앤드 서던을 상대로 천만 달러의 소송을 제기했다.

해리 렉스는 자신의 한계를 알았고, 자신이 배심원들과 소통할 수 없을지도 모른다는 사실을 깨달았다. 그는 더 좋은 계획을 세웠다. 수석 변호사가 되어 힘든 일을 처리하고 재판에서 애써주면 수임료 절반을 주겠다고 제이크에게 제안한 것이다. 해리 렉스는 헤일리 사건에서 배심원들의 마법을 목격했다. 그는 다른 사람들처럼 제이크가 의뢰인의 목숨을 살리기 위해 변호하는 모습을 넋을 잃은 채 바라보았고, 자기보다 젊은 친구가 배심원들을 잘 다룬다는 걸 알았다. 만일 제이크가 제대로 된 사건을 따낼 수만 있다면 언젠가 어마어마한 돈을 재판으로 벌어들일 수 있을 터였다.

두 사람은 거래에 합의했다. 제이크는 공격수 역할을 맡기로 했고, 누스 판사가 절차를 서둘러주기를 기대하고 있었다. 해리 렉스는 그림자 속에서 일하며 증거를 찾아내고 전문가를 고용하고 보험 변호사들을 윽박지르기로 했고 가장 중요한 배심원 선정을 맡았다. 두 사람은 함께 일을 잘해왔는데, 무엇보다 서로 충분히 이해해 주었기 때문이다.

철도회사는 피해자에게 덜 우호적인 연방법원으로 사건을 이관하려고 했지만, 제이크가 제기하고 누스 판사가 받아들인 일련의 요청을 통해 막아낼 수 있었다. 지금까지 판사는 피고 측 변호인단과 그들의 일반적인 시간 끌기 전략에 인내심을 발휘하지 않고 있었다.

전략은 간단했다. 건널목은 위험하고 설계가 잘못되었으며 제대로 유지 관리가 되지 않아서 위기 상황이 자주 연출되는 곳으로 널리 알려졌고, 그날 밤에는 경고등마저 고장이 나 있었다는 사실을 입증하면 되었다. 피고 측 대응책도 똑같이 간단했다. 테일러 스몰우드는 브레이크를 전혀 밟지 않은 채 열네 번째 화차를 들이받았다. 밤이든 환한 낮이든 밝은 노란색 반사 경고 스티커가 잔뜩 붙은 높이 4.5미터 길이 12미터나 되는 화차를 어떻게 보지 못할 수 있겠는가?

원고는 피해가 막심했기 때문에 강력한 주장을 펼 수 있었다. 피고는 확연한 사실을 바탕으로 강력하게 주장했다.

1년이 다 되어가는 동안 철도회사 보험사 변호사들은 합의를 거부하고 있었다. 하지만 이제 판사는 재판 날짜를 정하는 중이었고, 해리 렉스는 곧 합의를 이룰 수 있으리라 믿고 있었다. 피고 측 변호인단에 로스쿨에서 알게 된 지인이 있었고 그들은 함께 술을 마시는 사이였다.

제이크는 비어 있는 사무실이 더 좋았다. 요즘은 사무실이 빈 적이 별로 없었다. 현재 그의 비서인 포샤 랭은 스물여섯 살의 전직 군인으로 6개월 뒤에 그만두고 올 미스 로스쿨에 입학할 예정이다. 포샤의 어머니 레티는 2년 전 유언장 분쟁을 거쳐 적지 않은 재산을 물려받았는데, 제이크는 유언장을 두고 상대방 변호사 군단과 맞서 싸웠다. 포샤는 그 사건을 보고 감명을 받아 로스쿨에 진학하기로 했다. 그녀의 꿈은 포드 카운티 첫 흑인 여성 변호사가 되는 것이었고, 잘 해내고 있었다. 그냥 비서 역할만이 아니라 포샤는 전화를 받는 것은 물론 의뢰인의 업무를 대신 처리하거나 발품을 팔았고 판례 검색을 하고 명확하게 글을 쓸 줄도 알았다. 제이크는 학교에 다니면서도 시간제로 일할 수 있도록 협상하는 중이었지만 신입생일 때 그렇게 일하는 건 거의 불가능하다는 사실을 두 사람 모두 알고 있었다.

게다가 그들의 삶이 복잡해진 이유는 건물주이자 법률사무소의 예전 소유주인 루시엔 윌뱅크스가 매주 최소 세 번 사무실에 나와 대개는 민폐를 끼치기만 하는 습관이 생겼기 때문이었다. 이미 오래전 변호사 자격을 박탈당한 루시엔은 사건을 맡거나 의뢰인을 대행할 수 없었고, 결국 제이크의 업무에 참견하면서 부탁한 적 없는 조언을 하는 데 많은 시간을 보냈다. 그는 종종 변호사 시험을 다시 볼 준비를 하고 있다고 주장했는데, 오랜 세월 폭음으로 정신력 대부분을 빼앗긴 노인에게는 어처구니없는 도전이었다. 루시엔은 사무실에서 시간을 보냄으로써 집에 있는 술 장식장에서 멀리 떨어져 있는 효과가 있다고 주장했지만, 오래 지나지 않아 사무실 책상에서도 술을 홀짝거리기 시작했다. 제이크 사무실에서는 멀리 떨어졌고 포샤의 방에는 너무 가까운, 아래층 작은 회의실을 슬그머니 차지하고는 오후에는 대부분 책상에 발을 올리고 점심시간에 먹은 술 냄새를 풍기며 코를 골았다.

루시엔이 포샤에게 성희롱 섞인 거친 말을 한 적이 있는데, 그러자 그녀는 그의 목을 부러뜨리겠다고 위협했다. 그 뒤로 그들은 훨씬 예의 갖춘 사이로 지낼 수 있었지만, 그녀는 여전히 루시엔이 없을 때 더 행복했다.

회사의 마지막 구성원으로 타이핑 업무 대부분을 책임지는 베벌리는 예전 고객으로 일주일에 스무 시간만 일했다. 완벽할 정도로 멋진 중년인 그녀는 흡연이 인생의 전부였다. 골초인 그녀는 담배가 건강에 나쁘다는 걸 알고 시장에 나와 있는 모든 금연 방법을 시도했다. 담배 중독 때문에 그녀는 정규직도 결혼도 유지할 수 없었다. 제이크는 그녀에게 주방 안쪽 사무실을 주었다. 그곳에서는 모든 창문과 출입문을 열어둔 채 푸르스름한 연기 속에서 담배를 뻐끔거릴 수 있었다. 그런데도 그녀가 만지는 모든 물건에서 퀴퀴한 담배 냄새가 났고, 제이크는 그녀가 얼마나 오래 버틸 수 있을지 걱정스러웠다. 그는 자신이 어쩔 수 없이 해고하기도 전에 그녀가 폐암에 걸릴지도 모른다며 포샤에게 조용히 말한 적이 있었다. 하지만 포샤도 그렇고 현관 밖에서 시가를 피우며 종종 오래된 연기 냄새를 풍기는 루시엔도 별다른 불만은 없었다.

제이크는 천천히 위층 자신의 넓은 사무실로 올라갔고 관심을 끌고 싶지 않아 불은 켜지 않았다. 일요일 오후에도 사람들이 사무실 문을 두드리는 경우가 있었다. 자주는 아니었지만. 어떤 날은 다음 의뢰인이 어디에서 나타날지 궁금할 때도 있었다. 다른 날은 의뢰인이 모두 사라졌으면 좋겠다고 생각했다.

희미한 어둠 속에서 그는 수십 년 전에 윌뱅크스 형제가 사들인 낡은 가죽 소파에 앉아 기지개를 켰다. 천장에 매달린 먼지투성이 실링팬을 쳐다보며 그 물건이 얼마나 오랫동안 매달려 있었을지 궁금했다. 오랜 세월이 지난 뒤 변호사들의 생활은 얼마나 변했을까? 그 당시 변호사들이 마주했던 윤리적 딜레마는 무엇이었을까? 그들도 인기 없는 사건을 맡기 싫어 걱정했을까? 살인자를 변호하면 반발이 있을까 봐 두려워했을까?

제이크는 루시엔에 관해 들은 이야기를 떠올리고 웃음을 터뜨렸다. 그는 NAACP(흑인지위향상협회)의 이곳 카운티 지부의 처음이자 오랜 세월 유일했던 백인 회원이었다. 나중에는 ACLU(미국 시민자유연합)에서도 같은 위치를 차지했다. 그는 노조를 대변하기도 했는데, 이는 시골인 북부 미시시피에서는 매우 드문 일이었다. 그는 흑인들이 다니는 학교들이 형편없다면서 주 정부를 고소했다. 사형제도를 두고도 주 정부를 고소했다. 로타운 도로를 포장하지 않는다며 시청을 고소했다. 변호사회에서 쫓겨날 때까지 루시엔 윌뱅크스는 필요하다는 생각이 들면 주저하지 않고 소송을 거는, 두려움 모르는 변호사였고 제대로 된 대접을 받지 못하는 의뢰인 돕기를 한 번도 피한 적이 없었다.

지난 11년 동안 조언자로 일관해 온 루시엔은 제이크의 성공을 여전히 기뻐하는 충실한 친구였다. 만일 루시엔에게 묻는다면 그는 어린 드루 갬블의 변호를 맡는 것은 당연하고 최대한 떠들썩하게 일을 진행하라고 조언할 것이 분명하다는 생각이 들었다. 무죄를 주장해! 빌어먹을 속도전 재판을 하는 거야! 루시엔은 늘 심각한 범죄로 기소된 사람은 훌륭한 변호사가 있어야 한다고 믿었다. 그리고 루시엔은 화려한 경력을 쌓는 동안 악당 의뢰인이 그에게 가져올 사람들의 관심을 한 번도 피한 적이 없었다.

제이크의 다른 친한 친구인 해리 렉스는 이미 함께 논의했기 때문에 다시 이 문제를 두고 물어볼 필요가 없었다. 칼라는 모호한 태도를 보이고 있었다. 누스 판사는 전화를 기다리고 있었다.

코퍼 가족은 걱정스럽지 않았다. 그들을 잘 몰랐고 그들은 카운티 남쪽 지역에 사는 것 같았다. 제이크는 서른일곱 살이었고 지금까지 그들 가족 없이도 12년 동안 변호사 생활을 성공적으로 해왔다. 그들 없이도 미래에 일을 잘 해낼 수 있을 터였다.

그는 경찰들을 생각했다. 시 경찰 소속 경찰관들, 오지와 그의 부하들. 일주일에 여섯 번 제이크는 사무실에서 네 집 건너에 있는 커피숍에서 아침 식사를 했다. 마셜 프레이더도 가끔 그곳에 나타나 그에게 아침 첫 모욕을 선사하려고 기다리곤 했다. 제이크는 많은 경찰관의 법무 문제를 해결해 주었고 자신이 그들이 좋아하는 변호사라는 걸 알고 있었다. 드웨인 루니는 칼 리 헤일리에게 불리한 증언을 하면서도 자기 다리를 날려버린 사내를 존경한다는 걸 인정해 배심원들을 깜짝 놀라게 했다. 믹 스웨이지는 미치광이 사촌이 있었는데, 제이크는 무료로 그를 주 정신병원에 보낼 수 있도록 도와주기도 했다.

실제 법무 작업이 그리 많지는 않았다. 유언장이나 증서 외에 소소한 일에 제이크는 거의 비용을 받지 않았다. 무료 변호는 드문 일이 아니었다.

실링팬을 물끄러미 보던 제이크는 경찰관들이 한 번도 그럴듯한 사건을 그에게 맡긴 적이 없다는 사실을 인정하지 않을 수 없었다. 그가 드루를 변호한다면 그들이 이해하지 못할까? 물론 그들은 동료가 살해당한 일로 충격에 빠졌을 테지만, 그들은 어떤 변호사든 피의자를 변호해야 한다는 사실을 알고 있을 것이다. 그 변호사가 그들이 신뢰하는 친구 제이크라면 기분이 더 낫지 않을까?

그는 용감한 결정을 내리려는 것일까? 아니면 전체 경력에서 가장 큰 실수를 하려는 것일까?

마침내 그는 책상으로 걸어가 전화기를 들고 칼라에게 전화했다.

그런 다음 누스 판사에게 전화했다.

6

제이크가 사무실을 나섰을 때 이미 어두웠던 주위는 아무도 없
는 광장 주변을 걸어 다니는 동안 더 어두워졌다. 거의 8시가 다
된 일요일 저녁이었고, 문을 연 가게나 카페는 한 곳도 없었다. 하
지만 구치소는 활기차게 움직이고 있었다. 큰길에서 벗어나니 순
찰차 여러 대가 아무렇게나 구치소 건물 주위에 서 있고, 언론사
차량이 투펄로와 잭슨에서 각 한 대씩 와 있었다. 그 근처에 사내
들이 잔뜩 모여 서성거리며 담배를 피우고 조용히 이야기를 나누
는 모습을 보니 날카로운 통증이 아랫배를 때렸다. 그는 곧장 적들
의 영역으로 걸어 들어가는 느낌이 들었다.

건물 구조는 잘 알고 있었기에 옆길로 슬쩍 빠져 뒷문을 통해
복잡하게 뻗어 있는 사무실 단지로 들어가기로 했다. 건물들은 세
월이 흐르는 동안 확장과 개조를 거쳤는데, 다음에 무엇을 지어야
한다는 확실한 계획은 없었다. 스무 개 정도 되는 감방과 대기실

들, 안내 공간 그리고 북적거리는 복도를 갖춘 복합 건물의 한쪽 끝에는 보안관 사무소가 있고 반대쪽에는 클랜턴시 경찰국이 있었다. 간단하게 설명하기 위해 그 건물들 전체를 그냥 "구치소"라고 불렀다.

그 어두운 밤에 구치소에는 법 집행 기관과 조금이라도 관련 있는 모든 사람이 모여 북적였다. 그들 모두는 형제나 다름없었다. 배지를 착용한 다른 이들과 함께 있다는 편안함이 느껴졌다.

교도관은 오지가 문을 걸어 잠근 채 사무실에 있다고 제이크에게 말해주었다. 오지에게 할 말이 있으니 마당 근처에서 보자고 전해달라고 부탁했다. 마당은 철조망을 친 공간으로 재소자들이 가끔 농구를 하거나 체커를 두는 곳이었다. 날씨가 좋으면 제이크와 이 지역의 다른 변호사들은 나무 아래 낡은 피크닉 테이블에 앉아 의뢰인들과 철조망을 사이에 두고 이야기를 나누기도 했다. 하지만 밤에는 모든 재소자가 감방으로 돌아가고 마당은 어두웠다. 재소자들이 갇힌 좁은 감방 창문은 굵은 철봉으로 막혀 있었다.

가장 최근에 생긴 의뢰인을 제외하고는 구치소에 갇힌 제이크의 고객은 없었다. 파치먼 주립 교도소에 마약 판매 혐의로 갇힌 젊은이 두 명 중 한 명의 어머니가 수다스러웠는데, 그녀는 자기 가족의 몰락을 제이크 탓으로 돌리고 있었다.

문이 열리더니 오지가 혼자 모습을 드러냈다. 그는 어깨에 무거운 짐을 진 것처럼, 며칠 잠을 못 잔 것처럼 서두르지 않고 천천히 걸어왔다. 손을 내미는 대신 그는 손가락 관절을 꺾으면서 마당 너머를 바라보았다.

"힘든 하루군." 제이크가 말했다.

오지는 투덜거리며 말했다. "지금까지 겪은 최악의 날이었어. 새벽 3시에 전화를 받았는데 그 이후로 정신없이 달렸으니. 부하 직원을 잃는 건 끔찍한 일이야, 제이크."

"유감이야, 오지. 나도 스튜와 알고 지냈고 그를 좋아했어. 동료들이 어떤 상황을 이겨내야 할지 상상조차 할 수 없군."

"아주 훌륭한 친구였고 우리 모두를 늘 웃게 했지. 어두운 면도 있었겠지만, 우리가 그런 얘기를 할 수는 없고."

"그 친구 가족들을 만났나?"

오지는 깊게 한숨을 쉬더니 고개를 흔들었다. "그냥 차를 몰고 가서 애도를 표하고 왔어. 지금까지 본 사람들 가운데 차분한 쪽이라고 볼 수는 없어. 그들이 오늘 오후 이리로 몰려와서 아이를 내놓으라고 했다더군. 그 가운데 두 명은 병원에 나타나 아이의 어머니와 얘기해야겠다고 했고. 미친 짓이지. 그래서 지금은 병원에 보안관보 한 명을 배치했어. 이 친구들 조심하는 편이 좋을 거야, 제이크."

작은 브리건스 가족에게 정확히 필요했던 것이었다. 추가로 걱정해야 할 미친놈들.

오지는 헛기침을 하더니 땅에 침을 뱉었다. "방금 누스 판사랑 얘기했어."

"나도." 제이크가 말했다. "거절할 수 없는 사람이지."

"자네한테 의지하고 있다고 하더군. 자네는 개입하고 싶어 하지 않았다면서."

"누가 개입하고 싶겠나, 오지? 이 동네에 그런 사람은 없을 거야. 누스 판사는 카운티 밖에서 다른 변호사를 찾아보겠다고 내게 약속했어. 그러니까 나는 예비 심리 때만 잠깐 대신 하는 거지. 어쨌든 계획은 그래."

"확신하지 못하는 것처럼 들리는군."

"그래. 이런 사건에서 손을 떼기는 쉽지 않지. 특히 다른 변호사들이 전부 숨어서 판사 전화를 피할 때는 말이야. 결국 내가 휘말릴 가능성이 커."

"그냥 싫다고 하지 그랬어?"

"누스 판사가 내 목줄을 쥐고 있는 데다, 다른 사람이 없기도 하고. 어쨌든 지금 당장은. 순회법원 판사에게 싫다고 말하는 건 어려워, 오지."

"그럴 것 같군."

"상당히 강하게 밀어붙이더라고."

"그러게, 그렇게 말하더군. 우린 서로 반대편에 선 것 같군, 제이크."

"대개 서로 반대편 아니었나? 자네가 범인을 체포하면 난 그들을 풀어주려고 애쓰지. 우린 둘 다 각자의 일을 하는 거고."

"모르겠어. 이 사건은 다른 것 같아. 전에는 부하 직원이 죽는 일은 없었어. 게다가 재판이 크게 열릴 테고, 자네는 훌륭한 변호사들이 해야 할 일을 하게 되겠지. 아이를 풀어주는 일, 맞지?"

"그날은 아직 멀었어, 오지. 난 지금 당장은 재판을 생각하지 않고 있어."

"장례식을 생각해야지."

"유감이야, 오지."

"고맙네. 흥미로운 한 주가 되겠어."

"아이를 봐야겠어."

오지는 구치소에서 가장 최근 증축된 구역, 안쪽에 줄지어 있는 창문을 향해 고갯짓했다. "바로 저기야."

"고마워. 부탁 하나만 들어줘. 마셜, 모스, 드웨인은 나랑 친구 사이야. 그들이 이런 상황을 좋아하지 않을 거야."

"그렇겠지."

"그러니 최소한 솔직하게 누스가 날 임명했다고 그들에게 말해 줘. 내가 원해서 이 사건을 맡은 것이 아니라고."

"그러지."

교도관이 문을 열고 흐릿한 조명 스위치를 켰다. 교도관을 따라 안으로 들어간 제이크의 눈은 어둑어둑한 실내에 맞춰 다시 초점을 맞추려 애쓰는 중이었다. 전에도 미성년자 감방에 여러 번 와본 경험이 있었다.

일반적인 절차를 따르면 재소자에게 수갑을 채워 복도를 지나 취조실로 데려오고, 그곳에서 변호사와 직접 만나는 동안 문밖에서 교도관이 경비를 서야 했다. 변호사가 구치소에서 의뢰인에게 공격당한 일은 없었지만 그런데도 조심하지 않을 수 없었다. 모든 일에는 최초가 있게 마련이고 소송 의뢰인들은 예측하기 쉬운 부류가 아니었기 때문이다.

하지만 오지와 교도관은 이 재소자가 아무 위협도 되지 않는다고 보는 것이 분명했다. 드루는 감방에 틀어박힌 채 모든 음식을 거부하고 있었다. 12시간 전 여동생이 떠난 뒤부터는 한마디 말도 하지 않고 있었다.

교도관이 속삭였다. "혹시 모르니까 문을 열어둘까요?"

제이크는 고개를 흔들었고, 교도관은 문을 닫은 뒤 돌아갔다. 드루는 여전히 아래층 침대에서 최대한 적은 공간을 사용하고 있었다. 얇은 담요를 덮고 무릎을 가슴에 붙인 모습으로 웅크린 채 문을 향해 등을 돌리고 자신만의 작고 어두운 누에고치 속에 똘똘 뭉쳐 있었다. 제이크는 최대한 크게 소리를 내면서 플라스틱 의자를 끌어와 앉았다. 아이는 움찔하지도 않았고 손님의 존재를 알아차렸다는 티를 전혀 내지 않았다.

제이크는 완벽한 고요함에 적응한 뒤 기침 소리를 내고는 말했다. "자, 드루. 내 이름은 제이크야. 거기 있니? 아무도 없어?"

무반응.

"나는 변호사고 판사님이 네 사건을 맡기셨다. 분명히 예전에도 변호사를 만나본 적이 있겠지, 드루?"

무반응.

"좋아. 어쨌거나 넌 나와 친구가 되어야 해. 나랑 판사님 그리고 재판제도랑 많은 시간을 보내야 하거든. 전에도 재판받아 본 적 있니, 드루?"

무반응.

"왠지 넌 전에도 재판을 받아본 것 같구나."

무반응.

"난 좋은 사람이야, 드루. 난 네 편이란다."

무반응. 1분이 지나고 2분이 지났다. 드루가 숨을 쉬면서 담요가 살짝 오르락내리락했다. 제이크는 아이가 눈을 뜨고 있는지 확인할 수가 없었다.

또 1분이 지났다. 제이크가 말했다. "좋아, 네 어머니에 관해 이야기할까, 드루? 조시 갬블 말이야. 너도 어머니가 괜찮다는 건 알고 있지?"

무반응. 그러더니 아이가 담요 속에서 천천히 다리를 풀고 뻗는 움직임이 보였다.

"그리고 네 여동생은 키이라지. 조시와 키이라 얘기를 해보자꾸나. 두 사람은 지금 안전하게 있어, 드루. 네가 그걸 알았으면 좋겠다."

무반응.

"드루, 이러면 아무것도 안 돼. 네가 몸을 돌리고 날 봐줬으면 좋겠다. 네가 최소한 그건 해줘야지. 돌아누워서 인사를 하고 나랑 얘기를 좀 하자."

아이는 투덜거리듯 말했다. "싫어요."

"좋아, 이제야 우리가 뭔가 하고 있구나. 넌 어쨌든 말할 수 있는 아이구나. 네 어머니에 관해 어떤 것이든 물어보렴. 뭐든 말이야."

아이가 부드럽게 물었다. "엄마, 어디 있어요?"

"말할 때는 얼굴을 돌리고 일어나 앉아서 내 얼굴을 봐야지."

아이는 돌아눕더니 일어나 앉았다. 위층 침대 프레임에 머리를 부딪치지 않도록 조심했다. 아이는 마치 자신을 보호하듯 담요를 목까지 단단히 끌어올린 모습으로 두 다리를 허공에 흔들며 몸을 앞으로 숙였다. 지저분한 양말과 신발은 변기 옆에 놓여 있었다. 아이는 바닥을 응시하며 담요를 덮은 채 몸을 웅크렸다.

제이크는 아이의 얼굴을 살피고 뭔가 분명히 실수가 있었다고 확신했다. 드루의 두 눈은 부어오르고 충혈되어 있었다. 담요 속에서 보낸 하루 때문일 것이고 아마도 많이 울었을 것이다. 흐트러진 금발 머리는 정리가 필요했다. 게다가 아이는 너무 작았다.

열여섯 살일 때 제이크는 클랜턴에서 16킬로미터 떨어진 곳에 있는 캐러웨이 고등학교 미식축구팀 선발 쿼터백이었다. 농구팀과 야구팀에서도 활약했고 면도를 하고 운전도 하고 그를 좋아하는 모든 귀여운 여자아이들과 데이트도 했다. 이 아이는 보조 바퀴가 달린 자전거나 탈 것처럼 어려 보였다.

대화를 나누는 것이 중요해서 제이크는 말했다. "서류를 보니까 열여섯 살이라던데, 맞니?"

대답이 없었다.

"생일이 언제니?"

아이는 바닥만 내려다볼 뿐 꼼짝도 하지 않았다.

"이러지 말자, 드루. 네 생일을 모르지는 않겠지."

"엄마는 어디 있어요?"

"병원에 계시고 며칠은 거기 있어야 할 거야. 턱이 부러졌고, 내 생각에 의사들은 수술하고 싶어 할 거야. 내일 내가 병원에 가서 인사를 하고 네가 잘 있다고 말해주고 싶구나. 상황이 되면."

"엄마, 안 죽었어요?"

"그래, 드루. 네 어머니는 죽지 않았어. 어머니께 무슨 말을 전해 줬으면 좋겠니?"

"엄마가 죽은 줄 알았어요. 키이라도 그랬고요. 우리 둘 다 스튜가 결국 엄마를 죽였다고 생각했어요. 그래서 내가 쐈어요. 이름이 뭐예요?"

"제이크야. 난 네 변호사란다."

"지난번 변호사는 거짓말했어요."

"그거 안 됐구나. 하지만 난 거짓말 안 해. 거짓말하지 않겠다고 맹세하마. 지금 당장 뭐든 물어보렴. 내가 거짓 없이 바로 대답하겠다고 약속하지. 한번 시험해 봐."

"내가 여기 감방에 얼마나 오래 있게 되나요?"

제이크는 머뭇거리다 말했다. "나도 몰라. 그리고 그건 거짓말이 아니야. 그건 진실이야. 지금 당장 네가 구치소에 얼마나 오래 있게 될지는 아무도 모르기 때문이야. 안전하게 대답하자면 '꽤 오랜 시간'이라고 해야겠지. 넌 스튜어트 코퍼를 죽인 죄로 기소될 거고, 살인죄는 모든 범죄 가운데 가장 심각한 죄야."

아이는 젖은 빨간 눈으로 제이크를 바라보더니 말했다. "하지만 난 그자가 엄마를 죽인 줄 알았어요."

"무슨 말인지 알겠는데, 사실 그는 네 어머니를 죽이지 않았단다, 드루."

"그래도 그자를 쏴버려서 다행이에요."

"그러지 않았더라면 좋았을 텐데."

"내가 평생 감옥에 갇혀 있게 되어도 괜찮아요. 그자가 다시는 엄마를 괴롭힐 수 없을 테니까요. 그리고 키이라도 나도 해칠 수 없으니까요. 죽어도 싼 놈이었어요, 제이크 씨."

"그냥 '제이크'라고 불러, 알았지? 드루와 제이크. 의뢰인과 변호사지."

드루는 손등으로 뺨을 훔쳤다. 눈을 꼭 감더니 몸을 떨기 시작했다. 마치 온몸을 한기가 덮친 것처럼 몸이 떨렸다. 제이크는 위층 침대에서 다른 얇은 담요를 꺼내 아이 어깨 위에 둘러주었다. 아이는 눈물을 뚝뚝 흘리고 몸을 떨며 흐느끼고 있었다. 아이는 한참 울었다. 작고 불쌍하고 겁에 질린 작은 아이는 세상에 완전히 혼자 남았다. 10대 소년이라기보다는 어린 애 같다고 제이크는 여러 번 생각했다.

떨리던 몸이 멈추더니 드루는 다시 자기만의 세상으로 들어가 말하기를 거부하고 제이크의 존재를 무시했다. 그는 담요를 뒤집어쓴 채 누워 멍하니 머리 위 침대 프레임을 바라보고만 있었다.

제이크는 다시 어머니 얘기를 해봤지만 통하지 않았다. 음식이나 음료수 얘기를 했지만, 아무 대꾸도 없었다. 10분이 지나고 20분이 되었다. 드루가 대답할 생각이 없음이 확실해지자 제이크가 말했다. "좋아, 난 이만 가야겠다, 드루. 아침에 네 어머니를 만나 네가 아주 잘 있다고 전할게. 내가 없는 동안 다른 사람들하고 절대 이야기하면 안 된다. 교도관, 경찰, 형사를 포함해서 아무하고도 말하면 안 돼, 알겠지? 그런다고 해서 네게 문제가 생길 일은 없어. 그냥 내가 돌아올 때까지 아무 말도 하지 마."

제이크가 감방에서 나올 때 드루는 처음 만날 때와 별 차이가 없었다. 가만히 누워 최면에 걸린 것처럼, 눈은 크게 떴지만, 아무것도 보지 않고 있었다.

제이크는 밖으로 나와 문을 닫았다. 책상 앞으로 가서 서명하고 아는 사람들을 피해 구치소를 빠져나와 걸어서 멀리 떨어진 집으로 향했다.

호기심이 생겨 광장 근처로 멀리 돌아가던 길에 생각했던 대로 사무실에 불이 켜진 모습을 발견했다. 해리 렉스는 가끔 늦은 밤, 특히 일요일에 사무실에 혼자 나와 미친 것처럼 돌아가는 업무를 따라잡곤 했다. 대부분의 평일 낮, 그의 우중충한 대기실은 서로 싸우는 배우자들과 다른 불행한 의뢰인들로 가득 찼다. 해리 렉스는 분쟁 조정보다는 주로 심판을 보느라 바빴다. 그런 스트레스 외에도 네 번째 결혼 생활이 잘 풀리지 않고 있었기에, 그는 긴장감이 도는 집보다 늦은 밤 사무실의 평온함을 더 선호했다.

제이크는 창문을 두드리고 뒷문으로 들어갔다. 해리 렉스는 주방으로 나와 그를 맞이했고 냉장고에서 맥주 두 캔을 꺼냈다. 두 사람은 사무실 옆 어수선한 작업실에 자리를 잡았다. "이렇게 늦은 시간에 왜 나와 있어?" 그가 물었다.

"구치소에 들렀어요." 제이크가 말했고 해리 렉스는 놀랄 일이 아니라는 듯 고개를 끄덕였다.

"누스가 억지로 맡겼군, 그렇지?"

"그렇죠. 30일 동안만 임명할 테니까 그냥 아이가 예비 심리 받는 것만 도와주라더군요."

"말 같지도 않은 소리. 자네는 이 사건에서 빠져나갈 수 없을 거야, 제이크. 다른 누구도 맡으려 하지 않을 테니까. 난 분명히 경고했어."

"알아요, 하지만 순회판사 말을 거역하는 건 정말 힘들어요, 해리 렉스. 누스 판사를 만나서 부탁을 거절해 본 적이 언제였어요?"

"난 누스 근처에 가지 않아, 내 영역이 아니거든. 난 배심원 없고 판사들이 날 두려워하는 형평법 법원이 더 좋더라고."

"루번 애틀리 판사는 아무도 두려워하지 않아요."

해리 렉스는 맥주를 한 모금 마시더니 믿을 수 없다는 듯 제이크를 바라보았다. 그는 한 모금 더 마시고 낡은 나무 회전의자에 털썩 앉았다. 작년에 25킬로그램 정도 몸무게를 줄였지만 적어도 그 정도 다시 살이 쪘고, 덩치가 커지는 바람에 테이블에 두 발을 올리기가 쉽지 않았다. 하지만 간신히 성공해 올린 그의 두 발을 본 제이크는 낡은 조깅 신발이 최소한 10년은 신은 물건 같다고 생각했다. 양발을 제자리에 올리고 차가운 맥주를 손에 든 그는 만족스럽게 말을 이었다. "자네 결정은 정말 바보 같은 짓이었어."

"맥주를 얻어먹으러 온 거지 욕먹으러 온 거 아니에요."

해리 렉스는 아예 못 들은 것처럼 말했다. "소문이 퍼지면서 온종일 전화기가 울려댔어. 죽은 줄 알았던 사람들도 전화했더군. 대부분 정말 죽었으면 하고 바랐던 사람들 말이야. 어쨌거나, 정말로 보안관보가 죽었다고요? 이런 반응들이야. 우리 지역에서는 처음 있는 일이고, 그래서 사람들이 지금 떠들썩한 상태라고. 내일, 모레 그리고 일주일내내 동네에서 이 얘기만 할 거야. 그들이 얼마나 스튜어트 코퍼를 사랑했는지 말이야. 그를 몰랐던 녀석들까지 갑자기 그를 깊이 존경하고 있었다는 걸 깨닫겠지. 그리고 오지가 그 가족과 벌일 장례식이든 추도식이든 생각해 봤어? 젠장, 경찰들이 행진과 장례 행렬에다 총과 대포를 쏴대는 하관식을 얼마나 좋아하는지 알지? 엄청나게 멋진 쇼를 펼쳐서 동네 사람 모두가 참석하고 싶어 할 거야. 코퍼를 위해 눈물을 흘리지 않을 때는 죽인 사람을 욕하겠지. 냉혈한 같은 살인자. 당장 목을 매답시다. 늘 그랬던 것처럼 죄는 변호사, 자네한테도 물든다고. 자네가 의뢰인을 위해 최선을 다해 변호하면 사람들은 그랬다고 자네를 증오할 거야. 실수한 거야, 제이크. 큰 실수. 아주 오래 이 사건을 후회할 거라고."

"상상이 심하군요, 해리 렉스. 누스가 임시라고 확실히 말했어요. 화요일에 누스 판사를 만나 전국의 아동 보호 단체들과 접촉해 도움을 받을 수 있는지 의논할 겁니다. 누스 판사도 이 사건이 내게 좋지 않다는 걸 알아요."

"스몰우드 건도 같이 얘기하나?"

"당연히 아니죠. 그건 매우 부적절한 짓이에요."

해리 렉스는 코웃음을 치더니 맥주를 들이켰다.

상대편 변호사가 전혀 모르는 상황에서 논쟁이 격렬한 건을 두고 담당 판사와 논의하는 건 비윤리적이다. 더구나 일요일 오후에 다른 건으로 나누게 된 전화 통화에서는 더욱더. 하지만 그런 윤리적 절차는 해리 렉스에게 아무런 인상도 주지 못한다.

해리 렉스가 말했다. "이럴 수도 있어, 제이크. 그리고 이런 상황이 난 가장 두려워. 지금 당장 스몰우드 건의 상대편 놈들은 긴장하고 있다고. 포드 카운티 배심원들 앞, 재판정에서는 아무도 자네한테 덤비지 않고 싶어 할 거라고 도비에게 장담해 두었단 말이야. 자네가 훌륭한 건 맞는데, 내가 지금까지 꾸며내 둔 수준에는 어림도 없단 말씀이지. 내가 엄청날 정도로 허풍을 떨어 놨고, 그 친구는 어차피 법정 변호사도 아니야. 그의 파트너는 좀 낫지만, 전부 잭슨에서 일하는 녀석들이고 여기서는 너무 멀단 말이지. 설리번이 그들과 함께 앉기는 하겠지만 그 사람도 별 소용은 없어. 그러니까 우리가 스몰우드 건으로 재판 날짜를 들먹이기만 해도 내가 보기에는 철도회사 쪽에서는 합의하자는 얘기가 나올 거라고. 하지만." 맥주를 한 모금 더 마시자, 캔이 비었다. "과거에 자네는 평판 좋은 인기인이었지만 오늘부터 그건 변하는 거야. 이번 주말이 되면 자네 명성은 흙탕물 속에 처박힐 거야. 우리 마을 보안관보를 살해한 아이를 빼내려고 노력하는 사람이니까."

"살인이었는지 확실하지 않아요."

"미쳤군, 제이크. 최근에 또 루시엔이랑 어울린 거야?"

"아뇨, 오늘은 안 만났어요. 정신이상일 수 있어요. 정당방위일 수도 있고."

"그럴 수 있지. 그럴 수 있어. 일이 어떻게 될지 내가 말해주지. 이 사건은 이놈의 작고 용서라고는 모르는 동네에서 자네와 자네 변호사 경력의 자살행위가 될 거야. 누스 판사를 행복하게 해준다고 해도 스몰우드 사건은 물 건너가는 거야. 그걸 모르겠어, 제이크?"

"또 지나치게 반응하는군요, 해리 렉스. 이 카운티 인구가 3만 2천 명이고, 우린 나나 스튜어트 코퍼가 누군지 모르는 열두 명을 분명히 찾아낼 수 있어요. 철도회사 변호사들은 법정에서 날 가리키며 '자, 저 친구는 경찰 살해범 변호사입니다'라고 할 수는 없어요. 그들은 그렇게 못할 테고 누스는 그런 시도조차 못 하게 할 거라고요."

해리 렉스는 지겹다는 듯 갑자기 테이블 위 발을 내리더니 쿵쿵거리며 방에서 나가 주방으로 가서 맥주 두 개를 더 가지고 테이블로 돌아왔다. 그리고 뚜껑을 따더니 테이블 반대편에서 서성거리며 오가기 시작했다. "자, 문제는 이거야, 제이크. 자네 문제는 관심의 중심에 서기를 원하는 거야. 그래서 모든 흑인 목사들과 활동가들, 급진주의자들이 칼 리에게 파치면 교도소에 처박히기 전에 백인 애송이 변호사를 잘라버리라고 난리를 칠 때도 그렇게 헤일리 사건에 매달렸던 거야. 자네는 사건을 잃지 않으려고 싸웠고 결국 아주 훌륭하게 변호해냈어. 자네는 그러는 걸 아주 좋아해, 제이크. 인정할 리는 없지만 자넨 큰 건, 큰 재판, 큰 판결을 사랑하는 사람이야. 자넨 경기장 한가운데서 모든 사람의 눈길을 받는 일에 미친 놈이라고."

제이크는 두 번째 캔은 무시한 채 처음 딴 캔을 홀짝이며 마셨다.

"칼라의 의견은 어때?" 해리 렉스가 물었다.

"반반이에요. 집사람은 내가 총을 들고 다니는 상황에 지쳤어요."

해리 렉스는 맥주를 마시다 말고 그의 사무실에서 수십 년 동안 아무도 손대지 않은, 두꺼운 가죽 장정 법률 논문으로 가득 찬 책장을 멍하니 바라보았다. 먼지조차 떨어본 적 없는 곳. 그는 제이크를 보지도 않고 물었다. "지금 '정당방위'라고 했어?"

"그랬죠."

"그럼 벌써 재판을 준비 중인 거네, 제이크?"

"아뇨, 그냥 생각 없이 입에서 나온 말이에요. 그냥 버릇이지."

"웃기지 마. 자넨 벌써 재판 중이고 방어 준비를 하고 있어. 코퍼가 여자를 때렸나?"

"여자는 뇌진탕에 턱이 부러진 채 병원에서 수술을 기다리고 있어요."

"그자가 아이들을 때렸나?"

"몰라요."

"그러니까 코퍼는 토요일 밤이면 취한 채 늦게 집에 돌아와 가족 모두를 때리는 버릇이 있었군. 그렇다면 자네는 변호를 통해 사실상 그를 재판하는 셈이 돼. 그의 죄악과 나쁜 버릇을 드러냄으로써 그의 명예를 훼손하게 되는 거지."

"그게 사실이라면 명예훼손이 아니죠."

"재판이 아주 지저분해질 수 있어, 제이크."

"내가 공연한 말을 했군요, 해리 렉스. 난 법정 근처에도 갈 계획이 전혀 없어요."

"이제 거짓말까지 하는군."

"아뇨, 난 변호사니까 재판에 관해 생각해 본 것뿐이에요. 이 재판은 다른 사람이 해야 해요. 난 예비 심리만 마치고 아이를 놓아줄 겁니다."

"그럴 리가 없지. 난 전혀 믿지 않아, 제이크. 난 그저 자네가 스몰우드 건을 망치지 않았으면 하는 거야. 솔직히 난 스튜어트 코퍼나 그 여자 친구, 아이들 그리고 내가 만나보지도 못한 사람들에게 무슨 일이 벌어지든 전혀 관심 없고 오직 스몰우드 건만 걱정돼. 그 사건은 형편없는 우리 경력에서 가장 큰 돈벌이가 될 수 있어."

"모르겠어요. 헤일리 사건으로도 겨우 천 달러 벌었는데."

"이 쓸모없는 건도 마찬가지일 거야."

"그래도 최소한 누스 판사는 우리 편이잖아요."

"지금은 그렇지. 난 자네처럼 누스를 믿지 않아."

"믿는 판사가 있긴 해요?"

"없지. 그런 변호사도 없고."

"자, 가야겠어요. 부탁이 있어요."

"부탁? 지금 당장은 자네 목을 조르고 싶은데."

"알아요, 하지만 안 그럴 거잖아요. 내일 아침 6시에 난 커피숍에 들어가서 마셜 프레이더에게 인사할 거예요. 매일 하는 일이죠. 테이블에 다른 보안관보가 한두 명 있을 수도 있고. 동료가 필요해요."

"정신 나갔군, 제이크."

"이러지 말아요, 친구. 내가 지금까지 해준 온갖 미친 짓들을 생각해 봐요."

"아냐. 자네는 혼자 해내야 해. 내일 아침, 자넨 시골구석 형사 변호사로서의 또 다른 하루를 살게 되는 거야."

"그럼 그런 나와 함께 있는 걸 보여주기가 두려워요?"

"아니. 그렇게 일찍 일어나기가 두렵지. 얼른 꺼지라고, 친구. 요새 자넨 다른 사람은 신경 안 쓰고 혼자 결정하고 있잖아. 난 열 받았고, 앞으로도 꽤 오래 그런 상태일 거야."

"전에도 들은 말인데."

"이번엔 진짜야. 급진주의 변호사 노릇이 하고 싶으면 친구 루시엔을 불러 아침을 먹으라고. 동네 사람들이 루시엔을 얼마나 좋아할지 알 거야."

"루시엔은 새벽에 못 일어나요."

"그리고 그 이유를 우린 알지."

해나가 자러 들어가고 제이크가 거리를 헤매는 사이 칼라는 TV를 보며 10시 뉴스를 기다리고 있었다. 투펄로 방송국부터 보기 시작했는데, 기대했던 대로 스튜어트 코퍼 살인 사건이 톱뉴스였다. 죽은 보안관보가 빳빳하게 다린 제복을 입은 모습의 컬러 사진을 커다랗게 띄운 채였다. 상세한 내용은 아직 비밀로 해두고 있었다. 이름이 비밀에 부쳐진 미성년자 용의자는 체포된 상황이었다. 코퍼의 집을 떠나는 구급차 화면이 보였다. 아마 시체가 실려 있었겠지만, 카메라에 잡히지는 않았다. 보안관은 물론 당국의 누구도 확인해 주지 않았다. 누구와도 인터뷰해내지 못했지만, 용감무쌍한 현장 기자는 살인 사건에 관해 5분을 꽉 채워 별 내용도 없이 아무 말이나 마구 떠들어댔다. 포드 카운티 법원과 심지어 구치소의 현재 모습이 자료화면으로 추가되었는데, 화면 속에서 순찰차 여러 대가 오가는 모습이 보였다. 칼라는 멤피스 방송국으로 채널을 바꿨지만, 오히려 이쪽이 정보가 더 적었다. 하지만 이쪽 뉴스에는 '가정폭력' 사건에 관한 내용이 모호하게 추가되었고, 코퍼가 현장에 출동해 싸움을 말리던 중 총격전에 휘말렸다는 가벼운 암시가 들어 있었다. 현장에는 사건의 진상을 파악할 기자가 나가 있지 않았다. 뉴스팀에서 일하는 주말 근무 인턴이 아무렇게나 이야기를 만들어내는 것이 분명했다. 멤피스의 다른 채널은 뉴스 시간의 절반을 도시 안에서의 일상적인 가택 침입, 갱단끼리의 전쟁, 무작위 살인으로 인한 학살을 되짚는 데 사용했다. 그런 다음 남쪽 지역의 진짜 뉴스인 코퍼 사건으로 넘어갔는데, 그가 1922년 밀주업자가 두 명의 보안관보를 총으로 쏜 이후 처음으로 '직무 수행 중'에 살해당한 카운티 경찰 소속 경찰관으로 추정된다고 했다. 기자가 멤피스의 안전한 길거리와는 전혀 다르게 시골에는 여전히 불법 위스키와 마약 그리고 다른 불법 행위들이 만연하다는 식으로 이야기를 몰고 가는 건 놀랍지도 않았다.

마지막 기사가 나올 때쯤 제이크가 들어왔고, 칼라는 TV를 끄고 미리 본 내용을 알려주었다. 제이크는 디카페인 커피를 마시고 싶어 했다. 칼라는 커피를 한 주전자 내렸고 두 사람은 긴 하루를 시작했던 아침 식사 테이블에 앉았다.

제이크는 오지, 드루 그리고 해리 렉스와 나눈 대화를 들려주었고, 다가오는 한 주가 그리 기대되지 않는다는 사실을 고백했다. 칼라는 공감했지만, 걱정하는 모습이 역력했다. 그녀는 그냥 사건이 사라져 버리길 원했다.

7

선한목자교회에서 일요일 밤 예배가 끝난 뒤 맥게리 목사는 집사위원회의 특별 회의를 소집했다. 열두 명 가운데 일곱 명이 참석했는데, 여자 네 명과 남자 세 명이 친교실에서 쿠키와 커피를 앞에 놓고 모였다. 키이라는 교회 옆에 있는 작은 목사관에서 목사부인 메그 맥게리와 함께 저녁으로 샌드위치를 먹고 있었다.

젊은 목사는 키이라가 달리 갈 곳이 없어 당장은 그들과 함께 지내야 한다는 걸 설명했다. 언제까지? 누군가 친척이 나타나 아이를 데려갈 때까지. 하지만 그럴 일은 없을 것 같지 않은가? 어딘가 법원에서 뭔가 명령을 내릴 때까지? 아이 어머니가 퇴원해서 아이를 데리고 이곳을 떠날 때까지? 어쨌거나 키이라는 이제 교회의 비공식 보호 대상이 되었다. 아이는 트라우마를 입었고 전문가의 도움이 필요했다. 아이는 오후 내내 다른 말은 없이 오직 어머니와 오빠 그리고 그들과 살고 싶다는 얘기만 했다.

메그가 병원에 전화해 물어봤더니 관계자는 아이가 어머니 옆에 머물 수 있도록 접이식 침대를 제공할 수 있다고 했다. 여자 집사 두 사람이 자원해 복도 끝에 있는 휴게실에서 밤새 함께 기다려주기로 했다. 그밖에 먹을 것, 옷, 학교 문제도 논의했다.

찰스 맥게리 목사는 키이라가 적어도 며칠은 학교에 돌아가서는 안 된다는 단호한 의견을 갖고 있었다. 아이가 너무 약해져 있는 데다 다른 학생이 그녀의 마음을 다치게 할 얘기를 할 게 뻔했다. 결국 학교 출석 문제는 매일매일 그때마다 정하기로 했다. 중학교에서 수학 교사로 일하는 교인 한 명이 교장에게 따로 얘기하기로 했다. 다른 교인은 사촌이 아동심리학자였고 아이의 상담을 요청하기로 했다.

계획이 정해지고 나서 밤 10시에 그들은 키이라를 태우고 병원으로 향했고, 병원에서는 직원들이 어머니 병상 옆에 침대를 설치하고 기다리고 있었다. 조시의 활력 징후는 정상이었고 스스로 상태가 괜찮다고 말했다. 하지만 부어오르고 반창고를 붙인 그녀 얼굴은 다른 얘기를 하고 있었다. 키이라에게도 병원 가운이 제공되었고, 간호사들이 조명을 끄고 나자 그녀는 어머니 발치에 앉았다.

새벽 5시 30분 제이크의 알람 시계가 시끄럽게 울리기 시작했다. 그는 버튼을 눌러 소리를 멈추고 다시 이불 속으로 파고들었다. 잠을 제대로 자지 못했고 하루를 시작할 준비가 되어 있지 않았다. 깊이 파고든 그는 따뜻한 칼라에게 다가갔지만, 그녀의 저항에 부딪혔다. 물러난 그는 눈을 뜨고 가장 최근 의뢰인이 감방에 앉은 모습을 떠올렸다. 찾아온 아침에 항복하려는 순간 멀리서 천둥소리가 들렸다. 한랭 전선이 다가오면서 폭풍이 몰아칠 수 있었고, 어쩌면 밖에 나가는 일은 안전하지 않을 수도 있었다. 더 자고 싶다는 또 다른 핑계는 이런 우울한 날에 커피숍에 가는 걸 피하고 싶다는 생각이었다. 그곳에서 나누는 모든 얘기와 소문은 불쌍한 스튜 코퍼와 그를 살해한 10대 깡패에 대한 것일 터였기 때문이다.

하지만 또 다른 이유도 있었으니, 그건 바로 오늘 종일 법정이든 어디든 약속이 전혀 없었기 때문이다. 그런 여러 이유가 쌓이고 그것들이 몰려와 숨이 막히는 듯하더니 결국 그는 다시 잠에 빠졌다.

칼라가 뺨에 닿는 기분 좋은 키스와 커피 담은 컵으로 그를 깨우더니 해나를 깨워 학교 갈 준비를 시키기 위해 사라졌다. 커피를 두 모금 마신 제이크는 신문 생각이 나서 침대에서 빠져나왔다. 청바지를 입고 개를 찾아 목줄을 묶은 다음 밖으로 나갔다. 진입로 위에 투펄로와 잭슨, 멤피스에서 발행하는 조간신문들이 떨어져 있었고, 그는 재빨리 모두를 훑어보았다. 모두 코퍼 사건을 헤드라인으로 다루고 있었다. 그는 신문들을 접어 겨드랑이에 끼고 개를 끌고 한 블록을 산책한 다음 주방으로 돌아와 커피를 한 잔 더 따르고 신문을 펼쳤다.

금지령이 작동하고 있었다. 아무도 입을 연 사람이 없었다. 오지는 자신이 보안관이라는 사실조차 확인해 주지 않고 있었다. 기자들은 범죄 현장, 구치소, 얼과 재닛 코퍼의 집 그리고 병원 근처에 얼씬도 하지 못하고 있었다. 코퍼 보안관보는 서른세 살에 전직 군인이고 아이 없는 독신에 경찰이 된 지 4년째였다. 그의 별것 없는 약력은 띄엄띄엄 알려졌다. 멤피스 신문은 3년 전 코퍼가 캐러웨이 근처 시골 도로에서 마약상 한 무리와 마주쳤던 치명적인 사건을 다루었다. 사건은 총격전 끝에 악당들이 죽고 코퍼 보안관보가 약간 다치는 선에서 끝났다. 총알이 팔을 스치고 지났는데, 그는 입원도 거부한 채 단 하루도 결근하지 않았다.

제이크는 갑자기 바빠졌다. 샤워를 마치고 아침은 건너뛰고 두 여자에게 작별 키스를 하고 사무실로 향했다. 병원을 방문한 뒤 반드시 드루를 다시 만나야 했다. 아이가 정신적 상처를 입었고 법적으로뿐만 아니라 의학적으로도 도움이 필요하다는 확신이 들었지만, 그는 변호사와 의뢰인 사이의 관계 설정을 위한 좋은 기회를 놓치고 싶지 않았다.

다른 사람들은 다르게 생각하는 것이 분명했다. 포샤는 자기 책상 앞에 서서 수화기를 든 채 당황한 모습처럼 보였다. 제이크가 사무실로 걸어 들어가며 보니 그녀는 습관적인 얼굴의 미소가 사라진 상태였다.

"이 사람 그냥 소리부터 질러대요." 그녀가 말했다.

"누구였어?"

포샤는 수화기를 치우더니 투펄로 신문을 집어 들고 스튜어트 코퍼 흑백사진을 가리켜 보이며 말했다. "이 사람 아버지래요. 어제 자기 아들이 총에 맞아서 죽었고 변호사님이 아들을 쏜 아이를 변호하고 있다면서요. 말해보세요, 제이크."

제이크는 가방을 의자에 던졌다. "얼 코퍼?"

"맞아요. 미친 사람 같던데요. 그 사람 말로는 드루 뭐라는 아이에게 변호사를 붙이면 안 된다는 둥, 미친 소리를 하더군요. 어떻게 된 거예요?"

"앉아. 커피는 아직이야?"

"지금 내리고 있어요."

"누스 판사가 어제 날 그 사건 변호사로 임명했어. 간밤에 구치소에 가서 아이를 만났고. 그래, 작디작은 우리 사무실은 현재 1급 살인죄로 기소될 수도 있는 열여섯 살짜리 사내아이를 변호하고 있어."

"국선변호사는 없어요?"

"국선변호사는 유치원 학폭 사건도 못 맡을 수준이고 모든 사람, 특히 누스 판사도 그걸 알아. 판사가 주변을 수소문했는데 아무도 찾지 못했고, 그는 내가 일을 잘한다고 생각해."

포샤는 자리에 앉더니 신문을 옆으로 던지고 말했다. "맘에 드네요. 이 사건이면 회사 분위기가 좋아지겠어요. 월요일 아침 9시밖에 안 됐는데 벌써 첫 협박 전화를 받았으니."

"어쩌면 또 올지도 몰라."

"루시엔이 알아요?"

"아직 말 안 했어. 그리고 누스 판사는 30일 후에 다른 변호사로 교체해 준다고 하면서, 그냥 예비 심리 정도만 맡아주면 된다고 했어."

"아이가 총으로 쏘긴 했어요?"

"별로 얘기를 안 해. 사실은 입을 꽉 다물고 멍하니 있어. 뭔가 도움을 좀 줘야 할 것 같아. 오지 말로는 코퍼의 총으로 머리에 한 발 쐈대."

"코퍼와 아는 사이였어요?"

"경찰과는 전부 알고 지내지. 더 친한 사람들이 있지만. 코퍼는 좋은 사람 같았어. 친절한 성격이랄까. 지난달에 칼라네 6학년 반에 와서 마약 강의를 했는데, 칼라 말로는 아주 훌륭했대."

"백인치고는 외모도 나쁘지 않았죠."

"한 시간 내로 아이의 어머니를 만나러 병원에 가야 해. 아마 코퍼가 그렇게 되기 직전에 여자를 때려눕혔나 봐. 같이 가고 싶어?"

포샤는 마침내 웃더니 말했다. "당연하죠. 커피 좀 드릴게요."

"아주 훌륭한 비서로군."

"저는 법률 및 연구 보조원이고 곧 법대생이 될 몸이에요. 그리고 금방 이 회사의 파트너 변호사가 되고 당신이 저한테 커피를 갖다 바치게 될걸요. 밀크 하나에 설탕 두 개로 해줘요."

"메모해 둘게." 제이크는 계단을 통해 자기 사무실로 올라가며 재킷을 벗었다. 그가 막 가죽 회전의자에 앉는 순간 커피보다 먼저 루시엔이 도착했다.

"새로 사건 맡았다며?" 루시엔은 의자에 털썩 앉으며 말했다. 자기 의자였다. 그는 의자뿐 아니라 사무실의 모든 가구와 건물 자체의 주인이었기 때문이다. 건물에서 가장 넓은 제이크의 사무실은 1979년 변호사 자격을 박탈당하기 전까지 루시엔이 차지하고 있었다. 그전에는 1965년 비행기 추락사고로 사망한 루시엔의 아버지가, 그전에는 윌뱅크스 로펌을 최강자로 키워낸 할아버지가 주인이었지만, 회사를 물려받은 루시엔은 돈을 내는 의뢰인을 몽땅 쫓아버리고 말았다.

제이크는 루시엔이 알고 있다는 사실에 깜짝 놀라야 했지만 그러지 않았다. 해리 렉스처럼 루시엔도 최근 뉴스에 누구보다 빨랐지만, 두 사람은 정보원이 전혀 달랐다.

"누스 판사가 임명했어요." 제이크가 말했다. "저는 원하지 않았고, 지금도 마찬가지고요."

"왜 싫어해? 커피 좀 마셔야겠는데."

월요일 아침이면 대개 루시엔은 굳이 힘들여 침대에서 일어나 샤워와 면도를 하고 그럴듯하게 차려입고 나서는 법이 없었다. 변호사 생활을 그만두고부터 월요일이면 현관 앞에 나와 앉아 주말에 마신 술로 인한 숙취를 다스리곤 했다. 정신이 말짱하고 제대로 옷을 갖춰 입었다는건 그가 사건의 세부 사항을 알고 싶어 한다는 뜻이다.

"준비하고 있어요." 제이크가 말했다. "누구한테 들었어요?" 의미도 없는, 한 번도 대답을 듣지 못한 질문이다.

"끈이 있어, 제이크. 끈들이 있다고. 그런데 왜 사건을 맡고 싶지 않다는 거야?"

"해리 렉스는 혹시라도 스몰우드 사건 합의에 피해가 있을지 두려워해요."

"무슨 합의?"

"해리 렉스는 상대측에서 곧 합의금을 제안할 것 같다고 생각해요. 그리고 이 살인 사건이 혹시라도 저의 법정 변호사로서의 빛나는 명성에 폐를 끼칠 수도 있다고 생각해요. 그 사람은 사람들이 제게 등을 돌리고 우리가 공정하고 마음 열린 배심원을 뽑을 수 없을 거라고 봅니다."

"언제부터 해리 렉스가 배심원 전문가가 됐나?"

"그는 스스로 사람 전문가라고 생각하거든요."

"그 친구를 내 배심원단 앞에 세울 생각은 없네."

"그건 제가 해야죠. 전 카리스마가 있으니까요."

"그리고 자부심도. 지금 당장 자네 자부심은 실제보다 자네의 인기를 과대평가하고 있어. 이 아이를 변호한다고 해도 자네의 철도회사 사건에 영향을 미치지 않아."

"잘 모르겠어요. 해리 렉스 생각은 달라요."

"해리 렉스는 멍청할 때가 있어."

"그는 훌륭한 변호사고, 우연하게도 버둥거리는 우리 경력 가운데 가장 큰 건이 될 수도 있는 사건의 공동 변호사거든요. 그런데 그 사람과 의견이 다르단 겁니까?"

"가끔은 그렇지. 물론 자네가 인기 없는 의뢰인을 변호하면서 비난을 좀 받을 수도 있네만, 좀 그러면 어떤가? 내 의뢰인 대부분은 인기가 없었지만 그렇다고 해서 그들이 나쁜 사람이라는 건 아니야. 이곳 촌뜨기들이 나나 내 의뢰인들을 어떻게 생각하는지 관심 없어. 난 해야 할 일이 있고 그건 카페나 교회에서 흘러 다니는 소문들과는 하등의 관련이 없단 말이야. 등 뒤에서 수군거릴 수도 있지만, 그들도 자기한테 문제가 생기면 제대로 싸울 줄 아는, 필요하면 지저분하게 싸우는 변호사를 찾아갈 거야. 아이는 언제 법원에 출석해야 하나?"

"모르겠어요, 루시엔. 오늘 오전에 지방 검사 그리고 누스 판사와 이야기해 볼 생각입니다. 소년 법원 문제도 있고요."

"소년 법원으로 갈 거리는 안 돼. 우리처럼 뒤떨어진 주에서는."

"법은 저도 알아요, 루시엔."

"살인 혐의는 자동으로 소년 법원에 가지 못하게 되어 있다고."

"법은 안다니까요, 루시엔."

커피와 컵을 올린 쟁반을 든 포샤가 문을 열고 들어왔다.

루시엔은 강의를 계속했다. "아이가 아무리 어려도 아무런 문제가 되지 않아. 포크 카운티에서는 20년 전에 열세 살짜리를 살인 혐의로 재판했지. 그때 변호사를 내가 알거든."

"안녕하세요, 루시엔." 포샤가 커피를 따르며 예의 바르게 말했다.

"응." 그는 포샤를 보지도 않고 말했다. 그녀를 처음 채용했을 때 루시엔은 길고 추근거리는 시선을 보내곤 했다. 몇 번은 팔이나 어깨 등 몸에 손을 대기도 했는데, 아무 의미 없는 애정 담긴 행동이었지만 제이크가 단호하게 경고를 몇 번 하고 포샤가 직접 신체적 위해를 가하겠다는 위협을 하자 물러서서 그녀를 존중하기 시작했다.

"또 전화가 왔어요, 제이크. 5분 전에요." 그녀가 말했다. "익명이죠. 어떤 촌놈이 말하길 당신이 검둥이 헤일리를 풀어줬던 것처럼 이 어린 녀석을 풀어주려고 시도하면 끔찍한 대가가 따를 거래요."

"그런 말을 듣게 하다니 미안해, 포샤." 제이크는 충격을 받고 말했다.

"괜찮아요. 전에도 들어본 말이고 앞으로도 분명히 들을 건데요, 뭐."

"나도 유감이야, 포샤." 루시엔이 부드럽게 말했다. "정말 미안해."

제이크가 루시엔 옆의 나무 의자를 향해 손짓했고, 그녀는 의자에 앉았다. 세 사람은 함께 커피를 마시며 흑인을 비하하는 말에 관해 생각했다. 12년 전 제이크가 로스쿨을 마치고 클랜턴에 풋내기 변호사로 왔을 때 그 말은 백인 변호사들과 판사들 사이에서 수다를 떨고 농담을 주고받을 때 흔히 사용되었고, 보는 사람이 없을 때는 업무 중에도 사용할 정도였다. 하지만 1990년대에 이르러 그 말은 점차 쓰이지 않고 있으며 심지어 하층민 사람들조차 그 말을 사용하는 걸 부적절하게 여겼다. 제이크의 어머니는 그 말을 끔찍하게 싫어했고 절대 허용하지 않았다. 하지만 캐러웨이에서 자란 제이크는 자기 집이 그 점에서 특별한 곳이라는 걸 알았다.

그는 포샤를 바라보았다. 당장은 두 남자보다 그런 문제에 별로 개의치 않는 듯 보이는 그녀에게 말했다. "이 사무실에서 그런 말을 듣게 하다니 정말 미안하군."

"괜찮다니까요. 평생 그런 말을 들으면서 살았어요. 군대에 있을 때도요. 앞으로도 들을 거고요. 견딜 수 있어요, 제이크. 하지만 분위기를 바꾸는 김에 하는 말이지만, 이번 사건 관련자는 전부 백인이잖아요, 그렇죠?"

"그래."

"그러니까 헤일리 사건 때처럼 KKK단이나 그런 놈들이 나타나진 않겠죠?"

"누가 알겠어?" 루시엔이 말했다. "세상은 미친놈들 천지인데."

"그건 맞아요. 월요일 아침에 9시도 안 됐는데 벌써 전화가 두 통이라니. 협박 전화가요."

"첫 번째는 무슨 내용이었는데?" 루시엔이 물었다.

"죽은 사람 아버지였는데, 얼 코퍼라는 사람이요." 제이크가 말했다. "한 번도 본 적 없는 사람인데, 이제 만나봐야 할 것 같네요."

"죽은 사람 아버지가 살인 혐의로 체포된 피의자 변호사한테 전화했다고?"

제이크와 포샤는 고개를 끄덕였다. 루시엔은 고개를 가로젓더니 웃음을 띠며 말했다. "아주 좋군. 다시 전쟁터로 돌아가고 싶게 하는군."

책상 위 전화가 울렸고 제이크가 그걸 바라보았다. 3번 전화선이 반짝거렸는데, 그건 대개 칼라의 전화를 뜻했다. 그는 천천히 수화기를 들고 인사를 건넨 다음 귀를 기울였다. 아내는 학교, 자기 교실에서 첫 수업 중이었다. 교장실 비서가 방금 전화를 받았는데, 어떤 남자가 이름을 밝히지 않은 채 혹시 학교에 제이크 브리건스 부인이 일하고 있는지 물었다고 했다. 남자는 자신이 스튜어트 코퍼의 좋은 친구이며 코퍼의 많은 친구들 모두 칼 리 헤일리의 변호사가 아이를 감방에서 빼내려 하는 일에 화가 났다고 말했다. 또 지금 아이가 목숨을 유지하고 있는 유일한 이유는 구치소에 갇혀 있기 때문이라고도 했다. 비서가 재차 이름을 물었더니 상대방은 전화를 끊었다.

비서는 교장에게 보고했고 교장은 칼라에게 말한 다음 클랜턴시 경찰에 신고했다.

　제이크가 학교 앞에 도착해 차를 세우고 보니 앞에 순찰차 두 대가 와 있었다. 전에 파산 관련해 제이크의 도움을 받은 적 있는 스텝 레먼이라는 경찰관이 정문 앞에 서 있다가 오래된 친구처럼 제이크에게 인사했다. 레먼이 말했다. "호수 쪽에 있는 파커스 가게에 있는 공중전화에서 건 전화였어. 지금까지 알아낸 건 그뿐이야. 오지가 가게 주변에서 탐문을 할 테지만, 내가 보기엔 시간 낭비일 거야."

　제이크가 말했다. "고마워." 두 사람이 학교 안으로 들어서니 교장이 칼라와 함께 기다리고 있었다. 칼라는 전화에도 전혀 동요하지 않고 있는 것 같았다. 칼라와 제이크는 따로 떨어진 곳에 가서 둘이 대화했다. "해나는 괜찮아." 칼라가 속삭였다. "경찰이 바로 확인했는데 아무것도 모르고 있어."

　"그 새끼가 당신이 일하는 학교에 전화했잖아." 제이크가 속삭였다.

　"욕 좀 하지 마. 그냥 미친 사람일 뿐이야, 제이크."

　"알아. 하지만 미친 사람들이 엉뚱한 짓을 할 수도 있으니까. 사무실에도 벌써 전화가 두 통이나 왔어."

　"이러다가 사그라들겠지?"

　"아냐. 아직 큰 사건이 많이 기다리고 있어. 아이가 처음 법원에 출두해야 하고, 코퍼 장례식도 있고. 법원에도 여러 번 나와야 하고, 언젠가 재판이 열릴 수도 있어."

"하지만 당신은 그냥 임시 변호사잖아?"

"그래. 내일 누스 판사를 만나서 상황이 어떤지 말해야지. 판사가 카운티 외부의 변호사를 구할 수 있을 거야. 당신 괜찮아?"

"난 괜찮아, 제이크. 여기까지 달려올 필요 없었는데."

"무슨 소리야, 와야지."

제이크는 레먼 경관과 함께 학교 밖으로 걸어 나와 그와 악수하고 다시 감사 인사를 한 다음 차에 올라탔다. 본능적으로 콘솔 박스 뚜껑을 열고 권총이 그대로 들어 있는지 확인했다. 권총은 제자리에 있었다. 그는 저주를 내뱉고 차를 몰고 떠나면서 좌절감에 고개를 흔들었다.

지난 2년 동안 무기를 깊은 곳에 넣어두고 사냥할 때만 꺼내겠다고 적어도 천 번은 다짐했다. 하지만 총에 미친 자들이 그 어느 때보다 날뛰며 돌아다니고 있었다. 남부 시골에서는 모든 차에 무기가 실려 있다고 보는 편이 안전했다. 과거에는 총기가 보이도록 갖고 다니면 불법이었지만, 법이 바뀌면서 눈에 보이도록 소지하는 게 가능해졌다. 요즘은 허가만 받으면 자동차 뒷유리 안쪽에 라이플을 매달고 다니고 엉덩이에 6연발 권총을 꽂고 다닐 수도 있었다. 제이크는 차와 사무실 책상, 침대 옆 탁자에 총을 준비해 두는 걸 싫어했지만, 나쁜 놈들이 총을 쏘고 집을 불태우고 가족을 위협하면 자기 보호라는 개념이 가장 중요해진다.

8

3층 휴게실에서 휘터커 부인과 허프 부인은 자기소개를 하더니 제이크와 포샤에게 뭘 좀 먹겠느냐고 물었다. 선한목자성서교회는 포위 작전을 진행하고 있었다. 커피 테이블과 카운터에는 음식들이 쌓여 있고 더 많은 음식이 오고 있었다. 허프 부인은 교회 소속 여자들이 교대 근무를 하면서 지루함에 지친 보안관보 한 명이 문밖 흔들의자에 앉아 있는, 복도 끝 병실의 조시 갬블을 주의 깊게 지켜보고 있다고 설명했다. 허프 부인이 말하는 동안 휘터커 부인이 세 겹의 초콜릿케이크 두 조각을 종이 접시에 담아 제이크와 포샤에게 하나씩 내놓았다. 거절하는 것이 물리적으로 불가능했기 때문에 두 사람은 플라스틱 포크로 조금씩 케이크를 먹었고, 그 사이 허프 부인은 개인정보 보호 따위는 아무렇지도 않은지 조시의 최근 검사 결과를 자세히 설명했다.

제이크가 한참 만에 말할 기회를 찾아내 두 사람에게 그가 법원에서 지정한 드루의 변호사라고 말하자, 두 여자는 눈에 띄게 감명을 받고 커피를 권했다. 제이크는 포샤를 법률보조원으로 소개했지만, 두 여자가 그게 무슨 직업인지 알아듣는지 확실하지는 않았다. 휘터커 부인은 조카가 아칸소주에서 변호사라고 말했고, 이에 뒤질세라 허프 부인은 오빠가 한때 대배심원으로 일한 적이 있다고 했다.

케이크는 맛있었다. 제이크는 좀 작은 조각을 하나 더 달라고 해서 먹고 커피를 마셔 케이크를 씻어내렸다. 그가 시계를 내려다보자 휘터커 부인은 조시가 의사들에게 검사를 받는 중이라 병실에 들어갈 수 없다는 걸 알려주었다. 그녀는 이제 병원 절차에 도가 튼 것처럼 오래 걸리지 않을 거라며 제이크를 안심시켰다.

여자들이 끝도 없이 수다를 떨 것처럼 보여서 제이크는 앉아서 갬블 가족에 관해 질문을 시작했다. 휘터커 부인이 경쟁자를 물리치고 먼저 설명을 시작했다. 어머니와 아이들은 지난 몇 달 동안 선한목자교회에 나왔다고 했다. 두 사람이 생각하기에 집사인 허먼 베스트 씨가 클랜턴에 있는 자동차 세차장에서 일하던 조시를 만나 늘 하던 대로 대화를 나누면서 처음 알게 되었다고 했다. 베스트 씨는 새로운 사람을 만나고 그들을 교회로 초청하기를 즐겼다. 두 사람 생각이 맞다면 베스트 씨가 조시 이름을 찰스 목사에게 알려주었고, 목사가 가정방문을 했다. 알려진 바에 따르면 가정방문은 결과가 좋지 않았는데, 같은 집에 사는 남자, 즉 스튜어트 코퍼가 목사에게 사뭇 무례하게 굴었기 때문이었다.

게다가 조시는 성스러운 결혼제도 혜택도 없이 공공연히 죄를 저지르며 남자와 사는 것이 분명했기에, 신도들 모두에게 기도 목록에 추가로 올릴 거리를 제공했다.

그런데도 조시와 아이들은 어느 일요일 오전에 교회에 왔다. 교회는 늘 방문객을 환영하는 데 엄청난 자부심을 품고 있었다. 찰스 목사 부임 후 신자 수가 거의 두 배로 늘어난 이유 가운데 하나였다. 행복하고 큰 하나의 가족이었다.

허프 부인이 이 대목에서 특별히 할 말이 있다면서 치고 들어왔다. 키이라는 당시 겨우 열세 살이었고 이제 열네 살이 되었는데, 허프 부인은 일요 성경학교에서 10대 소녀들을 가르쳤다. 허프 부인을 포함해 교회 신도들은 조시와 아이들이 얼마나 끔찍한 생활을 해왔는지 깨달은 뒤 그들을 진심으로 받아들였다. 허프 부인은 처음에 극도로 수줍어하고 내성적이던 키이라에게 특별한 관심이 있었다. 허프 부인은 한 달에 한 번 정도 성경학교 학생들을 집에 데려가 피자와 아이스크림을 먹이고 무서운 영화를 보며 자고 가도록 했는데, 키이라를 설득해 그런 모임에 합류하도록 했다. 모인 아이들은 모두 착했고 일부는 학교에서 알고 지내던 사이였지만, 키이라는 그 작은 파티에서 긴장을 풀고 즐기지 못했다.

포샤는 케이크를 내려놓고 이야기를 받아적고 있었다. 허프 부인이 잠깐 숨을 돌리는 사이 포샤가 끼어들었다. "가족이 끔찍한 생활을 했다고 하셨는데, 무슨 뜻인가요? 혹시 말해주실 수 있나요?"

두 여자는 무슨 말이든 해줄 생각이 있었다. 하지만 혹시 속도를 죽여야 하는 건지 생각이라도 하는 것처럼 서로를 바라보았다. 허프 부인이 말했다. "더 어렸을 때는 따로 살았나 보더라고요. 어떻게, 왜 그랬는지 확실하지는 않지만 내 생각에, 조시는 뭔가 문제가 생겨서 어디에 갔어야 했나 봐요, 무슨 말인지 알죠? 아이들을 떠나보내야 했던 거죠. 뭐 그런 일이에요."

휘터커 부인이 거들었다. "드루 담임 선생님이 그러는데, 수업 중에 보육원에 사는 아이들에게 편지 보내기 수업을 했나 봐요. 드루가 자기도 보육원에 있었던 적이 있다고 말했는데, 그런 얘기를 하면서도 부끄러워하지도 않았대요. 아마 여동생보다는 더 사교적인 모양이에요."

"주변에 다른 친척은 없나요?" 제이크가 물었다.

두 여자는 고개를 가로저었다. 아뇨. 허프 부인이 말했다. "그리고 조시가 왜 코퍼라는 사람과 엮이게 되었는지도 모르겠어요. 그 사람 주변에서 평이 안 좋거든요."

"왜요?" 포샤가 물었다.

"그게, 그 남자에 관한 소문이 동네에 많이 돌았어요. 보안관보지만 어두운 면이 있다고요."

제이크가 어두운 면이 뭔지 파고들려는 순간 의사가 들어왔다. 두 여자는 자랑스럽게 가족의 변호사와 보조 법률원을 의사에게 소개했다. 대부분 병원에서 그렇듯 변호사의 존재는 의사와의 대화를 차갑게 만들었다. 의사는 환자가 통증이 여전하고 불안해하고 있지만, 상태가 괜찮다며 안심시켰다. 일단 부기가 가라앉으면 뺨과 턱의 부러진 뼈를 맞추는 수술을 할 예정이라고 했다.

"대화가 가능할까요?" 제이크가 물었다.

"조금은요. 애를 써야 가능하지만, 환자가 말하고 싶어 합니다."

"지금 만날 수 있을까요?"

"그럼요, 지나치게 말을 많이 시키지만 마세요."

제이크와 포샤는 서둘러 휴게실을 나왔고 휘터커 부인과 허프 부인은 의사에게 방금 가져온 캐서롤을 가리키며 점심 식사에 관한 이야기를 시작했다. 아침 10시 20분이었다.

복도를 지키는 보안관보는 리먼 프라이스였다. 아마도 오지의 부하들 가운데 가장 나이가 많고 마약상을 뒤쫓거나 범죄자들을 붙잡는 일에 가장 능력이 떨어지는 사람일 터였다. 구치소 책상에서 서류 처리를 하거나 법원에서 법정 질서 유지를 맡아 일하곤 했다. 늙은 리먼에게 병실 밖에서 시간을 죽이는 일은 딱 어울리는 자리였다.

그는 평소처럼 제이크에게 무뚝뚝한 인사를 건넸다. 코퍼 사건으로 날 선 기색이 드러나거나 하지는 않았다.

제이크는 문을 두드리며 열고 들어가 의자에 앉아 청소년 잡지를 읽는 키이라에게 미소를 지어 보였다. 조시는 등을 비스듬히 기대고 누워 있었지만 깨어 있었다. 제이크는 자신과 포샤를 소개하고 키이라에게 인사했다. 키이라는 잡지를 내려놓고 어머니 발치에 가서 섰다.

제이크는 잠깐만 있다 가겠다고 말하면서 전날 밤 드루를 만났고, 어머니를 만나 괜찮은지 확인해서 알려주겠다 약속했다는 사실을 전했다. 조시는 그의 손을 꼭 움켜쥐더니 감은 붕대 너머로 "아이는 어때요?"와 비슷한 말을 중얼거렸다.

"괜찮아요. 지금 다시 구치소로 가서 아이를 만날 겁니다."

키이라는 가까이 다가와서 침대 끄트머리에 앉았다. 눈가가 촉촉해진 모습으로 뺨을 닦았다. 제이크는 키이라가 두 살이나 어린데도 오빠보다 키가 크다는 사실에 깜짝 놀랐다. 드루는 아직 사춘기가 먼 어린 소년처럼 보였다. 키이라는 나이에 비해 몸이 성숙했다.

"구치소는 얼마나요?" 조시가 물었다.

"아주 오래일 겁니다, 조시. 몇 주 또는 몇 달 이내로 빼낼 방법은 없어요. 살인 혐의로 기소되고 재판을 받게 되면 시간이 아주 오래 걸릴 겁니다."

키이라는 화장지를 들고 몸을 숙여 어머니의 뺨을 닦더니 자기 뺨도 닦았다. 긴 침묵이 흐르는 사이 모니터의 기계음과 복도를 지나는 간호사의 웃음소리가 들렸다. 제이크가 먼저 몸을 움직였고, 갑자기 얼른 병실을 떠나고 싶어졌다. 그는 조시의 손을 잡고 몸을 숙이며 말했다. "다시 오겠습니다. 지금 바로 가서 드루가 어떤지 볼 겁니다."

조시는 고개를 끄덕이려 했지만, 고통이 느껴지자 얼굴을 찡그렸다. 뒤로 물러서면서 제이크는 키이라에게 명함을 건네며 속삭였다. "여기 아저씨 전화번호야." 문가에서 돌아선 그의 눈에 마지막으로 두 사람의 모습이 보였다. 그들은 서로 꼭 안은 채 두 사람 모두가 알 수 없는 지금의 상황에 겁에 질려 흐느껴 울고 있었다.

결코 잊을 수 없는 가슴 아픈 장면이었다. 작은 두 사람은 두려움, 그리고 제도의 분노와 직면하고 있었다. 아무 잘못도 없이 엄청난 고통만 당하는 모녀의 모습이었다. 그들에겐 아무런 목소리도 없었고, 그들을 보호할 그 누구도 없었다. 그들에겐 제이크뿐이었다. 드루를 포함한 그들이 앞으로 몇 년 동안 그의 삶의 일부가될 거라는 목소리가 어디선가 들렸다.

포크, 포드, 타일러, 밀번, 밴뷰런 카운티가 속한 22구역 재판구의 지방 검사인 로웰 다이어는 클랜턴에서 북쪽으로 65킬로미터 정도 떨어진 더 작은 마을 그레트나 출신이었다. 많은 사람이 다이어가 언젠가 주지사가 되거나 최소한 선거에 나설 것으로 생각했고, 3년 전 그는 세 번째로 연임 중인 위대한 루퍼스 버클리 지방 검사에게 도전했다. 5년 전 버클리는 미시시피주에서 일찍이 본적 없는 의식과 홍보, 과시 그리고 노골적인 묘기를 선보이며 칼리 헤일리를 기소하고 배심원들에게 사형을 구걸한 적이 있다. 제이크가 그렇지 않다고 배심원단을 설득해 버클리에게 인생 최대의 패배를 안겼다. 그러자 유권자들은 그에게 또 다른 패배를 안겼고, 그는 절뚝거리며 고향인 스미스필드로 돌아가 작은 사무실을 열었다. 제이크와 선거구 안의 거의 모든 변호사는 지루한 업무를 꾸준히 해왔다고 밝혀진 로웰 다이어를 조용히 응원했다.

월요일 아침은 전혀 지루하지 않았다. 다이어는 일요일 밤늦은 시간에 누스 판사의 전화를 받았고, 두 사람은 코퍼 사건을 논의했다. 오지는 월요일 아침 일찍 전화했고, 오전 9시에 다이어는 검사보 D. R. 머스그로브와 이런저런 선택지를 두고 회의했다. 주 정부가 1급 살인 혐의 기소와 사형 선고를 원한다는 것에는 처음부터 의심할 여지가 없었다. 법 집행관이 자기 침대 위에서, 자기 총에 의해 피도 눈물도 없이 살해당했다. 살인범은 자백했고 체포되었으며, 범인은 이제 열여섯 살에 불과하지만, 잘잘못을 구분할 수 있고 자기 행동에 따른 결과를 받아들일 수 있을 정도로 나이를 먹었다. 다이어의 세상 속 성서에서는 눈에는 눈, 이에는 이, 원수 갚는 것이 내게 있으니, 라고 주님께서 말씀하고 계셨다. 뭐, 그와 비슷했다. 성서에 정확히 뭐라고 적혀 있는지는 중요하지 않았다. 사형은 많은 사람에게, 특히 투표에 나설 정도로 정치에 관심을 가진 사람들 사이에서는 인기가 여전히 많았다. 남부 시골 지역에서의 투표나 여론조사는 별 의미가 없는 것이, 그 문제는 이미 오래전에 결론이 났고 대중의 의견은 바뀌지 않았기 때문이다. 실제로 다이어가 선거에 나섰을 때, 그는 선거 유세를 하면서 가스실의 문제는 충분히 사용되지 않았다는 점이라고 여러 번 지적한 바 있었다. 그 말에 군중은 정말 기뻐했다. 적어도 백인들은 그랬다. 흑인들 교회에서 그는 그 문제를 아예 거론하지 않았다.

현재 법률에 따르면 살인죄 피고인이 열세 살 이상인 경우, 소년 법정에서 재판할 수 없다. 열두 살이라면 모든 범죄자의 기소를 맡은 순회법원에 기소할 수 없다. 다른 주에서는 그렇게 문턱을 낮게 적용하지 않는다. 대부분 주에서 피고인을 성인처럼 기소하려면 적어도 열여섯 살은 되어야 한다. 북부 지역에서 몇 개 주는 해당 나이를 열여덟 살까지 올렸지만, 남쪽은 사정이 달랐다.

사건의 심각성이 순간적으로 그의 열정을 억누르기는 했지만, 로웰은 이렇게 중요한 사건을 맡게 되어 남몰래 기분이 좋았다. 지난 3년 동안 그는 1급 살인죄로 누군가를 기소해 본 적이 없었다. 스스로 점점 강인한 검사가 되어가고 있다고 생각했지만, 밋밋한 사건들만 다루는 일에 좌절하고 있었다. 마약 생산과 밀매 그리고 지역의 도움을 받아 연방 정부가 진행하는 도박 단속이 아니었다면 그는 할 일이 별로 없었을 터였다. 포크 카운티에서 음주 운전자를 차량 이용 살인죄로 기소해 징역 20년을 받아낸 적은 있었다. 밀번 카운티에서는 은행 강도 건으로 두 번 승소했는데, 피고인이 동일 인물이었다. 그자는 교도소에서 탈출해 아직도 도주 중이었다. 어쩌면 지금도 은행을 털고 있을 터였다.

코퍼 살인 사건 전에 로웰은 코카인 전염병과 싸우려 애쓰는 검사들의 합동 대책반에서 시간을 보내고 있었다.

하지만 로웰 다이어는 갑자기 코퍼 살인 사건의 중심에 서게 되었다. 이미 기자회견을 두 번은 열었을 전임자 루퍼스 버클리와 달리 로웰은 월요일 아침 기자들을 멀리한 채 일하고 있었다. 그는 다시 오지 그리고 누스 판사와 이야기하고 제이크 브리건스에게 전화했지만, 음성 사서함으로 연결되었다. 그는 얼 코퍼에게 전화해 위로의 말을 전하면서, 끝까지 정의를 실현하겠다고 약속했다. 그리고 수사관을 클랜턴으로 보내 사건을 파기 시작했다.

그는 주 과학수사연구소 병리학자의 전화를 받았다. 부검 결과 코퍼의 사망 원인은 머리에 난 총상이었다. 총알이 왼쪽 관자놀이로 들어가 오른쪽 귀로 나왔다고 했다. 특이한 사항은 없었지만, 혈중알코올농도가 0.36임이 밝혀졌다. 0.36이나! 음주 운전을 판단하는 주 기준 0.10을 세 배하고도 절반이나 넘는 수치였다. 코퍼는 키가 183센티미터에 몸무게가 90킬로그램에 가까웠다. 그런 덩치의 남자가 그렇게 취했다면 어떤 행동도 쉽지 않을 것이다.

걷고, 운전하거나 심지어 숨쉬기도 어려웠을 것이다.

소도시 변호사로 15년을 보낸 경험을 가진 로웰은 그렇게 높은 수치의 혈중알코올농도와 연관된 사건은 한 번도 보거나 듣지 못했다. 그는 믿을 수 없다고 말하며 병리학자에게 다시 검사해 달라고 말했다. 로웰은 부검 보고서를 받자마자 검토한 뒤 적절한 시기에 변호인 측에 자료를 넘겼다. 스튜어트 코퍼가 사망할 당시 고주망태였다는 사실을 숨길 방법은 없었다.

어떤 사실관계도 완벽할 수는 없었다. 모든 변호인의 증거가 그렇듯 검찰 측 모든 증거에도 흠이 있었다. 하지만 보안관보가 새벽 2시에 그렇게까지 술에 취했다는 사실은 많은 의문을 불러일으켰고, 일생일대의 사건이 손에 들어온 뒤 몇 시간 만에 로웰 다이어는 첫 번째 의문을 품게 되었다.

제이크는 포샤를 광장에 내려주고 구치소로 차를 몰았다. 구치소는 여전히 평소보다 붐볐고, 그는 안으로 들어가 시선들을 마주하기를 원치 않았다. 하지만 그는 차를 길가에 세우고 스스로 말했다. "어쩌겠어? 경찰 살인범을 변호하면서 경찰들에게 사랑받기를 바랄 순 없지."

해내야 하지만 다른 사람은 아무도 원치 않는 일을 한다는 이유로 그들이 제이크를 미워한다면, 그건 어쩔 수 없는 일이었다. 그는 보안관보들이 시간을 보내며 수다를 떨거나 커피를 잔뜩 마셔대는 넓은 휴게 공간으로 들어서서 마셜 프레이더와 모스 주니어 테이텀에게 인사를 건넸다. 그들은 의례적으로 고개를 끄덕여 보였지만, 제이크는 즉시 그들 사이에 전선이 형성되었음을 알아차렸다.

"오지 있나?" 그는 테이텀에게 물었고, 테이텀은 모르겠다는 듯 어깨를 으쓱했다. 제이크는 앞으로 걸어가 도린의 책상에서 멈췄다. 오지의 비서인 그녀는 오지의 사무실 출입구를 도베르만처럼 지키고 있었다. 제복을 제대로 갖춰 입고 권총을 소지하고 있었지만, 경찰 직무 훈련도 받지 않았고 법적으로 누군가를 체포할 수도 없는 신분임은 누구나 알고 있었다. 그녀가 권총을 사용할 수 있다고 생각하지만, 그 누구도 감히 시험해 볼 생각은 하지 않았다.

"회의 중이에요." 그녀는 쌀쌀맞게 말했다.

"30분 전에 통화했고, 10시 30분에 만나기로 했어요." 제이크는 최대한 정중하게 말했다. "지금이 10시 30분이고요."

"내가 말씀을 전할게요, 제이크. 하지만 정말 미쳐 돌아가는 아침이네요."

"고마워요."

제이크는 골목길이 내려다보이는 창문으로 걸어갔다. 골목 너머에는 첫 번째로 생긴 사무실 단지가 광장 남쪽에 줄지어 서 있었다. 건물들과 위풍당당한 참나무 위로 법원의 돔 모양 지붕이 솟아 있는 모습이 보였다. 그곳에 서 있는 사이 뒤쪽에서 늘 들리던 대화와 오가던 농담이 잦아드는 걸 알아차릴 수 있었다. 보안관보들은 여전히 있었지만 이제 변호사가 등장했기 때문이다.

"제이크." 오지가 문을 열며 그를 불렀다.

사무실 안에 들어선 두 명의 오래된 친구는 커다란 책상을 사이에 두고 서서 서로 바라보았다.

제이크가 말했다. "사무실에는 벌써 협박 전화가 두 통이나 걸려 왔고, 누군가 학교에 전화해서 칼라를 찾았다는군. 물론 이름을 밝히진 않았고. 그런 놈들은 항상 그런 식이지."

"학교에 걸려 온 전화 얘기는 나도 알아. 내가 어떻게 해야겠어, 제이크? 사람들에게 자네 사무실에 전화하지 말라고 해?"

"얼 코퍼와 얘기해 봤나?"

"아, 두 번 얘기했지. 어제는 내가 농장에 갔었고 오늘 아침엔 통화했어. 우린 장례식 절차를 세부적으로 논의하려고 해, 제이크. 괜찮다면 말이야."

"난 장례식 생각은 하지 않아, 오지. 코퍼 씨에게 점잖게 말해서, 누군지는 몰라도 그쪽 사람들이 좀 뒤로 물러서서 우리를 건들지 말라고 해줄 수 있으면 좋겠어."

"그러니까 그쪽 가족이 그랬다고 확신하는 거야?"

"아니면 누가 그러겠어? 내가 듣기로는 그쪽 식구들 꽤 다혈질이라던데. 사람이 죽었으니 당연히 피가 솟구치겠지. 누구는 안 그러겠어? 그냥 위협만 하지 말라고 해줘. 알겠나, 오지?"

"내 생각엔 자네도 흥분한 것 같군. 자네부터 진정하는 게 좋겠어. 스튜어트 코퍼 말고는 아무도 다친 사람이 없잖아." 오지는 깊은 한숨을 쉬더니 천천히 의자에 앉았다. 그가 고갯짓하자 제이크도 자리에 앉았다.

오지가 말했다. "전화가 오면 기록해서 내게 가져와. 내가 한번 알아볼게. 경비를 다시 붙여줄까?"

"아냐. 그런 건 이제 지쳤어. 내가 그냥 쏴버리고 말 거야."

"제이크, 정말로 걱정하지 않아도 돼. 그쪽 가족이 화는 났지만 미친 건 아니야. 일단 장례를 어떻게든 치르고 나면 상황은 가라앉을 거야. 자네도 곧 사건에서 손을 뗄 거잖아, 그렇지?"

"모르겠어. 그랬으면 좋겠는데. 오늘 아침에 아이가 어떤지 확인했나?"

"교도관이랑만 얘기했어. 애가 꼼짝도 안 해."

"뭐 좀 먹었나?"

"과자 좀 먹었을까? 콜라는 마셨대."

"이봐, 오지. 내가 전문가는 아니지만 아이는 정신적 충격을 받았고 도움이 필요해. 일종의 정신적 붕괴를 겪고 있는 걸 수도 있다고."

"미안하네, 제이크. 하지만 난 동정심이 느껴지지 않아."

"알았어. 아침에 민사 소송 심리에 앞서서 누스 판사를 만나 아이를 횟필드에 보내 검사하게 해달라고 요청할 거야. 자네 도움이 필요해."

"내 도움?"

"그래. 누스는 자네를 존중하니까 아이가 전문가를 만나야 한다고 자네가 동의하면 허가할 수도 있어. 현재 아이를 구금하고 있는 건 자네니까 당장은 다른 누구보다 자네가 아이 상황을 잘 알잖아. 교도관을 데려가서 누스 판사 사무실에서 같이 얘기하자고. 비공개로 말이야. 자네가 증언할 필요는 없어. 미성년자 피의자에 관해서는 규칙이 다르니까."

오지는 빈정거리는 웃음을 짓더니 고개를 돌렸다. "확실하게 해두자고. 이 아이는 나이가 몇 살이든 내 부하 직원을 살해했어. 자네들 백인들이 이걸 추도식인지 장례식인지 뭐라고 부르는지 몰라도, 아직 준비조차 하지 못했어. 그런데 지금 변호인이 와서 내게 변호에 도움을 달라고 하고 있군. 맞나, 제이크?"

"지금 옳은 일을 해달라고 부탁하는 거야, 오지. 그것뿐이야."

"내 대답은 거절이야. 아이를 이곳으로 데려온 뒤로 난 만나보지도 않았어. 자네, 너무 지나치게 달려들고 있어, 제이크. 물러서게."

오지는 책상 너머에서 눈을 부라리며 경고했고 제이크는 무슨 뜻인지 알아들었다. 그는 일어서서 말했다. "좋아. 내 의뢰인을 만나야겠군."

그는 마운틴듀 한 캔과 땅콩 한 봉지를 가져갔고, 몇 분 뒤 드루를 간신히 담요에서 나오라고 설득할 수 있었다. 아이는 침대 끄트머리에 앉아 캔 뚜껑을 땄다.

"오늘 아침에 어머니를 만났다." 제이크가 말했다. "아주 잘 계셔. 키이라도 병원에 함께 있고 교회에서 몇 분이 나오셔서 두 사람을 돌봐주고 있더구나."

드루는 자기 발만 내려다보면서 고개를 끄덕였다. 지저분하게 엉킨 금발 머리가 끈적거렸고 온몸을 깨끗하게 씻어내야 할 것 같았다. 이제 아래위가 붙은 주황색 표준 죄수복으로 갈아입혀야 하는데, 그 옷이 지금 입은 싸구려에 주름투성이 옷보다 나을 것 같았다.

아이는 계속 끄덕이며 물었다. "무슨 교회요?"

"선한목자성서교회라는 것 같더구나. 목사님 이름이 찰스 맥게리였어. 그분을 아니?"

"그런 것 같아요. 스튜는 우리가 교회에 못 가게 했어요. 그 사람 진짜 죽었나요?"

"죽었어, 드루."

"그리고 제가 봤어요?"

"분명히 그런 것 같구나. 기억이 안 나니?"

"기억이 나기도 하고, 안 나기도 해요. 가끔은 꿈속인 것처럼 느껴지는 거, 아세요? 지금처럼요. 진짜 여기서 저랑 얘기하는 거 맞아요? 이름이 뭐예요?"

"제이크야. 어젯밤에도 들러서 만났잖아. 그건 기억하니?"

한참 침묵이 흘렀다. 아이는 음료수를 한 모금 마시더니 땅콩 봉지를 뜯으려고 했다. 잘 뜯지 못하자 제이크가 봉지를 넘겨받아 뜯어서 되돌려주었다.

제이크가 말했다. "이건 꿈이 아니야, 드루. 난 네 변호사란다. 네 어머니와 여동생을 만났고, 이제 난 네 가족의 변호사가 되었어. 네가 날 믿고 내게 말해주는 일이 중요해."

"무슨 얘기요?"

"이런 거야. 네가 키이라와 어머니 그리고 스튜어트 코퍼와 함께 살던 집 얘기를 해보자. 그곳에서 얼마나 오래 살았지?"

제이크가 한 말을 전혀 듣지 못한 것처럼 아이가 멍하니 바닥만 내려다보는 동안 침묵이 흘렀다.

"얼마나 오래됐지, 드루? 스튜어트 코퍼와 얼마나 오래 함께 살았니?"

"기억 안 나요. 그 사람 진짜 죽었어요?"

"그래."

캔이 아이의 손에서 빠져나가 바닥에 떨어지며 제이크의 발치에 거품이 쏟아졌다. 캔이 살짝 구르다 멈췄지만, 여전히 음료가 새어 나오고 있었다. 드루는 떨어진 캔에 아무런 반응을 보이지 않았고, 제이크도 자기 신발 주위에 밀려오는 음료를 아이처럼 무시하려고 애썼다. 드루는 눈을 감고 낮은 목소리로 웅얼거리기 시작했다. 어딘가 깊은 곳에서 나오는 부드럽고 고통스러운 신음이었다. 뭔가 중얼거리듯 입술이 달싹거리기 시작했다. 제이크는 잠시후 뭔가 말을 걸어 아이의 행동을 막을까도 했지만, 기다리기로 했다. 드루는 황홀경 같은 깊은 명상에 빠진 수도승이거나 정신을 잃고 다시 어둠 속으로 떠내려가는 정신병 환자일 수도 있었다.

하지만 드루는 상처 입은 아이로 도움이 필요했고, 제이크는 도움을 줄 수 있는 전문가가 아니었다.

9

월요일 정오가 되자 오지는 넘쳐나는 사람과 소음에 지쳐버렸다. 비번인 부하들도 최근 소문을 수집하고 퍼뜨리려고 돌아다녔고, 그저 형제애를 함께 느껴보려는 은퇴한 경찰, 쓸모없이 자리만 차지하는 예비역 군인들, 기자들, 엄청난 설탕 덩어리가 어떻게든 도움이 되기라도 하는 것처럼 시내에 나왔다가 브라우니와 도넛을 들고 찾아온 참견쟁이 늙은 부인들, 왜 왔는지 알 수 없는 호기심에 찬 사람들, 법과 질서를 믿고 따르는 자기 존재를 유권자에게 각인시키고 싶어 하는 정치인들 그리고 착한 사람들, 경찰 제복을 입은 사람들을 지원하는 것으로 상황에 도움을 줄 수 있다고 생각하는 코퍼 친구들이 넘쳐났다. 오지는 현재 근무 중이 아닌 사람은 전부 건물에서 나가라고 지시했다.

비극에도 영향을 받지 않은 프로의 모습을 유지하기 위해 서른 시간 넘게 열심히 노력했지만, 피곤이 찾아오고 있었다. 그는 도린에게 소리 질렀고, 도린도 그에게 소리 질렀다. 긴장감이 느껴졌다.

그는 사무실에 정예 직원들을 불러들이고 도린에게 문 앞을 지키고 모든 전화를 막아달라고 정중하게 요청했다. 모스 주니어 테이텀, 마셜 프레이더, 윌리 헤이스팅스였다. 아무도 제복 차림이 아니었고 오지도 마찬가지였다. 그는 자료를 나눠주고 읽어보라고 했다. 충분히 시간이 지난 뒤 그가 말했다. "0.36이야. 여기서 누구든 혈중알코올농도가 0.36인 음주 운전자를 체포해 본 경험 있나?"

노련한 세 명의 보안관보는 충분히 알아들은 것 같았다. 프레이더가 말했다. "0.3은 두어 번 있었는데 더 높은 사람은 없었습니다. 기억이 나지 않아요."

모스 주니어는 믿을 수 없다는 듯 고개를 흔들고 말했다. "저도요."

헤이스팅스가 말했다. "버치 밴고의 아들이 0.35였죠. 그게 아마 포드 카운티 기록일 겁니다."

"그 친군 죽었지." 프레이더가 말했다.

"다음 날 병원에서. 내가 체포한 게 아니라서 검사를 하지 않았어."

"검사를 하지 않았어." 프레이더가 말했다. "운전한 게 아니니까. 어느 날 아침 크래프트가 한복판에 누워 있는 걸 사람들이 발견한 거지. 그건 음주 운전이 아니라 급성 알코올 중독이었어."

"좋아, 알았다고." 오지가 말했다. "요점은 우리의 쓰러진 동료께서는 일반적으로 성인 남자를 죽일 수 있을 정도인 수준으로 술에 절어 있었다는 거잖아. 요점은 코퍼에게 문제가 있었다는 거야. 코퍼가 제정신이 아니었고, 우린 그 정도가 어떤지 알지 못했다는 거야, 맞지?"

프레이더가 말했다. "이 문제는 어제도 얘기했어요, 오지. 우리가 동료 경관을 밀고하지 않았다고 비난하려는 겁니까?".

"그게 아니야! 하지만 왠지 은폐하는 냄새가 나잖아. 코퍼가 애인을 때려서 신고가 들어온 적이 적어도 두 번이나 있었는데. 난 그런 보고서를 한 번도 본 적 없고, 찾아낼 수도 없었어. 오전 내내 뒤졌는데도 말이지."

오지는 재선까지 성공한 보안관이었고, 그들 중에 4년마다 유권자의 얼굴을 마주해야 하는 사람은 오지뿐이었다. 나머지 세 사람은 그의 고참 보안관보들로 그에게 월급과 경력을 신세 지고 있었다. 그들은 인간관계, 걱정거리들, 정치를 이해했다. 그들이 그를 최대한 보호하는 건 필수적이었다. 그들은 오지가 실제로 사건 보고서를 봤는지 몰랐고 그가 얼마나 알고 있는지 확신하지 못했지만, 당장 그것이 무엇이든 오지가 그려내고 싶은 그림에는 동의했다.

오지는 계속 말을 이었다. "퍼틀과 맥카버가 한 달 전쯤 어느 날 밤에 여자가 전화로 신고했다는 보고서를 썼지만, 그 후에 그녀가 고소는 하지 않겠다고 해서 아무 일 없이 지나갔어. 두 사람은 보고서를 올렸다고 맹세했는데, 아무리 찾아도 없더라고. 찾아보니까 넉 달 전에 애인이라는 여자가 마찬가지 상황으로 전화로 신고했어. 코퍼가 취한 채 집에 와서 여자를 때린 거지. 스웨이지 경관이 출동했는데 여자가 고소하지 않았어. 그래서 보고서만 작성해두었는데, 지금 찾아보니 없어. 난 절대 본 적이 없다고. 두 건 모두 말이야. 자, 이런 문제가 있다는 거야, 여러분. 제이크가 한 시간 전에 들렀어. 누스 판사가 임명했고 제이크는 사건을 원치 않았다고 주장하고 있어. 누스 판사가 최대한 빨리 다른 변호사를 찾아준다고 했다면서 말이지. 우린 그걸 확인할 수 없고 우리가 이래라저래라할 수도 없는 일이야. 지금은 제이크가 변호인이고, 서류가 없어졌다는 걸 그 친구가 알아내는 데는 5분도 걸리지 않을 거라고. 지금은 아니지만, 이 사건이 재판으로 가면 벌어질 일이지. 난 제이크를 잘 알아. 젠장, 우리 모두 잘 알잖아. 그는 우리보다 한발 앞설 거라고."

"왜 제이크가 끼어드는 거죠?" 프레이더가 물었다.

"내가 말한 것처럼 누스가 그를 임명했어. 아이에게는 변호사가 있어야 하고, 아무도 나서서 맡지 않을 것은 뻔하니까."

"우리 동네에도 국선 변호인이 따로 있을 텐데요." 헤이스팅스가 말했다. "전 제이크를 좋아하고, 그가 반대편에 서 있는 건 원치 않습니다." 윌리 헤이스팅스는 토냐의 어머니이자 칼 리의 아내인 그웬 헤일리의 사촌이었다. 그리고 그들 세계에서 제이크 브리건스는 물 위를 걷는 성자였다.

"우리 국선 변호인은 심각한 사건을 다루기에는 아직 너무 풋내기야. 내가 듣기로는 판사가 좋아하지 않는다더군. 자, 여러분. 아마르 누스는 아주 오랫동안 순회법원 판사로 일했어. 그를 좋아하든 싫어하든 그가 재판 과정을 손아귀에 쥐고 있다고, 그 사람이 변호사의 운명을 좌우할 수 있고 제이크를 아주 좋아해. 제이크는 거절할 수 없었을 거야."

"하지만 제 생각에 제이크는 예비 심리 정도만 하고 다른 사람으로 바꿀 것 같던데요?" 프레이더가 물었다.

"누가 알겠어? 무슨 일이 생길지 모르고 아직 초반이라고. 다른 변호사를 찾는 일이 어려울 수도 있어. 게다가 제이크는 관심받기를 즐기는 야망 넘치는 변호사라고. 그 친구가 루시엔 윌뱅크스에게 채용되고 교육받았다는 걸 명심해. 루시엔은 과거에 일할 때 과격하게 누구나 변호하곤 했어."

"믿을 수가 없네요." 테이텀이 말했다. "제이크가 작년에 삼촌네 땅 계약 문제를 해결해 줬는데."

오지가 말했다. "그 친구 말로는 벌써 협박 전화가 오고 있대. 다시 찾아가서 얼 코퍼와 이야기할 생각이야. 조의를 전하고 장례 얘기도 하고, 그쪽 사람들이 사고를 치지 않도록 해야지."

"코퍼 가족은 괜찮아요." 프레이더가 말했다. "몇 명을 아는데, 당장은 그냥 충격을 받아서 그러는 겁니다."

"우리는 뭐 안 그런가?" 오지가 물었다. 그는 파일을 덮고, 깊은 한숨을 내쉬더니 세 명의 부하들을 바라보았다. 그는 프레이더에게 눈길을 던지고 마침내 말했다. "좋아, 보고들 해봐."

마셜은 자기 서류를 책상에 툭 던지고 담배를 피워 물었다. 창가로 걸어가 환기를 위해 창을 열더니 벽에 몸을 기대고 섰다. "제 사촌과 얘기했어요. 토요일 밤에는 코퍼와 함께 놀지 않았다고 하더군요. 여기저기 전화해서 내용을 알아냈답니다. 아마 호수 근처, 도그 히크먼의 오두막에서 카드 게임이 벌어졌나 봐요. 포커판인데 판돈이 적은 잔챙이들 게임이었지만, 누군지 모르는 참석자가 복숭아 향이 나는 갓 증류한 밀주를 가져와서 다들 퍼마셨답니다.

모두 흠뻑 취했죠. 세 명은 기절해서 그곳에 남았습니다. 별로 기억도 못 하더군요. 코퍼는 차를 몰고 집에 가야겠다고 생각한 겁니다. 어찌어찌 집까지 갔고요."

오지가 끼어들었다. "개리 그레이버의 양조장이었겠군."

프레이더는 담배를 한 모금 빨더니 보안관을 바라보았다. "이름을 캐묻지는 않았어요, 오지. 코퍼와 도그 히크먼 말고는 밝혀진 이름도 없고요. 코퍼가 죽었고 나머지 네 사람은 전부 지금 두려움에 빠져 있습니다."

"뭐가 두려워?"

"모르죠, 아마 일종의 책임감 같은 거겠죠. 전부 도박에 밀주까지 즐겼는데, 이제 참석자가 죽기까지 했으니까요."

"멍청한 녀석들이로군."

"저도 같은 생각입니다."

"우리가 잔챙이 도박판을 단속하기 시작하면 구치소가 통으로 하나 더 있어야 할 거야. 좋아, 그 친구들 이름을 확인하고, 기소될 일 없을 거라고 안심시켜."

"그래 보죠."

"이름을 파악하라고, 마셜. 해리 렉스 보너가 내일이면 전부 알아낼 거야. 그러면 제이크가 그들과 먼저 접촉할 테니까."

모스 주니어가 말했다. "그 사람들이 잘못한 건 없어요. 무슨 상관이 있습니까? 범죄 사실은 살인뿐이고 살인범은 체포한 상태잖아요?"

"그렇게 간단하지 않아." 오지가 말했다. "이 사건으로 재판이 열리면 누가 되었든 변호사가 코퍼의 나쁜 행실을 속속들이 밝혀내서 그것이 살인의 원인이라고 연결 지을 거라고."

"그럴 수는 없죠." 프레이더가 말했다. "코퍼는 죽었잖아요."

"그러니까 왜 죽었느냐고? 그 친구가 취한 채 집에 와 잠들었는데 멍청한 꼬마 녀석이 재밌을 것 같아서 머리통을 날려버렸다는 거야? 아니면 애인이 돈을 노리고 죽였어? 아니야, 마셜. 술만 마시면 취해서 여자를 패는 취미가 있었고, 그 여자 아들이 엄마를 보호하려고 했기 때문에 죽은 거야. 이번 재판은 아주 지저분해질 테니까, 다들 준비해야 해. 그러니까 무슨 일이 벌어졌는지 전부 알아두지 않으면 안 된단 말이야. 도그 히크먼부터 시작하지. 누가 만나볼 수 있지?"

"스웨이지가 아는 친굽니다." 윌리가 말했다.

"좋아. 최대한 빨리 스웨이지를 보내서 만나보게 해. 그 멍청이들에게 우리가 그들을 수사하는 게 아니라는 걸 확실히 알려주라고."

"알겠습니다, 보스."

칼라는 학교에서 가르치고 저녁 시간에 수업 준비를 하고 과제물 채점을 하거나 해나의 숙제를 봐줘야 하는 경우가 많아 주방에서 보낼 수 있는 시간이 적었다. 세 사람은 거의 매일 저녁 정확히 7시에 저녁을 함께 먹었다. 제이크는 가끔 늦게까지 사무실에서 일하거나 외부에 출장을 가는 경우가 있었지만, 작은 동네 개업 변호사의 삶에 먼 출장은 별로 없었다. 저녁은 가능한 한 건강한 식단으로 빠르게 준비할 수 있는 것으로 먹었다. 닭고기와 채소, 구운 생선이 많았고 빵과 곡물은 적게 먹었고 붉은 고기와 설탕은 피했다. 저녁을 먹으면 서둘러 주방을 정리하고 텔레비전이나 독서처럼 재미난 일과를 추가하려 했고, 해나가 숙제를 마쳤다면 함께 게임을 즐기기도 했다.

모든 걸 완벽히 마치고도 밤에 시간이 남으면 제이크와 칼라는 문을 잠그고 해나를 안전하게 침실에 둔 뒤에 동네를 걸어 다니며 짧고 소소한 소풍을 즐겼다. 해나는 함께 걷기를 거절했는데, 집에 혼자 있는 게 다 큰 소녀로서 멋지게 보이는 일이었기 때문이다. 해나는 쥐 죽은 듯 조용한 집에서 강아지 멀리와 함께 자리를 잡고 앉아 책을 읽었다. 부모는 길어봐야 10분 이내에서 산책을 마치곤 했다.

최근 기억 속에서 월요일 중 가장 길었던 하루를 보낸 뒤 제이크와 칼라는 문을 잠그고 도로 끄트머리까지 걸어가 층층나무들 옆에 서서 향기를 즐겼다. 호컷 하우스로 불리는 그들의 집은 클랜턴 광장에서 여덟 블록 떨어진 곳 그늘지고 오래된 거리에 있는 집들 스무 채 가운데 하나였다. 주변 이웃들 대부분은 나이 든 연금 생활자들이어서 계속 늘기만 하는 관리비를 감당하느라 힘들어했지만, 몇몇 집은 젊은 가족이 사서 수리해 살았다. 두 집 아래에는 파키스탄에서 온 젊은 의사가 살았는데, 아무도 그의 이름을 제대로 발음할 수 없고 피부가 짙은 색이라 처음에는 사람들이 잘 받아들이지 않았다. 하지만 3년이 지나고 수천 번의 진료를 하고 나자 그는 동네에서 다른 누구보다 많은 비밀을 알게 되었고, 많은 사람이 그를 존경하게 되었다. 의사와 그의 유쾌한 부인이 사는 곳 길 건너편에는 아이가 다섯이나 되고 직업이 없는 젊은 부부가 살았다. 자기 말로는 할아버지가 창업한 목재 사업을 물려받아 운영한다고 하는데, 늘 골프장에서 살았다. 부인은 골프와 브리지를 즐기고 아이들을 돌보는 일을 맡은 아랫사람들을 감독하는 데 대부분 시간을 썼다.

하지만 나이 든 사람들이 일찍 잠자리에 들어서인지 그 두 집과 호컷 하우스를 제외하고 거리의 모든 집은 어두웠다.

칼라가 갑자기 발길을 멈추고 제이크의 손을 잡아끌며 말했다. "해나가 혼자야."

"그래서?"

"위험하지 않을까?"

"위험할 일이 뭐가 있어?"

그런데도 두 사람은 본능적으로 돌아섰다. 몇 걸음 걸은 뒤 칼라가 말했다. "다시 이런 일을 겪을 순 없어, 제이크. 이제야 겨우 평범한 일상을 되찾았는데, 진짜 다시 걱정 속에서 살고 싶지는 않아."

"걱정할 일 없다니까."

"진짜 그래?"

"그래, 알았어. 걱정할 일이야 있겠지만 위협 수준은 낮아. 여기저기로 모르는 사람이 전화를 몇 통 걸었지. 전부 이름을 밝히지 않았고 공중전화를 이용하는 놈들이었어."

"전에도 같은 말을 들어본 것 같은데. 우리 집이 불타기 직전에."

두 사람은 여전히 손을 잡은 채 몇 걸음 걸었다. "사건에서 손을 뗄 수는 없을까?" 그녀가 물었다.

"맡은 지 겨우 하루 지났는데."

"알아. 기억해. 아침에 누스 판사를 만난다고?"

"아침 일찍. 스몰우드 사건으로 신청 건이 있거든."

"이 사건에 관해서도 얘기할 거야?"

"당연히 얘기가 나오겠지. 어차피 논의해야 할 사건은 그것밖에 없으니까. 드루는 당장 도움이 필요하고. 아니, 적어도 전문가가 봐야 할 필요가 있어. 기회가 생긴다면 누스 판사에게 요청해 보려고 해. 또 만일 혹시 판사가 다른 변호사를 찾아냈다면 분명히 내게 말할 거야."

"하지만 그럴 가능성이 작지?"

"맞아, 이렇게 빨리 그럴 수는 없지. 난 예비 심리 관련 일을 하고, 아이의 권리가 보호받을 수 있도록 확인하고, 아이에게 도움을 주고 하는 거지. 그러다가 몇 주 지나면 누스 판사를 몰아붙여 대신 일할 사람을 찾아야 하고."

"약속해."

"그럼, 약속하지. 날 못 믿어?"

"뭐, 좀 그렇지."

"왜?"

"당신이 걱정하니까 그렇지, 제이크. 이미 당신이 아이와 그 가족 걱정을 하고 있고 그들을 보호하고 싶어 하는 게 느껴져. 그리고 누스 판사가 다른 변호사를 찾는 일이 쉽지 않으면, 그냥 다시 당신한테 기대는 편이 쉽잖아. 당신은 이미 자리를 잡고 있을 테고. 그 가족은 당신을 신뢰하겠지. 게다가 솔직하게 말해 당신은 주목받는 위치를 즐기는 성격이잖아, 제이크."

그들은 방향을 바꿔 좁은 진입로로 들어섰고, 안전하고 조용한 그들 집의 아름다운 자태를 감탄하며 바라보았다.

제이크가 말했다. "난 당신도 내가 아이를 변호하길 바란다고 생각했어."

"나도 그렇게 생각했어. 하지만 그건 전화가 걸려 오기 전이야."

"그냥 전화일 뿐이야, 칼라. 총을 쏴대기 시작하기 전까지는 문제없어."

"글쎄, 그런 말을 들으니 좀 낫네."

얼의 변호사 말에 따르면 집은 온전히 스튜어트 소유였고 12년 전 사망한 할아버지에게 물려받은 것이라고 했다. 스튜어트의 전처 두 명은 오래전에 사라졌고, 그들 이름은 등기부에 흔적이 전혀 남아 있지 않았다. 스튜어트는 알려진 친자가 없었다. 유언장 없이 사망한 그의 재산은 미시시피주의 법률에 따라 부모인 얼과 재닛 그리고 동생들에게 같은 비율로 상속될 예정이었다.

월요일 저녁 식사를 마치고 얼과 그의 살아 있는 두 명의 아들 배리와 세실은 차를 몰고 집에 가서 살펴보았다. 그날 오후 주 경찰 수사관들이 출입 금지를 풀었기 때문이다. 가고 싶지 않았지만 그래야만 했다. 얼이 스튜어트의 픽업트럭 뒤에 차를 세우고 전조등을 껐고, 그들은 차에 앉은 채 불 꺼진 집을, 그들이 평생 알았던 곳을 바라보았다. 배리와 세실은 그냥 차에 있어도 되겠느냐고 물었다. 얼은 안 된다고, 모두가 스튜어트가 죽은 곳을 보는 일이 중요하다고 했다. 뒷좌석에 앉은 배리는 숨죽여 흐느끼고 있었다. 마침내 그들은 차에서 내려 열려 있는 현관 앞으로 걸어갔다.

얼은 마음을 다잡고 먼저 침실로 들어갔다. 시트와 담요가 치워진 매트리스 한가운데 크고 소름 끼치게 흉측한 핏자국이 말라붙어 있었다. 얼은 뒤로 물러서서 하나밖에 없는 의자에 주저앉아 양손으로 얼굴을 덮었다. 배리와 세실은 문가에 서서 형이 마지막 숨결을 내뱉은 무시무시한 장소를 멍하니 보고 있었다. 침대 헤드보드 위쪽 벽에도 피가 튄 자국이 있었고, 나중에 무슨 조사를 하려는 것인지 알 수는 없으나 감식 요원들이 벽지를 떼어낸 자국이 100여 군데나 보였다. 방에서는 죽음과 악의 냄새가 났고, 숨을 들이마실수록 진해지는, 로드킬과 비슷한 얼얼한 냄새가 날카롭게 풍겼다.

오지는 매트리스를 태워도 된다고 했다. 세 사람은 주방을 지나 작은 나무 데크를 통해 뒷마당으로 매트리스를 끌어냈다. 헤드보드, 침대 프레임, 박스 스프링, 베개도 같은 곳으로 꺼내왔다. 스튜어트 침대에서는 앞으로 아무도 잘 수 없을 터였다. 복도 작은 벽장에서 조시의 옷가지와 신발을 발견했다. 그녀의 물건을 꺼내 쌓은 뒤 얼이 말했다. "이것들도 다 태워." 그들은 옷장에서 그녀의 속옷, 잠옷, 양말 같은 것들을, 욕실에서는 헤어드라이어와 세면용품을 찾아냈다. 그녀의 지갑은 주방 카운터 전화기 옆에 있었고, 그 옆에는 자동차 열쇠가 있었다. 세실은 열쇠는 그대로 두고 지갑은 안을 확인해 보지도 않은 채 그녀의 나머지 물건들과 함께 매트리스 위에 던져버렸다.

얼은 라이터 기름을 붓고 불을 붙였다. 그들은 금세 커지는 불길을 바라보며 뒤로 한 걸음 물러섰다. "애들 것도 가져와." 그는 세실과 배리에게 말했다. "어차피 이리로 돌아올 수도 없는 것들이야."

그들은 서둘러 위층 남자애 방으로 가서 불에 탈 것 같은 모든 것, 침대보, 옷가지, 신발, 책, 싸구려 CD플레이어, 벽에 걸린 깃발 장식을 가져왔다. 배리는 여자애 방을 훑었다. 곰과 다른 동물 봉제 인형 몇 개를 포함해 오빠보다 물건 가짓수가 조금 더 많았다. 방 벽장 속에서 찾아낸 상자 속에 든 낡은 인형과 다른 장난감들도 아래층으로 끌어와 이글거리는 불길 속에 신나게 던져넣었다. 그들은 불에서 조금씩 물러서면서 매료된 채 불길이 사그라들기 시작할 때까지 지켜보고 있었다.

배리가 아버지에게 물었다. "여자 차는 어쩌죠?"

얼은 집 옆에 주차해 둔 낡은 마쓰다 자동차를 보고 비웃더니 잠시 그것마저 태워버릴까, 고민했다. 그러나 배리가 말했다. "아직 돈을 다 못 갚았을 것 같은데요."

"그냥 두는 게 낫겠군." 얼이 말했다.

그들은 스튜어트의 소지품과 총기, 옷가지 같은 것들을 챙길까 의논했지만, 얼은 나중에 하기로 결론지었다. 집은 오랫동안 가족 소유였고 안전했다. 내일 자물쇠를 바꾸고 매일 와서 확인하면 될 터였다. 그리고 여자나 그녀의 자식들 또는 누구든 여자의 친구들이 코퍼 가족 집에 발을 들여놓을 이유가 없다는 사실을 오지를 통해 전달할 생각이었다. 여자의 차는 오지가 해결하면 되었다.

도그 히크먼은 시내에서 유일한 오토바이 판매점을 운영하면서 신품과 중고품을 함께 팔았다. 불법 행위에 익숙한 그였지만 붙잡히지는 않을 정도로 머리가 돌아갔고, 오래전 음주 운전으로 처벌받은 일을 빼고는 전과도 없었다. 경찰은 그를 잘 알았지만, 사람들에게 피해를 주지 않아 그냥 두고 있었다. 도그의 비행은 주로 도박, 밀주 판매, 그리고 마리화나 거래였다.

믹 스웨이지는 도그와 오토바이 거래를 몇 번 한 적이 있어 그를 잘 알았다. 믹은 월요일 어두워진 뒤 가게에 들렀고 자신이 근무 중이 아니라는 걸 확인시켜 준 뒤 맥주를 마셨다. 그는 바로 본론을 꺼냈고 오지가 처벌하려고 사람들을 찾는 게 아니라고 약속했다. 오지는 그저 토요일 밤, 무슨 일이 있었는지 알고 싶을 뿐이었다.

"난 오지는 걱정하지 않아." 도그는 자신 있게 말했다. 밖으로 나온 두 사람은 그의 머스탱 자동차에 기대서서 담배를 피웠다. "난 아무 잘못도 안 했어. 물론 술을 좀 덜 마셨더라면 스튜가 그렇게 취하기 전에 말렸겠지. 말렸어야 했지만, 내가 잘못한 건 아니야."

"그건 우리도 알아." 스웨이지가 말했다. "우린 그때 자네 오두막에 다섯 명이 모여 술을 마셨다는 것도 알지. 다른 세 사람은 누구였어?"

"밀고는 할 수 없지."

"아무런 범죄도 없었는데, 무슨 밀고를 한다는 거야, 도그?"

"범죄 사실이 없는데 지금 와서 이것저것 뭘 묻고 있는 건데?"

"오지가 알고 싶어 한다니까, 그게 전부야. 코퍼는 우리 동료였고 오지는 그를 아주 좋아했어. 우리 모두 스튜어트를 좋아했지. 좋은 경찰이었고. 멋진 남자였어. 하지만 술을 마시면 지나쳤어, 도그. 0.36이 나왔으니까."

도그는 그 말을 듣고 믿을 수 없다는 듯 고개를 흔들더니 땅에 침을 뱉었다. "자, 내가 진실을 말해줄게. 어제 아침에 일어났더니 머리가 0.55는 먹은 것처럼 아프더라고. 종일 침대에 누웠다가 오늘 아침에서야 일어났어. 빌어먹을 술 같으니."

"무슨 술이었는데?"

"게리 가버가 새로 뽑아낸 거야. 복숭아 향."

"그럼 세 사람은 나왔고. 나머지 두 사람은?"

"이거 비밀로 할 거지? 아무에게도 말하지 않을 거지?"

"그래."

"캘빈 마르하고 웨인 애그너야. 시작은 맥주를 마시면서 내 오두막에서 포커를 치는 거였고, 별 계획도 없었어. 그런데 게리가 좋은 술을 두 병 들고 찾아왔더군. 우리 전부 끝장나게 마셨어. 그러니까, 완전 뻗었다는 거지. 정말 이런 적은 오랜만이었고, 얼마나 끔찍했는지 술을 끊어야 하나 생각까지 했다니까."

"코퍼는 몇 시에 떠났는데?"

"몰라. 그 친구 떠날 때 난 잠들어 있었어."

"누가 깨어 있었지?"

"몰라, 믹. 정말이야. 내 생각엔 전부 정신을 잃어서 기억이 없을 거야. 나도 별 기억이 없어. 언젠지 모르지만, 밤에 스튜와 게리가 오두막을 떠났어. 일요일 늦게 일어났더니 캘빈과 웨인은 끔찍한 몰골로 그대로 남아 있더군. 우린 일어나서 좀 왔다 갔다 해보다가 고통을 줄이려고 맥주를 조금 마셨지. 그때 전화가 울렸고 동생이 그러는데 스튜가 죽었다는 거야. 어떤 애가 머리에 총을 쐈다고. 미친, 그 친구는 바로 저기 카드 테이블에 앉아서 카드를 섞고 복숭아 위스키를 커피 컵에 따라 마셨는데 말이야."

"스튜랑 어울리곤 했나?"

"모르겠는데. 무슨 뜻이야?"

"간단하잖아."

"1년 전과 비교하면 아니지. 그 친구 맛이 가고 있었어, 알지? 한 달에 한 번 대개 오두막에서 포커를 치고, 술을 퍼마실 땐 늘 함께였지. 인사불성으로 취할 때 말이야. 하지만 스튜에 관한 소문이 돌았어. 친구들 몇몇이 걱정하더라고. 젠장, 우리 모두 술을 지나치게 마시지만, 가끔 주정뱅이들도 상황 돌아가는 걸 안단 말이야. 오지도 알 테니까 우린 그냥 못 본 척하기로 한 거야."

"그건 아닌 것 같군. 스튜는 매일 정시에 출근해서 일했어. 오지가 좋아하는 직원이었단 말이야."

"나도 좋아했어. 누구나 스튜를 좋아했지."

"오지에게 말할 수 있어?"

"글쎄, 안 그러고 싶은데."

"급하진 않아. 하지만 오지가 얘기를 하고 싶어 할 거야. 어쩌면 장례식이 끝난 뒤에."

"내가 정할 수 있는 건가?"

"아니라고 봐야지."

10

법원에 돌아다니는 소문이 대부분 그렇듯, 출처는 절대 알려지지 않을 터였다. 진실에 바탕을 두고 흘러나온 얘기였을까? 아니면 1층 부동산 등기국에서 일하는 누군가의 농담에서 비롯된 것일까? 심심했던 한 변호사가 거짓말을 흘리면 얼마나 빨리 퍼져 자신에게 되돌아올지 보려고 만들어내 퍼뜨리고는 시간을 재고 있는 걸까? 법원을 포함해 카운티 전체가 살인 사건의 자세한 내용으로 여전히 떠들썩한 상태였기에, 보안관이나 법정 경위처럼 손톱만 한 권한이라도 가진 누군가가 "그래, 오늘 아이를 데리고 나올 거래"라고 말했을 수도 있다고 믿는 것도 그리 터무니없는 일은 아니었다.

어쨌든 화요일 이른 아침, 카운티 사람들 가운데 절반은 스튜어트 코퍼를 죽인 아이가 처음 법원에 출석한다는 사실을 알고 있었다. 게다가 그 소문은 금세 아이가 풀려날 수도 있다는 매력적인 사실을 포함하는 것으로 수정되었다! 아이의 나이와 관계가 있다고 했다.

일반적인 날이면 민사 소송 일정 심리에 관심을 두는 건 신청 사항이 보류 중인 변호사들 소수뿐으로, 구경꾼이나 방청객은 전혀 없다. 하지만 화요일 가장 큰 대법정 방청석에는 수십 명이 무시무시한 사법적 오류를 직접 보기 위해 모여 자리의 절반을 채우고 있었다. 법원 서기들은 혹시 뭔가 빼먹지 않았는지 소송 목록을 점검하고 또 점검했다. 누스 판사는 첫 번째 신청 건의 심리가 시작되는 10시 전에는 모습을 드러내지 않을 터였다. 9시 30분, 느긋하게 걸어 들어오던 제이크는 처음에는 날짜를 착각한 줄 알았다. 서기에게 속삭이듯 물었다가 소문 얘기를 들었다.

"이상하네요." 제이크는 그에게 쏠리는 딱딱한 표정들을 훑어보며 같이 속삭였다. "제 의뢰인이 법정에 출두한다면 저도 알았을 것 같은데요."

"저희가 보통은 그렇게 일하긴 하죠." 서기는 속삭이며 대답했다.

해리 렉스가 도착해 보험사 변호사를 욕하기 시작했다. 다른 사람들은 몰려든 방청객을 보며 무슨 재밋거리가 있는지 궁금해했다. 소문은 들었으나 피고인을 구치소에서 데려오라는 지시는 전혀 받지 않은 법정 경위와 보안관보들은 한쪽에 모여 서 있었다.

로웰 다이어가 옆문으로 들어와 제이크에게 인사했다. 두 사람은 최대한 빨리 누스 판사와 의논하기로 동의했다. 10시, 재판장이 판사실로 두 사람을 불러 커피를 권하고 자신이 하루 중 두 번째로 먹을 약을 책상 위에 줄지어 놓았다. 가운은 문에 걸렸고 재킷은 의자에 걸쳐둔 모습이었다. "피고인은 어떻습니까?" 그가 물었다. 누스는 늘 초췌한 모습이었는데, 길고 마른 체격에 끝이 들린 코는 가끔은 창백한 나머지 부분 피부보다 더 빨갰다. 건강해 보인 적이 없고, 놀랄 정도로 많은 약을 먹는 그의 모습을 보는 변호사들은 그가 얼마나 몸이 아픈 건지 궁금했다. 하지만 그들은 감히 무슨 병이냐고 묻지 못했다.

제이크가 종이컵 두 개에 커피를 따랐고 그와 로웰은 판사 맞은편에 나란히 앉았다. 제이크가 대답했다. "판사님, 아이 상태가 아주 좋지는 않습니다. 오늘 아침에 사흘 연속으로 만나 봤는데 아예 꼼짝도 하지 않습니다. 충격을 받았고 일종의 정신적 장애를 겪는 것 같습니다. 혹시 검사하고 치료받도록 할 수 없을까요? 어리고 아픈 아이에 불과할 수도 있습니다."

"애라고요?" 로웰이 물었다. "코퍼 가족에게 그렇게 물어보시죠."

"열여섯 살이요, 제이크." 누스 판사가 말했다. "아이라고 하긴 무렵니다."

"만나보시면 생각이 달라지실 겁니다."

"어디서 검사를 한다는 거죠?" 로웰이 물었다.

"글쎄요, 주 병원에 가서 전문가들이 했으면 좋겠습니다만."

"로웰 검사 생각은요?"

"주 정부는 반대합니다. 어쨌든 현재로서는요."

"당신이 반대할 권한이 있는지 의심스럽네요, 로웰." 제이크가 말했다. "아직 소송 중도 아닌데. 일단은 기소할 때까지 기다려야 하는 거 아닙니까?"

"그렇겠죠."

"그게 문젭니다." 제이크가 말했다. "아이는 당장 도움이 필요합니다. 바로 지금이요. 일종의 트라우마로 괴로워하고 있고 구치소에 앉아 있어서야 나아질 수가 없어요. 정신과를 포함해 의사, 누구든 우리보다 훨씬 똑똑한 사람이 확인해야만 합니다. 만일 그렇게 하지 못하면 상태가 더 나빠질 겁니다. 종종 저한테도 말하길 거부합니다. 전에 했던 말도 기억하지 못하고 있습니다. 먹지도 않고요. 끔찍한 꿈을 꾸고 환각을 봅니다. 가끔 그냥 멍하니 앉아 정신 나간 사람처럼 콧노래 부르는 소리를 내기도 합니다. 피고인이 건강한 상태를 유지하기를 원합니까, 로웰? 아이가 완전히 미쳐 버린다면 재판에 부를 수 없어요. 누군가, 누구든 의사를 불러 살펴보도록 하는 일이 해가 될 리는 없습니다."

로웰은 누가 봐도 쓴 것 같은 알약을 씹는 누스 판사를 바라보았다.

누스가 말했다. "범죄, 용의자, 체포, 구치소. 내가 보기에 피고인은 법원에 첫 출석을 해야 할 것 같군요."

"출석을 포기하겠습니다." 제이크가 말했다. "아이를 경찰차에 태워 법정에 끌고 온다고 해서 얻을 것이 전혀 없습니다. 당장은 아이가 버텨내질 못합니다. 진짜 진실하게 말씀드리는 겁니다, 판사님. 지금 아이는 자신에게 무슨 일이 벌어지는지 알지 못합니다."

로웰이 웃더니 의심스러운 것처럼 고개를 흔들었다. "내가 보기에는 정신이상을 주장하려고 벌써 준비 작업을 하는 것처럼 들리는군요, 제이크."

"그건 아닙니다. 여기 누스 판사께서는 재판을 맡을 다른 변호사를 구해주겠다고 약속하셨어요. 만일 재판이 벌어진다면 말이죠."

"오, 재판은 열릴 겁니다, 제이크. 그건 내가 약속할 수 있어요." 로웰이 말했다. "사람을 잔인하게 죽여놓고 그냥 빠져나갈 수는 없으니까."

"빠져나가는 사람은 아무도 없어요, 로웰. 난 그냥 이 아이가 걱정스러운 겁니다. 아이는 현실에서 분리되어 있어요. 검사를 해보는 일이 무슨 해가 된다는 겁니까?"

누스는 약을 모두 입에 넣고 물을 마셔서 넘기려는 중이었다. 그는 제이크를 보더니 물었다. "누가 검사합니까?"

"옥스퍼드에 주 보건부 지역 사무소가 있습니다. 아이를 그리로 보내 검사를 받게 할 수 있습니다."

"그쪽에서 이리로 사람을 보낼 수는 없나요?" 누스가 물었다. "피고인이 너무 일찍 구치소를 떠나는 게 별로 마음에 들지 않는군요."

"같은 생각입니다." 로웰이 말했다. "아직 장례식도 치르지 못했습니다. 아이가 구치소를 벗어나면 안전을 장담할 수 없어요."

"좋습니다." 제이크가 말했다. "방식이야 어떻든 상관없습니다."

누스는 양손을 들어 올리며 분위기를 진정시켰다. "자, 양쪽이 합의할 수 있는 계획을 세워봅시다, 다이어 씨, 내 생각에 검찰은 1급 살인죄로 기소할 생각이겠죠?"

"에, 판사님. 아직 조금 이르기는 하지만, 오늘 생각할 때는 그쪽으로 기울고 있습니다. 행위를 볼 때 그런 기소가 필요하다고 보입니다."

"그렇다면 대배심에서 이 사건을 언제 심의할 수 있습니까?"

"원래는 2주 뒤에 법원에서 심의가 있을 예정인데, 언제든 더 빨리 진행할 수도 있습니다. 혹시 다른 생각이 있으십니까?"

"없어요. 사실 대배심은 내가 상관할 일이 아닙니다. 브리건스 씨, 앞으로 몇 주 동안 일이 어떻게 전개되리라 봅니까?"

"감사합니다, 판사님. 제 의뢰인이 너무 어린 관계로 저는 이 사건을 소년 법원으로 옮겨주시길 요청하는 것 외에는 달리 방법이 없습니다."

로웰 다이어는 이를 꽉 문 채 누스가 대답하기를 기다리고 있었다. 누스는 그를 보고 눈썹을 추켜세웠고, 다이어가 말했다. "물론 주 정부는 그런 요청에 반대할 겁니다. 우리는 이 사건을 이 법원에서 다뤄야 한다고 생각하고, 피고인을 성인으로 재판해야 한다고 봅니다."

제이크는 반응하지 않았다. 커피를 한 모금 마시고 이럴 줄 알았다는 것처럼 법률용 노트를 내려다보기만 했다. 사실 그는 존경하는 오마르 누스 판사께서 이런 심각한 범죄를 포드 카운티 소년 법원에 넘길 리가 없다는 걸 알고 있었기에 그런 반응을 보일 수밖에 없었다. 자동차 절도나 마약, 소액 절도나 강도처럼 상대적으로 사소한 범죄는 종종 소년 법원으로 보내기도 했고, 소년 법원 판사는 그런 사건들을 적절하게 다룬다고 알려져 있었다. 하지만 신체에 위해를 끼친 심각한 사건들은 그 대상이 되지 못했고, 살인이라면 더욱 그랬다.

남부 백인들 대부분은 자기 침대에서 자는 남자를 총으로 쏜 드루 갬블 같은 열여섯 살짜리 아이는 반드시 성인으로 재판을 받고 사형까지 포함해 가혹한 처벌을 받아야 한다고 굳게 믿었다. 달리 생각하는 사람들은 아주 소수였다. 제이크는 스스로 어떻게 느끼는지 확신하지 못하고 있었지만, 그런데도 이미 드루가 자신의 범죄 의도를 이해할 능력을 갖췄는지 의심하고 있었다.

제이크는 또 정치적 현실도 알았다. 다음 해인 1991년 오마르 누스와 로웰 다이어는 재선을 위한 선거를 앞두고 있었다. 다이어는 처음, 누스는 다섯 번째 연임 도전이었다. 판사는 나이가 일흔에 가깝고 약을 잔뜩 먹고 있었지만, 물러날 기미는 보이지 않았다. 그는 일도 명예도 봉급도 마음에 들었다. 그에게 반기를 드는 사람은 별로 없었다. 기반이 튼튼한 현직 판사에게 도전하는 변호사는 거의 없었다. 하지만 선거에서는 언제나 의외의 결과가 나올 수 있고, 약자가 열렬한 환영을 받고, 유권자들이 새 얼굴을 원한다는 결정이 내려질 수도 있었다. 3년 전 누스는 밀번 카운티 출신 돌팔이 변호사에게 괴로움을 당한 적이 있다. 그는 여러 범죄 사건에서 누스가 무른 판결을 했다면서 마구잡이로 비난하는 유세를 펼쳐 3분의 1이나 표를 받았다. 신뢰성이 없는 전혀 무명 후보로서 대단한 결과였다.

이제 더 불길한 위험이 다가오고 있었다. 제이크도 들은 소문이니 누스도 분명히 들었을 터였다. 과시하기 좋아하는 전 지방 검사로, 지난 선거에서 다이어에게 아슬아슬하게 패한 루퍼스 버클리가 누스의 판사 자리를 노린다는 소문이 돌았다. 검사 자리에서 밀려난 버클리는 스미스필드에 차린 작은 사무실에서 증서 작성 일을 하면서 분노에 차 복귀를 계획하며 시간을 보내고 있었다. 그의 가장 큰 실패는 칼 리 헤일리의 무죄 판결이었고, 그 일로 영원히 누스 판사를 비난할 터였다. 제이크도. 또 그 사건과 조금이라도 연결된 사람은 모두. 비난을 피할 수 있는 사람은 버클리 자신밖에 없었다.

"그럼 적당한 때에 신청하도록 하세요." 누스는 이미 마음을 먹은 것처럼 말했다.

"네, 판사님. 그럼 정신 감정 얘기를 해보죠."

누스는 일어서더니 투덜거리며 책상으로 걸어가 재떨이에 놓여 있던 담배 파이프를 가져와 누레진 이로 물었다. "이 사안이 급한 일이라고 봅니까?"

"네, 판사님. 시간이 흐를수록 아이 상태가 나빠지지 않을지 걱정스럽습니다."

"오지가 아이를 봤나요?"

"오지는 정신과 의사가 아닙니다. 구치소에 있으니까 분명히 보긴 했을 겁니다."

누스가 다이어를 보더니 물었다. "이 건에 당신 의견은 어때요?"

"주 정부는 검사에 반대하지는 않습니다만, 어떤 이유로든 아이가 구치소를 벗어나는 건 원하지 않습니다."

"알았소. 좋아, 그럼, 명령에 서명하죠. 오늘 다른 사안이 있습니까?"

다이어가 대답했다. "없습니다, 판사님."

"그만 가보세요, 다이어 씨."

호기심에 찬 사람들이 계속 법정으로 밀려들었다. 시간이 흘렀지만 누스 판사는 나타나지 않았다. 배심원석 근처에는 월터 설리번이 잭슨에서 온 보험 변호사로 공동 변호인인 숀 길더와 함께 앉아 있었다. 숀 길더는 스몰우드 사건에서 철도회사를 변호하고 있었다. 두 사람은 작은 소리로 변호사끼리의 이런저런 이야기를 나누고 있었는데, 사람들이 몰려들면서 월터는 뭔가 깨닫기 시작했다.

해리 렉스의 육감이 들어맞았다. 철도회사와 그들의 보험회사 변호사들은 마침내 제이크에게 접근해 합의를 위한 사전 조정을 제안하기로 동의했다. 그렇지만 그들은 극도로 조심할 생각이었다. 한편으로 이 사건은 가족 네 명이 사망한 만큼 피해액이 커서 위험했고, 제이크는 이 사건을 자신의 영역, 그러니까 그들이 지금 앉아 있고 그가 칼 리 헤일리를 결백한 사람으로 만들어 데리고 걸어 나갔던 바로 이 법정에서 재판하려 할 것이다. 하지만 다른 한편으로 철도회사와 보험사 변호사들은 피해자 책임을 문제 삼아 이길 수 있다고 여전히 자신만만해하고 있기도 했다. 운전자 테일러 스몰우드는 움직이는 화물 열차의 열네 번째 유개 화차를 들이받았는데 브레이크를 전혀 밟지 않은 것이 확실했다. 그들이 고용한 전문가는 자동차의 속도가 시속 110킬로미터 이상이었다고 추정했다. 반면에 제이크 측 전문가는 시속 96킬로미터에 가깝다고 생각했다. 황량하게 뻗은 그곳 도로의 제한 속도는 시속 88킬로미터였다.

　걱정해야 할 문제가 또 있었다. 그 철도 건널목은 예전부터 관리가 잘 되지 못했고, 제이크는 그걸 증명할 기록과 사진을 갖고 있었다. 그곳에서 다른 사고도 있었으며, 제이크는 사건 보고서를 확대 출력해 배심원들에게 보여줄 준비가 되어 있었다. 유일한 목격자는 90미터 정도 뒤에서 스몰우드의 차를 뒤따르던, 미덥지 못한 목수였는데 그는 사고 당시 빨간 경고등이 작동하지 않고 있었다는 의견을 단호하게 유지하고 있었다. 하지만 그 신사분께서는 당시 싸구려 술집에서 술을 마시고 오는 길이었다는, 확인되지 않은 소문이 있기도 했다.

　그것이 포드 카운티에서 진행하는 재판의 무서운 면이었다. 제이크 브리건스는 나무랄 데 없는 평판을 가진 강직하고 젊은 변호사였고 규칙을 준수하리라 믿을 수 있었다. 하지만 그쪽 편에는 공동 변호인이기도 한 해리 렉스와 혐오스러운 루시엔 윌뱅크스가 포함되어 있었고, 그들 가운데 그 누구도 직업의 도덕성을 걱정하며 시간을 보낼 리가 없었다.

　따라서, 거액을 배상하라는 판결이 내려질 수도 있었지만, 배심원들은 그저 테일러 스몰우드를 비난하며 철도회사 편을 들어줄 수도 있었다. 불확실성이 크자 보험회사는 합의 가능성을 타진하고 싶었다. 만일 제이크가 수백만 달러 이상을 원한다면 협상은 오래가지 못할 것이다. 만일 그가 좀 더 합리적이기로 결정한다면 서로 합의점을 찾아 모두 행복해질 수도 있었다.

　월터는 직접 재판해 본 적이 별로 없고, 잭슨과 멤피스의 큰 회사가 개입해 이 지역에서 일하는 공동 변호사를 찾을 때 그 역할을 맡기를 더 좋아했다. 그는 인맥을 활용하고 배심원을 선택할 때 혹시 생길 수 있는 문제의 싹을 잘라내는 일을 돕는 것 정도의 업무만으로도 쏠쏠하게 돈을 챙겼다.

법정 내부는 조용한 소문과 추측으로 시끄러웠고, 월터는 제이크가 곧 동네에서 가장 인기 없는 변호사가 되리라는 걸 깨달았다. 방청석에 몰려든 사람들은 드루 갬블 그리고 누구든 그의 가족을 지지하러 오지 않았다. 분명히 그건 아니었다. 사람들은 살인범에게 증오의 표정을 보여주고 동정심으로 그를 대하는 불의에 조용히 분노하기 위해 모였다. 만일 브리건스 씨가 어떻게든 또 한 번 마법을 발휘해 아이를 풀어준다면, 거리에서 폭동이 벌어질 수도 있었다.

설리번은 공동 변호인에게 몸을 기울이고 말했다. "신청한 심리는 하되 합의 얘기는 하지 맙시다, 일단 오늘은요."

"왜죠?"

"나중에 설명하죠. 시간은 많으니까요."

법정 건너편에서 해리 렉스는 불을 붙이지 않은 시가의 너덜거리는 끄트머리를 씹으며 법정 경위의 썰렁한 농담에 귀를 기울이는 척하면서 방청객들을 보고 있었다. 그는 고등학교 동창인 한 여자를 알아보았다. 성이 기억나지는 않았지만, 그녀가 코퍼 가족 중한 사람과 결혼했다는 사실은 알았다. 이 가운데 얼마나 많은 사람이 희생자와 연관이 있을까? 얼마나 많은 사람이 제이크 브리건스를 원망할까?

시간이 흐르면서 사람들이 더 많아지자 해리 렉스는 처음 품었던 두려움을 확인할 수 있었다. 친구 제이크는 쥐꼬리만큼 돈이 되는 사건을 맡으면서 엄청난 횡재를 할 수도 있는 사건을 위험하게 만들고 있었다.

11

화요일 오전 늦은 시간, 병원에 도착한 찰스 맥게리 목사와 아내 메그 그리고 키이라가 3층 휴게실로 올라가 그곳에서 같은 교회에서 온 사람들과 합류했다. 그들은 상황을 잘 관리했고 병원 직원들 절반과 그곳 환자들 일부까지 먹이고 있었다.

병문안이든 환자로서든 시골 사람들에게 병원 방문만큼 즐거운 일은 없었다. 작은 교회의 신도들은 엄청난 사랑과 열정으로 갬블 가족 주변에 모여들었다. 적어도 조시와 키이라는 그렇게 느꼈다. 살인 용의자인 드루는 갇혀 있어 그들의 관심 대상이 아니었고, 그건 별문제가 되지 않았다. 하지만 어머니와 여동생은 아무 잘못이 없었고, 동정심이 절실히 필요했다.

조시의 병실은 그녀의 외출을 준비하는 간호사들로 분주했다. 키이라가 어머니를 껴안더니 뒤쪽, 찰스가 기다리며 지켜보는 구석으로 물러났다. 담당 의사들은 투펄로의 더 큰 병원에는 훨씬 훌륭한 재건 수술 전문가가 많다며 그들을 안심시켰다. 그곳에서는 수요일 이른 아침 그녀를 위한 수술이 준비되고 있었다.

조시는 침대에서 두 다리를 가까스로 아래로 내려 혼자 힘으로 일어섰고, 세 걸음을 움직여 바퀴 달린 이동용 침대로 올라갔다. 그녀가 자리를 잡은 뒤 간호사들이 튜브와 전선을 다시 연결했다. 그녀는 키이라에게 미소를 지어 보이려 애썼지만, 부어오른 얼굴은 붕대로 덮여 있었다.

그들은 그녀를 따라 복도를 걸어갔다. 복도에는 감탄하는 눈으로 바라보는 선한목자교회 신도들이 서 있었다. 그녀는 화물용 엘리베이터를 타고 구급차가 기다리는 지하로 내려갔다. 키이라는 찰스 부부를 따라 서둘러 그들의 자동차로 갔다. 그들은 구급차를 따라 병원을 빠져나왔고, 시내를 벗어나 시골길로 접어들었다. 투펄로는 한 시간 떨어진 곳에 있었다.

제이크가 뒷문으로 법원에서 빠져나가려 최선을 다하고 있는데 누군가 그의 이름을 불렀다. 이상하게도 그를 부른 사람은 오지였다. 그는 다른 누구보다 법원의 비밀 통로와 구석진 곳을 잘 알았다. "잠깐 시간 있어?" 그는 아주 오래된 자판기 두 개가 서 있는 곳에 멈춰 서며 말했다. 오지는 법원 주변에서 악수하거나 등을 두드리고 파안대소하고 대범한 성격을 드러내며 기반을 다지기 좋아하는 정치인이었다. 그런 그가 그림자 속에 숨어 있다는 건 제이크와 이야기하는 걸 사람들에게 보이고 싶지 않다는 뜻일 수밖에 없었다.

"물론이지." 제이크는 그를 포함해 카운티의 모든 사람이 오지의 말을 거역할 수 있기라도 한 것처럼 말했다.

그가 제이크에게 보안관 사무실이라는 글자가 앞면에 박힌 네모난 봉투를 내밀었다. "얼 코퍼가 오늘 아침 연락하더니 조카를 시켜 이걸 구치소로 보냈더군. 갬블 부인의 자동차 열쇠야. 우리가 가서 차를 이리로 가져왔고, 구치소 뒤에 주차해 두었네. 그냥 알아두라고."

"내가 조시 갬블 대리인인 건 몰랐군."

"이제 알았잖아. 아니 최소한 모두 그렇게 생각해. 얼은 아주 단호해. 그녀는 그 집에 절대 다시 발을 들일 수 없어. 자물쇠를 바꿨고, 만일 그녀가 나타나면 총을 쏴버릴지도 몰라. 그녀와 아이들 옷가지나 그런 것들이 많지도 않았겠지만, 어차피 모두 사라졌어. 얼이 어젯밤에 피 묻은 매트리스와 함께 태워버렸다고 자랑하더군. 차도 태워버리려 했지만, 혹시 대출금이 있을지도 모른다고 생각했대."

"얼에게 생각 없이 날뛰지 말라고 해줘."

"나도 며칠은 얼과 마주치지 않았으면 좋겠는데."

"오늘 아침에 법정에 왔던가?"

"왔을 거야, 아마. 그 사람, 자네가 자기 아들을 죽인 사람을 대변한다는 사실을 마음에 들어 하지 않아."

"얼 코퍼를 만나본 적도 없고, 내가 어떤 사건을 맡아 하든 그 사람이 상관할 이유가 없어."

"봉투에 급료도 들었어."

"아, 좋은 소식이군."

"별로 그렇지도 않아. 아마 여자가 시내 북쪽 세차장에서 일했던 모양이야. 지난주 급료를 못 챘나 봐. 아마 많지 않을 거야. 누군가 그걸 구치소로 가져왔더라고."

"그럼, 세차장에서 잘린 건가?"

"그런 것 같군. 누군가 그러는데 고등학교 근처 편의점에서도 일했다던데. 여자에 대해 조사 좀 해봤어?"

"아니, 하지만 자네는 했겠지."

"오리건에서 태어났고 서른두 살이야. 아버지가 조종사는 아니지만, 공군이라 이사를 많이 다녔어. 빌록시 기지에서 자랐는데, 아버지가 무슨 폭발 사고로 죽었어. 열여섯 살에 학교에서 쫓겨났고 드루를 낳았어. 자랑스러우신 애 아버지는 바버라는 이름의 여자 꽁무니만 따라다니던 녀석이었는데, 오래전에 어디론가 사라졌어. 2년 뒤 딸을 낳았는데 아버지는 다른 사람으로 매브리라는 이름의 친구야. 아마 자기 딸이 있는지도 모를 거야. 여자는 여기저기 옮겨 다니면서 살아서 기록이 드문드문 있더군. 스물여섯 살에 콜스턴이라는 신사와 결혼했지만, 남자가 30년 형을 받고 교도소로 가면서 사랑은 끝났어. 마약. 이혼. 그녀는 마약 거래와 소지로 텍사스에서 2년 복역했어. 아이들은 어떻게 지냈는지 확실하지 않아. 자네도 알겠지만, 가정법원 판결 내용은 비밀이니까. 힘든 시간을 보냈다는 건 따로 말할 필요가 없겠지. 상황이 이제 더 나빠지겠지만."

"그렇겠지. 집도 없어. 여자는 직장도 없고 내일 수술인데 퇴원하면 돌아갈 곳도 없어. 딸은 교회 목사네 얹혀살아. 아들은 감옥에 있고."

"동정을 바라는 거야, 제이크?"

제이크는 깊게 숨을 들이마시고 친구의 얼굴을 살폈다. "아니."

오지는 돌아서며 말했다. "기회가 있으면 아이에게 왜 방아쇠를 당겼는지 물어보라고."

"엄마가 죽었다고 생각했대."

"글쎄, 잘못 알았군. 안 그래?"

"그렇지. 좋아, 그러니까 아이도 죽여버리자고."

제이크는 봉투를 손에 들고 보안관이 모퉁이를 돌아 사라지는 모습을 지켜보았다.

오랜 세월에 걸친 관찰과 경험으로 제이크는 광장 주변 상권의 리듬과 흐름에 관한 전문가가 되었다. 오후 4시 30분이면 커피숍은 텅 비고 델은 카운터 안쪽에서 싸구려 접시를 종이 냅킨으로 싸면서 하루를 마감할 수 있게 시계가 다섯 시를 가리키기를 기다리고 있으리라는 걸 알았다. 아침과 점심 식사 시간 동안 그녀는 퍼지는 소문을 감독하면서 느슨해진 분위기는 북돋고 지나치게 사납게 돌아가면 진정시키는 역할을 했다. 열심히 귀를 기울였고 모든 걸 놓치지 않았으며 대본에서 벗어나는 이야기꾼이 있으면 재빨리 질책했다. 욕설은 용납되지 않았다. 더러운 농담을 하면 출입이 금지될 수도 있었다. 손님이 모욕당할 순간이 되면 그녀가 재빨리 농담으로 덮었고, 손님이 다시 찾아오지 않는다고 해도 신경 쓰지 않았다. 그녀의 기억력은 전설적이었고 중요한 소문은 재빨리 끄적여 기록으로 남겨두는 것 아닌가 하는 의심을 받기도 했다. 진실이 필요할 때, 제이크는 4시 30분에 가게로 찾아가 카운터 자리에 앉았다.

델이 커피를 따라주고 말했다. "지난 이틀 동안 아침에 당신이 그리웠어요."

"그래서 지금 왔잖아요. 사람들이 뭐래요?"

"엄청난 소식인 건 분명하죠. 헤일리 사건 이후 5년 만에 벌어진 살인 사건이고. 스튜는 인기 좋은 남자에다 좋은 경찰이었고 점심 먹으러 자주 이곳에 왔었어요. 나도 좋아했고요. 아이를 아는 사람은 없죠."

"이곳 출신이 아닌 사람들이에요. 엄마가 코퍼를 만났고 사랑이 시작된 거죠. 정말이지 조촐하고 슬픈 가족이에요."

"그렇다고 들었어요."

"내가 여전히 인기 좋은 변호사인 건 맞아요?"

"글쎄요, 사람들이 내가 주변에 있으면 당신 얘기를 안 해요. 안 그러겠어요? 프레이더 말로는 누스가 아이를 당신에게 떠맡겼다면서 다른 변호사를 찾을 수 있으면 좋겠다고 했어요. 루니는 당신이 달리 방법이 없었고 판사가 다른 사람으로 교체해 줄 거라고 했고요. 그런 얘기들이 나왔어요. 아직은 비난은 없어요. 그게 걱정스러웠어요?"

"그렇죠. 난 이 친구들을 잘 알아요. 나도 오지하고는 늘 사이가 좋았어요. 경찰들이 열받았다는 데 마음이 편할 수가 없죠, 젠장."

"점잖은 말을 써요. 다들 괜찮은 거 같아요. 하지만 내일은 직접 와서 그들이 어떻게 구는지 확인해 봐야 할 것 같아요."

"그러려고요."

그녀는 말을 멈추고 텅 빈 카페를 둘러보더니 몸을 조금 더 그에게 기울였다. "그래, 아이가 왜 쐈대요? 그러니까, 아이가 그런 건 맞죠?"

"그건 의심할 여지가 없어요, 델. 그들이 아이를 신문하도록 둘 생각은 없지만, 그럴 필요조차 없어요. 아이 여동생이 모스 주니어에게 오빠가 스튜어트를 쐈다고 말했대요. 내가 별로 해줄 일이 없다는 거죠."

"그럼, 그런 짓을 한 이유가 뭐래요?"

"몰라요. 아직 그걸 알 수 있을 정도로 들어가지도 못했고요. 누스 판사가 다른 누군가를 찾을 때까지 일단 한 달 정도 아이 손을 대신 잡고 있으라고 한 것뿐이에요. 만일 재판이 열리면 무슨 의도였는지 알아내겠죠, 아닐 수도 있고."

"장례식엔 갈 거예요?"

"장례식요? 소식 못 들었는데."

"토요일 오후에 주 방위군 본부래요. 그냥 소식만 들었어요."

"내가 초대를 받을지 모르겠네요. 갈 거예요?"

그녀는 웃더니 말했다. "당연하죠. 내가 안 갔던 장례식이 있는지 생각해 봐요, 제이크."

기억나지 않았다. 델은 일주일에 두 건, 가끔은 세 건까지 장례식에 참석하는 것으로 유명했고, 아침을 제공하면서 각 장례식이 어땠는지 자세히 설명하곤 했다. 오랜 세월 제이크는 관 뚜껑이 열려 있던 모습과 닫힌 모습, 긴 설교, 울부짖는 과부, 버림받은 아이들, 싸우는 가족들, 아름답고 성스러운 음악 그리고 형편없는 오르간 연주에 관한 그녀 얘기를 들었다.

"분명히 대단한 행사가 되겠군요." 그가 말했다. "경찰이 죽은 건 수십 년 만이잖아요."

"지저분한 얘기 좀 들을래요?" 그녀는 다시 카페를 힐긋 둘러보며 물었다.

"그럼요."

"그게, 유가족이 목사를 구하지 못해 고생하나 봐요. 그 사람들, 한 번도 교회에 다닌 적이 없고, 지금까지 줄곧 선교활동을 밀쳐만 냈으니 다들 거절하는 거죠. 목사들을 욕할 수 있겠어요? 얼굴 한 번 비추지 않던 사람을 위해 강단에 올라가서 평소 하던 것처럼 행복한 얘기를 들려주고 싶은 사람이 어디 있겠어요?"

"그럼, 장례는 누가 진행해요?"

"모르죠. 여전히 어떻게 해보려고 애쓰는 중일 테죠. 아침에 오면 혹시 뭔가 소문이 더 있을 거예요."

"아침에 올게요."

아래층 루시엔의 사무실 중앙에 놓인 테이블은 변호사 자격증도 없는 두 사람이 며칠 조사에 몰두한 것처럼 두꺼운 법률 서적과 법률용 노트, 구겨서 버린 종이들로 덮여 있었다. 두 사람은 모두 변호사가 되고 싶었고, 포샤는 그녀의 길을 잘 가고 있었다. 영광스럽던 나날은 오래전에 지나갔지만, 루시엔은 지금도 가끔 법에 매료되는 자신을 발견하곤 했다.

안으로 들어선 제이크는 어수선한 모습에 감탄한 뒤 어울리지 않는 의자를 하나 가져와 앉았다. "자, 기발하고 새로운 법률 전략을 말해주세요."

"아직 못 찾았어." 루시엔이 말했다. "우린 망했다고."

포샤가 말했다. "지난 40년 동안 소년 법정의 모든 사건을 훑었지만, 아무런 구멍도 찾을 수가 없어요. 만 18세 이하인 아이가 살인과 강간, 무장 강도의 죄를 저지른 경우, 소년 법정이 아니라 순회 법정에서 다루었어요."

"여덟 살짜리라면 어때?" 제이크가 물었다.

"그 나이면 강간은 별로 없지." 루시엔은 거의 혼잣말처럼 중얼거렸다.

포샤가 말했다. "1952년 티쇼밍고 카운티에서 열한 살짜리 사내아이가 총을 쏴서 같은 동네 형을 죽였어요. 그때도 순회 법정에서 재판이 열렸어요. 결국 유죄 판결을 받고 파치먼 교도소로 갔고요. 믿을 수 있어요? 1년 뒤 미시시피주 대법원은 아이가 너무 어리다면서 사건을 소년 법원으로 돌려보냈죠. 그 뒤에 의회가 나서 정리를 했고, 마법의 나이는 만 13세 이상이 된 거예요."

제이크가 말했다. "상관없어. 드루는 어차피 비슷한 경우도 아니니까. 특히 나이에 있어서는. 내가 보기에 정서적 성숙도가 13세 정도지만, 내가 전문가는 아니니까."

"정신과 의사는 찾았어요?" 포샤가 물었다.

"아직 찾는 중이야."

"그럼, 지금 목표가 뭐야, 제이크?" 루시엔이 물었다. "의사가 나타나서 아이가 갑자기 미친 거였다고 진단해도 누스는 사건을 놓지 않을 거라고. 그거 알잖아. 그렇다고 판사를 비난할 수 있겠어? 경찰이 죽었고 범인이 잡혔는데. 만일 소년 법원으로 간다면 아이는 유죄를 받을 테고 애들용 감옥으로 가겠지. 겨우 2년! 그리고 아이가 열여덟 살이 되는 순간 소년 법원은 재판 관할권이 사라질 테니 그 뒤에 어떻게 될지 생각해 봐."

"풀려나죠." 포샤가 말했다.

"맞아요." 제이크가 말했다.

"그러니까 누스가 사건을 놓아주지 않는다고 해서 비난할 수는 없단 말이지."

"전 지금 심신미약을 주장하려는 게 아니에요, 루시엔. 어쨌든 아직은요. 그렇지만 아이는 뭔가에 고통을 받았고 전문가의 도움이 필요하다고요. 아이는 먹지도, 씻지도 않고 말도 거의 안 해요. 그냥 몇 시간이고 앉아서 멍하니 바닥을 보면서 속에서부터 죽어가는 것처럼 콧노래를 부른다고요. 솔직히 말해 저는 아이를 주립 병원으로 옮겨 약을 먹여야 한다고 생각해요."

전화벨이 울렸고, 세 사람은 전화기를 바라보았다. "베벌리는?" 제이크가 물었다.

"퇴근했어요. 5시가 다 됐잖아요." 포샤가 말했다.

"담배 피우러 나갔겠지." 루시엔이 말했다.

포샤가 천천히 수화기를 들더니 사뭇 사무적인 태도로 말했다. "제이크 브리건스 법률 사무솝니다." 그녀는 웃더니 잠시 귀를 기울이다가 물었다. "그런데, 전화하신 분은 누구시죠?" 그녀는 잠시 눈을 감고 머릿속을 뒤지면서 말을 멈췄다. "그런데 어떤 사건 때문에 이러시는 거죠?" 그녀는 미소를 짓고 말했다. "죄송하지만, 브리건스 씨는 오늘 오후는 법정에 가셨어요."

사무실 업무 규칙에 따라 그는 늘 법정에 있었다. 만일 전화한 사람이 의뢰인이 아니거나 낯선 사람이면 상대가 누구든 상관없이 브리건스 씨는 사실상 법정에서 살고 있으며 사무실에서 상담 약속을 잡는 일은 어렵거나 매우 비싸다는 인상을 줘야 했다. 이런 식의 대응은 따분하게 시간을 보내는 소심한 클랜턴의 개업 변호사라면 대개 비슷했다. 광장 맞은편에 있는 F. 프랭크 멀베니라는 시시한 변호사는 시간제로 일하는 비서에게 한 걸음 더 나아가 전화하는 모든 사람에게 "멀베니 씨는 연방법원에 가셨습니다"라고 엄숙하게 알리라고 시켰다. F. 프랭크는 주에 한정된 하찮은 일은 하지 않는다. 빅리그에 진출한 것이다.

포샤가 전화를 끊더니 말했다. "이혼 건이에요."

"고마워. 오늘은 이상한 전화 없었나?"

"제가 아는 건 없어요."

루시엔은 마치 알람을 기다리는 사람처럼 손목시계를 들여다보았다. 그가 일어서서 선언했다. "5시야. 술 마실 사람?"

제이크와 포샤는 손사래를 저었다. 루시엔이 사라지자마자 포샤가 조용히 물었다. "루시엔이 언제부터 사무실에서 술을 마시기 시작했어요?"

"언제 안 그런 적이 있나?"

12

　북부 미시시피에서 주 정부를 위해 일하는 유일한 아동 정신과 의사는 너무 바빠 전화 연락이 되지 않았다. 제이크는 연락조차 되지 않는다는 건 혹시 요청을 어떻게든 해본다고 해도 의사가 모든 일을 제쳐두고 서둘러 클랜턴의 구치소로 와달라는 부탁을 들어줄 것 같지 않다는 의미라고 생각했다. 포드 카운티는 물론 22구역 재판구 어느 곳에도 그런 일을 하는 개인 개업의는 없었고, 포샤가 전화기를 붙들고 두 시간이나 씨름한 끝에 서쪽으로 한 시간 떨어진 곳 옥스퍼드에서 결국 한 사람을 찾아냈다.

　수요일 아침에 제이크가 잠깐 의사와 통화했는데, 의사 말로는 몇 주나 있어야 드루를 진료할 수 있다고 했다. 그것도 구치소가 아니라 그의 병원으로 와야 한다고 했다. 그는 왕진은 하지 않았다. 투펠로에서 찾아낸 의사 두 명도 마찬가지였는데, 그래도 두 번째 의사인 크리스티나 루커는 자기 환자가 될 수도 있는 사람이 누군지 알려주자 금세 자세가 달라지긴 했다. 그녀는 경찰관 살인 사건 기사를 읽었고, 제이크가 전화로 들려준 이야기에 흥미를 느꼈다. 제이크는 드루의 상태와 외모, 행동 그리고 거의 긴장성 분열증에 가까운 상황을 설명했다. 루커 박사는 상황이 위급하다는 데 동의했고, 다음 날인 목요일에 클랜턴 구치소가 아닌 투펄로에 있는 그녀 병원에서 드루를 만나기로 했다.

로웰 다이어는 드루가 어떤 이유로든 구치소를 벗어나는 걸 반대했고, 오지도 같은 의견이었다. 누스 판사는 스미스필드에 있는 포크 카운티 법원에서 소송 관련 요청을 심리 중이었다. 제이크는 남쪽으로 45분을 달려 법정으로 걸어 들어갔고, 불필요한 장광설을 늘어놓는 여러 변호사가 언쟁을 마친 뒤 판사가 약간의 시간을 낼 수 있을 때까지 기다렸다. 판사실로 들어간 제이크는 의뢰인 상태를 다시 묘사하고 루커 박사가 긴급한 상황이라고 판단했다는 걸 설명한 뒤 아이를 구치소 밖으로 보내 검사해야 한다고 주장했다. 아이가 안전 문제를 일으키거나 달아날 위험은 없었다. 그러기는커녕 겨우 식사만 하는 지경이었다. 제이크는 결국 피고인에게 즉각적인 의료 지원을 제공해야만 정의가 실현될 수 있으리라고 판사를 설득해 냈다.

"그리고 진료비는 500달럽니다." 그는 판사실을 나서며 말했다.

"겨우 두 시간 진료에?"

"의사가 그렇게 말했어요. 저는 우리, 즉 주 정부가 돈을 낼 거라고 했습니다. 판사님도 그렇지만 저도 이제 주 정부에서 급료를 받는 거잖아요. 그러다 보니 제 수임료 문제도 얘기해야 할 것 같습니다."

"그건 나중에 얘기하세, 제이크. 변호사들이 날 기다리고 있어."

"감사합니다, 판사님. 로웰과 오지에게 연락할 텐데, 그들이 불평하고 악담을 퍼붓고 어쩌면 판사님께 와서 울고불고할 겁니다."

"그것도 내가 할 일이지. 그 사람들 걱정은 하지 않네."

"판사님이 오지에게 직접 운전해 아이를 투펄로로 데려가라고 했다고 말할게요. 좋아할 겁니다."

"그러던지."

"그리고 사건을 소년 법원으로 보내달라는 요청을 재판부에 내겠습니다."

"그건 기소될 때까지 기다려주게."

"그러죠."

"요청 서류 준비하느라 시간을 많이 허비하지는 말게."

"그건 판사님이 요청을 심리할 때 시간을 허비하실 생각이 없다는 뜻인가요?"

"바로 그거야, 제이크."

"솔직하게 말씀해 주셔서 고맙군요."

"나야 늘 그랬지."

목요일 아침 8시, 작고 어두운 방으로 옮겨진 드루 갬블에게 교도관이 샤워하라고 말했다. 전에도 그런 말을 들었지만 거부했기에 이번엔 꽤 시간을 들여 깨끗이 닦아야 했다. 비누와 수건을 받은 뒤 구치소에서는 샤워 시간이 최대 5분이라는 설명을 들었고,

혹시 뜨거운 물이 나온다면 그것도 처음 2분만 그럴 것이라는 경고도 들었다. 아이는 문을 닫고 옷을 벗어 더러워진 옷가지를 내놓았고, 교도관이 그것들을 받아 세탁실로 가져갔다. 샤워를 마친 드루에게 그나마 가장 작은 크기인 오렌지색 점프슈트 그리고 마찬가지로 오렌지색인 닳고 닳은 샤워용 고무 슬리퍼가 지급되었다. 다시 감방으로 돌아간 드루는 달걀과 베이컨으로 이루어진 식사를 거절했다. 대신 땅콩을 씹어먹고 소다수를 마셨다. 늘 그랬듯 아이는 교도관이 말을 걸어도 대꾸하지 않았다. 구치소 직원들은 처음에 수감자의 태도가 매우 불량하다고 생각했지만, 이내 아이의 정신이 아주 낮은 수준으로 작동한다는 사실을 깨달았다. 교도관들은 서로 속삭였다. "집에 불빛이 약하게 보이지만 사람은 없는 꼴이군."

제이크는 9시 직전에 갓 만든 도넛 두 상자를 들고 구치소에 도착했다. 이제 그를 적으로 보는 오래된 친구들에게 점수를 따려는 노력으로 도넛을 구치소 직원들에게 돌렸다. 몇 명은 받아 들었지만, 대부분 무시했다. 그는 한 상자는 접수대 책상에 올려두고 안쪽 감방으로 들어갔다. 감방 안에 드루와 둘만 남자 그는 의뢰인에게 도넛을 권했다. 놀랍게도 드루는 도넛을 두 개나 먹었다. 당분에 에너지가 솟았는지 아이가 물었다. "오늘 무슨 일이 있나 보죠, 제이크?"

"그래. 넌 투펄로에 의사를 만나러 갈 거야."

"제가 아픈 건 아니잖아요?"

"그건 의사가 판단하도록 하자. 의사가 너 그리고 네 가족에 관한 질문을 많이 할 거야. 어디에서 살았는지, 뭐 그런 것들. 넌 진실을 얘기해야 하고 최대한 열심히 대답해야 해."

"정신병원 같은 건가요?"

"정신병"이라는 단어가 나오자 제이크는 당황했다. "정신과 의사지."

"아, 정신병원 맞네요. 전에도 한두 번 가본 적 있어요."

"진짜? 어디?"

"전에 소년원에 간 적이 한 번 있었는데, 일주일에 한 번씩 정신병 의사를 만나야 했어요. 시간 낭비였죠."

"하지만 내가 소년 법원에 가본 적이 있느냐고 두 번이나 물었는데, 넌 없다고 했잖아."

"그런 얘기를 물어보는지 몰랐어요. 죄송합니다."

"소년원에는 왜 갔는데?"

드루는 도넛을 한 입 더 깨물더니 질문에 관해 생각했다. "아저씨는 제 변호사가 맞죠?"

"내가 오늘까지 닷새 연속으로 구치소까지 널 만나러 왔잖니. 네 변호사가 아니면 그럴 수 없었겠지?"

"꼭 엄마를 만났으면 좋겠어요."

제이크는 깊은 한숨을 내쉬고 속으로 참아야 한다고 말했다. 매번 찾아올 때마다 했던 일이었다. "네 어머니는 어제 수술을 받았어. 의사들이 턱을 다시 맞췄고, 어머니는 잘 견뎌내셨다. 지금은 엄마를 만날 수 없지만, 분명히 병원에서 여기 면회 올 수 있도록 허락할 거야."

"전 엄마가 죽은 줄 알았어요."

"그렇게 생각한 거 알아, 드루." 제이크는 복도에서 들리는 목소리에 시계를 확인했다. "자, 이렇게 해야 해. 보안관이 널 차에 태우고 투펄로에 갈 거야. 넌 아마 혼자 뒷자리에 앉게 될 거고, 차 안에서 다른 사람에게 아무 얘기도 해서는 안 돼. 알겠니?"

"같이 안 가요?"

"난 내 차로 뒤따라갈 거야. 그리고 의사랑 만날 때도 같이 있을 거고. 그냥 보안관이나 보안관보한테 아무 말도 하지 마, 알겠지?"

"그 사람들이 말을 걸까요?"

"아닐 거야."

문이 열리고 오지가 모스 주니어를 뒤에 달고 들어섰다. 제이크는 일어서서 간결하게 "좋은 아침이군"이라고 말했지만 두 사람은 고개만 끄덕였다. 모스 주니어가 벨트에서 수갑을 꺼내더니 드루에게 말했다. "일어서야겠다."

제이크가 물었다. "꼭 수갑을 채워야 하나? 그러니까, 어디 도망 갈 아이도 아니잖아."

"우리 일은 우리가 알아서 해, 제이크. 자네 일은 자네가 잘 아는 것처럼." 오지가 정말 재수 없는 말투로 대꾸했다.

"왜 그냥 사복을 입히면 안 되나? 이봐, 오지. 아이는 정신 감정을 받으러 가는 거야. 오렌지색 죄수복을 입는다고 상황에 도움이 될 것 같지는 않은데."

"그만해, 제이크."

"못 그만둬. 누스 판사에게 연락하겠어."

"그러든지."

교도관이 말했다. "아이가 다른 옷이 없어요. 딱 한 벌 있는데 지금 세탁실로 갔습니다."

제이크가 교도관을 보고 물었다. "어린아이인데 여벌 옷을 들여오지 못하게 한 겁니까?"

오지가 말했다. "어린아이가 아니야, 제이크. 내가 확인한 바로는 순회법원에 가야 할 나이라고."

모스 주니어가 아무 생각 없이 말했다. "아이 옷을 몽땅 태웠대. 애 엄마랑 여동생 옷도 마찬가지고."

드루가 몸을 부르르 떨더니 깊이 숨을 들이켰다.

제이크는 드루를 보더니 모스 주니어에게 고개를 돌리고 물었다. "꼭 그 얘기를 해야 했나?"

"옷이 더 없냐고 물었잖아. 없다는 얘기야."

오지가 말했다. "가자고."

어떤 관공서나 정보가 새는 일은 흔했고, 오지 역시 가끔은 괴로운 상황을 겪기도 했다. 오지는 정신과 의사를 만나러 가려고 살인자 피고인을 몰래 빼내려는 자기 모습이 신문 1면에 실리는 일은 절대 원하지 않았다. 구치소 뒤쪽에 그의 차가 대기 중이었고, 루니와 스웨이지가 기자가 눈에 띄면 쏴버릴 것처럼 보초를 서고 있었다. 도주는 순조롭게 진행되었고, 제이크는 자신의 사브 자동차를 타고 그들을 따라잡았다. 뒷좌석에 앉은 드루의 금발 머리 꼭대기가 간신히 살짝 보였다.

루커 박사의 병원은 투펄로 시내에서 멀지 않은 전문직 사무용 건물에 속한 여러 사무실 가운데 하나를 사용하고 있었다. 오지는 지시받은 대로 건물 뒤편 업무용 진입로로 들어섰다. 그곳에는 리 카운티 보안관 사무실 소속으로 경찰 표식을 붙인 순찰차 두 대가 기다리고 있었다. 그는 차를 세우고 조수석에 앉은 모스 주니어가 피고인을 지키도록 둔 채 내려서 이 지역 보안관보들과 건물 안으로 들어가 주위 상황을 확인했다. 제이크는 오지의 차에서 가까운 곳에 세운 차에 앉아 기다렸다. 달리 무슨 할 일이 있겠는가? 차를 타고 오는 동안, 그는 병원에 전화해 조시 갬블 상태가 어떤지 알아보기로 했던 포샤와 연락했다. 포샤는 아무것도 알아내지 못한 채 병원에서 간호사의 연락이 오기를 기다리고 있었다.

30분이 지났다. 모스 주니어가 마침내 차에서 내리더니 담배에 불을 붙였고, 제이크는 말을 붙이려고 그에게 다가갔다. 뒷좌석을 들여다보니 드루는 무릎을 끌어안은 채 옆으로 누워 있었다.

제이크는 아이를 향해 고갯짓하며 물었다. "뭐라고 말하던가?"

"한마디도 안 했어. 우리야 당연히 아무것도 안 물었고. 병든 강아지가 따로 없어, 제이크."

"무슨 말이야?"

"혹시 아이가 콧노래처럼 소리 내는 거 들어봤어? 가만히 앉아 눈을 감고 마치 다른 세상에 있는 것처럼 콧노래와 신음을 동시에 내던데."

"들어봤지."

모스는 하늘로 담배 연기를 뿜어내고는 짝다리를 짚었던 다리를 오른쪽에서 왼쪽으로 바꿨다. "미쳤다고 하면 빠져나갈 수 있는 거야, 제이크?"

"그런 소문이 돌고 있나?"

"그럼. 사람들은 자네가 칼 리 때처럼 제정신이 아니었다면서 빼내려고 한다고 생각해."

"글쎄, 어차피 사람들은 무슨 말이든 해야 하니까. 그렇지 않나, 모스?"

"그렇긴 하지. 하지만 그건 옳은 일이 아니야, 제이크." 그는 헛기침하더니 역겹다는 듯 범퍼 옆에 침을 뱉었다. "사람들이 화낼 거야, 제이크. 그리고 자네가 비난받는 꼴은 정말 보기 싫어."

"난 그냥 임시야, 모스. 재판까지 이어진다면 누스 판사가 다른 변호사를 찾아주기로 약속했어."

"실제로 그렇게 될까?"

"모르겠어. 난 기소되고 뭔가 일정이 나오기 전까지 임시 타자니까 나중에는 빠져야지."

"그렇다니 다행이야. 상황이 끝나기 전에 지저분해질 수도 있어."

"이미 지저분해."

오지가 다른 보안관보들과 돌아왔다. 그는 모스 주니어에게 지시했고, 모스는 뒷문을 열고 드루에게 내리라고 했다. 두 사람은 재빨리 아이를 건물 안으로 데려갔고, 제이크는 그 뒤를 따라갔다.

루커 박사는 작은 회의실에서 기다리고 있다가 제이크에게 자신을 소개했다. 그들은 전화로 몇 번 이야기를 나누었기에 각자 소개는 간단히 끝냈다. 그녀는 키가 크고 늘씬했으며 환한 붉은색 머리는 염색한 것처럼 보였다. 여러 색깔이 들어간, 멋진 돋보기안경을 코끝에 걸치고 있었다. 쉰 정도로 보여서 남자들 모두보다 나이가 많았지만, 누구에게도 주눅 들지 않은 모습이었다. 그녀의 병원에서 벌어지는 그녀의 쇼였다.

오지는 일단 피고인이 빠져나갈 곳이 없다는 사실을 확인한 뒤에는 모스 주니어와 함께 복도 끝에서 기다리겠다며 나갔다. 루커 박사가 무장한 남자들이 그녀의 조용하고 작은 병원 한쪽에서 기다리고 있다는 사실을 마음에 들어 하지 않는다는 건 분명해 보였지만, 상황이 상황이니만큼 일단 넘어가는 듯 보였다. 1급 살인죄 혐의를 받는 사람과 대화하는 게 매일 있는 일은 아니었다.

몸에 맞지 않는 죄수복 차림의 드루는 더 작아 보였다. 샤워용 고무 슬리퍼는 우스꽝스러운 데다 지나치게 컸다. 아이가 무릎 위에 양손을 모으고 고개를 숙인 채 바닥을 응시하며 의자에 앉자 슬리퍼가 바닥에 간신히 닿았다. 아이는 너무 겁이 나 주변 상황을 제대로 받아들이지 못하는 것처럼 보였다.

제이크가 말했다. "드루, 이분은 루커 박사님이야. 널 도와주러 오셨어."

아이는 간신히 그녀를 향해 고개를 끄덕이더니 다시 시선을 바닥으로 돌렸다.

제이크가 말했다. "난 잠깐 얘기하고 나갈 거야. 네가 의사 선생님 말씀을 주의 깊게 듣고 질문에 대답해 주었으면 좋겠구나. 이분은 우리 편이야, 드루. 무슨 말인지 알겠지?"

아이는 고개를 끄덕이고는 천천히 제이크의 머리 위쪽 벽을 향해 시선을 들어 올렸다. 마치 그 위쪽에서 나는 어떤 소리를 들었지만, 마음에 들지 않아 하는 것 같았다. 아이는 느리고 애처로운 신음을 내면서 아무 말도 하지 않았다. 무서웠지만, 제이크는 아이가 끊임없이 웅얼거리는 행동을 다시 보여주었으면 했다. 가능하다면 루커 박사가 그걸 듣고 평가할 필요가 있었다.

"몇 살이니, 드루?" 그녀가 물었다.

"열여섯이요."

"생일은 언제지?"

"2월 10일이요."

"그럼 지난 달이었구나. 생일에 파티를 했니?"

"아뇨."

"생일 케이크를 먹었니?"

"아뇨."

"학교 친구들이 네 생일인 걸 알았니?"

"아닐 거예요."

"어머니 이름이 뭐지?"

"조시."

"그리고 여동생도 있지?"

"네. 키이라요."

"그리고 다른 가족은 없구나?"

아이는 고개를 좌우로 흔들었다.

"할머니나 할아버지, 숙모, 삼촌, 사촌도 없어?"

아이는 계속 도리질을 했다.

"아버지는?"

눈에 갑자기 눈물이 고였고, 아이는 오렌지색 옷소매로 눈가를 훔쳤다. "몰라요."

"아버지가 누군지 아예 모르니?"

아이는 고개를 흔들었다.

박사는 아이의 키를 152센티미터, 몸무게는 45킬로그램으로 추측했다. 눈에 띌 정도로 근육이 제대로 발달하지 않은 모습이었다. 아직 어린애처럼 목소리가 높고 부드러웠다. 수염도 여드름도 없고 사춘기의 중간 단계에 도달했음을 나타내는 아무런 징후도 보이지 않았다.

아이는 다시 눈을 감더니 허리를 숙였다가 뒤로 젖혀가며 살짝 몸을 흔들기 시작했다.

박사는 아이의 무릎을 건드리며 물었다. "드루, 지금 뭐가 두려운 거니?"

아이는 전과 똑같이 웅얼거림을 끊임없이 내뱉기 시작했고, 그 소리는 가끔은 부드럽게 으르렁거리는 것처럼 들렸다. 두 사람은 잠시 듣고 있다가 서로 눈길을 주고받았다. 그리고 박사가 물었다. "드루, 왜 그런 소리를 내는 거니?"

아이는 똑같은 소리로 대꾸할 뿐이었다. 박사는 손을 거두더니 손목시계를 확인하고 시간이 좀 걸릴 것처럼 느긋하게 앉아 있었다. 1분이 지나고 2분이 흘렀다. 5분이 지나고 그녀가 제이크에게 고개를 끄덕여 보였고, 그는 조용히 방에서 나왔다.

병원은 멀지 않았다. 제이크는 2층 2인실에 있는 갬블 부인을 찾아냈다. 병실을 함께 사용하는 시체 같았던 사람은 알고 보니 최근 신장 이식 수술을 받은 아흔여섯 살 남자였다. 아흔여섯 살에 이식을?

키이라는 작은 접이식 침대를 받아 어머니 침대 옆에 붙여두었다. 두 사람은 이틀 밤을 그곳에서 보냈고 이제 오후에 퇴원할 예정이었다. 그들이 어디로 가야 할지는 아직 결정되지 않았다.

조시는 붓고 멍든 얼굴이 끔찍했지만, 기분은 좋아 보였고 고통스럽지 않다고 주장했다. 수술은 잘 됐고 모든 뼈가 제자리를 찾아 재배치되었다. 그녀는 일주일은 의사를 만나지 않아도 되었다.

제이크는 침대 발치에 놓인 의자에 앉아 혹시 이야기하고 싶은지 물었다. 퇴원할 때까지 달리 무슨 할 일이 있겠는가? 한 친절한 간호사가 그에게 병원 커피를 가져다주더니 커튼을 쳐서 시체 같은 사내에게 이야기가 들리지 않도록 해주었다. 그들은 작은 목소리로 이야기했고, 제이크는 드루가 어디서 뭘 하는지 설명했다. 조시는 잠시나마 아들이 근처 어딘가에 있으니 혹시라도 만날 수 있을지도 모른다는 희망을 품었지만, 이내 서로 면회할 처지가 전혀 아니라는 사실을 깨달았다. 보안관이 허락할 리 없었고, 드루는 즉시 구치소로 돌아가야 했다.

제이크가 말했다. "제가 얼마나 여러분의 변호사로 일할지 모르겠습니다. 설명했던 대로 판사께서는 예비 심리를 맡아달라고 임시로 절 임명했고, 나중에는 다른 변호사를 찾을 계획입니다."

"왜 우리 변호사가 되실 수 없나요?" 조시가 물었다. 그녀는 힘겹고 느렸지만, 대화가 오갈 수 있을 정도로 또렷하게 말했다.

"지금은 변호사가 맞아요. 나중엔 어떻게 될지 모르지만요."

부끄러워 눈길을 마주치지 못하는 키이라가 말했다. "우리 교회 캘리선 씨가 그러는데 아저씨가 우리 카운티에서 최고 변호사래요. 아저씨가 우리 변호사인 게 행운이라고요."

제이크는 궁지에 몰린 채 왜 그들을 변호하고 싶지 않은지 의뢰인들에게 설명해야 하는 상황은 예상하지 못했다. 드루 사건이 너무 치명적이라서 자신의 명성에 누가 될까 두렵다는 사실을 절대 인정할 수도 없고, 인정하지도 않을 생각이었다. 아마 그는 남은 평생을 클랜턴에서 그럴듯하게 살아갈 것이다. 갬블 가족은 몇 달이면 다른 곳으로 떠날 것이다. 하지만 집도 옷도 돈도 없이 병원에서 머무는 두 사람에게 그들의 아들이자 오빠가 사형 선고를 받을 수도 있다는 끔찍한 전망을 어떻게 설명할 수 있단 말인가? 지금 당장 그는 그들의 유일한 보호막이었다. 교회 사람들이 음식과 쉴 곳을 제공할 수는 있지만, 그건 일시적이었다.

그는 "글쎄, 캘리선 씨는 아주 훌륭한 분이지만, 우리 동네에는 뛰어난 변호사가 아주 많단다. 판사님이 아마 청소년 사건에 경험이 많은 누군가를 선택하실 거야"라는 말로 피하려 해보았다.

제이크는 스스로 한 거짓말에 죄책감을 느꼈다. 이번 일은 청소년 사건도 아니었고 그런 식으로 처리될 수도 없었다. 북부 미시시피에서 살인죄 재판 경험이 있는 변호사는 몇 명 되지 않았다. 그리고 제이크는 그들 모두가 앞으로 전화 연락이 되지 않으리라는 걸 너무 잘 알았다. 작은 도시의 경찰 살해 사건은 아무도 원하지

않는다. 해리 렉스가 옳았다. 이 사건은 이미 골칫거리였고 상황은
더 나빠지기만 했다.

노란색 법률용 노트를 무기 삼아 제이크는 이야기 방향을 자신
의 변호인 자격에서 가족의 역사로 간신히 바꾸었다. 조시의 과거
를 묻지 않은 채 그는 그들의 다른 주소지나 다른 집, 다른 거주지
에 관해 물었다. 그들은 어쩌다 포드 카운티의 시골에 와서 살게
된 걸까? 전에는 어디 살았고 그전에는 어디에서 지냈나?

키이라는 때로는 자세한 내용을 기억했고 어떨 때는 기억이 흐
릿해지며 관심을 잃는 것처럼 보였다. 이야기에 집중하는 듯하다
가 금세 겁에 질려 움츠러들었다. 나이에 비해 키가 크고 예쁜 소
녀인 그녀는 눈은 짙은 갈색이었고 검은 머리칼이 길었다. 외모가
전혀 다른 오빠보다 두 살 어리다고 생각할 수 있는 사람은 아무
도 없을 것 같았다.

제이크가 파고들수록 키이라 역시 트라우마를 겪은 것이 틀림
없다는 생각이 들었다. 어쩌면 스튜어트 코퍼 때문이 아니라 오랜
시간 동안 그런 짓을 할 기회를 가졌던 사람들 때문일 수도 있었
다. 그녀는 친척 집에서도 살았고 위탁 가정을 두 번 겪었고 보육
원 경험도 있으며 캠핑카, 다리 밑, 노숙자 쉼터에서도 살았다. 그
가 더 깊이 파고들수록 그들의 이야기는 더 슬퍼졌고, 한 시간 뒤
더는 버틸 수가 없었다.

드루가 어떤지 확인해 보고 다시 만나러 오겠다는 약속과 함께
작별 인사를 했다.

13

목요일 점심에는 학교에 잠깐 들르곤 했다. 그날은 학부모들도 2달러만 내면 쟁반을 들고 학교 식당에서 구운 닭고기나 미트볼 스파게티 가운데 하나를 골라 먹을 수 있었다. 일주일가운데 제이크가 가장 좋아하는 식사였지만 음식은 중요하지 않았다. 딸 해나 그리고 같은 4학년 여자아이들의 떠들썩한 대화와 함께할 수 있었기 때문이다. 시간이 지나면서 아이들은 자랐고, 남자아이들에 관한 얘기가 점점 많아진다는 사실에 그는 실망했다. 그런 얘기를 그만두게 할 궁리도 해봤지만, 아직은 묘안이 떠오르지 않았다. 칼라가 찾아와 잠깐 얘기를 나누기도 했다. 하지만 아내가 맡은 6학년 학생들은 시간표가 달랐다.

맨디 베이커의 어머니인 헬렌도 가끔 식사에 왔다. 제이크는 그들 가족을 알았지만 가깝게 지낸 적은 한 번도 없었다. 두 사람은 탁자를 사이에 두고 낮은 의자에 앉아 한꺼번에 떠들어대는 여자

아이들 수다를 놀라워하며 듣고 있었다. 잠시 후 아이들은 부모가 함께 있다는 것도 잊고 더 크게 떠들어댔다. 아이들이 완전히 정신이 나갔을 때 헬렌이 말했다. "스튜어트 코퍼 일은 정말이지 믿을 수가 없어요, 그렇죠?"

"비극이죠." 제이크는 닭고기를 씹으며 말했다. 헬렌 남편의 가족이 셀프서비스 주유소 몇 개를 운영하는데 꽤 잘 된다는 소문이 있었다. 그들은 골프 클럽에서 살다시피 했고 제이크는 그곳에서 어울리는 사람들은 대부분 피했다. 그들은 거드름을 피우고 상대를 얕잡아보기를 즐겼고 제이크는 그런 사람들을 참을 수가 없었다.

헬렌은 학교에서 한 달에 한 번 식사했는데, 제이크는 그녀가 뭔가 할 말이 있어 오늘 학교에 왔다는 생각이 들었다. 그래서 그녀가 입을 열었을 때 그는 준비가 되어 있었다. 그녀는 몸을 살짝 숙이며 말했다. "그런 살인자를 변호하신다니 믿을 수가 없어요, 제이크. 저는 당신이 우리 쪽이라고 생각했는데요."

준비가 되어 있었다는 건 그의 *생각*에 불과했던 것 같았다. "우리 쪽"이라는 말에 마음이 흔들리더니 즉시 머릿속에 날 선 말이나 따끔한 반박이 몇 가지 떠올랐다. 말해봐야 전부 상황이 더 나빠질 내용들이었다. 그렇게 떠오른 생각들은 무시하고 말했다. "변호사는 있어야 해요, 헬렌. 변호사도 없이 아이를 가스실로 밀어 넣을 수는 없어요. 당연히 그런 정도는 알고 계시겠죠."

"아, 그렇겠죠. 하지만 주변에 변호사는 많잖아요. 왜 당신이 맡아야 하는 거죠?"

"그럼 누굴 선택하시겠어요, 헬렌?"

"아, 전 모르겠어요. 멤피스나 잭슨의 시민 운동하는 사람들이 낫겠죠. 그 왜, 진짜 동정심이 넘치는 사람들이요. 정말이지 살인 범이나 아동 강간범 같은 사람들을 변호하면서 사는 사람들은 이해할 수가 없어요."

"헌법은 좀 읽어보시나요?" 그가 물었다. 의도한 것보다 조금 날카로운 말투였다.

"이러지 마세요, 제이크. 법적으로 어쩌니저쩌니 복잡한 얘기는 그만둬요."

"아뇨, 헬렌. 헌법에는요, 대법원이 해석한 바로는 누구든 심각한 범죄로 기소당하면 반드시 변호사가 있어야 한다고 적혀 있어요. 그리고 그것이 우리나라 법입니다."

"그렇겠죠. 그냥 당신이 사건과 엮이는 일이 이해가 안 돼서 그래요."

제이크는 입을 꼭 다물었다. 그녀나 그녀의 남편 또는 그들 가족 가운데 아무도 그에게 조언이나 법률 서비스를 원한 적이 없다는 사실을 상기시키는 말을 꺼내지 않기 위해서였다. 그런 그녀가 왜 지금 그의 생업에 이렇게 관심이 많단 말인가?

그녀는 그저 험담꾼이었고, 이제 친구들에게 우연히 제이크 브리건스와 마주쳤으며 비열한 살인자 변호에 관해 공개적인 곳에서 나무랐다며 떠벌릴 수 있게 된 것에 지나지 않았다. 그녀는 분명히 다음 달 내내 점심을 먹을 때마다 이야기를 부풀려 해가며 친구들의 찬사를 얻어낼 것이다.

고맙게도 칼라가 나타나 제이크 옆자리 학생용 의자에 슬쩍 앉았다. 그녀는 헬렌에게 다정하게 인사를 건네고 넘어졌다는 숙모 유나의 안부까지 물었다. 다가오는 4학년 장기자랑 대회로 대화 주제가 옮겨가면서 살인은 바로 잊혔다.

턱뼈를 철사로 연결한 조시는 음식을 씹을 수가 없었고, 병원에서 먹는 마지막 점심은 빨대로 마시는 초콜릿 밀크셰이크였다. 식사 후 그녀는 휠체어에 앉아야 했고, 병원 직원이 병실을 벗어나 복도까지 휠체어를 밀었다. 결국 그녀와 키이라는 직원 두 명의 도움을 받아 병원을 나서 캐럴 허프 부인의 차에 올라탔다. 허프 부인은 문이 네 개인 폰티액 차량을 갖고 있어서 운전에 자원했다. 찰스 맥게리 목사와 아내 메그도 퇴원을 보러 왔고, 그들은 작은 수입차를 타고 허프 부인의 차를 뒤따라 투펄로를 벗어나 포드 카운티로 함께 돌아왔다.

선한목자성서교회의 예배당은 좁지만 예쁘고 유행을 타지 않았다. 처음 세운 지 오래 후, 교인 가운데 한 사람이 건물 뒤쪽에 2층짜리 별관을 만들어 붙였다. 위층에는 일요 학교 교실들이, 아래층에는 작은 친교실과 주방 그리고 그 옆에 맥게리 목사가 설교를 준비하고 신도들과 상담하는 작은 사무실이 자리 잡은 별관 건물은 그리 훌륭하진 않았다. 목사는 위층 교실 하나를 비워 조시와 키이라가 아래층 화장실과 주방을 사용하면서 당분간 집으로 사용할 수 있도록 해야 한다고 결정했다. 월요일부터 목사와 집사들이 따로 세 번이나 시간을 내서 모여 가족이 갈 곳을 구하려 해봤지만, 교회 안쪽 교실이 그들이 해낼 수 있는 최선이었다. 집사 한 명이 임대주택을 갖고 있어 한 달 정도는 쓸 수 있을 것도 같았지만, 그는 어차피 그곳에서 나오는 월세로 생활해야 했다. 농부 한 명이 헛간 겸 손님용 방을 갖고 있었지만 준비하려면 작업이 좀 필요했다. 캠핑카 제안도 있었지만, 맥게리가 물리쳤다. 조시와 아이들은 최근에 1년 동안 캠핑카에서 근근이 살기도 했다.

교회 신도 중에 부자, 그러니까 집이 여럿인 사람은 없었다. 교회 사람들은 대부분 은퇴자, 소농, 근근이 먹고 사는 중산층 근로자들이었다. 사랑과 따뜻한 음식 말고는 그다지 해줄 것이 없었다.

조시와 키이라는 갈 곳도, 돌아갈 가족도 없었다. 드루와 드루가 처한 곤경 때문에 지역을 벗어나는 일은 생각할 수도 없었다. 조시는 은행 계좌도 없이 몇 년 동안 약간의 현금만으로 생존하고 있었다. 코퍼가 한 달에 집세와 식비 명목으로 200달러를 요구했고, 그녀는 그나마도 늘 제때 주지 못했다. 원래 계약은 음식과 잘 곳을 받는 대가로 섹스를 자주 해주고 다정하게 대하기로 했지만, 친밀한 관계는 오래 이어지지 않았다. 그녀는 신용카드 신용 거래 기록도 없었다. 세차장에서 마지막으로 받은 급료는 51달러였고 편의점에서 받을 돈이 40달러 남아 있었다. 돈을 어떻게 받을지도 확실치 않았고 심지어 아직 일자리가 있는 것인지도 불분명했지만, 그녀는 최악의 상황을 생각하고 있었다. 세 가지 시간제 일자리 가운데 최소 두 개는 사라졌고, 의사 말로는 적어도 2주는 일할 수 없다고 했다. 남부 미시시피와 루이지애나에 친척이 있었지만, 그녀의 연락을 무시한 지 이미 몇 년이 지난 상황이었다.

찰스 목사는 모녀에게 새로 살 곳을 보여주었다. 새로 자른 나무와 막 칠한 페인트 냄새로 공기가 탁했다. 이 층 침대 위쪽에 선반이 설치되었고 휴대용 TV가 선반 아래층에 놓여 있었다. 바닥에는 깔개가 깔렸고 창문에는 선풍기가 매달려 있었다. 벽장에는 교회 사람들이 주변에서 얻어 세탁하고 다린 셔츠와 바지, 청바지, 블라우스 그리고 재킷 두 벌이 들어 있었다. 작은 냉장고도 한 개 있었는데, 이미 차가운 물과 과일 주스가 들어 있었다. 싸구려 옷장 서랍에는 새 속옷과 양말, 티셔츠, 잠옷이 준비되어 있었다.

아래층 주방에서 허프 부인이 더 큰 냉장고를 두 사람에게 보여 주었다. 냉장고에는 그들이 마음대로 먹어도 되는 음식과 물 그리고 차가 든 병들이 있었다. 허프 부인은 커피 주전자와 필터도 설명했다. 찰스 목사는 뒷문 열쇠를 조시에게 주면서 자기 집인 것처럼 편안하게 지내라고 말했다. 집사들이 모여서 두세 명씩 남자들이 돌아가며 밤마다 교회를 지키면서 안전을 보장하기로 했다. 여자 신도들은 다음 주까지의 식단을 함께 만들기로 했다. 골든 부인이라는 퇴직 교사가 자원해 그게 누군지 알 수 없지만 "그들"이 학교로 돌아와도 된다고 결정할 때까지 교회에서 하루에 몇 시간씩 키이라가 학업을 따라갈 수 있도록 가르치겠다고 했다. 집사들 가운데 절반은 키이라가 클랜턴의 중학교로 돌아가야 한다고 생각했다. 다른 절반은 그런 상황은 너무 충격이 클 것이라면서 교회에서 홈스쿨링을 해야 한다고 생각했다. 조시에게는 아직 의견을 묻지 않은 상태였다.

골든 부인은 학교에서 일하는 지인에게서 키이라의 교과서를 한 벌 얻어냈다. 다른 물건들은 얼 코퍼가 주장하는 대로 그가 태웠거나, 집에 남아 있어서 가져올 수 없었다. 새로 전부 사야 했다.

키이라는 8학년이고 나이보다 한 학년 뒤처져 있어 따라가려 애쓰는 중이었다. 선생님들은 아이가 똑똑하지만, 정신없는 가정과 불안정한 과거 때문에 너무 결석이 많아 문제라고 했다.

드루는 9학년인데 2년 뒤처져 있었고 학업을 따라잡지 못하고 있었다. 반에서 나이가 가장 많은 학생이라는 걸 창피하게 여겼고, 가끔은 실제 나이를 숨기기도 했다. 사춘기가 늦게 오는 바람에 다른 아이들과 비교해 나이 들어 보이지 않는 일이 행운이라는 사실도 깨닫지 못하고 있었다. 골든 부인은 고등학교를 방문해 교장과 드루의 심각한 학업 문제를 상담했다. 드루가 구치소에서 수업을 들을 수도 없고, 학교가 그런 과정을 수행할 교사를 채용할 수도 없다는 건 확실해 보였다. 무슨 일이든 개입하길 원한다면 법원의 명령을 받아내야 했다. 그들은 그런 걱정은 변호사에게 맡기기로 했다. 골든 부인은 교장이 혹시라도 피고인에게 도움이 될 수도 있는 일이라면 소극적이라는 사실을 알아차렸다.

찰스와 메그는 교회를 떠나면서 다음 날 아침 9시에 돌아와 조시와 키이라를 시내에 데려다주기로 약속했다. 그들은 조시의 자동차를 가져와야 했고, 어떻게든 드루를 보고 싶었다.

조시와 키이라는 모두에게 진심으로 감사한 뒤 작별 인사를 했다. 그들은 묘지 근처에 있는 피크닉 테이블에 가서 앉았다. 세 사람의 작은 가족은 또 흩어졌고 노숙자가 되기 직전이었다. 다른 사람들의 선의가 없다면 그들은 굶주린 채 자동차에서 자야 할 터였다.

제이크는 책상에 앉아 포샤와 베벌리가 그날 아침에 받은 전화 내용을 기록해 잔뜩 쌓아둔 분홍색 메모지를 보고 있었다. 이번 주 현재까지 그는 드루 갬블을 위해 18시간 정도 일했다. 그는 업무 시간 단위로 수임료를 청구할 일이 거의 없었다. 의뢰인들이 노동자에다 가난한 피고인들이라 어차피 돈을 제대로 낼 수 없었기 때문이다. 하지만 그는 다른 모든 변호사와 마찬가지로 자신이 일한 시간을 기록해 둘 필요가 있다는 걸 잘 알았다.

제이크가 루시엔 밑에서 처음 일하기 시작한 지 얼마 되지 않았을 때, 광장 건너편에서 일하던, 맥 스태퍼드라는 호감형 변호사가 교통사고로 다친 10대 아이의 변호를 맡았다. 사건이 복잡하지도 않았고 보상금의 3분의 1을 성공 보수로 받기로 계약했기 때문에 맥은 굳이 자신이 일한 시간을 기록하지 않았다. 보험회사는 12만 달러에 합의했고 맥은 4만 달러의 성공 보수를 받고 일을 마무리할 수 있었다. 포드 카운티뿐 아니라 남부 시골 지역에서는 꽤 큰 금액이었다. 하지만 의뢰인이 미성년자였기에 합의 내용은 형평법 법원의 승인을 받아야 했다. 루번 애틀리 판사는 공개적인 법정에서 맥에게 간단한 사건을 두고 거액의 수임료를 받은 이유를 밝혀 달라고 요구했다. 맥은 안타깝게도 업무 시간 기록을 남기지 않았기 때문에 자신이 돈 받을 자격이 있다는 사실을 판사에게 이해시킬 수 없었다. 한동안 흥정이 오간 끝에 애틀리는 결국 맥에게 일주일의 시간을 주면서 업무 기록을 작성해 제출하라고 했다. 하지만 이미 판사는 맥을 의심스러워하고 있었다. 맥은 의뢰인에게 시간당 100달러를 받기로 했고 사건 해결에 400시간을 일했다고 주장했다. 두 가지 숫자 모두 높은 편이었다. 애틀리는 두 숫자를 모두 절반으로 깎아 맥에게 2만 달러를 주도록 했다. 화가 난 맥은 주 대법원에 항소했지만 9대 0으로 패배했다. 대법원은 수십 년 동안 현직 판사가 거의 모든 상황에서 무제한 재량권을 가졌다고 판단해 왔기 때문이다. 맥은 결국 돈을 받았고, 그 뒤로 애틀리 판사와는 절대로 말을 섞지 않았다.

5년 뒤, 범죄 행위이자 지역 변호사협회 구성원의 윤리적인 부정행위 가운데 가장 전설적이라 할 수 있는 사건이 벌어졌다. 맥이 의뢰인 네 명에게 50만 달러를 빼내 달아나 버렸다. 제이크가 아는 바로는 맥의 전처와 두 딸을 포함해 어떤 사람도 그의 소식을 알지 못했다. 정말로 끔찍한 날이면 제이크는 이 지역 변호사들 대부분과 마찬가지로 맥이 되어 어딘가 해변에서 차가운 음료를 마시며 햇볕을 쬐는 상상을 하곤 했다.

어쨌든 이 지역 변호사들은 교훈을 전적으로 받아들였고 대부분 업무 일지를 정확히 기록했다. 스몰우드 소송에서도 제이크는 해리 렉스가 사건을 맡아 그를 공동 변호사로 지명한 뒤로 14개월 동안 천 시간 넘게 일했다. 그의 업무 시간 중에서 거의 절반을 차지했고 그는 제대로 보상받을 수 있기를 기대했다. 하지만 드루의 사건은 시간은 잔뜩 잡아먹겠지만 보상은 기대하기 어려웠다. 사건에서 손을 떼야 할 또 하나의 이유였다.

다시 전화벨이 울렸고 제이크는 누군가 전화 받기를 기다렸다. 거의 오후 5시가 다 되었고, 그는 아래층의 루시엔과 합류해 술이나 한잔 마실까, 하다가 생각을 접었다. 칼라는 술이라면, 특히 주

말이 아니라면 인상을 찌푸렸다. 그래서 그의 생각은 독한 술에서 맥 스태퍼드로, 잔소리꾼 의뢰인들과 까다로운 판사들에게서 멀리 달아나 럼 음료를 마시며 비키니를 감상하는 변호사에게로 돌아 갔다.

포샤가 인터컴으로 말했다. "저기요, 제이크. 투펄로의 루커 박 사래요."

"고마워." 제이크는 전화 메모지를 책상 위로 던지고 수화기를 들었다. "안녕하세요, 루커 박사님. 오늘 드루를 봐주셔서 다시 한 번 감사드립니다."

"제 일인 걸요, 브리건스 씨. 지금 팩스 근처에 계세요?"

"바로 갈 수 있습니다."

"좋아요. 누스 판사에게 보낼 편지 사본을 보내드릴게요. 보시 고 동의하시면 바로 판사에게 보낼 겁니다."

"급박하게 들리네요."

"제가 보기엔 그래요."

서둘러 아래층으로 내려갔더니 포샤가 팩스기 옆에 서 있었다. 편지 내용은 다음과 같았다.

수신:　　오마르 누스 판사
　　　　　순회법원-22구역 재판구

누스 판사님께,
제이크 브리건스 씨의 요청으로 오늘 오후 저는 드루 앨런 갬블

(16세)을 만나 검사했습니다. 환자는 수갑을 찬 모습으로 투펄로의 제 병원에 끌려왔으며 포드 카운티 구치소에서 사용하는 오렌지색 표준 죄수복을 입고 있었습니다. 달리 말하자면 제대로 옷을 갖추어 입지 못했고, 이런 모습은 상담을 시작하기에 이상적인 방식은 아니었습니다. 환자가 도착했을 때 제가 목격한 모든 것을 생각하면 아이를 당연히 유죄인 성인으로 대하고 있는 것처럼 보였습니다.

제가 진찰한 10대 소년은 나이에 비해 무서울 정도로 덩치가 작고 몇 살 더 어리다고 해도 쉽게 믿을 수 있어 보였습니다. 아이의 신체를 검사하지도 않았고 그렇게 해달라는 요청을 받지도 않았지만, 3단계 혹은 4단계의 사춘기 성징이 전혀 보이지 않았습니다.

제가 발견한 사항들은 아래와 같으며, 전부 16세 아이에게는 매우 특이한 모습이었습니다. (1) 성장이 덜 이루어졌고 근육 발달이 없음 (2) 얼굴에 수염이 전혀 자라지 않음 (3) 여드름이 없음 (4) 굵어지지 않은, 어린애 같은 목소리.

두 시간 진행한 진료 중 첫 한 시간 동안 드루는 협조하는 태도가 아니었고 아무 말도 하지 않았습니다. 브리건스 씨는 제게 환자의 배경을 일부 설명했고, 그걸 이용해 저는 마침내 드루와 대화를 시작할 수 있었습니다만, 그건 간헐적이고 긴장된 시간이었다고 묘사할 수밖에 없습니다. 환자는 구치소에 있으며 자신이 원할 때 떠날 수 없다는 사실처럼 아주 간단한 개념조차 이해하지 못했습니다. 환자는 가끔 기억나는 사건들이 있지만 가끔은 같은 사건을 잊었다고 말하기도 했습니다. 스튜어트 코퍼가 진짜로 죽었는지 제게 최소 세 번 물었지만, 저는 대답해 주지 않았습니다. 환자는 짜증을 냈고 부탁이 아니라 지시하는 것처럼 두 번이나 "그만 얘기해요"라고 했습니다. 환자는 절대로 공격적이거나 화를 내지 않았고 가끔 질문에 대답하지 못할 때는 울음을 터뜨리기도 했습니다. 죽었으면 좋겠다고 두 번 말했고, 자살을 생각해 본 적이 있다고 인정했습니다.

제가 듣기로는 드루와 여동생은 무시당하고 신체적 정신적으로 학대당한 가정폭력 피해자였습니다. 그런 일이 누구의 잘못인지 저는 말할 수도 없고 알지도 못합니다. 환자가 기꺼이 내용을 말하지 않았기 때문입니다. 저는 많은 학대가 있었다고 강력히 의심하고 있고 드루, 그리고 아마도 그의 여동생도 마찬가지로 여러 사람의 손에 고통당했으리라 봅니다.

갑작스럽게 그리고/또는 폭력적으로 사랑하는 사람을 잃게 되면 아이들에게 폭력적 외상 스트레스가 발생할 수 있습니다. 드루와 여동생은 코퍼 씨에게 학대당했습니다. 그들은 코퍼가 그들의 어머니를 죽였다고 생각할 만한 이유가 있었고, 전에도 그랬던 것처럼 그들 역시 같은 일을 당할 것이라고 믿었습니다. 이런 상황은 외상 스트레스를 불러일으킬 만합니다.

트라우마에 빠진 아동은 급격한 감정의 변화, 강한 우울감, 불안, 두려움, 식사 및 수면 장애, 악몽, 학업 성취도 저하 등 다양한 반응을 보일 수 있으며, 그 밖에도 제가 정식 보고서에 상세히 다루게 될 수많은 다른 문제들을 겪을 수 있습니다.

만일 치료하지 않는다면 드루의 상태는 더 나빠질 수밖에 없으며 그로 인한 피해는 영구히 남게 될 것입니다. 지금 당장 환자가 절대로 있어서는 안 되는 공간이야말로 어른을 위해 만들어진 교도소입니다.

드루를 즉시 청소년을 위한 안전한 시설이 있는, 휫필드의 주립 정신병원으로 옮겨 철저한 검사와 장기적 치료를 진행하기를 강력히 권고합니다.

보고서는 완성하여 아침에 팩스로 보내드리겠습니다.

이만 줄이겠습니다.

투펄로, 미시시피.
의학박사 크리스티나 A. 루커

한 시간 뒤, 제이크는 전화와 집에 가고 싶은 마음을 무시한 채 여전히 책상에 앉아 있었다. 포샤, 루시엔 그리고 시간제로 일하는 베벌리는 이미 퇴근했다. 아래층에서 팩스 기계가 덜그럭거리며 작동하는 익숙한 소리를 들은 그는 시계를 확인하며 목요일 저녁 6시가 5분이나 지난 시간에 여전히 일하는 사람이 누구일지 궁금했다. 그는 재킷과 가방을 챙기고 불을 끄고 아래층 팩스로 갔다. 공식적으로 수신자가 표시된 한 장짜리 문서였다. *포드 카운티 순회법원.* 바로 밑에는 사건명이 적혀 있었다. *미시시피주 정부 대 드루 앨런 갬블 사건.* 피고인이 공식적으로 법원에 출두하지도 기소되지도 않았기 때문에 서류 번호는 아직 없었다. 누군가 타이핑한 글씨였다. 아마도 누스 판사가 직접 했을 것이다. "법원은 이에 포드 카운티 보안관에게 상기 피고인을 최대한 빨리, 가능하다면 1990년 3월 30일 금요일에 주립 정신병원으로 이송하여 우리 법원의 추가 명령이 있기 전까지 경비 책임자인 루퍼트 이즐리 씨에게 신병을 인도하기를 지시한다. 이에 명령하고 서명한다. 오마르 누스 판사."

제이크는 결과에 웃음을 지으며 명령 서류를 포샤의 책상에 올려놓았다. 그는 맡은 일을 해냈고, 의뢰인의 이익을 최선으로 보호했다. 법원에서 오가는 소문이나 커피숍에서의 떠들썩한 얘기들, 보안관보들이 내뱉는 욕설이 들리는 것 같았다.

그는 이제 더는 신경 쓰지 않는다고 속으로 말했다.

14

장례식 치르기 완벽한 날씨였지만 분위기는 뭔가 살짝 부족했
다. 3월의 마지막 날인 토요일, 하늘은 위협적일 정도로 어두컴컴
했고, 차가운 바람은 살을 에는 듯했다. 일주일전인 그의 생애 마
지막 날, 스튜어트 코퍼는 아름답고 따뜻한 오후에 호수로 친구들
과 낚시를 갔다. 그들은 티셔츠에 반바지 차림으로 마치 일찌감치
여름이 온 것처럼 햇빛 아래서 차가운 맥주를 마셨다. 하지만 많은
것이 바뀌었고, 그가 땅에 묻히는 날에는 매서운 바람이 땅 위를
휩쓸며 우울함을 더했다.

장례식은 장례식이 아니라 군 병력 집합이나 지역사회 행사를
위해 설계된, 단조롭고 불모지 같은 1950년대 스타일 벽돌 건물
인 방위군 본부에서 열렸다. 그곳은 300명을 수용할 수 있었지만,
코퍼 가족은 훨씬 많은 인파를 예상했다. 교회에는 나가지 않았지
만, 코퍼 가족은 이 지역에서 100년간 살았고 많은 사람을 알고

지냈다. 스튜는 친구와 지인, 동료와 가족이 있는 인기 많은 경찰이었다. 모든 장례식은 모든 사람에게 공개되었고, 비극적 죽음은 늘 별 할 일 없이 호기심 많고, 이야기에 가까이 다가가고 싶어 하는 사람들의 관심을 끌었다. 장례식 한 시간 전인 오후 1시, 첫 번째 언론사 차량이 도착해 미리 지정된 장소에 차를 세우라는 지시를 받았다. 제복을 입은 경관들이 곳곳에서 군중과 언론, 거창한 행렬과 행사를 기다리고 있었다. 방위군 본부 출입문이 열리고 주차장이 들어차기 시작했다. 다른 방송국 차량이 도착해 촬영을 시작했다. 카메라를 든 기자들 일부는 국기 게양대 근처에 모여 촬영할 수 있도록 허락을 받았다.

실내에는 빌려온 의자 300개가 임시로 만든 무대와 연단을 둘러싸고 반달 형태로 가지런히 놓여 있었다. 연단 뒤쪽 벽에는 수십 개의 조화가 걸렸고, 다른 벽에도 조화들이 장식되어 있었다. 한쪽에는 스튜어트 코퍼의 커다란 컬러 사진이 삼각대 위에 놓여 있었다. 1시 30분이 되자 실내는 거의 가득 찼고, 몇몇 여자들은 벌써 흐느껴 울고 있었다. 유가족 가운데 누군가 진짜 기독교인들이 선호하는 제대로 된 찬송가 대신 어떤 조용한 컨트리 가수의 슬픈 음악들을 선택했고, 싸구려 스피커에서 그 노래들이 애절하게 흘러나왔다. 다행스럽게도 볼륨이 높지는 않았지만, 그래도 침울한 분위기를 더하는 데는 충분할 정도의 크기로 들렸다.

사람들이 몰려들었고 오래되지 않아 모든 의자가 채워졌다. 자리를 잡지 못한 참석자들은 벽을 등지고 서달라는 안내가 나왔다. 1시 45분, 더는 사람이 들어올 공간이 없었고, 안으로 들어가려던 사람들에게 밖에서도 스피커를 통해 장례식이 중계될 것이라는 설명이 있었다.

유가족은 별도 건물의 작은 사무실에 모여 포드 카운티에서 백인을 위한 장례식장 가운데 마지막으로 남은 메가겔 장례식장에서 영구차가 오기를 기다리고 있었다. 흑인들을 위한 장례식장은 두 군데 있었고, 그들은 그들만의 묘지에 묻혔다. 백인들도 그들만의 묘지에 묻혔고 1990년이 되었음에도 묘지는 철저히 서로 분리되어 있었다. 누구도 자기 자리를 벗어나 잠들 수 없었다.

많은 사람이 모이고 카메라에 찍힐 수도 있는 대규모 장례식이었기에, 메가겔 씨는 같은 업계 친구에게 부탁해 좀 더 좋은 차량을 빌려왔다. 그가 운전하는 매끈한 검은색 영구차가 본부 옆 진입로에 들어설 때 똑같은 검은색 세단 차량 여섯 대가 그 뒤를 따랐다. 지금은 전부 빈 차들로, 건물 뒤쪽에 가지런하게 주차를 마쳤다. 메가겔 씨가 차에서 뛰어나왔고, 그를 돕는 직원들이 칙칙한 색의 정장 차림으로 그의 뒤를 따라 나타나 장례식을 진행하기 시작했다. 메가겔 씨는 영구차의 뒷문을 열고 운구할 사람 여덟 명에게 앞으로 나와 달라고 부탁했다. 운구를 맡은 사람들이 천천히 관을 차에서 꺼내 벨벳 천으로 덮은 바퀴 달린 들것 위에 내려놓았다. 유가족이 작은 사무실에서 나와 운구 행렬 뒤에 섰다. 메가겔의 인도를 따라 소규모 행렬은 건물을 돌아 제복을 차려입고 인상적인 모습으로 대열을 지어 서 있는 사람들 앞으로 향했다.

오지는 일주일내내 전화기를 붙들고 지냈고 그의 요청은 멋진 모습으로 반영되었다. 십여 곳의 카운티 경찰과 주 경찰 및 몇몇

시 경찰에서 참석한 경찰관들이 굴러가는 관을 보며 열을 맞춰 서 있었다. 조용한 가운데 카메라들이 찰칵거리는 소리가 들렸다.

해리 렉스는 건물 바깥 군중 속에 있었다. 그는 나중에 제이크에게 이렇게 말하며 상황을 묘사할 터였다. "세상에, 누가 보면 코퍼가 진짜 경찰처럼 범죄에 맞서 싸우던 중에 살해된 줄 알겠어. 정신이 나가도록 취해서 애인을 두들겨 팬 게 아니고 말이야."

운구 행렬을 이끄는 사람이 출입문을 지나 건물 안쪽으로, 작은 로비를 가로질러 관을 인도하자 그곳을 메웠던 많은 사람이 옆으로 비켜섰다. 관이 중앙 통로로 들어서자, 연단에 선 목사가 목청껏 소리쳤다. "일어서주십시오." 사람들이 시끄러운 소리를 내며 자리에서 일어섰고, 관이 통로를 따라 조금씩 움직이면서 이내 쥐 죽은 것처럼 주위가 조용해졌다. 관 바로 뒤를 얼과 재닛 코퍼 부부가 뒤따르고 있었다. 40여 명의 유가족이 그들 뒤를 따라갔다.

가족은 닫힌 관 문제로 일주일동안 불화를 겪었다. 보통 장례식에서는 사랑했던 사람들과 친구들 그리고 다른 조문객들이 고인의 얼굴을 볼 수 있도록 관을 열어두는 일이 드물지 않았다. 그렇게 하면 장례식 분위기가 더욱 극적으로 바뀌면서 슬픔이 극대화하는데, 물론 그럴 목적이라는 건 아무도 인정하지 않았다. 시골 목사들은 관을 열어두는 걸 더 선호했다. 그래야 분위기를 감정적으로 끌어올리기 쉽고, 사람들이 스스로 저지른 죄와 자기의 죽음을 더 걱정하도록 만들 수 있기 때문이다. 고인이 벌떡 일어나 "회개합니다"라고 외치기라도 할 것처럼 직접 고인을 향해 몇 마디 말을 건네는 일도 가끔 있었다.

열은 부모와 형제 한 명을 먼저 떠나보냈는데, 그럴 때마다 장례식을 진행하는 목사들은 그들을 알지 못했음에도 관을 열어두고 식을 진행했다. 하지만 재닛 코퍼는 죽은 아들의 모습을 실제로 보지 않아도 장례식이 충분히 괴로울 것 같았다. 결국 그녀가 승리했고 관 뚜껑을 닫은 채 장례식이 진행되었다.

준비된 자리에 관이 도착한 뒤 커다란 국기를 펼쳐 그 위를 덮었다. 나중에 해리 렉스는 제이크에게 농담할 터였다. "군에서 쫓겨난 녀석을 무슨 훈장이라도 받는 것처럼 떠받들더라고."

유가족이 줄지어 들어와 메가겔 장의사의 모노그램이 새겨진 벨벳 로프로 따로 구분해 둔 앞줄에 자리를 잡고 앉았다. 목사가 사람들에게 앉으라고 손짓하더니 기타를 든 사내에게 고개를 끄덕여 보였다. 진홍색 정장에 검은색 카우보이모자를 쓰고 어울리는 부츠를 신은 사내는 사회자 마이크 앞으로 가더니 코드 몇 개를 잡고 가볍게 기타를 퉁기면서 사람들이 모두 자리에 앉기를 기다렸다. 주위가 조용해지자 그는 〈갈보리산 위에〉의 첫 구절을 노래하기 시작했다. 목소리는 기분 좋은 바리톤이었고 기타 솜씨가 능숙했다. 그는 한때 세실 코퍼와 함께 블루그래스 밴드로 활동한 적이 있었지만, 그의 죽은 형제를 만나본 적은 없었다.

스튜어트 코퍼는 살아생전에 이런 옛날 찬송가를 한 번이라도 들어본 적이 없을 것 같았다. 슬퍼하는 유가족 대부분도 마찬가지겠지만 슬픈 상황에 적절히 어울릴 것 같았고 사람들 감정을 고조시키는 데는 성공했다. 그는 3절까지 노래를 마치고 고개를 살짝 숙여 보이더니 자기 자리로 돌아갔다.

유가족은 목사와 이틀 전에 만났다. 끔찍한 일주일사이 그들이 겪은 훨씬 힘든 업무는 안면이 전혀 없는 사람들을 위해 장례식을 인도해 줄 성직자를 찾는 일이었다. 오랜 세월에 걸쳐 코퍼 가족을 전도하려 애썼던 이 지역 목사가 여럿 있었지만, 그들 모두 장례식 주관은 피했다. 그들은 교회에 아무런 소용 없는 사람들과 엮이는 일을 위선이라고 보고 단체로 관심을 꺼버렸다. 결국 사촌 한 사람이 현재 소속도 없는 오순절 교회 설교자에게 300달러를 바치고 주인공으로 데려왔다. 그의 이름은 허버트 와이퐁으로 포크 카운티 스미스필드 출신이었다. 와이퐁은 돈이 필요하기도 했지만, 많은 사람 앞에서 설교해 볼 수 있는 기회가 생겼다고 보았다. 어쩌면 시간제 설교자를 구하는 교회 관계자에게 감동을 줄 수도 있었다.

그는 길고 화려한 기도를 올린 다음 예쁜 10대 소녀에게 고개를 끄덕여 보였고, 소녀는 성경을 들고 마이크로 다가와 〈시편〉 23편을 낭독했다.

오지는 아내 옆에 앉아 낭독에 귀를 기울이며 백인 장례식이 흑인들의 행사와 다른 점에 놀라워했다. 그와 부하들 그리고 그들 배우자는 유가족의 왼편 세 번째 줄에 모여서 앉았는데, 모두 가장 멋진 제복을 차려입었고 부츠는 빛나게 닦았고 배지는 반짝거리며 빛났다. 그들 뒤쪽에는 북부 미시시피에서 온 경찰관들이 자리를 채웠는데, 모두 백인이었다.

모인 사람들 가운데 윌리 헤이스팅스와 스쿠터 기퍼드, 엘톤 프라이, 파넬 존슨 그리고 오지 자신과 그들 아내까지 정확히 열 명이 흑인이었다. 또한 오지는 그들이 환영받는 이유는 오직 그가 보안관이기 때문이라는 사실을 매우 잘 알았다.

와이퐁은 이번에는 짧은 기도를 올렸고, 그가 자리에 앉자 스튜어트의 열두 살짜리 사촌이 겁을 먹은 모습으로 종이 한 장을 들고 마이크 앞으로 나왔다. 그는 마이크 높이를 조절하더니 두려운 듯 모인 사람들을 바라보았고 자기가 가장 좋아했던 "스튜 삼촌"과 낚시하던 일에 관해 쓴 시를 낭독하기 시작했다.

오지는 잠시 귀를 기울이다가 다른 생각에 빠지기 시작했다. 하루 전 그는 드루를 차에 태우고 남쪽으로 세 시간 걸리는 횟필드의 주립 정신병원에 데려가서 그곳 담당자에게 신병을 넘겨주었다. 그가 사무실에 돌아왔을 때는 카운티 전체에 소문이 불처럼 번지고 있었다. 아이는 이미 감옥에서 나왔고 미친 척하고 있다는 거였다. 제이크 브리건스는 5년 전 칼 리 헤일리가 일시적으로 제정신이 아니었다면서 배심원들을 설득했을 때처럼 다시 한번 사기를 치고 있었다. 헤일리는 잔인하게, 그것도 법원에서 두 사람을 살해했고 그냥 풀려났다. 새처럼 자유로워졌다. 금요일 늦은 오후, 얼 코퍼는 구치소로 차를 몰고 와서 오지와 만났다. 오지는 그에게 누스 판사가 서명한 법원 명령장을 보여주었다. 코퍼는 저주와 복수하겠다는 다짐을 퍼부으며 돌아갔다.

지금 장례식장에 모인 사람들은 비극적 죽음을 애도하고 있었지만, 얼 코퍼 주위에 앉은 많은 사람은 분노로 끓어오르고 있었다.

어린 시인은 재능이 좀 있었고 모인 사람들의 웃음을 자아냈다. "하지만 스튜 삼촌은 없어요. 하지만 스튜 삼촌은 없어요"라는 말을 반복구로 썼다. 마침내 시 낭독이 끝나자 아이는 감정을 주체하지 못하고 울면서 자리로 돌아갔다. 그 모습에 전염된 사람들이 흐느껴 울었다.

와이퐁이 성경을 들고 일어나 설교를 시작했다. 그는 시편을 읽고 죽음의 순간에 필요한 하나님의 위로 말씀에 관해 말했다. 오지는 관심을 두고 귀를 기울이다가 다시 다른 생각에 빠지기 시작했다. 그는 아침 일찍 제이크에게 전화했다. 장례식에 관한 최근 준비 상황을 알려주고 코퍼 가족과 그들 친구들이 화났으니 조심하라는 얘기를 해주었다. 제이크는 이미 해리 렉스가 금요일 늦은 밤에 전화로 소문이 심상치 않다는 얘기를 전해주었다고 말했다.

오지는 오직 자신과 아내에게만 아이 상태가 좋지 않다는 사실을 인정할 수 있었다. 휫필드까지 오래 차를 타고 가면서 아이는 오지나 모스 주니어에게 단 한마디도 하지 않았다. 두 사람은 처음에는 가벼운 말이라도 걸어보려고 했지만 아이가 아무 대꾸도 하지 않았다. 무례하게 그들을 무시하지는 않았다. 그냥 그들의 말을 알아듣지 못했다. 양손을 앞으로 모아 수갑을 찬 드루는 옆으로 누워 무릎을 가슴으로 끌어안을 수 있었다. 그리고 빌어먹을 콧노래를 부르기 시작했다. 아이는 두 시간이 넘도록 콧노래를 부르고 신음을 내뱉고 쉭쉭 소리를 냈다. "거기 괜찮니?" 소리가 더 커지자 모스 주니어가 물었다. 아이는 소리를 죽였지만, 대꾸는 하지 않았다. 아이를 두고 클랜턴으로 돌아오는 길에 모스 주니어는 아이 흉내를 내면 재밌을 것 같다는 생각에 콧노래를 부르기 시작했다. 오지는 당장 그만두지 않으면 차를 돌려 휫필드 정신병원으로 데려가겠다고 말했다. 침울했던 두 사람은 그렇게 웃을 수 있었다.

얼 코퍼가 목사에게 한 유일한 부탁은 "짧게 끝내달라"는 거였다. 와이풍은 감정은 철저히 줄이고 위로가 많이 담긴 15분짜리 설교를 준비해 요청에 응했다. 그는 다시 기도하며 식을 마쳤고 가수에게 고개를 끄덕여 마지막 노래를 청했다. 마지막 노래는 외로운 카우보이에 관한 세속적인 노래였고 좋은 반응을 얻었다. 여자들이 다시 울기 시작했고 이제 떠나보낼 시간이었다. 운구를 맡은 사람들이 관 주위에 자리를 잡았고 〈절대 혼자 걷게 되지 않을 거야〉라는 곡이 스피커에서 부드럽게 흘러나왔다. 유가족이 관을 따라 통로를 걸어 나왔고, 얼은 흐느껴 우는 재닛을 부축했다. 행렬이 천천히 움직이는 사이 누군가 노래의 볼륨을 높였다.

밖에서는 제복을 입은 사람들이 뒷문을 연 채 기다리는 영구차로 이어지는 길에 두 줄로 나란히 서 있었다. 운구를 맡은 사람들이 관을 들어 조심스럽게 영구차 안에 넣었다. 메가겔과 직원들이 유가족을 대기 중인 승용차로 안내했다. 그 뒤로 행렬이 형성되었고 모두가 줄지어 섰을 때 영구차가 움직이기 시작했다. 그 뒤를 유가족이 탄 차량이 뒤따랐고 그 뒤에는 포드 카운티의 경찰관들을 선두로 경찰 행렬이 걸어서 따라갔다. 묘지까지 따라가려는 모든 친구와 친척 그리고 그 외 사람들이 그 뒤에서 걸어갔다. 행렬이 천천히 방위군 본부를 떠나 윌슨가로 접어들었다. 그곳에는 바리케이드가 설치되어 있었고 그 옆에는 동네 아이들이 조용히 서 있었다. 마을 사람들이 인도에 모이거나 테라스에 서서 죽은 영웅에게 경의를 표했다.

제이크는 장례식을 매우 싫어했고 가능하면 참석을 피했다. 그는 장례식이 시간과 돈, 특히 감정을 심각하게 낭비하는 의식이라 생각했다. 장례식을 통해 얻는 건 자신이 참석해 슬퍼하는 유가족에게 모습을 보여주었다는 만족감 말고는 아무것도 없었다. 그런 만족감으로 인한 이득이 무엇일까? 헤일리 재판 중에 충격을 당한 뒤 그는 새로운 유언장을 준비했는데, 그 내용에 최대한 빨리 화장해 가족들만 지켜보는 가운데 고향 캐러웨이에 묻어달라는 말을 넣었다. 포드 카운티에서는 급진적인 생각이었고 칼라도 좋아하지 않았다. 그녀는 훌륭한 장례식의 사회적 측면을 즐기는 쪽이었다.

토요일 오후 그는 사무실을 나서 차를 타고 시내를 가로지른 다음 시 문화센터 건물 뒤쪽에 차를 세웠다. 산책로를 따라 걸어가 작은 언덕을 올라 자갈이 깔린 오솔길로 내려가 피크닉 테이블이 있고 묘지가 내려다보이는 공터에 들어섰다. 나무 사이에 몸을 숨긴 채 오래된 묘비들 사이에 영구차가 멈추는 모습을 지켜보았다. 메가겔 장례식장의 진한 노란색 상표가 새겨진 밝은 보라색 장례 텐트를 향해 사람들이 걸어가고 있었다. 운구를 맡은 사람들은 관을 들고 적어도 30미터는 이동했고 그 뒤를 유가족이 따라갔다.

제이크는 의뢰인 여러 명의 돈을 훔치고 자신이 죽은 것으로 위장한 다음 자기 장례식을 나무에 앉아 지켜봤다는 잭슨의 한 변호사의 잘 알려진 이야기를 떠올렸다. 체포되어 잭슨으로 압송된 그는 자기 장례식과 하관식에 오지 않았던 친구들과는 다시는 말을 섞지 않았다.

저 아래에 보이는 사람들은 얼마나 화가 났을까? 지금 그들을 지배하는 감정인 엄청난 슬픔이 금세 분노로 바뀌게 될까?

하관식에는 참석하지 않기로 마음먹은 것 같은 해리 렉스는 제이크가 스몰우드 사건과 관련한 그들의 기회를 완전히 날려 먹었다고 생각하고 있었다. 제이크는 카운티에서 가장 멸시받는 변호사가 되었고, 철도회사와 그 보험회사는 그 어떤 합의 협상에도 응하지 않을 것이다. 게다가 지금 배심원을 뽑는다면? 어떤 배심원 후보라도 제이크가 드루 갬블의 변호사라는 걸 모르는 사람은 없을 것이다.

제이크는 장례식에서 나누는 이야기나 음악은 들을 수 없을 정도로 멀리 떨어져 있었다. 잠시 후 그곳을 떠나 다시 차로 돌아왔다.

늦은 오후 유가족과 친구들은 파인 그로브 의용소방대가 사용하는 커다란 철제 건물에 모였다. 제대로 된 장례식에는 풍성한 식사가 뒤따라야만 했고, 지역 부녀회에서는 닭튀김과 감자와 코울슬로, 샌드위치와 옥수수구이, 온갖 종류의 캐서롤 그리고 케이크와 파이를 준비했다. 코퍼 가족은 실내 한쪽 끝에 줄지어 서서 손님을 맞으며 한참 동안 친구들에게 위로의 인사를 받았다. 와이퐁 목사는 감사의 말과 함께 멋진 장례식에 대한 찬사를, 어린 조카는 시를 잘 지었다는 칭찬을 들었다. 카우보이가 기타를 가져와 손님들이 접시를 채우고 접이식 테이블과 의자에서 식사하는 사이 노래를 몇 곡 불렀다.

얼은 밖으로 나가 담배를 피우며 소방차 근처에서 몇몇 친구와 모여 이야기를 나누었다. 한 사내가 위스키병을 꺼내 사람들에게 돌렸다. 절반은 사양했고 나머지 절반은 한 모금씩 마셨다. 얼과 세실은 마시지 않았다.

사촌 한 명이 말했다. "그 새끼 미쳤다고 주장할 수는 없는 거죠?"

"이미 그랬어." 얼이 말했다. "경찰이 어제 횟필드로 데려갔어. 오지가 직접 갔다더군."

"오지는 어쩔 수 없었겠죠?"

"믿을 수가 있어야지."

"이번엔 오지가 우리 편이에요."

"누가 그러는데 판사가 그놈을 데려가라고 명령했다던데."

"맞아." 얼이 말했다. "내가 법원 명령장을 봤어."

"빌어먹을 변호사랑 판사 같으니."

"이건 진짜 잘못된 거라니까요."

"어떤 변호사가 그러는데 그놈을 열여덟 살이 될 때까지 가두어 두었다가 그냥 놓아준대요."

"그럼 놓아주라지. 우리가 보내버릴 수 있게."

"브리건스는 믿을 수가 없어요."

"그럼 재판도 아예 하지 않는 건가요?"

"미쳤으면 재판 안 하지. 변호사가 그러더군."

"제도가 엉망이잖아. 그건 말도 안 돼."

"누가 브리건스에게 얘기할 수 없나?"

"당연히 안 되지. 그 사람은 아이를 위해 난리를 치면서 싸울 거야."

"변호사가 하는 일이 그거니까. 요즘엔 제도가 범죄자들을 보호하도록 만들어져 있으니까."

"브리건스는 법률적으로 뭔가 복잡한 얘기를 해가면서 놈을 풀어줄 거야."

"그 자식 길거리에서 만나면 흠씬 패줄 텐데."

"내가 원하는 건 정의야." 얼이 말했다. "그리고 우린 정의를 얻을 수 없을 거고. 브리건스는 정신이상을 주장하고 아이는 그냥 풀려나겠지. 칼 리 헤일리처럼 말이야."

"그건 말도 안 돼요. 진짜라니까. 말이 안 된다고."

15

로웰 다이어는 포드 카운티의 소문을 전해듣고 있었다. 그는 일요일 오후 집에서 전화 세 통을 받았다. 모두 그에게 투표했다고 주장하는 모르는 사람들이었고, 그는 갬블 사건이 어떻게 돌아가고 있는지에 관한 그들의 불만에 귀를 기울였다. 세 번째 전화를 받고 난 뒤에 그는 전화기 플러그를 뽑아버렸다. 사무실 전화는 22구역 재판구의 모든 전화번호부에 광고로 번호가 공개되어 있으니 분명히 주말 내내 울려댈 터였다. 월요일 아침 일찍 비서가 전화기를 확인했을 때 이미 스무 건도 넘는 전화가 왔고 음성 사서함은 가득 차 있었다. 보통 주말에는 평균 대여섯 통에 불과했다. 한 통도 없을 때도 많았다.

커피를 마시면서 비서와 로웰 그리고 지방 검사보 D. R. 머스그로브는 전화에 남겨진 메시지를 들었다. 전화한 사람들 일부는 이름과 주소를 밝혔지만, 다른 사람들은 소심했고 지방 검사에게 전화를 거는 행동이 뭔가 잘못이라고 생각하는 것 같았다. 성질 급한 몇몇은 이름을 밝히지 않은 채 욕설을 내뱉으며 만일 사법제도가 계속 이렇게 엉망으로 작동한다면 그들이 나서서 스스로 문제를 해결할 수 있다는 식으로 말하기도 했다.

하지만 전체적으로 내용은 같았다. 아이가 미친 척하고 감방에서 풀려났고 아이의 빌어먹을 변호사는 이번에도 사기를 치고 있었다. 제발, 다이어 씨. 뭔가 좀 하세요! 일하라고요!

이렇게 많은 관심을 끄는 사건을 맡아본 적이 한 번도 없는 다이어는 행동에 나섰다. 누스 판사에게 전화를 걸었다. 판사는 법원에 출근하지 않을 때는 늘 집에서 "소송 서류"를 읽는다고 주장했다. 두 사람은 이번 사건을 다루기 위해 특별히 대배심을 소집해야 한다는 생각에 동의했다. 로웰은 지방 검사로서 "그의" 대배심의 모든 면을 관장하기 때문에 대배심 소집을 위해 누구의 허락도 필요하지 않았다. 하지만 갬블 사건에 쏠린 관심의 성격을 생각해 주심 판사에게 돌아가는 상황을 알려주고 싶었다. 두 사람이 간단하게 나눈 대화 속에서 누스가 자기 집에서의 "긴 주말" 어쩌고 하는 얘기를 들은 로웰은 누스 판사의 전화기도 주말 내내 울렸다고 추측했다.

누스 판사는 확신이 없다 못해 괴로운 것 같았다. 이야기를 마무리할 때쯤 이렇게 말하며 대화를 이어나갔다. "자, 로웰. 비밀로 하는 조건으로 우리끼리만 얘기해 봅시다."

그러고는 이제 로웰이 대답해야 할 차례라는 듯 아무 말이 없었다. "그러시죠, 판사님."

"그게, 이 아이를 변호할 다른 변호사를 찾느라 아주 힘이 듭니다. 재판구 내에서 이 사건을 원하는 사람은 아무도 없어요. 옥스퍼드의 피트 헤버쇼는 당장 중범죄 재판 세 건을 맡고 있어서 다른 사건을 받을 수가 없다고 합니다. 투펄로의 루디 토마스는 항암치료를 받고 있고. 잭슨의 조 프랭크 존스와 얘기까지 해봤는데, 딱 잘라 거절하더군요. 내 재판구 외부 사람에게 사건을 떠맡길 수는 없잖소. 그래서 이 친구들에게 기댈 수밖에 없는데 뾰족한 방법이 없네요. 혹시 좋은 생각 없소? 당신이 우리 지역 변호사들을 잘 알잖소."

로웰은 이 지역 변호사들을 잘 알았지만, 그 가운데 단 한 사람도 그의 전부를 걸고 믿을 수는 없었다. 물론 일부 변호사들은 훌륭했으나 그들은 실제 재판은 대부분 피했고, 특히 가난한 범죄자가 피고인일 경우는 더욱 그랬다. 시간을 끌면서 주의를 돌리기 위해 로웰은 질문했다. "잘 모르겠습니다, 판사님. 이 지역에서 최근에 이런 사건을 맡았던 사람이 누구죠?"

22구역 재판구에서 최근 중범죄 사건이 벌어졌던 곳은 밀번 카운티 템플 타운이었다. 당시 검사는 칼 리 헤일리 사건에서 엄청난 패배를 당한 일로 여전히 정신을 차리지 못하던 루퍼스 버클리였다. 사건이 엄청나게 끔찍했기에 그는 쉽게 유죄 판결을 받아냈다. 스무 살의 마약중독자가 약 살 돈 85달러를 노리고 조부모 두 명을 살해했다. 범인은 현재 파치먼에서 사형 집행을 기다리고 있다. 누스가 재판을 맡았는데 그가 끌어들인 지역 변호사는 그의 마음에 들지 않았다.

"그 사람은 안 될 거요." 누스가 말했다. "그 친구 이름이 고디 월 슨인데, 아주 잘하지는 못했고 내가 듣기로는 사무실을 거의 닫은 것 같더군. 로웰, 만일 당신이 책임자라면 누굴 고용하겠소? 22구 역에서 누굴 고용할 겁니까?"

로웰이라면 당연히 이기적 이유로 약한 상대가 변호인 자리에 앉기를 원하겠지만, 그렇게 말하는 건 통하지도 않을 테고 현명하지도 않았다. 약하거나 무능한 변호사는 사건을 망칠 뿐이고 항소법원에서는 앞으로 10년 내내 이 사건을 씹어댈 것이다.

그는 대답했다. "저라면 아마 제이크로 밀어붙일 겁니다."

누스 판사는 망설이지 않고 말했다. "나도 그럴 거요. 하지만 이 대화는 그 친구에게는 말하지 않기로 합시다."

"당연히 그래야죠." 로웰은 제이크와 사이가 좋았고 마찰이 생기길 원하지 않았다. 만일 지방 검사와 판사가 공모해서 그를 사건에 붙들어두었다는 사실을 알게 된다면, 제이크는 앙심을 품을 것이다.

전화를 끊고 제이크에게 전화를 걸었더니 그는 사무실에 있었다. 전화를 건 목적은 그가 갬블 사건의 괴로운 마무리까지 벗어날 수 없게 되었다는 소식을 전하려는 건 아니었다. 뭔가 좀 더 전문가다운 이야기를 하기 위해서였다. 로웰이 말했다. "제이크, 내일 오후 법원에서 내가 대배심을 소집한다는 사실을 알려주려고 연락했어요."

제이크는 로웰의 연락이 정중한 태도라고 생각해 기뻐하며 말했다. "고마워요, 로웰. 분명히 간단한 모임이 되겠죠? 나도 참석해도 될까요?"

"그건 불가능하다는 걸 알잖아요, 제이크."

"그냥 농담이에요. 언제 기소하게 될지 알게 되면 연락해 주겠어요?"

"당연히 그래야죠."

오지의 수석 수사관은 지금으로서는 사무실에서 유일한 수사관이었고, 오지는 특별히 다른 사람을 찾고 있지 않았다. 그의 이름은 커크 래디로 보안관 사무실에서는 베테랑이었고 존경받는 경찰이었다. 오지는 다른 보안관들보다 사실관계 수사를 잘했고, 래디와 함께 그들은 카운티에서 벌어지는 모든 심각한 범죄를 잘 다루었다.

월요일 오후 4시 정각에 그들은 제이크의 사무실로 걸어 들어와 접수대에 앉은 포샤에게 인사를 건넸다. 그녀는 늘 그렇듯 프로답게 잠시 기다려달라고 말했다.

현재 제이크와 전투를 벌이는 중이지만, 오지는 똑똑하고 야망 넘치고 젊은 흑인 여성이 광장 주변의 법률사무소에서 일하는 걸 보며 자부심을 느꼈다. 그는 포샤와 그 가족을 알았고, 그녀가 카운티 최초의 흑인 여자 변호사가 되려고 한다는 것도 알았다. 제이크가 그녀의 멘토이자 지지자라면 그녀는 분명히 성공할 터였다.

그녀가 돌아오더니 두 사람에게 복도 쪽 문을 향해 손짓했다. 안으로 들어갔더니 이미 사람들이 기다리고 있었다. 제이크는 악수로 두 사람을 맞으면서 보안관과 래디를 조시 갬블, 키이라 갬블 그리고 그들의 목사인 찰스 맥게리에게 소개했다. 그들은 테이블 한쪽에 나란히 앉아 있었고, 제이크는 오지와 래디가 맞은편에 앉을 수 있도록 안내했다. 포샤가 문을 닫더니 키이라 옆자리에 오지를 마주 보고 앉았다. 법률용 노트가 펼쳐져 있고 커피 컵과 물병이 절반씩 비어 있고 여기저기 펜이 흩어져 있었다. 제이크가 넥타이를 느슨하게 푼 모습을 보니 변호사는 이미 목격자들과 많은 시간을 보낸 뒤인 것이 분명했다.

오지는 일주일전, 살인 사건이 벌어진 날 병원에 잠깐 들렀을 때 이후로 조시를 보지 못했다. 제이크에게 듣기로는 수술이 잘 진행되었고 기대한 대로 회복하고 있다고 했다. 그녀의 왼쪽 눈은 검푸른 빛을 띤 채 부어 있고 왼쪽 턱도 여전히 부어 있었다. 반창고 두 개가 눈에 띄었다. 그녀는 공손하게 웃으려 애썼지만 잘되지 않았다.

어색한 잡담을 조금 주고받은 뒤 제이크는 테이블 가운데에 놓인 녹음기의 버튼을 누르고 말했다. "녹음해도 괜찮겠지?"

오지는 어깨를 으쓱하고 말했다. "여긴 자네 사무실이니까."

"맞아, 하지만 자네가 면담하는 거니까. 경찰은 이런 일이 있으면 무조건 녹음을 하는지 모르겠군."

"녹음할 때도 있고 하지 않을 때도 있어." 래디는 사뭇 재수 없는 말투로 말했다. "보통은 변호사 사무실에서 증인들과 이야기하지 않으니까."

"연락한 사람은 오지야." 제이크가 반격했다. "나더러 이 면담을 준비해 달라더군. 마음에 안 들면 어디 다른 곳에서 하든지."

"괜찮아." 오지가 말했다. "원하는 대로 녹음해."

제이크는 녹음기에 대고 날짜와 장소, 방 안에 있는 모든 사람의 이름을 말했다. 그가 말을 마치자 오지가 말했다. "자, 여기서 각자 어떤 역할을 맡게 되는 건지 좀 알고 싶네. 우린 범죄를 수사하는 경찰관이야. 여기 두 여자분은 목격자일 가능성이 있지. 그리고 맥게리 목사님, 당신 역할은 뭡니까?"

"난 그저 운전기사요." 찰스는 웃으며 말했다.

"친절하시군요." 오지는 제이크를 보며 물었다. "목사님도 여기 계셔야 하나?"

제이크는 어깨를 으쓱하더니 말했다. "자네가 결정할 일이야, 오지. 진행자는 내가 아니거든. 난 그냥 만남을 주선했을 뿐이야."

"목사님은 밖으로 나가주셨으면 좋겠습니다." 오지가 말했다.

"그러죠." 찰스는 웃더니 방에서 나갔다.

"그럼 자네 역할은 뭔가, 제이크? 자네는 여기 두 여자분의 변호사가 아니지 않나?"

"엄밀하게 말하면 그렇지. 난 드루의 변호사로 임명되었어. 가족이 아니라. 하지만 언젠가 재판이 벌어질 거라고 예상하면, 조시와 키이라는 중요한 증인이 될 수도 있어. 주 정부 측에서 증인으로 요청할 수도 있고 변호인 측에서 부를 수도 있지. 난 피고인의 변호사가 될 확률이 높아. 증인의 증언이 결정적일 수도 있다고. 그러니까 난 두 사람이 자네에게 무슨 말을 할지 매우 관심이 크네."

오지는 변호사가 아니었고, 재판 전략 그리고 형사 소송 절차를 두고 제이크 브리건스와 다툴 생각이 없었다. "자네 없이 우리가 두 사람을 신문할 수 있나?"

"안 돼. 난 이미 두 사람에게 내가 함께 있지 않을 때는 협조하지 말라고 조언했어. 자네도 알겠지만, 자네가 얘기하라고 강제할 수 없잖아. 재판에 나오라고 소환장을 보낼 수는 있지만, 지금 당장 털어놓으라고 할 수는 없어. 이들은 그저 잠재적 증인일 뿐이야." 제이크의 목소리가 더 공격적으로 변했고 단어들이 날카로워졌다. 긴장감이 매우 고조되었다.

이야기를 받아적던 포샤는 속으로 생각했다. 얼른 변호사가 되고 싶어.

모두가 깊은 한숨을 쉬었다. 오지는 최대한 정치인 같은 미소를 지으며 말했다. "좋아, 그럼 그렇게 하도록 하지."

래디가 노트를 펴더니 조시에게 지나치게 감상적인 표정으로 웃어 보였고, 제이크는 그의 뺨을 때리고 싶었다. 그가 말했다. "갬블 부인, 우선 혹시 말을 제대로 하실 수 있는지 묻고 싶고요, 만일 그렇다면 얼마나 오래 얘기할 수 있는지 궁금합니다. 제가 알기로는 며칠 전 수술을 받으셨다고 들어서요."

조시는 긴장한 모습으로 고개를 끄덕이고 말했다. "감사합니다. 전 괜찮아요. 오늘 아침에 실밥과 철사를 뽑았고 조금 얘기할 수 있습니다."

"아프신가요?"

"심하지 않아요."

"통증 때문에 약을 드시고 있나요?"

"진통제 조금요."

"좋습니다. 일단 본인 그리고 본인의 살아온 배경 같은 얘기를 들을 수 있을까요?"

제이크는 즉시 이런 말로 끼어들었다. "이렇게 해봅시다. 우리가 갬블 가족의 완전한 일대기를 기록하고 싶어서 작업하고 있어요. 생일, 출생지, 거주지, 주소, 결혼, 고용주, 친척, 범죄 기록, 좋은 일, 나쁜 일, 추한 일까지. 가족들이 일부는 기억하고 있고 다른 일부는 깔끔하게 기억하지 못하고 있어요. 우리 측에서 필요한 사항입니다. 포샤가 책임을 지고 있고 가장 우선인 작업입니다. 완성하면 우리가 사본을 드리죠. 전체를 공개하는 거죠. 만일 그 자료를 읽은 뒤에도 여기 증인들을 신문하고 싶다면 그때 따로 얘기하는 겁니다. 그러면 오늘 적어도 한 시간은 절약할 수 있고 별로 시간적 차이가 없을 겁니다. 어때요?"

래디와 오지는 서로 의심스러운 시선을 주고받았다. 오지가 말했다. "그렇게 해보자고."

래디가 메모장을 넘기며 말했다. "좋습니다, 바로 일주일전인 3월 24일 토요일 밤으로 되돌아가 봅시다. 무슨 일이 있었는지 말해줄 수 있나요? 그날 밤 벌어진 일을 들려주세요."

조시는 빨대로 물을 한 모금 마시더니 긴장한 듯 제이크를 한번 쳐다보았다. 그는 그녀에게 어떤 걸 언급하고 어떤 걸 말하지 말아야 하는지 단단히 일러두었다. 그녀는 이렇게 시작했다. "그러니까, 늦은 시간이었어요. 스튜가 집에 오지 않았죠." 미리 훈련한 대로 그녀는 천천히 말했고, 단어 하나를 꺼낼 때마다 힘겨워하는 것처럼 보였다. 얼굴이 부어 더 힘들었다. 그녀는 기다림이 어땠는지, 최악의 상황을 알면서 기다리던 기분을 묘사했다. 아래층에 있었다. 아이들은 위층 자기 침실에서 잠들지 못하고 두려워하며 기다렸다. 스튜가 마침내 새벽 두 시쯤 귀가했는데 여느 때처럼 잔뜩 취한 데다 공격적이었고 두 사람은 싸웠다. 그녀는 맞았고 병원에서 정신을 차렸다.

"'여느 때처럼 취했다'라고 하셨는데, 스튜가 자주 술에 취해 귀가했나요?"

"네, 정신을 차리지 못했어요. 우린 1년 정도 함께 살았는데, 그 사람은 술이 진짜 큰 문제였어요."

"그날 밤 그가 어디에 있었는지 압니까?"

"아뇨, 그런 얘기는 전혀 하지 않았어요."

"하지만 그가 술집에 돌아다니고 그런 건 알고 있었죠?"

"아, 네. 저도 초기에는 함께 몇 번 가기도 했어요. 하지만 그 사람이 싸움을 벌이곤 해서 같이 다니지 않게 되었습니다."

래디는 조심스럽게 묻고 있었다. 보안관 사무실에서는 아직도 과거에 작성된 서류를 찾고 있었기 때문이다. 조시는 두 번이나 경찰에 전화해 스튜어트 코퍼에게 맞았다고 신고했다. 하지만 보안관보들이 찾아가면 그녀는 고소하기를 거부했다. 그런 뒤 신고 내용을 정리해 둔 서류가 사라졌다. 제이크는 아마도 이런 내용을 나중에 알게 될 것이고, 오지는 그런 질문을 받게 되는 일은 원하지 않았다. 사라진 서류, 은폐, 보안관 사무실이 다른 곳을 보고 있는 사이에 경찰관이 통제 불능에 빠진 것이다. 제이크는 법정에서 그들의 피를 보려 할 터였다.

"두 사람이 술집에서 만나지 않았던가요?"

"맞아요."

"이 근처 술집이었나요?"

"아뇨, 홀리 스프링스 근처에 있는 클럽이었어요."

래디는 잠시 멈추고 힘겹게 내용을 받아적었다. 엉뚱한 질문을 했다가는 제이크의 분노를 살 것이다. "그럼, 총이 발사되던 일은 기억 못 하시는군요."

"네." 그녀는 고개를 흔들더니 테이블을 내려다보았다.

"아무 소리도 못 들었나요?"

"네."

"총이 발사된 후에 아드님과 얘기했나요?"

그녀는 깊이 숨을 들이마시고 침착함을 유지하려고 애썼다. "우린 어젯밤 전화로 처음 얘기했습니다. 아이는 횟필드에 있는데, 아마 이미 아시겠죠. 여기 계신 보안관께서 금요일에 데려갔다고 들었습니다."

"혹시 괜찮다면 아이가 어떤지 물어봐도 될까요?"

그녀는 어깨를 으쓱하더니 고개를 돌렸다. 제이크가 도움을 자처하고 나섰다. "어차피 알게 될 겁니다. 그쪽 상담사들과 얘기했습니다. 조시와 키이라가 내일 횟필드로 갈 겁니다. 목사님이 데려가 주실 텐데, 가서 치료를 맡은 사람들과 함께 드루를 만날 겁니다. 그쪽 사람들, 그러니까 의사들이 가족과 얘기하고 배경을 파악하는 일이 매우 중요할 것 같습니다."

오지와 래디는 동의한다는 의미로 고개를 끄덕였다. 래디는 메모장을 넘기더니 뭔가 써둔 것을 읽었다. "스튜가 드루를 데리고 사냥하러 간 적 있나요?"

조시는 고개를 흔들었다. "낚시는 한 번 데려갔지만, 결과가 좋지 않았어요."

한참 말이 없고 자세한 이야기가 이어지지 않았다. "무슨 일이 있었나요?" 래디가 물었다.

"드루가 스튜의 낚싯대를 사용해 커다란 고기를 낚았는데 펄떡 거리는 바람에 드루가 낚싯대를 놓쳤대요. 낚싯대를 잃어버린 거죠. 스튜는 맥주를 마시고 있다가 화가 나서 드루를 때려서 울렸어요. 그래서 낚시도 그때 한 번으로 끝나고 말았죠."

"사냥에는 데려간 적이 있나요?"

"아뇨. 아셔야 할 것이 스튜는 애초에 제 아이들을 원하지 않았고, 함께 살면서 더 아이들을 싫어하게 되었어요. 전체 상황이 천천히 부풀어 올랐던 겁니다. 술버릇에다 제 아이들, 돈을 두고 싸우고. 아이들이 집을 나가자고 제게 졸랐지만, 갈 곳이 없었어요."

"혹시 드루가 총을 쏴본 적이 있는지 아십니까?"

그녀는 숨을 멈춘 채 아무 말도 하지 않았다. "네, 한번은 스튜가 아이를 창고 뒤로 데려가서 함께 과녁을 쐈습니다. 어떤 총을 사용했는지 모르겠어요. 스튜는 총이 여러 개 있었거든요? 드루가 총을 무서워하는 바람에 목표물을 맞히지 못했고 스튜가 비웃고 마는 것으로 끝났죠."

"드루를 때렸다고 하셨는데요. 그런 일이 여러 번 있었나요?"

조시는 래디를 째려보더니 말했다. "경관님, 늘 있던 일이었어요. 그는 우리 모두를 때렸습니다."

제이크가 몸을 앞으로 숙이고 말했다. "우린 오늘은 폭행 얘기는 안 할 겁니다, 여러분. 폭행 행위는 무척 자주 있었고, 우리가 그걸 우리 조사 자료에 포함할 겁니다. 재판에서 사실관계를 확인하기 위해 사용할 수도 있고, 아닐 수도 있어요. 하지만 지금 당장은 일단 넘어가기로 하시죠."

오지는 동의했다. 재판에 증거로 제시될 내용의 확보는 지방 검사가 신경 써야 할 일이고 보안관 업무가 아니었다. 하지만 정말이지 지저분한 재판이 될 것이 틀림없었다.

그는 말했다. "자, 처음이고 앞으로도 여러 번 만나야 하니까 오늘은 요점만 짚고 넘어가자고. 우리는 당신, 즉 조시가 충격이 벌어졌을 때 의식을 잃었다는 걸 확인했습니다. 우리가 몰랐는데 이제 알게 되었으니, 진전이 있는 겁니다. 키아라에게 몇 가지 질문하고 끝내도록 하겠습니다, 괜찮지?"

"좋은 생각이군." 제이크가 말했다.

래디는 또 한 번 바보 같은 미소를 짓더니 키아라에게 말했다. "좋아요, 어린 숙녀분. 직접 얘기해줄 수 있어요? 그날 밤 무슨 일이 벌어졌죠?"

모든 걸 기억하는 키아라는 좀 더 복잡한 이야기를 들려주었다. 또다시 찾아온 토요일 밤의 공포. 늦게까지 기다리고 있는데 전조등 불빛이 집을 비추었고, 주방에서의 소란, 고함, 살이 살과 부딪히는 소리, 스튜가 부츠 신은 발로 쿵쿵거리며 계단을 올라오던 소리, 그의 숨소리, 어눌한 말투, 술에 취해 그녀의 이름을 부르던 일,

임시방편으로 문에 버팀목을 해둔 일, 문고리가 덜거덕거리고, 문 두드리는 소리와 고함, 걷잡을 수 없는 두려움에 남매가 서로 껴안고 있던 일. 이어진 침묵과 계단을 내려가 물러가던 그의 발소리. 가장 끔찍했던 건 어머니가 아무 소리도 내지 않았던 일이었다. 그들은 스튜가 어머니를 죽인 줄 알았다. 집 안의 고요함은 영원한 것처럼 이어졌고, 시간이 흐를수록 두 사람은 어머니가 죽은 게 분명하다고 생각했다. 그렇지 않았다면 그녀는 두 사람을 보호하려 했을 것이다.

키이라는 눈물을 닦아내며 속도를 늦추지 않은 채 이야기를 들려주었다. 양손에 휴지를 들고 감정을 드러내며 말했지만, 목소리는 갈라지지 않았다. 제이크는 드루 갬블을 재판까지 인도할 생각은 꿈에도 없었지만 뼛속까지 법정 변호사인 그는 키이라를 법정에 나온 증인으로서 평가하지 않고는 배길 수 없었다. 그는 그녀의 강인함, 성숙함, 결단력에 감동했다. 그녀는 두 살이나 어리지만, 오빠보다 몇 살은 더 많은 것 같았다.

하지만 어머니가 죽었다고 생각했다던 부분에서 말이 느려지더니 물을 찾았다. 물병에 든 물을 마신 그녀는 양쪽 뺨을 닦고 래디를 쏘아보며 말을 이었다. 그들은 주방 바닥에 쓰러진 채 아무 반응도 없고 맥박도 뛰지 않는 어머니를 발견하고 울었다. 드루는 결국 경찰에 신고했다. 몇 시간은 지난 것 같았다. 드루가 침실 문을 닫았다. 총성이 들렸다.

래디가 물었다. "그럼, 총에 맞기 전에 스튜가 침대에 누운 걸 봤니?"

"아뇨."

제이크 생각에 직접적인 질문에 대한 대답은 짧아야 했다.

"드루가 총을 든 걸 봤니?"

"아뇨."

"총성을 들은 후에 드루가 네게 무슨 말을 했니?"

제이크가 재빨리 끼어들었다. "대답하지 마. 전해 들은 말이어서 법정에서 인정되지 않을 수 있어. 나중에는 양측이 그걸 두고 다투게 되리라 생각하지만, 지금은 아니야."

오지는 증인한테나 변호사한테나 들을 만큼 들었다고 생각했다. 그는 갑자기 일어서더니 말했다. "여기까지 합시다. 시간을 내주어 고맙습니다, 숙녀분들. 제이크, 다시 연락할게. 아닐 수도 있고. 아마 곧 지방 검사가 분명히 연락할 거야."

그들이 방에서 나가는 사이 제이크는 일어섰다. 그는 두 사람이 사라지자 다시 앉았고, 포샤가 문을 닫았다.

조시가 물었다. "잘한 건가요?"

"아주 훌륭했습니다."

16

해가 뜰 무렵 찰스 맥게리가 탄 자동차의 전조등 불빛이 작은 시골 교회 건물의 뒤쪽을 훑으며 긴 하루가 시작되었다. 주방에 불이 켜져 있었고, 목사는 조시와 키이라가 완전히 잠에서 깨어 있고 갈 준비가 되었다는 걸 알고 있었다. 그는 문가에서 두 사람과 만나 교회 문을 잠그고 짧게 인사를 주고받았다. 어차피 그들은 차를 타고 가며 몇 시간이고 얘기할 수 있었다. 키이라는 맥게리 가족이 사용하는 좁은 자동차 뒷자리에 긴 다리를 접어 넣고 앉았고 조시는 앞자리 조수석에 앉았다. 찰스는 대시보드 시계를 가리키며 말했다. "6시 45분이에요. 시간을 기억해 둬요. 아마 세 시간 정도 걸릴 겁니다."

그의 아내인 메그도 함께 가려고 했지만, 솔직히 네 사람이 어깨를 붙이고 오래 타고 가기에는 차가 너무 작았다. 또 아기를 봐주기로 했던 할머니가 병이 나기도 했다.

"메그가 소시지 비스킷을 좀 싸줬어요." 그가 말했다. "뒤쪽 가방 속에 있어요."

"토할 것 같아요." 키이라가 말했다.

"속이 좋지 않대요." 조시가 말했다.

"엄마, 토할 것 같아요." 키이라는 거듭 말했다.

"진짜?" 그가 물었다.

"차 세워주세요. 얼른요." 채 1킬로미터도 가지 못했을 때였다. 뒤로 교회가 거의 보일 정도였다. 찰스는 브레이크를 꽉 밟고 갓길에 차를 세웠다. 조시는 이미 문을 열고 딸을 끌어내고 있었다. 키이라는 도랑에 토하더니 몇 분 동안 구역질을 했고, 찰스는 전조등 불빛을 보며 귀를 닫으려 애썼다. 아이는 울면서 어머니에게 사과했고 두 사람은 뭔가 의논했다. 두 사람은 울면서 차에 올라탔고 한참 동안 아무 말도 하지 않았다.

한참 만에 조시가 억지웃음을 지으며 말했다. "얘가 늘 차멀미 문제가 있었어요. 이 정도로 심한 건 처음이네요. 시동을 걸기도 전에 저러기도 한다니까요."

"뒤에 앉아 있어도 괜찮겠니?" 찰스는 어깨 뒤에 대고 물었다.

"괜찮아요." 아이는 중얼거리더니 머리를 뒤로 기대고 눈을 감고 두 팔로 배를 감쌌다.

"음악을 좀 틀면 어떨까?" 그가 물었다.

"좋죠." 조시가 말했다.

"가스펠 음악 좋아하세요?"

별로요, 그녀는 생각했다. "넌 어떠니, 키이라. 가스펠 음악 좀 들을래?"

"아뇨."

찰스는 라디오를 켜서 클랜턴에서 방송하는 컨트리 음악 채널에 주파수를 맞췄다. 그들은 마을 외곽을 돌아 남쪽으로 향하는 고속도로에 올라탔다. 7시가 되자 시작한 뉴스가 처음에 날씨를 알려주더니 지방 검사인 로웰 다이어가 오늘 늦게 대배심을 소집해 사건을 논의할 예정이라는 뉴스를 전했다. 그리고 물론 스튜어트 코퍼 경관 살해 사건도 논의될 사건 목록에 들어 있었다. 찰스는 손을 뻗어 라디오를 껐다.

클랜턴에서 남쪽으로 수 킬로미터 떨어진 곳에서 다시 키이라의 차멀미가 찾아왔고, 이번에는 이른 아침 교통량 많은 고속도로 위에서였다. 찰스는 누군가의 집 자갈길 진입로로 들어섰고, 차에서 뛰어내린 키이라는 간신히 차를 엉망으로 만드는 걸 피할 수 있었다. 아이가 다시 차에 올라타자 조시가 말했다. "비스킷 냄새 때문에 그런가 봐요. 저걸 트렁크에 넣을 수 있을까요?"

찰스는 아침으로 하나 꼭 먹고 싶었지만, 괜한 모험은 하지 않기로 했다. 그는 안전벨트를 풀고 비스킷이 든 가방을 뒷자리에서 꺼내 트렁크를 열고 그들의 아침거리를 치워버렸다. 메그가 새벽 5시에 일어나 소시지를 튀기고 냉동 비스킷을 해동해 만든 음식이었다.

다시 도로 위를 달리면서 찰스는 수시로 거울을 확인했다. 키이라는 얼굴이 창백했고 이마에 땀이 맺혀 있었다. 눈을 감고 잠을 청하려 애쓰고 있었다.

조시는 흐르는 불안감을 눈치채고 찰스가 그녀의 딸을 걱정하고 있다는 걸 알았다. 분위기를 돌리려 그녀가 말했다. "어젯밤 드루하고 통화했어요. 교회 전화를 쓸 수 있게 해주셔서 고마워요."

"별말씀을요. 어떻게 지낸다던가요?"

"모르겠어요. 뭐라고 말하기 어려워요. 지금 있는 곳이 더 나은가 봐요. 작은 방을 다른 친구와 쓴대요. 열일곱 살 먹은 아인데, 지금까지는 착하게 구는가 봐요. 그리고 드루 말로는 사람들, 의사들이 친절하고 정말로 자기를 걱정해 준다고 해요. 병원에서 우울증 약을 줬다는데, 아이 말로는 기분이 나아졌대요. 어제 다른 의사 두 사람을 만났는데, 전반적으로 이것저것 질문을 많이 했대요."

"얼마나 오래 그곳에 있게 될지 혹시 알던가요?"

"아뇨. 아직 그런 얘기는 나오지 않았어요. 하지만 클랜턴에 있는 감옥에 돌아가느니 그곳에 있는 편이 낫겠죠. 제이크 말로는 아이를 빼낼 방법은 없대요. 우리 주에서 이런 사건에서 보석을 허가하는 판사는 없을 거라고 했어요."

"제이크라면 분명히 잘 알고 하는 얘기일 겁니다."

"우린 제이크를 정말 좋아해요. 그 사람 잘 아세요?"

"아뇨. 알잖아요, 조시. 저도 당신처럼 이 동네에 온 지 얼마 되지 않았어요. 저는 리 카운티에서 자랐거든요."

"네, 그렇죠. 말씀드리고 싶은 건 제이크 같은 사람이 우리 변호사를 맡게 되어 정말이지 마음이 편안하다는 거예요. 우리가 돈을 줘야 할까요?"

"아닐 겁니다. 그 사람, 법원에서 임명하지 않았나요?"

그녀는 고개를 끄덕이더니 갑자기 다른 얘기가 생각난 것처럼 뭔가 중얼거렸다. 키이라는 뒷좌석에서 간신히 몸을 동그랗게 웅크린 채 잠을 청하고 있었다. 몇 킬로미터를 더 달린 뒤 조시는 고개를 뒤로 돌리고 속삭였다. "얘야, 괜찮니?"

키이라는 대답이 없었다.

필요한 절차를 밟고 안내받은 대로 이 건물 저 건물을 통과하는 데만 한 시간이 걸렸다. 세 사람이 들어간 대기실에는 허리에 권총을 찬 경비원 두 명이 있었다. 그 가운데 한 명이 서류철을 들고 안쪽에서 찰스에게 다가왔다. 여자 경비원이 억지 미소를 지으며 물었다. "드루 갬블을 만나러 오셨나요?"

찰스는 조시와 키이라를 가리키며 말했다. "두 사람이 만날 겁니다. 가족이거든요."

"따라오세요."

문마다 달린 버튼을 누르면서 미로 같은 곳을 따라 더 깊숙이 들어갈수록 복도는 더 넓고 더 깨끗했다. 그들은 창문 없는 철제 출입문 앞에 멈췄고 경비원이 말했다. "죄송하지만 가족만 들어갈 수 있습니다."

"괜찮습니다." 찰스가 말했다. 그는 드루를 잘 알지 못했고, 굳이 한 시간 동안 아이와 함께 있고 싶지 않았다. 조시와 키이라가 방 안에 들어갔더니 드루가 작고 창문도 없는 방에 앉아 있었다. 세 사람은 서로를 꽉 부둥켜안고 눈물을 흘리기 시작했다. 열린 문으로 그 광경을 지켜보던 찰스는 걷잡을 수 없이 동정심이 솟구쳤다.

경비원이 밖으로 나오더니 문을 닫고 말했다. "상담사가 뵙고 얘기하자고 합니다."

"그러죠." 달리 어떤 대답을 할 수 있겠는가?

상담사는 다른 건물에 있는 작고 어수선한 사무실 문가에 서 있었다. 그녀는 자신이 새디 위버 박사라고 소개했고, 잠시 사무실을 빌려 사용하고 있다고 말했다. 두 사람은 간신히 앉을 곳을 찾아내 자리를 잡았고, 그녀가 문을 닫았다.

"선생님이 그 가족의 목사님이시죠?" 그녀는 단도직입적으로 말했다. 모든 면에서 믿을 수 없을 정도로 바쁜 인상이었다.

"뭐, 그렇다고 해두죠. 세 사람이 공식적으로 우리 교회 신도는 아니지만, 우리가 받아들인 셈입니다. 달리 어디 갈 곳도 없는 사람들이에요. 주변 지역에 친척도 없고요."

"어제 드루와 몇 시간 상담했어요. 가족 전체가 상당히 고된 시간을 보냈던 모양이군요. 친부는 한 번도 본 적 없고요. 가족 변호사인 브리건스 씨 그리고 투펄로의 크리스티나 루커 박사와 얘기했습니다. 루커 박사가 지난 목요일에 드루를 만난 뒤 법원에 아이의 상태를 감정해 달라고 요청했습니다. 그래서 저도 일부 배경을 알고 있어요. 가족이 지금 어디 살죠?"

"우리 교회입니다. 안전하고 잘 먹고 있습니다."

"정말 자상하시군요. 어머니와 여자아이는 제대로 돌봄을 받는 것 같네요. 저는 물론 드루가 더 걱정스럽습니다. 저희가 오늘 오후부터 내일까지 세 사람을 지켜볼 겁니다. 제가 알기론 두 사람을 차로 데려오셨다고 하던데요?"

"맞습니다."

"이곳에 두 사람을 얼마나 오래 두실 수 있나요?"

"전 괜찮습니다. 일정이 따로 있지는 않아요."

"다행이네요. 두 사람을 이곳에 24시간 있게 하고, 내일 데리러 오시면 됩니다."

"그러죠. 드루는 이곳에 얼마나 있게 될까요?"

"그건 말씀드리기 쉽지 않네요. 몇 달은 아니고 몇 주 정도일 겁니다. 일반적으로 보면 카운티 구치소보다 여기 있는 편이 낫습니다."

"그렇죠. 최대한 이곳에 오래 두시면 좋겠습니다. 포드 카운티는 분위기가 꽤 긴장되어 있어서요."

"그렇겠죠."

찰스는 건물을 나와 세워둔 차를 찾았다. 경비 초소를 통과해 정오에는 다시 도로를 북쪽으로 달리고 있었다. 편의점에 들러 음료수를 산 다음 트렁크에서 비스킷을 꺼내 즐겁게 혼자 브런치를 먹으며 가스펠 음악을 들었다.

포드 카운티 대배심은 한 달에 두 번 모였다. 보통은 마약 단속, 차량 절도, 클럽이나 싸구려 술집에서 벌어진 칼부림 등 평범한 사건들을 다루었다. 마지막 살인 사건은 어떤 흑인의 장례식 이후 벌어진 서부영화 같은 총격전에서 발생했다. 서로 전쟁을 벌이는 두 가족이 마주 보고 버틴 채 총을 쏴대기 시작했다. 남자 한 명이 사망했지만 누가 누굴 쐈는지 확인하기가 어려웠다. 대배심은 살인

범일 확률이 가장 높은 용의자를 기소했고, 그 사건은 여전히 재판에 계류 중이었는데, 아무도 열심히 진행하지 않았다. 피고인은 보석으로 풀려났다.

대배심은 열여덟 명으로 구성되었고, 모두 이곳 카운티에 등록된 유권자였으며 모두 누스 판사가 두 달 전에 배심원으로 선정했다. 그들은 대법정과 복도로 연결된 소법정에서 만났고 그들끼리만 모였다. 방청객이나 기자, 지루한 마음에 드라마를 기대하며 주위를 맴도는 법원 구경꾼도 없었다.

대개 처음 한 달 정도는 대배심의 일원이 되었다는 영광스러움에 여기저기 자랑하기도 하지만, 몇 번 모임에 참석하다 보면 일은 지루해지기 마련이다. 그들은 오직 한쪽 편, 그러니까 사법 당국의 주장만 듣게 될 뿐 반대 의견을 낼 일이 전혀 없었다. 지금까지 배심원들은 요구받은 기소 건을 빠짐없이 허락했다. 스스로 깨달았는지 모르지만, 그들은 금세 경찰과 검찰의 고무도장에 불과한 신세가 되어버리고 말았다.

특별 회의는 이례적이었고, 4월 3일 화요일 오후에 모두 모였을 때는 출석한 열여섯 명 모두가 자신들이 왜 소집되었는지 정확히 알고 있었다. 두 명이 참석하지 못했지만, 정족수는 쉽게 채워졌다.

로웰 다이어는 다시 모여준 배심원들을 환영하고 마치 다른 선택이 가능하기나 했던 것처럼 그들에게 감사를 표하더니 그들이 매우 심각한 문제를 앞에 두고 있다며 설명했다. 그는 코퍼 살인 사건의 기본적 내용을 설명하고 월스 보안관을 불러 테이블 끝에 있는 증인석에 앉아달라고 요청했다. 오지는 사실만 말하겠다고 선서하고 이야기를 시작했다. 날짜와 시간, 등장하는 인물들, 911 신고 전화, 모스 주니어 테이텀 수석 보안관보가 가장 먼저 도착했을 때 현장 모습. 그는 침실 그리고 피투성이 매트리스를 묘사했고, 머리통 일부가 날아가 버린 스튜어트 코퍼의 모습을 촬영한 커다란 컬러 사진을 나눠주었다. 일부 배심원들이 사진을 보고 깜짝 놀라더니 눈길을 돌렸다. 시신 옆에 근무용 권총이 놓여 있었다. 사망 원인은 매우 확실해 보였다. 가까이에서 머리에 한 방 쏜 것이다.

"아이는 거실에서 테이텀 보안관보에게 스튜어트 코퍼가 침실에 있으며 죽은 것 같다고 말했습니다. 테이텀은 침실로 가서 시신을 발견했고 아이인 드루에게 무슨 일이 있었느냐고 물었지만, 대답을 듣지 못했습니다. 여동생 키아라는 주방에 있었는데, 테이텀이 무슨 일이 있었느냐 물었더니 이렇게 말했습니다. '드루가 그를 쐈어요.' 복잡하지 않은 사건입니다."

실내를 서성거리던 다이어가 발길을 멈추고 물었다. "감사합니다, 보안관님. 질문 있습니까?"

배심원들이 끔찍한 범죄의 무게를 느끼는 사이 실내는 침묵에 빠졌다. 마침내 캐러웨이 출신인 타비사 그린 양이 손을 들더니 오지에게 물었다. "아이들 나이가 어떻게 됩니까?"

"사내아이인 드루는 열여섯입니다. 여동생 키아라는 열네 살이고요."

"그때 집에 아이들만 있었나요?"

"아닙니다. 아이들 어머니도 함께 있었습니다."

"아이들 엄마는 누군가요?"

"조시 갬블입니다."

"사망한 사람과 그녀의 관계는 어떻게 됩니까?"

"애인이었습니다."

"죄송하지만, 보안관님은 정확하게 말해서 사실을 모두 말하지 않고 있군요. 저는 보안관님에게서 뭔가를 캐내고 있다는 기분이 들고, 그래서 크게 의구심이 듭니다." 타비사 양은 동의를 구하는 것처럼 말하는 동안 주위를 둘러보았다. 아직은 동조하는 사람은 없었다.

오지는 마치 도움이 약간 필요하다는 듯 다이어를 바라보았다. 그는 말했다. "조시 갬블은 어머니이고, 그녀는 두 명의 자녀를 데리고 1년 정도 스튜어트 코퍼와 동거했습니다."

"감사합니다. 그렇다면 총격이 벌어졌을 때 갬블 부인은 어디 있었나요?"

"주방에 있었습니다."

"무엇을 하고 있었나요?"

"글쎄요, 이야기를 들어보자면 그녀는 의식을 잃은 상태였습니다. 그날 밤 스튜어트 코퍼가 귀가했을 때 두 사람이 싸웠고 조시가 상처를 입고 의식을 잃었던 것으로 보입니다."

"코퍼가 정신을 잃을 정도로 여자를 때렸습니까?"

"그런 것으로 보입니다."

"자, 보안관님, 왜 그 얘기를 우리에게 하지 않았죠? 우리에게 뭘 숨기려고 하는 겁니까?"

"아무것도 숨길 생각이 없습니다. 스튜어트 코퍼는 드루 갬블이 쏜 총에 맞아 살해되었습니다. 평범하고 간단하죠. 그래서 우리는 그를 기소하려고 여기 모였습니다."

"알겠습니다만, 여기 모인 우리는 유치원생들이 아닙니다. 만일 우리가 중범죄로 누군가를 기소하길 원한다면, 그건 물론 용의자가 사형 선고를 받을 수도 있다는 뜻일 겁니다. 혹시 우리가 모든 사실을 알기를 원하는 게 당연하다고 생각하지 않습니까?"

"그럴 것 같습니다."

"우린 추측하며 일하지 않습니다, 보안관님. 이번 사건은 일요일 새벽 2시에 벌어졌습니다. 스튜어트 코퍼가 집에 돌아와서 애인을 폭행했을 때 술에 취하지 않은 말짱한 상태가 아니었다고 간주해도 괜찮은 겁니까?"

오지는 머뭇거리면서 아무 잘못 없는 사람만이 지을 수 있는, 아무런 죄책감도 없는 표정을 지어 보였다. 그는 다시 다이어를 쳐다보더니 말했다. "네, 그렇다고 생각하셔도 괜찮을 것 같습니다."

클랜턴 구도심에 사는 은퇴한 이발사 너먼 브루어 씨가 타비사 양을 구하기 위해 나섰다. "그 사람 얼마나 취했었나요?" 그가 물었다.

까다로운 질문이었다. 만일 그가 단순히 "그 사람이 술에 취했었나요?"라고 물었다면, 오지는 그냥 "네"라고 대답하고 추한 세부 내용을 피할 수도 있었다.

"그는 꽤 취한 상태였습니다." 그는 말했다.

브루어 씨가 말했다. "그러니까 그는 많이 취한 채 집에 돌아왔고, 말씀하신 대로 애인을 때려 기절하도록 만들었는데, 용의자가 그를 총으로 쏜 거군요. 그렇게 된 겁니까, 보안관님?"

"기본적으로는 그렇습니다."

"기본적으로요? 제가 뭔가 잘못 이해했나요?"

"아닙니다."

"그는 아이들을 육체적으로 학대했습니까?"

"당시에 아이들은 그런 얘기를 하지 않았습니다."

"코퍼는 총에 맞았을 때 어떤 상태였습니까?"

"글쎄요, 저희가 보기에 그는 침대에 누워 자고 있었습니다. 드루와 다툼이 없었다는 건 확실합니다."

"총은 어디에 있었나요?"

"저희도 정확히는 모릅니다."

레이크 빌리지에서 온 리처드 블랜드 씨가 말했다. "보안관님, 그렇다면 코퍼 씨는 술에 취해 정신을 잃은 채 침대에 누워 있었고 아이가 총으로 쐈을 때도 일어나지 못했군요, 맞습니까?"

"코퍼가 총에 맞을 때 깨어 있었는지 잠들어 있었는지 알지 못합니다."

질문들의 방향이 마음에 들지 않은 로웰이 말했다. "사망한 사람이나 피고인의 상태가 어땠는지는 오늘 열린 대배심에서 논의할 일이 아니라는 점을 알려드리고 싶습니다. 정당방위였는지 정신이상이었는지 또는 그 밖의 무엇이든 피고인의 변호사가 주장할 내용은 재판을 맡는 배심원들이 고려할 내용입니다. 여러분이 아니고요."

"제가 듣기에 그들은 벌써 정신이상을 주장하고 있다고 했습니다."블랜드 씨가 말했다.

"그럴 수도 있지만, 길거리에서 들은 내용은 이 방 안에서 중요하지 않습니다."로웰은 가르치는 것처럼 말했다. "우리는 지금 사실관계를 따지는 것이 아닙니다. 질문 있습니까?"

타비사 양이 물었다. "전에도 살인 선고가 가능한 중범죄자를 기소해 본 적 있나요? 저희는 분명히 처음인데요."

"저도 처음이고, 그 점은 다행이었다고 생각합니다."

"지금까지는 그냥 일상적이었어요."그녀가 말했다. "이곳에서 지금까지 처리했던 사건들 말이에요. 몇 가지 사실을 확인하고 꼭 필요한 것들을 제시하면 제한적으로 토론을 하고 투표를 하죠. 우린 그저 여러분이 원하는 걸 찍어주는 고무도장이에요. 하지만 이번 사건은 뭔가 다릅니다. 그 사람, 아니 그 아이를 파치먼의 사형장으로 보낼 수도 있는 첫 번째 단계를 밟는 겁니다. 제게는 너무 쉽고 너무 갑작스럽습니다. 저처럼 느끼는 분 또 있나요?"그녀는 주위를 둘러봤지만 아무도 동의하지 않았다.

다이어가 말했다. "이해합니다, 그린 양. 그럼 더 무엇을 알고 싶으신가요? 이건 간단한 사건입니다. 시체가 발견되었습니다. 살인 무기도 있습니다. 현장인 집 안, 희생자 옆에는 세 사람이 더 있었습니다. 한 사람은 의식이 없었습니다. 한 사람은 열여섯 살 사내아이로, 살인 무기에서 그의 지문이 발견되었습니다. 세 번째 사람은 사내아이의 여동생으로 테이텀 보안관보에게 오빠가 스튜어트 코퍼를 총으로 쐈다고 말했습니다. 그게 전붑니다. 너무 뻔한 사건이죠."

타비사 양은 깊게 숨을 들이마시더니 의자에 몸을 깊숙이 묻었다. 로웰은 기다리며 배심원들에게 생각할 시간을 충분히 주었다. 마침내 그가 말했다. "감사합니다, 보안관님."

오지는 아무 말도 하지 않고 일어나 방에서 나왔다.

베니 햄이 테이블 맞은편에 앉은 타비사 양을 보고 물었다. "뭐가 문제죠? 증거는 아주 많아요. 추가로 더 원하는 게 뭡니까?"

"오, 아니에요. 그냥 너무 빠른 것 같아서 그래요."

로웰이 말했다. "자, 타비사 양. 이 사건과 관련한 문제를 논의할 충분한 시간을 드릴 겁니다. 제가 기소를 한 다음 검찰이 사건을 수사하고 본격적인 재판을 준비할 겁니다. 변호인 측도 같은 일을 하겠죠. 누스 판사는 신속한 재판을 주장할 테고, 오래 지나지 않아 여기 계신 대배심원들 모두가 복도 너머에 있는 대법정에 가서 재판이 진행되는 걸 볼 수 있을 겁니다."

베니 햄이 말했다. "투표합시다."

"그렇게 합시다." 누군가 말했다.

타비사 양이 말했다. "아, 저도 기소하는 편에 투표할 거예요. 그냥 너무 형식적인 것 같았을 뿐이에요. 무슨 말인지 아시죠?"

열여섯 명 모두가 투표했고 만장일치로 기소가 결정되었다.

17

보안관보들이 아침 먹을 다른 장소를 찾아내면서 커피숍의 긴
장감은 훨씬 줄었다. 오랜 세월 동안 마셜 프레이더와 마이크 네즈
빗 그리고 다른 보안관보들은 일찌감치 출근해 비스킷을 먹으며
소문을 두고 떠들어댔지만, 매일 아침은 아니었다. 그들이 좋아하
는 다른 곳도 있었고, 교대 근무로 시간이 바뀌면서 일과가 다양해
졌다. 하지만 제이크는 오래전부터 일주일에 여섯 번 그곳에 갔고
늘 보안관보들과 어울리기 좋아했다. 하지만 이제 그들은 제이크
를 피했다. 제이크가 아침마다 그곳에 들르는 일과를 바꿀 생각이
없다는 것이 확실해지자, 그들은 다른 곳으로 떠났고 제이크는 상
관하지 않았다. 억지로 즐거운 척하는 모습이나 긴장한 표정, 상황
이 예전과는 다르다는 느낌이 싫었다. 그들은 동지를 잃었고, 제이
크는 이제 그들과 반대편이 되었다.

그는 직업이 직업인 만큼 어쩔 수 없다고 스스로 설득하려 애썼

다. 언젠가 머지않은 미래에 갬블 사건은 과거의 일이 되고 그와 오지 그리고 그 부하들은 다시 친구가 될 수 있다고 믿기까지 했다. 그렇지만 균열은 그를 크게 괴롭혔고 도저히 그 생각을 떨쳐낼 수가 없었다.

델은 계속 최근 소식을 알려주었다. 그녀는 이름은 밝히지 않았지만, 어제 점심때 여러 사람이 와서 모두 기소가 임박했다는 소식과 재판이 언제 어디서 열릴 것인지를 두고 왁자지껄했다는 얘기를 전했다. 또는 제이크가 그날 아침 식사하고 떠난 뒤 농부 두 사람이 누스 판사 그리고 사법제도 특히 제이크에 관해 큰소리로 비난했다는 얘기도 있었다. 또 몇 년 동안 보지 못했던 세 여자가 창가에 앉아 이른 점심을 먹으면서 조용조용히 재닛 코퍼와 그녀의 신경쇠약증에 관해 얘기하던 일도 전했다. 제이크 브리건스가 또 한 번 정신병자 행세로 "아이를 빼내려는" 것 같다는 눈에 띄는 두려움이 느껴졌다. 그리고 그런 분위기는 계속 이어졌다. 델은 모든 걸 듣고 모든 걸 기억하고 그 가운데 일부를 그날 늦게 가게가 비었을 때 들른 제이크에게 전달했다. 그녀는 그를, 그리고 그의 인기가 계속 떨어지는 걸 걱정했다.

기소가 결정된 후 아침, 제이크는 6시에 도착해 늘 모이는 농부와 경찰, 일부 공장 노동자들, 대개는 남자들로 일찍 일어나 출근하는 사람들과 합류했다. 제이크는 이곳에 매일 오는 거의 유일한 백인 화이트칼라로 그런 점 때문에 놀라움의 대상이었다. 그는 가끔 무료 법률상담을 하거나 대법원 판례나 특이한 사건에 의견을 내고 변호사들을 욕하는 농담에 함께 웃기도 했다.

광장 맞은편에 있는 찻집에는 화이트칼라들이 좀 더 늦은 오전에 모여 골프나 국내 정치, 주식시장을 주제로 이야기를 나눴다. 커피숍에 모인 사람들은 낚시, 미식축구 그리고 별로 벌어지지도 않는 주변의 범죄에 관해 이야기했다.

'아침 인사'를 건넨 뒤 한 친구가 말했다. "이거 봤나?" 그는 〈포드 카운티 타임스〉를 들어 보였다. 매주 수요일 발행되는 신문은 화요일 오후의 최신 속보를 싣고 있었다. 두꺼운 헤드라인이 소리 지르고 있었다. '갬블, 중범죄 혐의 기소'

"이런, 놀랍군." 제이크는 말했다. 그러나 로웰 다이어는 전날 밤 미리 전화해 뉴스를 미리 알려주었다.

델이 커피 주전자를 들고 나타나 그의 컵을 채웠다. "안녕, 자기." 제이크가 말했다.

"손은 제자리에 두도록 해요." 그녀가 쏘아붙이더니 서둘러 사라졌다. 이미 단골손님이 열 명도 넘게 보였고, 6시 15분이면 카페는 가득 찰 터였다.

제이크는 커피를 홀짝이며 신문 1면을 다시 읽었지만, 새로운 내용은 없었다. 기자인 듀머스 리가 어제 늦은 오후 사무실로 전화해 의견을 물었지만, 포샤는 아무런 대답도 해주지 않았다. 브리건스 씨는 법원에 가셨어요, 라고 그녀는 설명했다.

"당신 이름은 안 나와요." 델이 말했다. "이미 확인했죠."

"빌어먹을. 홍보가 될까 했는데." 제이크는 신문을 접어 되돌려주었다. 신발 공장 감독인 빌 웨스트가 도착해 늘 앉던 자리에 털썩 앉았다. 그들은 5분 동안 날씨 얘기를 하며 아침 식사를 기다렸다. 마침내 음식이 나오자 제이크가 델에게 물었다. "왜 이렇게 오래 걸렸어요?"

"주방장이 게을러요. 직접 만나서 얘기하고 싶어요?"

덩치가 큰 주방장은 성질머리가 급하고 툭하면 주걱을 던지는, 난폭한 여자였다. 주방 안쪽에서 일하는 데는 다 이유가 있는 법이다.

제이크가 자기 음식에 타바스코 소스를 뿌리고 있는데 웨스트가 말했다. "어제 자네 일로 거의 싸울 뻔했어. 나랑 일하는 친구가 그러는데, 자네가 그 아이를 열여덟 살 생일에 빼낼 수 있다면서 자랑하는 걸 들었다는 거야."

"한 방 먹였나?"

"아니. 덩치가 엄청난 친구라서."

"엄청 멍청하기도 하네."

"내가 정확히 그렇게 말해줬지. 가장 먼저 나는 제이크는 그런 식으로 우쭐거리며 돌아다니지 않는다고 말했고, 두 번째 자네가 경찰 살인범을 위해 그런 식으로 제도를 악용하지 않을 거라고 했지."

"고마워."

"혹시 그럴 거야?"

제이크는 자기 통밀 토스트에 딸기잼을 발라 한 입 베어 물었다. 그는 씹으며 말했다. "아니, 안 그래. 난 여전히 이 사건에서 손을 떼려고 애쓰는 중이야."

빌이 말했다. "자넨 계속 같은 얘기만 하는군, 제이크. 하지만 여전히 사건을 맡고 있잖아?"

"그러니까 말이야."

밴스라는 이름의 크레인 운전수가 테이블 옆을 지나다 멈춰 서서 제이크를 째려보았다. 그는 손가락질하며 크게 말했다. "그 애새끼는 아주 작살이 나야 해, 제이크. 자네가 무슨 짓을 하려고 애써도 말이야."

"그래, 좋은 아침이군, 밴스." 제이크가 말했다. 소란이 일어나자 사람들이 고개를 이쪽으로 돌렸다. "가족들은 잘 지내나?"

밴스는 일주일에 한 번 정도 오는 사람으로 카페에서 제법 잘 알려져 있었다. "장난처럼 받아들이지 말라고. 법정에서 그놈을 두둔해서는 안 돼."

"그런 얘기는 다른 누군가가 해야 할 일이야, 밴스. 자넨 자네 일이나 알아서 하라고. 난 내 일을 할 테니까."

"경찰이 살해당한 일은 모두가 신경 써야 할 일이야, 제이크. 자네가 그놈의 '전문지식'을 동원해 속임수를 써서 녀석을 빼내면 이 지역에서는 아주 큰 대가를 치르게 될 거야."

"그거 협박인가?"

"아닙니다, 변호사 양반. 약속이지."

델이 밴스 앞을 막아서더니 낮은 목소리로 말했다. "앉을 거 아니면 나가요."

밴스는 자기 테이블로 돌아갔고, 몇 분 뒤 카페는 더 조용해졌다. 빌 웨스트가 마침내 말했다. "요즘 이런 일을 많이 당하겠군."

제이크가 대답했다. "아, 그럼. 하지만 일하면서 늘 겪는 일이야.

언제는 사람들 모두가 변호사를 존경하던가?"

　그는 아침 7시, 하루가 시작되고 전화기가 울려대기 전, 포샤가 8시에 도착해 그에게 업무 목록과 대답이 필요한 질문을 해대기 전, 루시엔이 오전 중간쯤에 나타나 커피 컵을 들고 쿵쿵거리며 위층으로 올라와 제이크가 무슨 일을 하고 있든 상관없이 방해하기 전의 사무실을 매우 좋아했다.

　아래층 불을 켜고 방마다 확인한 다음 주방으로 가서 첫 번째 커피를 내렸다. 위층 그의 사무실로 가서 재킷을 벗었다. 책상 한가운데 전날 포샤가 준비해 둔 두 페이지짜리 요청서가 놓여 있었다. 드루 갬블 사건을 소년 법정으로 넘겨달라는 내용으로, 이 서류를 실제로 접수하면 또 다른 고약한 소문이 돌게 될 터였다.

　이 요청은 형식적 절차였고 누스 판사는 이미 거부하겠다고 공언한 바 있었다. 공식 변호인인 제이크로서는 달리 선택의 여지가 없었다. 불가능한 일이지만 만일 요청이 받아들여진다면, 살인 사건은 배심원 없이 소년 법원 판사가 재판을 맡게 될 것이다. 만일 유죄 판결을 받으면 드루는 주 어딘가에 있는 소년원에 가서 열여덟 살 생일까지 지내게 되고, 법원은 관할권을 포기할 것이다. 그 시점에서 순회법원이 다시 관할권을 되찾게 되는 절차적 구조는 존재하지 않았다. 다른 말로 하면 드루는 그냥 풀려나게 되는 것이다. 감옥에 갇힌 뒤 채 2년도 되지 않아서. 공정하지 않은 법이지만 제이크가 바꿀 수는 없었다. 그리고 바로 이런 이유로 누스는 사건을 놓지 않고 있었다.

제이크는 의뢰인이 그렇게 짧은 형기를 복역하고 풀려나면 벌어질 반발은 상상조차 할 수 없었고, 솔직히 말해 그도 그 방법이 마음에 들지는 않았다. 하지만 그는 누스 판사가 그를 보호하는 동시에 사법 체계의 무결성까지 지켜주리라는 걸 알고 있었다.

제이크는 포샤가 판례를 요약해 네 페이지로 정리한 준비 서면을 감탄하며 읽었다. 늘 그랬던 것처럼, 그녀는 1950년대까지 거슬러 올라가며 미성년자와 관련된 과거의 사건 열두 건을 철저하게 검토하고 설명했다. 그녀는 미성년자는 성인만큼 성숙하지 못했고 같은 의사결정 능력을 갖추지 못했다는 등의 내용을 설득력 있게 주장했다. 하지만 그녀가 언급한 모든 사건은 같은 결과로 끝났다. 미성년자는 순회법원에 남아 재판을 받았다. 심각한 범죄를 저지른 미성년자를 일반 재판에 세우는 미시시피주의 역사는 길었다.

대단한 노력이었다. 제이크는 요청서와 준비 서면을 수정했고, 포샤가 출근했을 때 함께 수정한 부분을 두고 논의했다. 9시에 그는 도로를 건너가 법원에 서류를 제출했다. 법원 서기보는 아무 말 없이 서류를 접수했고, 제이크는 평소와 달리 농담을 건네지 않고 돌아서서 나왔다. 요즘은 법원 사무국조차 조금 차가워진 것 같았다.

해리 렉스는 늘 출장을 핑계로 사무실을 벗어날 궁리만 했다. 논쟁투성이인 이혼 소송과 툭하면 다투길 좋아하는 아내라는 혼란에서 달아나려는 것이다. 그는 오후 늦게 슬그머니 사무실 뒷문으로 빠져나와 잭슨까지 길고 조용한 드라이브를 즐겼다. 그는 가장 좋아하는 레스토랑인 핼 앤드 맬에 가서 구석진 테이블에 앉아 맥주를 주문하고 기다리기 시작했다. 10분 뒤 그는 맥주를 한 잔 더 시켰다.

올 미스의 로스쿨에 다니는 동안 그는 도비 피트먼과 맥주를 많이 마셨다. 도비는 해안가 출신의 거친 사내로 반의 수석을 차지하며 졸업해 잭슨의 거대 로펌으로 진로를 잡았다. 그는 현재 쉰 명의 변호사로 구성된 회사의 파트너 변호사였고, 주요 손해배상 사건들에서 보험회사들을 대리했다. 피트먼은 스몰우드 건에는 관여하지 않았지만, 그의 회사가 수석 변호사 일을 맡고 있었다. 또 다른 파트너인 숀 길더가 담당해 소송을 진행하고 있었다.

한 달 전, 같은 레스토랑에서 맥주를 마시면서 피트먼은 오래된 술친구에게 철도회사가 제이크에게 접근해 합의 가능성을 논의할 수도 있다고 조용히 일러주었다. 어차피 양쪽 모두에게 두려운 사건이었다. 철도회사가 제대로 관리하지 않아 부적절한 상태인 건널목에서 네 사람이 사망했다. 스몰우드 가족을 향한 사람들의 동정심은 엄청날 것이다. 또한 공격성으로 철도회사 변호사들에게 깊은 인상을 남긴 제이크가 재판을 요구하고 있었다. 제이크는 만일 상대가 시간을 끈다는 생각이 들면 정보 공개를 요구하거나 뉴스 판사에게 달려가는 일을 주저하지 않았다. 그와 해리 렉스는 최고의 철도 건널목 전문가를 두 명 채용했고, 거기에다 숨진 네 명의 목숨이 수백만 달러의 가치가 있다고 배심원들에게 말해줄 경제학자까지 준비해 두었다. 술자리에서 도비가 한 말에 따르면, 철도회사의 가장 큰 두려움은 제이크가 굶주렸고 또 법정에서 대승리를 갈망하고 있다는 점이라고 했다.

반면에 철도회사 변호인단은 동정심을 줄이고 명확한 사실을 증명할 수 있으리라 자신에 차 있기도 했다. 바로 테일러 스몰우드는 브레이크에 발도 대지 않고 열네 번째 화차에 충돌했다는 사실이었다.

양측은 크게 잃을 수도, 크게 이길 수도 있었다. 합의가 양쪽 모두에게 가장 안전한 길이었다.

해리 렉스는 당연히 합의를 원했다. 소송은 돈이 많이 들고 그와 제이크는 지금까지만 소송 비용을 대기 위해 시큐리티 은행에서 5만 5천 달러를 빌렸다. 앞으로도 돈이 더 많이 들어갈 것이다. 고소인 측 변호인들 가운데 그렇게 돈이 많은 사람은 없었다.

물론 피트먼은 대출에 관해서는 전혀 알지 못했다. 은행과 칼라 브리건스 말고는 사실 아무도 몰랐다. 해리 렉스는 그의 네 번째 아내에게 일 얘기는 전혀 하지 않았다.

도비는 30분 늦게 도착했지만 사과하지 않았다. 해리 렉스는 상대방의 지각은 신경 쓰지 않았다. 두 사람은 맥주를 마시고 레드빈 라이스를 시키고 주위에 앉은 젊은 여자들 외모를 한마디씩 평가했다. 그런 다음 일 얘기를 시작했다. 도비는 클랜턴 같은 시골 구석에서 이혼 전문 변호사를 하겠다는 친구를 한 번도 이해한 적이 없었고, 해리 렉스는 잭슨 같은 대도시 대형 로펌의 지루함과 정치질에 신물이 났다. 하지만 두 사람 모두 법에 지쳤고 은퇴하고 싶었다. 그들의 변호사 친구들 대부분은 같은 기분이었다.

주문한 음식이 나왔고 그들은 허기진 상태였다. 몇 입 먹고 난 뒤 도비가 말했다. "자네 친구가 스스로 곤경 속으로 기어들어 간 모양이더군."

그 얘기를 기대하고 있던 해리 렉스가 말했다. "일단 사건에서 손을 떼고 나면 금방 괜찮아질 거야."

"내가 듣기론 그렇지 않던데."

"좋아, 피트. 그냥 월터 설리번이 자네들한테 클랜턴의 험악한 거리 얘기를 어떻게 전달했는지 말해봐. 그 자식은 아마 매일 한 번씩 이쪽에 전화해서 법원의 최신 소문을 전달할 텐데, 그 가운데 절반은 시작부터 만들어낸 얘기일 거야. 그자는 지금까지 한 번도 긴급 뉴스의 제대로 된 소스 역할을 해본 적이 없잖나. 내가 훨씬 많이 알고, 그자의 실수를 바로잡아 줄 수 있어."

도비는 웃더니 앙두이 소시지 덩어리를 숟가락으로 떴다. 그는 냅킨으로 입을 닦더니 맥주를 한 모금 마셨다. "난 그 친구랑 얘기 안 해, 알아? 내 사건이 아니니까. 그래서 별로 많이 알지 못하지. 내가 듣는 얘기는 같은 층에서 일하는 보조원한테서 나오는 거야. 길더는 사무실에서도 자료를 보안에 붙이고 있어."

"알았어. 그래, 무슨 소문을 들었는데?"

"브리건스가 정신이상 쪽으로 방향을 잡아서 동네 사람들을 열 받게 했다는군. 범인 아이는 이미 횟필드에 가 있고."

"사실이 아니야. 아이가 횟필드에 있는 건 맞아. 하지만 초기 검진을 위해서야. 그게 전부라고. 나중에 정신이상이 재판에서 중요한 문제가 될 수도 있지만, 제이크는 재판에 관여하지 않을 거야."

"글쎄, 지금 당장은 관여하고 있으니까. 길더와 동료들은 제이크가 어쩌면 철도회사 사건에서 배심원을 제대로 선택하는 데 어려움을 겪지 않을까 생각하고 있어."

"그래서 철도회사가 합의에서 물러나는 거야?"

"그런 것 같아. 그리고 서둘러 재판으로 갈 생각도 없어. 그쪽은 심각하게 시간 지연 작전에 돌입할 거야. 브리건스가 아이 건에 발목이 잡히길 기대하면서. 살인 사건 재판은 지저분해질 수 있으니까."

"지연 작전? 맙소사, 피고 측 변호인한테서 그런 얘기는 들어본 적이 없는데."

"많은 우리 특기 가운데 하나지."

"하지만 문제는 이거야, 피트. 누스 판사는 자기 사건들 진행에 관해서는 철권을 휘두르는 사람이고, 현재 제이크에게 크게 빚지고 있다는 거. 만일 제이크가 정말 빨리 재판을 열고 싶어 하면, 그렇게 될 거야."

도비는 잠시 자기 음식에 열중하더니 맥주로 씻어내렸다. "제이크가 생각한 금액이 있나?"

"200만." 해리 렉스는 크게 한 입 떠먹으며 아무런 망설임 없이 말했다.

노련한 피고인 측 변호인답게 도비는 20억이라고 듣기라도 한 것처럼 얼굴을 찡그렸다. 두 사람은 아무 말 없이 먹으면서 금액을 생각했다. 해리 렉스가 스몰우드 가족의 친척들과 협상한 계약서에 따르면 만일 사건이 합의로 끝나면 그는 합의금의 3분의 1을, 재판으로 가면 보상금의 40퍼센트를 받기로 되어 있었다. 그와 제이크는 얻어낸 수익을 똑같이 반으로 나누기로 했다. 콩 요리와 맥주를 마시면서도 쉽게 할 수 있는 계산이었다. 포드 카운티 역사상 최대 금액의 합의가 될 터였고, 원고 측 두 변호사 모두 그걸 절실히 원하고 있었다. 해리 렉스는 아직 돈을 미리 써버리지는 않았지만, 쓰는 꿈은 분명히 꾸고 있었다. 제이크가 소유한 모든 재산은 저당 잡혀 있었다. 게다가 소송 비용을 위해 은행에서 받은 대출도 있었다.

"보험회사에서 얼마나 보장받을 수 있는데?" 해리 렉스가 웃으며 물었다.

도비도 웃으며 말했다. "그건 알려줄 수 없어. 큰 금액이지."

"그렇겠지. 제이크는 배심원단에게 200만보다 훨씬 큰 금액을 부를 거야."

"하지만 포드 카운티잖아. 그곳에서는 200만 달러의 판결이 나온 역사가 없어."

"언제나 처음은 있는 거야, 피트. 우린 살인 사건에 관해 들어본 적 없는 사람 열두 명을 분명히 찾아낼 수 있어."

도비는 웃었고 해리 렉스도 어쩔 수 없이 마주 웃어야 했다. "맙소사, 해리 렉스, 자넨 살인 사건을 모르는 사람은 두 사람도 못 찾을 거야."

"그럴 수도 있지. 하지만 우린 우리대로 연구할 거야. 누스가 배심원 선정할 시간을 잔뜩 줄 테니까."

"분명히 그렇겠지. 이봐, 해리 렉스, 나도 자네가 큰돈을, 보험회사의 지저분한 돈을 좀 챙겼으면 좋겠다고, 알겠어? 멋진 합의를 이루어서 부담감을 좀 덜었으면 좋겠다고. 하지만 그러려면 브리건스는 그 사건을 치워버려야 해. 지금 당장 그 사건은 골칫거리야. 최소한 숀 길더와 월터 설리번 시각에서는 그래."

"우리도 그러려고 애쓰는 중이야."

18

    법조계가 매주 금요일 정오에 정점을 찍은 다음 바로 문을 닫는다는 사실은 널리 알려졌다. 평상시 법원 복도를 가득 메우던 변호사들은 금요일 점심을 먹고 나면 사라진다. 그들 대부분은 비서에게 거짓말을 하고 시골 상점에서 차가운 맥주를 사서 한적한 도로를 배회하며 축복받은 고독을 즐긴다. 전화기도 침묵하고 상사도 없으니, 비서들도 가끔 똑같이 슬그머니 빠져나간다. 자존심 있는 판사라면 금요일 오후 가운을 입고 있는 꼴을 보이기 싫어할 터였다. 대부분 낚시를 가거나 골프를 쳤다. 중요한 서류를 잔뜩 들고 종종걸음치던 서기들도 대부분 도로 건너편에 심부름하러 갔다가 돌아오지 않은 채 미용실이나 잡화점에서 시간을 보내곤 한다. 오후가 절반쯤 지나면 정의의 수레바퀴는 멈추고 마는 것이다.

    제이크는 해리 렉스에게 전화를 걸어 술이나 한잔 마시면서 상황을 점검해 볼까, 생각하고 있었다. 오후 3시 30분, 일주일을 마감한 그는 포샤에게 어떤 핑계를 대야 게을러 보이지 않으면서 빠져나갈 수 있을지 고민했다. 그는 여전히 모범을 보이는 일이 중요하다고 생각했고, 포샤는 쉽게 영향을 받는 사람이었다. 그렇지만 2년이나 이곳에서 일한 포샤는 그의 일정과 어설픈 핑계를 꿰고 있었다.

그녀가 3시 40분에 인터컴으로 제이크에게 누가 만나러 왔다고 전했다. 약속 없이 방문한 사람이었다. 물론 금요일 오후인 것은 알지만, 방문자는 찰스 맥게리 목사이며 급한 일로 왔다고 해서 그녀도 어쩔 수 없었다.

제이크는 사무실에서 반갑게 그를 맞았고, 두 사람은 구석으로 가서 찰스는 낡은 가죽 소파에, 제이크는 적어도 100년은 된 것처럼 오래된 의자에 앉았다. 목사는 커피나 차를 사양했는데, 분명히 무언가 걱정거리가 있어 보였다. 그는 화요일에 조시와 키이라를 휫필드에 데려다주고 그곳에 두고 왔다가 다음 날 다시 데려왔다고 말했다. 제이크도 상황을 모두 알고 있었다. 그는 새디 위버 박사와 두 번 통화했고, 가족 세 명이 세 번에 걸쳐 거의 일곱 시간을 함께 보냈다는 것도 알고 있었다.

찰스가 말했다. "화요일에 그리로 내려가던 중에 키이라가 아파서 두 번 토했습니다. 조시는 아무렇지도 않은 것처럼 아이가 차멀미를 자주 한다고 했어요. 저도 그래서 별생각을 하지 않았습니다. 수요일에 그들을 데리러 다시 휫필드에 갔는데, 간호사 한 명이 제게 키이라가 그날 아침 몸이 안 좋은지 메스꺼워하고 구토를 했다고 하지 않겠습니까? 이상하다고 생각했어요. 그날 아침에는 차를 탄 적도 없으니까요. 두 사람은 그곳에 있는 숙소에 묵고 있었습니다. 수요일 오후에 차를 타고 집으로 올 때는 괜찮았습니다. 어제 아침에 교회에서 키이라의 교육을 맡은 골든 부인이 말하기를 아이가 또 속이 안 좋아서 토했다는 겁니다. 그리고 그게 처음이 아니라고 하더라고요. 그런 일을 아내인 메그에게 말했는데, 여자들이 대개는 우리보다 똑똑한 거 아시죠? 메그와 저는 아이가 하나 있고 두 달 후에 둘째가 태어납니다. 아주 큰 축복이고, 저희는 기대가 아주 큽니다. 아내가 작년에 쓰고 남은 임신 테스트기가 좀 있습니다."

제이크는 고개를 끄덕이고 있었다. 해나가 태어난 뒤로 그도 여러 번 사본 물건이지만, 결과가 늘 음성으로 나와 두 사람은 크게 실망했다.

"메그가 조시와 얘기해 보기로 했습니다. 키이라가 테스트를 했는데 양성으로 나왔어요. 두 사람을 데리고 오늘 오전에 투펄로의 병원에 갔습니다. 임신 3개월이라고 합니다. 아이 아버지에 관해서는 의사나 간호사에게 일절 말하지 않았습니다."

제이크는 당나귀에 배를 걷어차인 것 같은 느낌이었다.

목사의 이야기는 끝나지 않았다. "오늘 오전에 차를 타고 돌아오는데, 아이가 또 속이 안 좋아져 차 안에서 토했습니다. 엉망이었어요. 불쌍한 녀석 같으니. 교회로 돌아온 다음 조시가 아이를 침대에 눕혔습니다. 아이가 나아질 때까지 조시와 메그가 번갈아 아이 곁을 지켰습니다. 점심으로 수프를 조금 먹었고 우리 모두 주방에 둘러앉아 있는데, 아이가 이야기하기 시작했습니다. 아이 말

로는 코퍼가 지난 크리스마스 때부터 추행하기 시작했고, 대여섯
번 그 짓을 할 때마다 다른 사람에게 말하면 죽여버리겠다고 협박
했다고 합니다. 그래서 어머니에게도 말하지 않았다고 하니, 조시
는 심장이 멎을 정도로 충격을 받았습니다. 오늘 눈물로 난리가 났
습니다, 제이크. 저도 울었어요. 상상할 수 있습니까? 열네 살 먹
은 아이가 두려워하는 깡패한테 강간당했다는 걸? 너무 두려워 아
무에게도 말하지 못하면서요. 언제 끝날지 알 수도 없었을 겁니다.
아이 말로는 자살할까도 생각했다고 합니다."

"드루도 알고 있었나요?" 제이크가 물었다. 대답은 엄청난 결과
로 이어질 수 있었다.

"모르겠습니다. 당신이 키이라에게 물어봐야 합니다, 제이크. 당
신이 키이라와 조시와 얘기해 봐야 해요. 상상하시겠지만, 두 사람
은 완전 엉망이에요. 그러니까 그들이 지난 2주 동안 겪은 일을 생
각해 봐요. 총격, 수술, 병원, 감옥에 갇힌 드루. 윗필드에 갔다 온
일, 별 건 아니지만 가진 물건이 전부 사라졌어요. 게다가 지금은
교회 구석에서 살고 있습니다. 게다가 드루를 사형장으로 보내겠
다는 얘기로 난리가 난 상태잖아요. 너무 불쌍합니다, 제이크. 정
말이지 그들은 당신의 도움이 필요해요. 그들은 당신을 믿고 당신
의 조언을 원합니다. 저는 할 수 있는 최선을 다하고 있어요, 제이
크. 하지만 전 그저 초보 목사일 뿐이고 대학 근처에도 못 가봤습
니다." 목사는 눈에 눈물이 차오르면서 목소리가 갈라졌다. 고개를
돌리더니 감정을 걷잡을 수 없는지 머리를 흔들었다. "죄송합니다.
두 사람과 너무 긴 하루를 보냈어요, 제이크. 정말이지 긴 하루였

고, 그들은 당신과 얘기를 해야만 합니다."

"그래요, 알았습니다."

"그리고 또 다른 것도 있어요, 제이크. 조시가 처음 보인 반응은 낙태해야 한다는 거였습니다. 아주 단호하게 말하고 있어요. 최소한 지금 당장은요. 그리고 저는 당연히 그런 일은 피하고 싶습니다. 저는 낙태는 강경하게 반대합니다. 조시는 뭔가 강한 감정을 품고 있는 것 같습니다. 그건 저도 마찬가지예요. 만일 키이라가 낙태한다면 우리 교회에서 나가야 합니다."

"그건 나중에 걱정하시죠, 찰스. 투펄로에 있는 의사를 만났다고 하셨나요?"

"네. 조시가 수술받은 적 있는 의사가 괜찮다고 하면서 그쪽 간호사에게 연락했습니다. 그들이 다른 누군가에게 연락했고 그쪽에서 호의를 베풀어 오늘 볼 수 있었습니다. 건강은 전부 괜찮다고 하는데, 키이라는 아직 아이니까요."

"그러면 메그도 모든 걸 알고 있는 건가요?"

"메그도 우리와 함께 있었어요, 제이크. 그 두 사람 바로 옆에 있었습니다."

"좋아요, 일단 이 문제를 최대한 숨기는 것이 정말로 중요합니다. 파생될 결과를 전부 생각하려니 머리가 돌아버릴 것 같습니다. 작은 교회에서 소문이 얼마나 빨리 퍼지는지 압니다."

"그렇죠, 그렇습니다."

교회에서도 커피숍과 마찬가지로 빨리 소문이 퍼진다. 제이크가 물었다. "겉으로 드러나 보이던가요?"

"전혀 모르겠어요. 그러니까 빤히 보지 않으려 했기 때문에요. 하지만 드러나지는 않는 것 같습니다. 직접 가서 보시면 어때요, 제이크? 그들은 교회에서 당신을 기다리고 있습니다."

제이크가 주방으로 연결된 뒷문으로 들어섰을 때 키이라는 위층에서 낮잠을 자고 있었다. 긴 테이블 한쪽 끝에는 교과서와 공책이 쌓여 있었다. 학생이 어느 정도 교육을 받고 있다는 증거였다. 메그와 조시는 테이블에 앉아 커다란 직소퍼즐을 하고 있었다. 맥게리 부부의 네 살짜리 아들 저스틴은 구석에서 조용히 놀고 있었다.

조시가 일어나서 오랫동안 가깝게 지내던 사이인 것처럼 제이크를 껴안았다. 메그는 싱크대로 가서 커피 주전자를 물에 씻어 새로 커피를 내렸다. 창문이 열려 있고 커튼이 산들바람에 흔들리고 있었지만, 실내에는 무거운 분위기와 긴 하루의 드라마가 풍기는 냄새가 가득했다.

클랜턴 광장에서 선한목자성서교회까지는 차로 22분이 걸렸고, 그 짧은 시간에 제이크는 우선 새롭게 드러난 법률적 문제를 확인한 다음 그것들을 풀어보려고 애썼지만 성공하지 못했다. 진짜로 키이라가 임신했고 코퍼가 아이 아버지라고 가정하면, 드루의 재판에 어떤 영향을 끼칠까? 키이라는 총격 현장에 있었으니 당연히 검사가 재판에서 증인으로 불러낼 것이다. 키이라의 임신 사실을 언급할 수 있을까? 만일 키이라의 어머니가 낙태해야 한다고 주장한다면? 배심원들이 그 사실을 알게 될까? 만일 코퍼가 여동생을 성폭행하고 있다는 사실을 드루가 알았다면, 그의 변호에 심각한 영향을 미치지 않을까? 드루는 강간을 막기 위해 죽인 것이다. 벌을 내리기 위해 죽인 것이다. 살해 이유와 상관없이 로웰 다이어는 드루가 스스로 무슨 짓을 하고 있었는지 명확히 알고 있었다며 배심원들을 설득할 것이다. 임신한 아이가 코퍼의 아이라고 어떻게 증명할 것인가? 만일 다른 사람이 아버지라면? 키이라가 불우한 배경에서 자랐기에 혹시 일찍부터 섹스를 시작했을 가능성이 있을까? 어디 다른 곳에 남자 친구가 있는 건 아닐까? 제이크는 로웰 다이어에게 자신의 중요한 증인이 사망한 피해자로 인해 임신했다는 사실을 알려야 하는 걸까? 재판이 언제 열릴지에 따라 다르겠지만, 키이라를 증인석에 앉혀 그녀가 임신했다는 사실을 드러내도록 하는 것이 현명한 일일까? 강간과 육체적 학대를 증명함으로써 제이크는 실제로는 스튜어트 코퍼를 재판하게 되는 것이 아닐까? 만일 키이라가 낙태를 선택한다면 비용은 누가 내야 할까? 만일 그렇게 되지 않는다면 아이는 어떻게 되는 걸까? 집도 없이 키이라가 아이를 키울 수 있을까?

차를 몰고 가면서 그는 이런 문제들을 아우를 팀이 필요하다고 결론지었다. 변호사, 목사, 적어도 정신과 의사 두 명과 상담사 몇 명.

제이크는 테이블 맞은편 조시를 바라보며 단도직입적으로 물었다. "코퍼가 키이라를 강간하고 있다는 걸 드루가 알았나요?"

금세 눈물이 흘렀고 격해진 감정은 억누를 수가 없었다. "애가 말하지 않아요." 조시가 말했다. "그걸 보니 드루도 알았던 것 같아요. 그렇지 않다면 왜 그냥 모른다고 말하지 않겠어요? 저는 몰랐어요. 하지만 제게 말하지 않고 드루에게만 말했을 것 같지는 않아요."

"그럼 당신은 전혀 몰랐어요?"

그녀는 고개를 흔들더니 흐느껴 울기 시작했다. 메그가 제이크에게 수십 년 동안 사용해 갈색으로 얼룩진 도자기 컵에 커피를 따라주었다. 실내 모든 다른 것처럼 컵은 오래 사용했지만 깨끗한 모습이었다.

조시는 휴지로 얼굴을 닦더니 말했다. "이 일이 드루 사건에 영향을 줄까요?"

"도움이 되죠. 가슴 아픈 일이니까요. 일부 배심원은 문제를 직접 처리하고 여동생을 보호할 수밖에 없었던 드루에게 동정심을 품을 겁니다. 드루가 그런 생각으로 일을 저질렀다면요. 우린 아직 모릅니다. 검찰 측에서는 드루가 코퍼를 저지하기 위해 그를 죽였다는 사실을 강조할 겁니다. 그러니까 자신이 하는 일을 잘 알고 있었고 정신이상을 주장할 수 없다는 거죠. 솔직히 말해 어떻게 일이 풀릴지 말씀드릴 수가 없어요. 제가 임시로 이 사건을 맡고 있다는 걸 잊지 마세요. 누스 판사가 재판에서는 다른 변호사를 선임할 가능성도 큽니다."

"저희를 버리시면 안 돼요, 제이크." 조시가 말했다.

당연히 버릴 수 있어요, 그는 생각했다. 특히 지금은. "두고 보죠." 조금이라도 덜 부담스러운 주제를 찾으려고 그는 말했다. "드루와 함께 시간을 보내셨다고 들었습니다."

그녀는 고개를 끄덕였다.

"어떻게 지내고 있던가요?"

"예상대로 지내고 있었어요. 그곳 사람들이 약을, 항우울제를 먹게 했어요. 아이 말이 잠이 좀 잘 온다고 해요. 의사들이 마음에 든다고 했고, 식사는 좋다고 했어요. 이곳 감옥보다는 그곳에 있는 편이 낫다고요. 왜 드루는 풀려날 수 없는 거죠, 제이크?"

"전에도 한 얘기잖아요, 조시. 드루는 중범죄 혐의로 기소되었어요. 이런 사건이면 그 누구라도 보석을 받아낼 수 없어요."

"하지만 학교는 어떻게 하고요? 그렇지 않아도 2년이나 뒤처진 아인데, 그곳에 멍하니 앉아 매일 조금씩 나빠지고 있어요. 횟필드에서도 수업에는 들어가지도 못하게 해요. 보안상 문제가 있고 임시로 와 있는 아이라면서요. 이리로 돌아와 재판을 기다린다고 해도 이곳 구치소에 따로 교사가 있는 것도 아니잖아요. 왜 어딘가 청소년 시설로 보내주지 않는 거죠? 그런 곳이면 최소한 수업을 들을 수 있잖아요."

"드루는 청소년으로 대접받을 수가 없어서 그래요. 지금 드루는 성인이에요."

"알아요, 알죠. 성인요? 말도 안 돼요. 걔는 아직 면도도 하지 않는 어린아이일 뿐이에요. 횟필드의 상담사 한 명이 그러는데 드루처럼 육체적으로 성숙하지 않은 열여섯 살짜리 아이는 처음 본다고 했어요." 조시가 빨개진 뺨을 훔치느라 잠시 말을 멈췄다. "걔 아버지가 그랬거든요. 어린아이 같았죠."

제이크는 메그를 쳐다보았고 그녀는 찰스를 바라보았다. 제이크는 조금 더 파보기로 했다. "드루 아버지가 누구인데요?"

조시는 웃더니 어깨를 으쓱하는 모습이 "젠장, 알게 뭐람"이라고 말할 것 같았지만, 그녀가 있는 곳은 교회였다. "레이 바버라는 남자였어요. 근처에 살던 사람이고 어릴 때 동네에서 함께 자랐죠. 우리가 열네 살 되었을 때 어느 날인가 함께 놀게 됐는데, 어쩌다 보니 같이 잔 거예요. 계속 반복하다 보니까 재미가 있더라고요. 피임이 뭔지 기본적인 생물학도 모르는 상태에서 우린 그냥 바보 같은 어린애들 커플이었어요. 열다섯 살 때 임신했고 레이는 결혼 하고 싶어 했어요. 저랑 헤어질까 봐 두려워한 거죠. 어머니는 저 를 슈리브포트에 있는 친척 집에 보내 아이를 낳게 했어요. 낙태할 수도 있다는 의논을 한 기억은 없어요. 아이를 낳았는데 가족들은 아이를 포기하라고 했고, 전 그랬어야 했어요. 진짜 다른 곳에 보 냈어야 해요. 내가 아이들에게 이런 삶을 겪게 한 일은 죄악이라고 밖에 할 수 없어요."

그녀는 깊게 숨을 들이쉬더니 물병에 든 물을 한 모금 마셨다. "어쨌든 레이가 다른 남자애들은 면도도 하고 다리에 털도 나는데 자기는 다르다며 걱정하던 일이 기억나요. 자기 아버지처럼 늦게 자라는 걸 걱정했어요. 다른 부분이 멀쩡하게 작동하는 건 확실하 지만요."

"레이는 어떻게 됐죠?" 제이크가 물었다.

"몰라요. 저는 그 뒤로 집에 한 번도 가지 않았어요. 제가 아이 를 포기하려고 하지 않자 친척 집에서도 쫓겨나고 말았어요. 있잖 아요, 제이크. 열다섯 살에 임신한 건 지금까지 최악의 실수였어 요. 제 인생을 바꿔놓았지만, 좋은 쪽이 아니었어요. 저는 드루를 사랑하고 마찬가지로 키에라를 사랑하지만, 여자가 어린 나이에 아이를 낳으면 미래 전체가 개판이 되고 말아요. 막말을 써서 죄송해요. 아마 학교도 마치지 못할 거예요. 결혼도 제대로 못 하겠죠. 좋은 직장도 잡을 수 없을 거예요. 저처럼 나쁜 남자들 사이를 전전하며 살아야겠죠. 그러니까 키이라가 아이를 낳으면 안 되는 거예요. 알겠어요, 제이크? 만일 낙태 비용을 마련하기 위해서 은행이라도 털어야 한다면, 전 그렇게 하겠어요. 키이라는 인생을 망쳐서는 안 돼요. 젠장, 키이라는 심지어 섹스를 원하지도 않았어요. 저와는 달라요. 말투가 이래서 죄송해요."

찰스는 고개를 흔들며 입술을 깨물었지만, 아무 말도 하지 않았다. 그렇지만 낙태에 관해서 하고 싶은 말이 많은 것은 분명해 보였다.

제이크는 조용히 말했다. "이해합니다. 하지만 이 문제는 나중에 따로 얘기할 수 있어요. 지금은 우선 물어봐야만 하는 질문이 있어요. 키이라가 아이 아버지는 코퍼라고 했어요. 혹시 다른 사람일 가능성이 있나요?"

어린 딸이 여러 사람과 자고 돌아다녔을지도 모른다는 미묘한 암시에도 조시는 전혀 당황하지 않았다. 그녀는 아니라고 고개를 흔들었다. "제가 물어봤어요. 아마 눈치채셨겠지만, 키이라는 자기 나이에 맞게 정상적이고 오빠보다 훨씬 성숙했어요. 저는 경험으로 어린 나이에도 무슨 일이 벌어질 수 있는지 아니까 혹시 다른 사람이 있느냐고 물어봤어요. 제 질문에 벌컥 화를 내면서 전혀 그런 일 없다고 하더군요. 자기 아랫도리를 만진 사람은 코퍼가 처음이라면서요."

"그럼 이런 일이 지난 크리스마스부터 시작됐다는 건가요?"

"네. 크리스마스 직전 토요일에 집에 혼자 있었다는 거예요."

찰스가 말했다. "그렇다면 12월 23일이겠네요."

"저는 일하고 있었어요. 드루는 친구네 집에 갔고요. 스튜가 일찍 집에 왔고 아이 방에 들어가기로 한 거죠. 그는 하고 싶다고 말했대요. 키이라는 안 된다고, 제발 그러지 말라고 했고요. 그는 억지로 아이를 범했지만, 조심스럽게 흔적을 남기지 않았어요. 그 짓을 마치고 그는 만일 다른 사람에게 얘기하면 아이와 드루를 죽이겠다고 하고 심지어 기분 좋았느냐고 묻기도 했다는군요. 상상할 수 있겠어요? 키이라 기억으로는 이런 일이 전부 대여섯 번 벌어졌다고 해요. 그리고 제게 말할 기회를 기다리고 있었대요. 그런 식으로는 살아갈 수가 없었고, 심지어 스스로 목숨을 버릴 생각까지 했대요. 이건 전부 제 잘못이에요, 제이크. 제가 자식들에게 한 짓을 좀 보세요. 전부 제 잘못이에요." 그녀는 다시 흐느껴 울기 시작했다.

제이크는 싱크대로 걸어가 식어버린 커피를 버렸다. 그는 다시 컵을 채우고 문으로 걸어가 밖을 내다보았다. 흐느낌이 멈추자 그는 다시 자리로 돌아와 조시를 바라보았다. "몇 가지 더 물어도 될까요?"

"그럼요. 전 뭐든 말씀드릴 수 있어요, 제이크."

"드루와 키이라는 두 사람의 아버지가 다르다는 걸 압니까?"

"아뇨. 한 번도 얘기한 적 없어요. 아이들이 금방 알아차리리라 생각했어요. 서로 전혀 닮지 않았으니까요."

"코퍼가 드루도 육체적으로 학대했나요?"

"네. 드루와 키이라 모두 손으로 때리곤 했지만, 절대로 주먹질을 하지는 않았어요. 저를 몇 번 때린 적이 있지만, 늘 술에 취했을 때였죠. 취하지 않았을 때 스튜는 멀쩡했어요. 하지만 술만 마시면 미쳤죠. 그렇지만 취했을 때나 제정신일 때나 엄청나게 위협적이었죠."

"증언대에 앉아 배심원들에게 육체적 학대에 대해 말할 수 있겠어요?"

"할 수 있을 것 같아요. 어쨌거나 해야만 하는 것 아닌가요?"

"그럴 겁니다. 키이라도 그럴까요?"

"모르겠어요, 제이크. 불쌍한 아이가 지금은 완전히 무너진 상태예요."

신호라도 받은 것처럼 키이라가 문가에 모습을 드러내더니 테이블에 와서 앉았다. 두 눈은 부었고 머리는 엉망이었다. 헐렁한 청바지에 운동복을 입었는데, 제이크는 배를 보지 않을 수가 없었다. 전혀 의심이 가지 않는 모습이었다. 그녀는 제이크를 보고 웃었지만, 아무 말도 하지 않았다. 치아가 가지런하고 아름다운 미소였다. 제이크는 자신의 몸속에 전혀 원하지 않는 아이가 들어 있다는 사실을 막 알게 된 열네 살짜리 아이가 느낄 공포를 상상하려 애써 보았다. 생물학이 아이가 아이를 가질 수 있도록 허용하는 이유는 도대체 뭘까?

찰스가 말했다. "재판 얘기로 돌아가죠. 혹시 언제 시작할지 아시나요?"

"아무것도 몰라요. 아직 절차 초기 단계라서요. 미성년자가 성인처럼 재판받는 경우라면 진행이 빨라지는 경향이 있는 건 맞아요. 어쩌면 이번 여름이겠지만, 확신할 수는 없어요."

"빠를수록 좋아요." 조시가 말했다. "얼른 이 혼란이 지나갔으면 좋겠어요."

"재판을 받는다고 끝나는 게 아니에요, 조시."

"오, 저도 알아요, 제이크." 그녀가 받아치듯 말했다. "제게서 절대로 사라지지 않겠죠. 모든 일이 엉망이에요. 늘 그래왔고 아마 앞으로도 영원히 그렇겠죠. 정말이지 스스로 너무 원망스러워요. 아이들은 스튜랑 헤어지라고 빌었고, 저도 그러고 싶었어요. 만일 제가 그와 키이라의 일을 알았더라면 우린 야반도주했을 거예요. 어디로 갈 생각이냐고는 묻지 마세요. 어쨌거나 우린 떠났을 거예요. 너무 후회스러워요."

모두 한참 말을 꺼내지 못했다. 제이크, 찰스, 메그 그리고 키이라까지도. 모두 뭔가 위로가 될 만한 말을 생각해 내려 애쓰기만 했다.

조시가 말했다. "이렇게 제멋대로 떠들어댈 생각은 아니었어요, 제이크. 제발 이해해 주세요."

"이해합니다. 임신 얘기는 절대 비밀이 새면 안 됩니다. 그건 여러분 모두 잘 아시겠지만, 문제는 어떻게 비밀을 지키느냐 하는 겁니다. 키이라는 학교에 가지 않으니까 친구들이 의심하는 건 걱정하지 않아도 됩니다. 여기 교회 주변 사람들은 어떤가요?"

찰스가 말했다. "글쎄요, 선생님 역할을 하는 골든 부인한테는 말해야 할 것 같습니다. 이미 의심하고 있는 것 같아요."

"처리하실 수 있겠어요?"

"그럼요."

조시가 불쑥 말했다. "일단 낙태하고 나면 걱정할 필요 없는 일 아니에요?"

찰스는 더는 입을 다물고 있을 수 없었는지 받아쳤다. "당신이 이곳 교회에서 사는 한 낙태 얘기는 꺼낼 수 없어요. 만일 낙태 수술을 받으면 이곳을 떠나야 해요."

"우린 늘 그렇게 살았어요. 제이크, 중절 수술을 할 수 있는 가장 가까운 병원이 어디죠?"

"멤피스요."

"요즘엔 비용이 얼마나 들어요?"

"경험으로 아는 건 아니지만, 듣기로는 500달러쯤 한다더군요."

"500달러 꿔줄 수 있어요?"

"빌려줄 수 없어요."

"좋아요, 그럼 다른 변호사를 구할게요."

"당신이 다른 변호사를 찾을 수 있을지 모르겠네요."

"변호사는 널리고 널렸어요."

찰스가 말했다. "모두 숨을 깊게 마셔봅시다. 오늘은 하루가 길었고 신경들이 곤두서 있습니다." 잠시 시간이 흘렀다. 제이크는 마지막 남은 커피를 마시고 일어서서 싱크대로 향했다.

그는 테이블 끝으로 걸어와 말했다. "전 가봐야 합니다. 하지만 여러분이 상상하기 어려운 시나리오를 생각해 주셨으면 합니다. 만일 중절 수술을 한다면, 저는 그다지 선호하지 않는 방법이고 제가 내릴 결정이 아니지만 그건 단지 한 생명을 파괴하는 것뿐 아니라 중요한 증거를 파괴하는 것입니다. 키이라는 재판에 증인으로 출석해야 할 겁니다. 만일 수술을 받으면 증언대에서 그 얘기를 하도록 허락되지 않을 겁니다. 해서도 안 됩니다. 배심원들이 분노할 것이기 때문이죠. 키이라는 배심원들에게 스튜어트 코퍼가 그녀를 성폭행했다고 반복해 말할 수 있습니다만, 그 증언 말고는 달리 증명할 방법이 없습니다. 경찰에 신고한 적도 없습니다. 하지만 만일 누가 봐도 키이라가 임신한 상태라면, 또는 이미 아이를 낳은 뒤라면 아기는 코퍼가 키이라를 성폭행했다는 강력한 증거가 될 겁니다. 그리고 키이라는 자기 자신에게, 더 중요하게는 오빠에게 어마어마한 동정심을 불러일으키게 될 겁니다. 아기를 지우지 않는 건 재판에서 드루에게 엄청나게 유리한 요소로 작용할 겁니다."

"그러니까 오빠를 구하기 위해 아기를 지울 수 없다는 거예요?" 조시가 물었다.

제이크가 대답했다. "아기를 안 지우는 건 그것이 옳은 일이기 때문입니다. 그리고 그것만으로 오빠를 구할 수는 없지만, 아주 절박한 상황에서 분명히 도움이 되긴 할 겁니다."

"아이를 키우느라 옴짝달싹 못 하기엔 너무 어린 나이에요." 조시가 말했다.

"세상에는 절박하고 아이를 키울 자격 있는 부부가 많아요, 조시." 제이크가 말했다. "저는 1년에 서너 번 입양 관련 사건을 맡는데, 맡을 때마다 아주 기분이 좋습니다."

"아버지가 그런 사람인데도 말이에요? 그런 유전자 핏줄을 갖고 싶을지 모르겠네요."

"우리가 언제부터 부모를 고를 수 있게 된 거죠?"

하지만 조시는 역겹고 동의할 수 없다는 듯 고개를 가로저었다.

차를 몰고 떠나면서 제이크는 조시가 순간적으로 드러내 보인 본
능적이고 천박한 모습에 충격을 받았다. 그녀를 비난하는 건 아니
었다. 그녀는 나쁜 선택으로 이어진 자기 삶에 의해 단련되어 있었
고, 자기 아이들에게 뭔가 더 나은 것을 제공하고 싶어 안간힘을
쓰고 있었다. 어쩌면 그녀는 스스로 임신 중절 수술을 받은 적이
있을 것이고, 신경 써야 할 아이가 두 명밖에 없다는 사실에 남몰
래 감사하고 있는지도 몰랐다. 둘만으로도 벅차다는 것이 증명되
고 있었으니까.

그는 달리는 동안 마실 맥주를 사려고 길가에 있는 시골 상점에
들를 뻔했다. 얼음처럼 차가운 맥주 500밀리라면 20분은 음미하
며 마실 수 있을 것이다. 그 순간 카폰이 울렸다. 칼라였는데, 그녀
는 딱 부러지는 말투로 앳캐비지 집에서 저녁 식사를 하려면 집에
서 30분 안에 나가야 한다는 걸 상기시켜 주었다. 제이크는 약속
을 잊고 있었다. 그녀는 한 시간 내내 전화를 걸었다고 했다. 당신,
어디에 있었던 거야?

"나중에 전부 설명할게." 그는 그렇게 말하고 전화를 끊었다. 민
감한 사건들을 다룰 때 그는 아내에게 어디까지 말해줘야 하는지
를 두고 늘 고민했다. 무엇이든 얘기하면 엄밀히 말해 윤리 위반
이지만, 변호사를 포함한 모든 인간은 누군가에게 비밀을 털어놓

아야 한다. 아내는 그럴 때마다, 특히 여자들이 관련된 사건에서는 늘 다른 관점을 제시했고, 주저하지 않고 자신의 주장을 펼쳤다. 그녀는 이미 비극적 줄거리를 가진 이 사건의 최근에 드러난 새로운 사실에 뭔가 강력한 감정을 품고 있을 터였다.

클랜턴을 가로질러 거의 집에 도착한 그는 하루 정도, 아니면 그보다 더 길게 기다렸다가 키이라가 스튜어트 코퍼에게 성폭행 당해 임신했다는 사실을 칼라에게 말하기로 했다. 속으로 이런 내용을 생각하는 것만으로도 속이 울렁거렸다. 만일 제이크가 스튜어트 코퍼의 죄악을 낱낱이 설명한다면 법정에서 끓어오를 원초적 분노를 상상조차 하기 어려웠다. 죽은 경찰은 자신을 방어할 수 없을 것이다.

해나가 친구네 집에 하룻밤 놀러 갔고 집은 조용했다. 외출 시간에 늦은 칼라는 쌀쌀맞은 태도였지만, 제이크는 신경 쓰지 않았다. 금요일 밤에 친구네 집에서 수수하게 함께 하는 식사였고, 테라스에서 맥주와 함께하는 자리였다. 제이크는 양복을 벗고 청바지로 갈아입은 다음 주방 테이블에 앉아 아내를 기다렸다.

차를 타고 가면서 아내가 물었다. "그래, 어디 갔었어?"

"선한목자성서교회에서 조시와 그녀를 돌보는 사람들을 만났어."

"그럴 예정은 아니었잖아."

"그렇지, 어쩌다 보니 그렇게 됐어. 찰스 맥게리가 3시 30분에 사무실로 찾아와서 그들과 대화해야 한다고 했어. 그들이 힘들어하니까 누가 좀 만나줘야 한다면서. 그런 것도 내 업무 중 하나니까."

"당신, 이 사건에 너무 얽히는 거 아니야?"

"모래 속으로 빠져드는 기분이야."

"한 시간 전쯤에 또 전화가 왔어. 전화번호를 바꿀 때가 됐나 봐."

"누군지 이름과 주소를 말했어?"

"사는 곳이 있기나 한지 의심스러워. 다리 밑에서 살지 싶은데. 그냥 종잡을 수 없는 미친놈이 전화기에 대고 소리를 질러대는 거야. 만일 아이가 풀려나면 길거리에서 48시간도 살아남지 못할 거라면서. 아이 변호사는 24시간도 살 수 없을 거라고 했어."

"그러니까, 나부터 죽이겠다는 거네?"

"웃을 일이 아니야."

"나도 웃기지 않아. 전화번호 바꾸자."

"오지한테 전화할 거야?"

"그래야지, 그렇다고 나아지지 않겠지만. 사설 경호원을 고용해야 할지 의논을 계속해 봐야 할 것 같군."

"아니면 그냥 누스 판사한테 이제는 그만두겠다고 말해야 하는 건지도 몰라."

"내가 그만두길 원해? 난 당신이 드루를 걱정하는 줄 알았는데."

"드루는 걱정돼. 하지만 해나도 걱정이고, 당신이랑 나랑 이 조그만 마을에서 살아남는 일도 걱정스러워."

스탠 앳캐비지는 카운티의 유일한 골프장 주변 숲이 우거진 곳에 자리 잡은 널찍한 교외 주택 단지에 살았다. 그는 시큐리티 은행을 운영했고 제이크의 기존 담보 대출 대부분과 스몰우드 사건 소송 비용을 위한 신규 신용 대출을 처리해 주었다. 스탠은 생소한 형식의 대출에 난색을 표했고, 제이크와 해리 렉스도 소송 비용 대출은 원하지 않았다. 하지만 사건이 진행하면서 두 사람은 돈을 빌리는 것 말고는 다른 선택이 없다는 걸 깨달았다. 세 번의 이혼을 거치고 이제 네 번째 아내와 사는 해리 렉스의 재정 상태는 제이크의 그것과 마찬가지로 별 볼 일 없었지만, 현재 사는 집에 대한 대출은 한 건밖에 없었다. 쉰한 살인 해리 렉스는 미래를 바라보며 걱정하고 있었다. 제이크는 겨우 서른일곱이지만, 변호사 일을 오래 하면 할수록 빚이 점점 느는 것 같았다.

스탠은 가까운 친구였지만 제이크는 그의 부인을 참아낼 수가 없었고, 그건 칼라도 마찬가지였다. 그녀의 이름은 틸다였는데 스스로 부유하다고 자주 묘사한 잭슨의 오래된 가문 출신이었고, 클랜턴의 사람들 대부분은 그런 그녀를 싫어했다. 이곳 마을은 그녀와 그녀의 비싼 취향에 비해 너무 작았다. 좀 더 화려한 삶을 원한 그녀는 스탠이 이 지역에서 지위의 상징이자 그들조차 감당하기 버거울 정도로 사치스러운, 투펄로의 컨트리클럽에 가입하도록 강요했다. 게다가 그녀는 술을 지나치게 마시고 돈을 지나치게 많이 쓰고 남편에게 돈을 더 벌어오라고 압박을 가했다. 작은 동네의 은행가인 스탠은 말이 많은 사람은 아니었지만, 제이크에게는 자신의 결혼 생활이 순탄치 않다는 걸 알 수 있을 정도로 충분히 비밀을 털어놓고 있었다. 두 사람이 30분 늦게 도착했을 때 다행스럽게도 틸다는 이미 술을 여러 잔 마셔서 평소의 꼬장꼬장한 태도가 많이 누그러져 있었다.

전부 다섯 커플이 모였는데, 모두 30대 후반에서 40대 초반이었고 아이들은 세 살에서 열다섯 살까지였다. 여자들은 테라스 한쪽 끝 와인 바에 모여 아이들 키우는 얘기를 하고 있었고, 남자들은 맥주가 든 나무통 주위에서 다른 얘기를 하고 있었다. 처음에는 주식시장 이야기였는데, 제이크는 그런 얘기가 지루했다. 그가 주식 투자를 할 정도로 돈이 많지 않아서였고, 혹시 돈이 많다고 해도 투자를 피할 정도로 주식에 관해 충분히 알고 있다고 생각했다. 다음 주제는 그들이 모두 아는 한 의사가 정신이 나가서 간호사와 달아났다는 사뭇 외설스러운 얘기였다. 간호사도 아주 유명했는데, 엄청나게 미인이었고 카운티 안에서 총각이든 유부남이든 가리지 않고 그녀를 탐내지 않는 사람이 없었기 때문이다. 제이크는 소문을 들어본 적이 없었고 간호사를 만나본 적이 전혀 없었으며 달아났다는 의사가 마음에 들었던 적도 없고 그런 소문은 피하려고 애썼다.

칼라는 사람들의 일반적 생각과 달리 남자들이 여자들보다 더 소문에 민감하다고 오래전부터 주장했다. 제이크는 그 생각에 동의하지 않을 수 없었다. 이야기 주제가 스포츠로 넘어가자 그는 안심했고, 스탠이 저녁 식사의 시작을 알리자 더욱 기뻤다. 아무도 코퍼 살인 사건을 언급하지 않았기 때문이다.

그들은 훈제 갈비와 옥수수 통구이, 코울슬로로 저녁 식사를 했다. 완벽한 봄밤이었고, 야외 테라스에서 식사하고 층층나무꽃이 피는 걸 즐기기에 좋을 정도로 따뜻한 날씨였다. 50미터 떨어진 곳에 14번 홀의 페어웨이가 펼쳐져 있었고, 가게에서 사 온 코코넛 파이를 디저트로 먹은 뒤에 남자 다섯 명은 시가에 불을 붙여 입에 물고 골프 코스 쪽으로 걸어갔다. 오거스타 내셔널 골프장에서 마스터스 골프 대회가 한창 진행 중이었기에 이 이야기가 화제의 중심이 되었다. 닉 팔도와 레이몬드 플로이드가 치열한 접전을 벌이고 있었고, 골프광인 스탠은 분석을 아끼지 않았다. 자기 집에서 열린 모임이고 운전할 일이 없어서 스탠은 술을 너무 많이 마시고 있었다.

시가를 별로 경험해 본 적이 없고 골프에는 더욱 관심이 적었던 제이크는 열심히 귀를 기울이면서도 머릿속으로는 교회에서 봤던 광경과 어린 키아라의 눈에서 본 절망과 두려움의 표정을 떠올리고 있었다. 그는 그런 생각을 떨쳐내고 집에 가 침대 속으로 기어들어 가고 싶었다.

하지만 스탠은 누군가 보내줬다는 고급 브랜디를 식후주로 마시면서 모임을 마무리하고 싶어 했다. 다시 테라스로 돌아온 그는 술을 넉넉히 다섯 잔 따랐고, 남자들은 술잔을 들고 여자들을 괴롭히기 위해 몰려갔다.

칼라는 제이크가 손에 든 술잔을 보더니 속삭였다. "당신 너무 많이 마신 거 아니야?"

"괜찮아."

한 커플이 돈을 주고 보모를 불러둔 상태였기 때문에 먼저 돌아가야 했다. 다른 커플은 새로 강아지를 들였는데, 혼자 있다고 했다. 거의 밤 11시가 되었고, 금요일 밤이었기에 모인 사람들은 대부분 다음 날의 늦잠을 기대하고 있었다. 서로 감사 인사와 작별 인사가 오갔고 손님들은 집으로 향했다.

빨간 사브 자동차 앞에 온 칼라가 물었다. "당신, 운전 괜찮겠어?"

"그럼. 난 괜찮아."

두 사람은 차에 탔고 그녀가 물었다. "몇 잔이나 마셨는데?"

"몇 잔인지 세면서 마셔야 하는지 몰랐네. 많이 안 마셨어."

그녀는 이를 꽉 악물고 고개를 돌리더니 더는 말하지 않았다. 제이크는 자신이 멀쩡하다는 걸 증명하기로 하고 천천히 조심스럽게 운전했다. "그래서 여자들은 무슨 얘기를 했어?" 그는 어색해진 분위기를 깨려 애쓰며 물었다.

"만날 똑같지 뭐. 애들, 학교, 시어머니. 프레디라는 의사랑 간호사 얘기 당신도 들었어?"

"아, 들었지. 아주 자세하게. 전부터 늘 피하던 사람이었어."

"아주 섬뜩한 사람이야. 부인이라고 해서 더 나을 것도 없지만. 속도 좀 줄여."

"난 아무런 문제도 없어, 칼라. 고마워." 제이크는 숨을 몰아쉬며 도로에 집중했다. 시내 동쪽의 우회도로에 접어들자 바로 앞에 클랜턴의 밝은 불빛이 보였다. 백미러를 흘깃 본 그가 중얼거렸다. "젠장! 경찰이군."

어디선가 갑자기 나타난 순찰차가 갑자기 뒤에 따라붙더니 파란 경광등을 번쩍이며 수 킬로미터 밖에서 들릴 정도로 사이렌을 울려댔다. 제이크는 카운티 경찰의 순찰차라는 걸 즉시 알아보았다. 클랜턴 시내 경계는 아직 1.6킬로미터 떨어져 있었다.

겁먹은 칼라가 뒤를 돌아보며 바짝 따라붙은 경광등을 바라보았다. "왜 우릴 세우는 거지?" 그녀가 물었다.

"젠장, 내가 어떻게 알겠어. 속도를 위반하지도 않았는데." 제이크는 속도를 줄이고 넓은 갓길에 차를 세웠다.

"혹시 껌 있어?" 그가 물었다. 칼라는 핸드백을 열었다. 요즘 유행하는 커다란 크기의 핸드백은 공항에서라면 수하물로 부쳐야 할 정도로 컸다. 그 속에서 껌이나 입냄새 제거용 사탕을 찾는 일은, 게다가 어둠 속에서 심리적 부담을 가진 상태에서는 쉽지 않았다. 다행스럽게도 경찰관은 서둘러 다가오지 않고 있었다. 그녀는 껌을 찾아냈고 제이크는 두 개를 한꺼번에 입에 넣고 씹기 시작했다.

경관은 제이크가 잘 아는 마이크 네즈빗이었다. 어차피 보안관보라면 전부 알지 않던가? 경관이 손전등으로 내부를 비추더니 물었다. "제이크, 자네 면허증과 차량 등록증 좀 볼 수 있을까?"

"그럼, 마이크. 어떻게 지내나?" 제이크는 서류를 건네며 물었다.

"잘 지내지." 네즈빗은 면허증과 등록증을 살펴보더니 말했다. "잠깐만." 그가 다시 순찰차로 돌아가 올라탄 순간 녹색 아우디 승용차가 도로 중앙을 달리며 그들을 스쳐 지나갔다. 확실하지는 않지만, 제이크가 보기에 함께 저녁을 즐겼던 제인웨이스 부부의 차인 것 같았다. 반경 80킬로미터 안에서 빨간색 사브를 타는 사람은 제이크가 유일했으니, 누가 경찰의 검문을 받고 있는지 몰라볼 수는 없을 터였다.

"혹시 물 갖고 있어?" 그는 아내에게 물었다.

"보통은 물을 안 갖고 다녀."

"고맙군."

"술 너무 많이 마신 거야?"

"아니, 그렇게 생각하지는 않아."

"얼마나 마셨는데?"

"세보진 않았지만 지나치게 마시지 않았어. 지금 내가 술에 취한 것 같아?"

그녀는 고개를 돌린 채 대답하지 않았다. 경광등 불빛은 금세라도 터질 것처럼 번쩍였지만 고맙게도 사이렌 소리는 꺼진 상태였다. 또 다른 차 한 대가 천천히 지나갔다. 제이크는 매달 적어도 한 건의 음주 운전 사건을 처리했고, 그것도 수년 동안 그래왔다. 늘 묻게 되는 가장 큰 선택. 음주 측정에 동의할 것인가? 아니면 거부할 것인가? 동의냐 거부냐? 측정 후 수치가 너무 높게 나오면 유죄 판결을 받게 된다. 측정해서 정해진 수치보다 살짝 낮게 나오면 그냥 풀려난다. 거부하는 경우 경찰은 자동으로 운전자를 구치소에 가둔다. 보석금을 내고 풀려난 다음 변호사를 고용하고 이길 확률이 높은 법정에서 끝까지 싸운다. 언제나 일이 벌어지고 난 뒤 너무 늦어서 별 도움이 되지 않는 현명한 조언에 의하면 두어 잔 정도 마셨다면 측정에 응하는 편이 좋다. 만일 잔뜩 마셨다고 생각하면 측정을 거부하고 구치소에 가는 편이 좋다.

측정이냐, 거부냐? 운전석에 앉아 아무렇지도 않은 것처럼 행동하려 애쓰는 동안 제이크는 양손이 떨리는 걸 알아차렸다. 어느 쪽이 더 창피할 것인가? 아내 앞에서 수갑을 차고 잡혀가? 측정하고 수치가 높게 나와서 운전면허를 취소당하는 망신을 감수해? 혹시 변호사 윤리위원회에 넘겨지는 건 아닐까? 그는 많은 음주 운전자를 변호해 봤고, 주말을 구치소에서 보내야만 하는 누군가를 위해 동정하고 싶은 마음은 없었다. 술을 마시고 운전하면 처벌을 감수

해야만 하는 법.

하지만 지금은 최소한의 단속 수치가 매우 낮은 0.1로 되어 있어서 저녁에 마신 술 몇 잔으로도 문제가 될 수 있다. 측정이냐, 거부냐?

네즈빗이 돌아왔다. 그는 손전등으로 제이크의 얼굴을 비추며 다가왔다. "제이크, 술 마셨나?"

아무도 대답할 준비가 되어 있지 않은, 또 다른 치명적인 질문이다. 만일 그렇다고 하면서 얼마나 조금 마셨는지 설명하기 시작하면, 경찰관은 분명히 파멸로 향하는 다음 단계를 밟으려고 할 것이다. 만일 아니라고 거짓말하면 경찰관이 입에서 술 냄새를 맡았을 때 벌어질 결과를 감수해야만 한다. "무슨 소리야! 난 술 안 마셔!"라는 식으로 말하면서 혀 짧은 소리로 더듬기라도 하면 경찰관은 잔뜩 화가 날 것이다.

"아, 마셨지." 제이크는 말했다. "우린 저녁 식사 파티에서 돌아오는 길인데, 와인 약간 마셨네. 많이는 아니야. 술기운에 운전하는 게 아니라고, 마이크. 난 괜찮아. 내가 뭘 잘못했는지 물어봐도 될까?"

"차선을 넘었어." 그 말은 차가 차선을 벗어나 움직였다는 뜻도 되지만 그냥 시비를 거는 말일 수도 있다는 걸 제이크는 잘 알았다. 아니면 전혀 잘못이 없거나.

"내가 어디서 차선을 침범했지?"

"지금 여기서 음주 운전 측정을 해봐도 될까?"

제이크가 그러겠다고 말하려는 순간 언덕 너머에서 그들이 있는 쪽으로 푸른색 경광등이 추가로 다가왔다. 다른 보안관보였다. 순찰차는 속도를 늦추면서 그들을 지나더니 방향을 돌려 네즈빗의 순찰차 뒤쪽에 섰고, 네즈빗은 그쪽으로 이야기하러 다가갔다.

"이게 무슨 일이야." 칼라가 말했다.

"그러니까 말이야. 그냥 차분하게 행동해."

"아, 난 차분해. 내가 얼마나 차분한지 당신은 모를 거야."

"지금 도로 위에서 당신과 다투고 싶지 않아. 집에 갈 때까지 좀 기다려줄래?"

"집에 갈 수나 있어, 제이크? 아니면, 어디 다른 곳으로 갈 거야?"

"몰라. 정말이지 그 정도로 많이 마시지는 않았어. 윙윙거리는 느낌조차 들지 않아."

면허증 박탈, 구치소 수감, 거액의 벌금, 추가 보험료. 제이크는 100여 명의 의뢰인에게 줄줄 읊어주었던 끔찍한 형벌 목록을 기억했다. 변호사로서 그는 늘 규정을 교묘하게 이용할 수 있었다. 특히 초범이면 더 그랬다. 그 역시 초범이었다. 징역형은 피하고 사회봉사를 좀 하고 벌금은 줄여주는 대가로 500달러의 수임료를 정당화할 수 있었다.

파란색 경광등이 조용히 번쩍거리는 사이 시간이 흘렀다. 또 다른 차 한 대가 다가오더니 자세히 보려고 속도를 늦추다 스쳐 지나갔다. 제이크는 혹시라도 언젠가 돈을 벌어 새 차를 살 수 있게 되면, 절대로 눈에 띄는 밝은색의 스웨덴제 차는 사지 않겠다고 다짐했다. 포드나 쉐보레로 사야 할 것이다.

네즈빗이 세 번째로 가까이 오더니 말했다. "제이크, 차 밖으로 좀 나와줬으면 좋겠어."

제이크는 고개를 끄덕이고 속으로 발을 조심스럽게 놀리고 또 박또박 말해야 한다고 생각했다. 현장 음주 검사는 모든 운전자가 실패할 수밖에 없도록 설계되었고, 검사에 실패하면 경찰은 음주 측정을 밀어붙일 수 있었다. 제이크는 두 번째 보안관보가 기다리는 자기 차 뒤쪽으로 걸어갔다. 오랫동안 알고 지내는 베테랑 경찰인 엘턴 프라이였다.

"안녕, 제이크." 프라이가 말했다.

"여, 엘턴. 귀찮게 해서 미안하군."

"마이크 말로는 자네가 술을 마셨다더군."

"저녁 먹으면서. 날 봐, 엘턴. 술에 전혀 취하지 않았다고."

"그럼, 음주 측정을 할 거야?"

"물론 받아야지."

두 경관은 이제 어떻게 해야 할지 알 수 없다는 것처럼 서로 바라보았다. 네즈빗이 말했다. "스튜는 내 친구였어, 제이크. 훌륭한 친구였지."

"나도 스튜를 좋아했네, 마이크. 이런 일이 벌어져서 유감이야. 자네들이 얼마나 힘들지 나도 알아."

"만일 그 자식이 풀려나면 더 힘들어질 거야, 제이크. 상처에 소금 뿌린다는 말이 있잖아."

제이크는 바보 같은 말에 슬픈 미소를 지었다. 당장 이 순간에는 점수 몇 점을 따기 위해 무엇이라도 말할 수 있었다. "안 풀려나, 그건 약속할 수 있어. 그리고 난 임시로 그 사건을 맡고 있을 뿐이야. 재판이 열리면 법원에서 다른 변호사를 임명할 거야."

마이크는 대답이 마음에 들었는지 프라이를 향해 고개를 끄덕여 보였다. 프라이가 제이크의 면허증과 차량 등록증을 내밀었다. 마이크가 말했다. "오지에게 연락했어. 자네를 집까지 바래다주라더군. 조심해, 알았지?"

제이크는 한숨을 내쉬며 어깨를 늘어뜨렸다. "고맙네, 친구들. 신세 졌어."

"우리가 아니라 오지한테 신세 진 거야, 제이크."

그는 차에 올라타 안전벨트를 매고 엔진에 시동을 건 다음 백미러를 보고 기도하는 것처럼 보이는 아내를 무시했다. 차를 출발시키자 아내가 물었다. "어떻게 된 거야?"

"아무것도 아니야. 마이크 네즈빗하고 엘턴 프라이인데, 두 사람 모두 내가 취하지 않았다고 봤어. 그들이 오지에게 전화해서 그렇다고 보고했는데, 오지가 우릴 집까지 바래다주라고 했대. 전부 잘 해결됐어."

순찰차 두 대는 파란색 경광등을 끈 채 빨간색 사브를 뒤따라 클랜턴으로 들어섰다. 사브 안에는 침묵이 흘렀다.

주방 전화기를 확인하니 저녁 내내 음성 사서함에 메모 세 건이 남아 있었다. 칼라가 아침에 사용하려고 커피 주전자를 설거지하는 사이 제이크는 얼음물을 한 잔 따르고 전화기의 재생 버튼을 눌렀다. 첫 전화는 잘못 걸린 전화로 어떤 불쌍한 친구가 피자 배달을 원하고 있었다. 두 번째 전화는 잭슨의 어떤 기자였다. 세 번째 남은 전화 메모는 조시 갬블이었는데, 이름을 듣자마자 제이크는 괜히 버튼을 눌렀다고 후회했다. 그녀는 이렇게 말했다.

안녕하세요, 제이크. 저 조시인데, 집에 계신 시간에 귀찮게 해드려 죄송해요. 정말 죄송합니다. 하지만 키이라와 이야기를 좀 해봤어요. 오늘 긴 하루였고 아시겠지만 우린 얘기하느라 지쳤지만 어쨌든 전 그저 그런 식으로 함부로 말씀드려서 죄송하다고 말하고 싶어요. 그리고 낙태 수술 비용 빌려달라는 얘기도 그렇고요. 제가 정신이 나갔어요. 정말 후회하고 있어요. 곧 봬요. 안녕히 주무세요.

주전자에 물을 채워 들고 서 있던 칼라가 입을 딱 벌렸다. 제이크는 삭제 버튼을 누르고 아내를 쳐다보았다. 의뢰인이 자기 비밀을 전화 음성 사서함에 남기면 의뢰인의 비밀을 지키기가 어렵다.

"낙태?" 칼라가 물었다.

제이크는 깊게 숨을 들이마시고 말했다. "혹시 디카페인 커피 있어?"

"있을 거야."

"커피를 좀 내리자. 어차피 밤새 잠을 못 잘 것 같아. 음주 운전으로 적발될 뻔한 데다가 열네 살짜리가 임신한 상태니 별로 잠도 안 오겠지."

"키이라?"

"그래. 커피 끓이면 내가 전부 얘기해 줄게."

19

밴뷰런 카운티의 중심 도시는 체스터라는 시골 마을이었다. 1980년 조사에 따르면 인구가 4천1백 명으로 1970년과 비교해 1천 명 정도 감소했고 다음 조사 때는 더 적어질 게 분명했다. 클랜턴 절반 정도 크기지만 훨씬 더 황량한 것 같았다. 클랜턴에는 카페와 레스토랑, 분주한 사무실들, 온갖 종류의 상점이 들어찬 광장이 있었다. 하지만 이웃인 체스터는 메인 스트리트를 따라 상점가 절반의 창문이 합판으로 막혀 있고 세입자를 간절히 구하고 있었다. 아마도 경제적 사회적 쇠퇴의 가장 분명한 징후는 네 명밖에 안 되던 변호사들이 모두 더 큰 도시로 달아났다는 사실일 터였다. 그 가운데 몇 명은 클랜턴으로 갔다. 젊은 오마르 누스가 자기 사무실 간판을 내걸었던 옛날에는 카운티 전체에 변호사가 스무 명이나 있었다.

22구역 재판구에 속한 다섯 곳의 법원 가운데 밴뷰런 법원이 단연코 최악이었다. 적어도 100년은 된 것처럼 낡았고, 특징 없이 단조로운 디자인은 카운티의 선조들에게 건축가를 고용할 돈이 없었다는 확실한 증거였다. 법원 건물은 꼴사납게 뻗어나간 3층짜리 흰색 판자 건물로 시작했고, 줄지어 붙은 작은 사무실에 판사부터 보안관, 온갖 사무원들 심지어 카운티의 농작물 조사관까지 수용하고 있었다. 수십 년에 걸쳐 카운티가 완만하게 성장하는 동안 여기저기 종양처럼 다양한 별관이 들어서며 증축이 이루어졌고, 밴뷰런 카운티 법원은 주에서도 가장 추악한 건물로 악명이 높아졌다. 이런 평가는 공식적인 것은 아니었고, 주로 여기에 드나들면서 이곳을 싫어하게 된 변호사들의 판단이 그랬다.

외관이 당혹스럽다면 실내는 노골적으로 제 기능을 하지도 못했다. 아무것도 작동하지 않았다. 난방 장치는 겨울철 추위를 제대로 쫓아내지 못했고 여름철의 냉방장치는 전기만 게걸스럽게 먹어 치울 뿐 소중한 찬 공기는 제대로 만들어내지도 못했다. 배관, 전기, 보안 등 전체 시스템은 주기적으로 고장이 났다.

불만에도 불구하고 납세자들은 보수 비용을 대기를 거부했다. 가장 확실한 해결책은 성냥으로 불을 붙여버리는 것이었지만, 그래도 방화는 범죄였다.

이 건물의 별나면서도 특이한 점을 높이 평가한다고 주장하며 버티는 소수가 있었는데, 그 가운데 한 명이 바로 22구역 재판구 선임 판사인 오마르 누스였다. 그는 오랫동안 법원 2층을 차지한 채 그곳에서 자신의 크고 낡아빠진 법정을 왕처럼 통치했고, 안쪽에 자리한 판사실에서 거의 살다시피 했다. 복도를 지나면 있는 조금 작은 법정에서는 비교적 조용한 사건들을 처리했다. 사무실 근처에는 그의 비서와 법원 속기사, 서기도 근무하고 있었다.

만일 오마르 누스와 그의 막강한 영향력이 없었다면 법원 건물은 이미 오래전에 남아나지 않았으리라 지역 주민 대부분이 생각했다.

나이가 일흔에 가까워지면서 그는 운전도 직접 하지 않으면서도 자신이 맡은 나머지 카운티 네 곳에 덜 찾아가는 걸 선호하게 되었다. 클랜턴과 스미스필드, 그레트나 그리고 밀번 카운티의 템플까지 갈 일이 있으면 거의 두 시간이 걸리는 운전은 서기나 속기사가 맡았다. 그는 그쪽 도시의 변호사들이 휴일에 그를 만날 일이 있으면 찾아와 달라고 귀찮게 부탁하는 습관을 들이고 있었다. 법률에 따라 그는 어쩔 수 없이 다섯 곳 카운티에서 재판을 열어야 했지만, 집에 머무는 방법을 찾아내는 데 점점 능숙해졌다.

제이크는 화요일 오후 2시 '판사실'로 누스를 만나러 오길 바란다는 전화를 월요일에 받았다. 다섯 곳의 법원에는 모두 판사들을 위한 사무실이 있지만 누스가 '판사실'이라고 말할 때는 바로 이곳 멋진 미시시피주 체스터로 뛰어오라는 의미였다. 제이크는 판사의 비서에게 화요일 오후에 약속이 있다고 설명했다. 그 말은 진짜였지만 비서는 존경하는 판사님께서는 제이크가 선약들을 취소하기를 기대하고 있다고 알려주었다.

그래서 그는 화요일 오후 일찍 조용한 체스터의 도로를 차로 달리면서 다시 한번 그가 이곳에 살지 않는 일에 감사했다. 클랜턴이 남북전쟁 이후 한 장군에 의해 깔끔하게 설계되어 대부분 도로가 정확히 격자를 이루고 있고, 아름다운 법원 건물이 광장 한가운데 웅장하게 자리 잡은 것과 비교해 체스터는 수십 년에 걸쳐 단계적으로 생겨났으며 대칭이나 디자인에 대한 고려가 전혀 없었다. 광장도 없고 제대로 된 중심 도로도 없었다. 업무 지구는 서로 이상한 각도로 만나는 도로들이 모인 곳에 불과했고, 차라도 많았다면 악몽 같은 교통 체증을 유발했을 터였다.

이 도시에서 가장 이상한 것은 법원이 시 경계 안쪽에 없다는 거였다. 법원 건물은 도심에서 동쪽으로 주간 고속도로를 따라 3킬로미터 떨어진 곳에 쓸쓸하고 외롭게 마치 쓰러질 준비를 마친 것처럼 서 있었다. 동쪽으로 5킬로미터만 더 가면 오랫동안 체스터의 라이벌 도시였던 스위트워터가 나왔다. 전쟁이 끝난 뒤 시골에는 서로 차지하려고 싸울 소중한 것들이 없는 상황이었지만 두 마을은 수십 년 동안 힘겹게 적대감을 키웠다. 1885년에는 어느 곳을 카운티 중심 도시로 선언할 것인지 서로 합의하지 못하고 있었다. 실제로 총격전이 벌어졌고 한두 명이 희생되기도 했지만, 밴뷰런 카운티에 한 번도 와본 적 없고 방문할 계획도 없는 주지사는 체스터를 선택했다. 스위트워터의 성미 급한 사람들을 달래기 위해 법원은 두 마을의 중간에 가까운 늪지대 옆에 세워졌다. 세기가 바뀌면서 디프테리아가 창궐해 스위트워터의 대부분 지역을 휩쓸었고 이제 그곳에는 죽어가는 교회 두 곳 말고는 아무것도 남지 않았다.

체스터 외곽에서 제이크는 주변에 주차된 자동차들 사이에 법원 건물이 쓸쓸하게 서 있는 모습을 보았다. 한쪽 별관은 멀리서 보면 본관 건물에서 멀어지면서 살짝 기운 것이 분명해 보였다. 그는 차를 세우고 안으로 들어가 계단을 따라 2층으로 올라갔다. 그곳 대법정은 어둡고 텅 비어 있었다. 그는 법정 내부를 가로질렀다. 먼지가 잔뜩 쌓인 방청객용 긴 의자들을 지나 방청석 끝 칸막이를 열고 지나 멈춰 서서 전부 백인 남자들인 죽은 정치인과 판사들의 유화 초상화를 바라보았다. 모든 것들이 먼지를 두껍게 뒤집어썼고, 휴지통조차 비운 흔적이 보이지 않았다.

그는 안쪽에 있는 문을 열고 비서에게 인사했다. 그녀는 미소를 띠며 한쪽에 있는 문을 향해 고갯짓했다. 기다리고 계시니 바로 들어가세요. '판사실' 안에 들어서니 누스 판사가 사각형 오크 책상 뒤에 앉아 있었다. 책상 위를 서류 더미들이 깔끔하게 덮고 있었는데, 겉으로 보기에는 정리가 되지 않은 것처럼 보이지만 본인은 어떤 서류든 순식간에 찾아낼 수 있을 것 같은 인상이었다.

"어서 오게, 제이크." 판사는 웃음을 띠며 말했지만 일어서지는 않았다. 파스타 접시만큼 큰 재떨이에는 여섯 개나 되는 파이프가 놓여 있고, 실내 공기는 파이프의 퀴퀴한 냄새로 텁텁했다. 거대한 창문 두 개는 모두 20센티미터 정도 금이 가 있었다.

"안녕하십니까, 판사님." 제이크는 커피 테이블과 오래전 잡지가 가득 찬 책꽂이, 있어야 할 곳인 책장이 아닌 바닥에 쌓여 있는 법률 서적들, 거의 주인만큼이나 늙은 노란색 래브라도 두 마리를 요리조리 피해 책상으로 다가갔다. 10년 전 처음으로 누스를 만나러 왔을 때만 해도 두 마리 모두 강아지였다고 제이크는 확신했다. 개들과 주인인 판사님은 분명히 나이를 먹었지만, 다른 모든 것들은 시간을 초월하고 있었다.

"여기까지 와주어 고맙네, 제이크. 알다시피 두 달 전에 허리 수술을 받아서 아직 회복 중이야. 허리 아래쪽이 아주 뻣뻣하거든, 알지?"

누스 판사는 볼품없는 몸매와 긴 매부리코 때문에 일찌감치 이카보드(이카보드 크레인은 단편소설 〈슬리피 할로의 전설〉의 주인공이다-옮긴이)라는 별명을 얻었다. 어울리는 별명이었고, 제이크가 변호사 일을 시작했을 무렵 그 별명이 무척 유명해 모두가 사용했다. 물론 누스 뒤에서였다. 하지만 시간이 지나면서 '이카보드'라는 별명은 인기를 잃었다. 그 순간, 제이크는 해리 렉스가 오래전 해준 말이 떠올랐다. "이카보드 누스처럼 건강에 신경을 많이 쓰는 사람은 없을 거야."

"저는 괜찮습니다, 판사님." 제이크가 말했다.

"우리가 좀 의논해야 할 문제가 있네." 누스는 파이프를 들고 재떨이 끝을 두드리더니 작은 라이터로 불을 붙였다. 불이 우락부락한 그의 눈썹을 거의 태울 뻔했다.

아, 그러셔? 제이크는 생각했다. 아니면 왜 날 불렀겠어? "네, 판사님. 아주 문제가 많죠."

누스는 파이프를 빨아들여 입속을 연기로 채웠다. 그러더니 연기를 내뿜으며 말했다. "그것보다, 루시엔은 어떻게 지내나? 나랑 오래전부터 알고 지낸 사이인 건 알고 있지?"

"그럼요. 루시엔은, 그냥 루시엔이죠. 변한 건 없지만 요즘엔 사무실에 더 자주 나옵니다."

"내가 안부 묻더라고 전해주게."

"그러죠." 루시엔은 오마르 누스라면 진저리를 쳤다. 제이크는 판사의 인사를 한 번도 전한 적이 없었다.

"아이는 어떻게 지내고 있지? 갬블 군 말이야. 아직 횟필드에 있나?"

"네, 판사님. 거의 매일 담당 상담사와 얘기하는데, 여전히 트라우마에 시달리고 있는 것이 분명하다고 합니다. 상담사 말로는 조금씩 나아지지만, 워낙 충격이 컸는데 총격 사건 때문만이 아니라고 합니다. 시간이 좀 걸릴 것 같습니다." 새디 위버 박사가 제이크에게 말해준 모든 얘기를 전달하려면 한 시간이 걸리겠지만, 한 시간이나 얘기할 수는 없었다. 나중에 작성된 보고서를 받고 나서 이야기해야 했다.

"난 아이가 클랜턴 구치소로 돌아왔으면 좋겠는데." 누스가 뻐끔거리며 말했다.

제이크는 어깨를 으쓱했다. 자신이 드루의 신병 문제를 결정할 수 없었기 때문이다. 하지만 그는 이미 위버 박사에게 자신의 의뢰인은 카운티 구치소보다는 청소년 보호 시설로 가는 편이 훨씬 낫다고 말해두었다. "직접 말씀하시면 됩니다, 판사님. 판사님이 그리로 보내셨으니까 그쪽 의사들이 분명히 판사님께 의견을 드릴 겁니다."

"그렇게 할 수도 있겠지." 판사는 파이프를 내려놓더니 두 손을 머리 뒤에서 깍지를 꼈다. "어쩔 수 없었네, 제이크. 사건을 맡을 다른 사람을 도저히 구할 수가 없어. 정말이지 애는 많이 썼네." 그는 갑자기 손을 뻗어 법률용 노트를 집더니 제이크가 봐야 한다는 것처럼 책상 앞쪽으로 툭 던졌다. "열일곱 명의 변호사와 연락했네. 이름이 거기 전부 적혀 있어. 세상에, 자네도 대부분 아는 사람들일 거야. 우리 주에서 중범죄를 다뤄본 열일곱 명 전부일세. 그들 모두와 전화 통화했네, 제이크. 일부는 여러 번 통화하기도 했어. 빌고 간청하고 달래고 협박까지 해봤지만, 22구역 재판구를 벗어나면 나도 관할권이 없어. 자네도 알겠지. 그런데 소득이 없어. 한 명도. 아무도 나서지 않으려고 해. 비영리단체도 전부 연락했어. 아동 중범죄 변호 기금, 청소년 사법 이니셔티브, ACLU(미국 시민자유연맹), 그밖에 다른 곳들도. 그들 목록도 거기 있어. 그들 역시 매우 동정하고 있고 돕고 싶어 해. 실제로 도움을 줄 수도 있지만 지금 당장은 이 아이를 변호할 법정 변호사를 보내줄 수가 없대. 혹시 좋은 생각 있나?"

"아뇨, 하지만 제게 약속하셨잖습니까, 판사님."

"나도 알지, 진짜 그럴 생각이었고. 하지만 그때는 워낙 대책이 없었어. 난 이 지역 전체의 사법 체계를 책임지고 있네, 제이크. 그리고 그 아이를 법적으로 온전히 내가 책임져야만 했단 말이야. 내가 어떤 상황을 겪었는지 알잖나. 나도 방법이 없었네. 자네는 다른 사람들이 모두 책상 밑에 숨어 전화를 피할 때 남자답게 나서주었어. 이제 그 일을 계속 맡아달라고 부탁하는 거야, 제이크. 이 사건을 계속 맡아 피고인이 공정한 재판을 받을 수 있도록 해주게."

"그럼, 제가 요청한 소년 법원으로의 이송은 기각하실 계획이군요."

"당연하지. 내가 재판 관할권을 유지할 이유는 많고 많네, 제이크. 만일 소년 법원에서 재판을 받으면 그 아이는 열여덟 살이 되면 풀려나. 자넨 그게 공정하다고 보나?"

"아뇨, 이론적으로는 그렇지 않죠. 전혀요."

"좋아, 그럼 우린 같은 의견이군. 순회법원에서 관할권을 유지하고 자넨 그 아이 변호사가 되는 거야."

"하지만, 판사님. 전 이 사건 때문에 파산할 수는 없습니다. 전 혼자 변론하고 직원도 거의 없어요. 3월 25일 처음 전화 주신 뒤로 지금까지 저는 이 사건을 위해 마흔한 시간 일했고 이제 일은 겨우 시작 단계입니다. 아시다시피 주 의회에서 정한, 저소득층 지원 변호사 수임료 상한은 총액 천 달러입니다. 믿기 어려우시겠지만, 중범죄 변호를 천 달러에 맡으라는 건 말도 안 되는 소립니다, 판사님. 저도 돈을 벌어야죠."

"자네가 보수를 받을 수 있도록 보장하겠네."

"하지만 어떻게요, 판사님. 규칙은 꽤 명확한데요."

"알아, 안다고. 이해한다니까, 제이크. 터무니없는 법이고 이미 의회 의원들에게 편지도 써서 보냈네. 좋은 생각이 있어. 적어도 22구역 재판구에서는 한 번도 해본 적 없는 일이야. 계속 업무 시간을 정리해 둬. 그리고 사건이 끝나면 카운티에 청구서를 보내라고. 만일 담당자가 지급을 거부한다면 그들을 순회법원에 고소해. 내가 사건을 맡을 테고, 자네한테 유리하도록 판결할 테니까. 그러면 어떤가?"

"확실히 참신한 생각이네요. 한 번도 들어본 적 없습니다."

"내가 그렇게 처리할 생각이니까 잘될 거야. 배심원 없이 재판을 빨리 끝내서 자네가 보수를 받을 수 있도록 챙기지."

"하지만 그건 여러 달 뒤잖습니까."

"그렇게 하는 편이 최선이야, 제이크. 법은 법이니까."

"그럼 전 일단 천 달러를 받고 나머지는 기도해야겠군요."

"우리가 할 수 있는 최선이야."

"전문가들은 어떻게 하죠?"

"전문가라니?"

"아시잖아요, 판사님. 주 정부는 온갖 정신과 의사들과 정신 건강 전문가를 마음대로 불러서 증언하도록 할 수 있어요."

"지금 심신미약 쪽으로 변호하겠다고 말하는 건가?"

"아뇨, 어떤 뜻이 있어 드리는 말씀이 아닙니다. 전 지금도 이 망할 사건에 발목을 잡혔다는 것이 믿기지 않습니다."

"게다가 피고인 가족은 돈이 없지?"

"농담하세요? 그들은 노숙자예요. 여기저기서 입던 옷을 받아서 입어요. 어디 있는지는 몰라도 친척들은 예전에 등을 돌렸고, 교회에서 돕지 않으면 지금 당장 밥을 굶을 신세라고요."

"그래, 그래, 그냥 물어본 걸세. 나도 알 만큼은 알고 있다고. 내가 할 수 있는 건 해주겠네, 제이크. 자네는 보수를 반드시 받을 수 있어."

"그것만으로는 충분하지 않습니다, 판사님. 제가 천 달러 이상을 받을 수 있다는 약속을 해주셔야 해요."

"내가 할 수 있는 건 뭐든 해서 자네가 제대로 된 변론에 대한

306

대가를 받을 수 있도록 한다고 약속하겠네."

제이크는 깊이 숨을 들여 마시고 이제 갬블 사건을 맡을 수밖에 없다는 사실을 받아들여야 할 때라고 속으로 말했다. 누스는 다른 파이프를 만지작거리더니 대통 속을 시키면 담배로 가득 채웠다. 그는 누런 이를 드러내며 제이크를 향해 웃더니 말했다. "제안에 더 매력적인 걸 보태지."

"스몰우드요?"

"스몰우드. 다음 주 월요일에 일주일 뒤인 4월 23일을 기일로 잡지. 숀 길더의 헛소리는 듣지 않겠어. 그리고 그날 아침 일찍 배심원을 뽑아야 한다고 밀어붙이겠네. 한 시간 내에 길더와 월터 설리번에게 전화하겠네. 어떤가?"

"감사합니다."

"재판 준비는 해두었나, 제이크?"

"이미 끝났습니다."

"혹시라도 합의할 생각은?"

"지금으로서는 그럴 것 같지 않습니다."

"이번 사건은 승소했으면 하네, 제이크. 다른 뜻은 없어. 나야 공정한 재판을 보장하는 것이 맡은 일이고, 여전히 선입견 없는 심판으로 남아 있을 거야. 하지만 자네가 길더와 설리번은 때려눕히고 철도회사가 엄청난 금액을 무는 판결을 받아내는 모습을 꼭 좀 보고 싶네."

"저도 그렇습니다, 판사님. 전 그래야만 해요."

누스는 뻐끔거리며 파이프를 빨더니 물부리를 깨물었다. 그가 말했다. "자네와 난 현재 그리 인기가 좋지 않아, 제이크. 포드 카운티 사람들이 내게 보낸, 여기 쌓인 편지들이나 이름을 밝히거나 숨긴 채 사람들이 걸어대는 전화로 보면 그렇네. 사람들은 자네와 내가 짜고 아이가 정신이상이라며 풀어준 걸로 알아. 이런 상황 때문에 배심원 선정이 걱정스럽나?"

"글쎄요, 해리 렉스와 제가 그 문제를 논의한 건 맞습니다. 해리 렉스가 저보다는 더 걱정하죠. 전 지금도 마음이 열린 배심원 열두 명을 찾아낼 수 있다고 믿거든요."

"같은 생각이네. 시간을 두고 신중하게 골라내야지. 아이를 횟필드에서 데려와서 정신 나간 사람들이 아이가 구치소로 돌아와 재판을 기다리고 있다는 걸 알게 해야 해. 뭔가 편법을 이용해 풀려난 것이 아니라. 그러면 사람들 일부는 좀 누그러지겠지. 같은 생각이지?"

제이크가 말했다. "네." 하지만 진짜 그럴 수 있을지 그는 확신이 없었다. 누스 의견도 말이 되었다. 만일 드루가 오지의 구치소로 돌아와 재판을 기다린다면 지역 사람들은 진정할지도 모른다.

누스가 말했다. "서기에게 연락해서 내일 배심원 대상자 명부를 통지하라고 하겠네. 100명 정도면 충분하겠지?"

"네, 판사님." 민사 재판에서 100명이면 평균이었다.

누스는 천천히 다른 파이프를 청소했다. 조심스럽게 담배를 더 넣고 파이프에 불을 붙이고 연기를 음미하던 그는 흐느적거리는 몸을 의자에서 힘겹게 빼내면서 일어섰다. 그는 창가로 걸어가 아름다운 경치를 감상이라도 하듯 밖을 내다보았다. 그는 돌아서지 않은 채 어깨 너머로 말했다. "다른 건도 있네, 제이크. 이건 우리끼리만 하는 얘기야. 알겠지?" 뭔가 불쾌한 생각에 짓눌린 듯한 모습이었다.

"그럼요, 판사님."

"난 한때 정치인으로 살았고 제법 잘 해내기도 했네. 그러다가 유권자들이 날 고향으로 보냈고, 난 깨끗하고 정직한 삶을 살게 되었어. 판사로 열심히 일했고 이 직업에 익숙해졌다고 생각하고 싶었어. 이 자리에 18년 동안 있으면서 한 번도 심각하게 누구와 대립한 적도 없었지. 내 평판은 상당히 탄탄하다네, 맞지?" 그는 돌아서서 자신의 긴 코를 내려다보았다.

"저도 판사님 평판은 든든하다고 생각합니다, 판사님."

누스는 파이프를 빨더니 연기가 천장 근처에서 소용돌이치는 모습을 지켜보았다. "판사 선거가 경멸스럽다는 생각이 들어. 사법부에서는 모든 단계에서 정치가 배제되어야만 해. 판사석에 오래 앉아 있어서 이렇게 쉽게 말할 수 있다는 건 나도 알아. 현직 판사는 선거에서 유리해. 하지만 판사들이 어쩔 수 없이 악수하고 아기들 뺨에 입을 맞추고 표에 매달리는 건 꼴사나운 짓이야. 그렇게 생각하지 않나, 제이크?"

"그렇습니다. 끔찍한 제도죠." 나쁘게 보이긴 하지만, 사실 판사들은 도전받는 경우가 별로 없고, 선거에서 패배하는 일은 거의 아예 없다. 야망을 품은 변호사들 대부분은 현직 판사에 맞서 출마해서 패배하는 일을 재정적 자살로 여긴다. 제이크는 누스가 머릿속으로 루퍼스 버클리를 떠올리는 게 아닌지 의심했다.

그는 말했다. "내년엔 경쟁자가 생길 것 같더군."

"소문은 저도 들었습니다."

"자네 오랜 친구 버클리지."

"전 아직도 그 친구를 경멸합니다, 판사님. 아마 평생 그럴 것 같습니다."

"그 친구는 내가 헤일리를 풀어준 일로 날 비난했어. 자네도 비난했고. 자기만 빼고 모두 비난했지. 5년 동안 조바심 내며 복수를 준비하고 있었어. 3년 전 지방 검사 선거에서 패배했을 때 너무 우울한 나머지 뭔가 도움을 받아야 했다더군. 어쨌거나 스미스필드의 내 지인 말로는 그래. 이제 정신이 돌아왔는지 입을 놀리고 있어. 사람들이 그를 내 자리에 앉혀야 한다고 생각하는 거지. 지난 금요일 로터리클럽에서 코퍼 사건을 두고 떠들었다더군. 이번에도 자네가 법원을 속이고 날 설득해 아이를 풀어줬다고 말이야."

"스미스필드 로터리클럽의 소문 따위는 걱정하지 않습니다, 판사님."

"물론 그렇겠지. 하지만 그쪽 지역 투표용지에 자네 이름이 올라가지는 않으니까. 이제 신경이 좀 쓰이나?"

"판사님, 지난번 선거에 나섰을 때 버클리는 다섯 카운티 가운데 네 군데에서 졌습니다. 게다가 로웰 다이어는 무명이었어요."

"알아, 알지. 상대도 되지 않았지."

제이크는 대화가 이렇게 빨리 업무에서 정치로 바뀐 것이 놀라웠다. 누스 판사가 이런 식으로 경계를 늦추고 개인적 얘기를 했던 적이 한 번도 없었다. 그는 몇 달 앞으로 다가왔고, 아예 실시되지 않을 수도 있는 선거를 걱정하는 것이 분명했다.

제이크가 말했다. "포드 카운티는 다른 네 카운티보다 유권자가 많고, 그곳에서 판사님의 평판은 아주 좋습니다. 변호사협회는 온 갖 합당한 이유를 바탕으로 판사님을 지지하고 있고 루퍼스 버클리는 전적으로 혐오합니다. 아무 걱정하실 것 없습니다, 판사님."

누스는 책상으로 돌아와 파스타 접시 재떨이 위에 피우던 파이프를 내려놓았다. 자리에 앉지 않은 채, 마치 "끝났네"라고 말하는 것처럼 양손을 마주 문질렀다.

"고맙네, 제이크. 버클리를 주시하도록 하세."

제이크는 일어서서 말했다. "그러죠. 다음 주 월요일 오전 일찍 뵙겠습니다."

두 사람은 악수했고 제이크는 서둘러 밖으로 나왔다. 차에 올라 탄 그는 해리 렉스에게 전화해 무례한 비서 둘을 위협으로 통과한 다음 결국 재판 날짜가 정해졌고 24시간 안에 예비 배심원 명단을 알 수 있게 될 것이라는 멋진 소식을 전달했다.

해리 렉스는 사무실 전체에서 들릴 정도로 크게 소리를 친 다음 수화기에 대고 낄낄거렸다. "명단은 벌써 손에 넣었어."

20

소송 비용을 위해 스탠의 은행에서 대출한 자금 가운데 꽤 큰 부분은 머리 실러버그라는 이름의 실력 좋은 배심원 조사 전문가에게 줄 비용이었다. 그는 애틀랜타에 근거지를 두고 지난 20년 동안 엄청난 규모의 판결을 얻어냈다고 자랑했다. 제이크는 그가 법정 변호사들 총회에서 연설하는 걸 듣고 엄청나게 감동했다. 해리 렉스는 돈을 쓰고 싶지 않아 했고, 자신이 주에서 다른 누구보다 배심원을 더 잘 선택할 수 있다고 주장했다. 제이크는 친구인 해리 렉스에게 그가 지난 10년 동안 배심원을 선택해 본 일이 없고, 10년 전에 배심원들이 그를 좋아하지 않는다는 사실을 스스로 깨달았기 때문이었다는 사실을 상기시켜 주었다. 두 사람은 시간을 하루 내서 애틀랜타까지 가서 머리 실러버그를 만났고, 그런 뒤에야 해리 렉스는 마지못해 동의했다. 비용은 2만 달러에 출장 비용이 별도였다.

제이크는 스탠에게 전화해 추가 대출을 요청했다. 스탠은 이번에도 미친 짓이라고 했고, 제이크는 진짜 법정 변호사답게 대답했다. "돈을 벌려면 돈을 써야지." 그 말은 사실이었다. 소송 비용 대출은 전국에서 인기였고, 그렇지 않아도 자신이 얼마나 큰 판결을 받아냈는지 자랑하기 바쁜 법정 변호사들은 그들이 배심원들을 설득하기 위해 얼마나 많은 돈을 빌리고 썼는지 자랑하기 시작했다.

실러버그의 회사는 국내 모든 민사 소송을 연구했고, 특히 미국 남동부와 플로리다의 사례에 깊은 관심을 보였다. 그들의 의뢰인과 얻어낸 판결은 대부분 본사 근처에 있었다. 실러버그의 동업자 한 명이 도시 지역의 판결을 조사했고, 실러버그는 배심원들이 훨씬 보수적인 작은 도시와 시골 지역의 자료에 푹 빠져 있었다.

제이크에게 작업을 시작해 달라는 연락을 받은 그는 즉시 미시시피 북부의 농촌 지역 유권자들에게 여론조사를 해 병원, 변호사, 소송에 관한 그들의 태도를 평가했다. 여론조사는 광범위했고 부모와 아이가 자동차 사고로 사망한 가상의 사례를 포함하고 있었다.

그와 동시에 실러버그를 위해 일하는 조사팀은 배심원 대상자 명단에 오른 사람들의 배경을 조사하기 시작했다. 넓은 스몰우드 회의실은 수년째 텅빈 창고에 불과했지만, 제이크가 소송을 제기한 13개월 전에 전투 상황실로 개조되었다. 조사관들이 그곳을 점령하고 모든 벽면에 종이 자료와 확대한 사진들을 붙였다. 예비 배심원들의 집과 트레일러, 아파트, 승용차, 트럭 그리고 직장의 사진들이었다. 그들은 토지 기록, 법원 서류와 사건 목록 등 모든 공개 자료를 뒤졌다. 그들은 조심스러웠고 눈에 띄지 않으려 애썼지만 몇몇 예비 배심원은 주변에서 낯선 사람이나 카메라를 본 적이 있다고 나중에 불평하기도 했다.

아흔일곱 명 가운데 여덟 명은 사망한 것으로 금세 확인되었다. 제이크는 살아 있는 사람들 가운데 일곱 명만 누군지 알았는데, 다시 명단을 확인해 본 그는 아는 이름이 거의 없다는 사실에 새삼 놀랐다. 그는 평생 인구 3만 2천 명의 포드 카운티에서 살았고, 친구가 많다고 생각해 왔다. 해리 렉스는 예비 배심원들 가운데 스무 명 정도는 조금이라도 아는 사람이라고 했다.

초기 여론조사 결과는 별로 도움이 되지 않았다. 머리 실러버그는 남부 시골의 배심원들은 그 대상이 거대 기업이라고 해도 거금의 보상금 평결을 의심스러워하고 돈에 대해 엄격한 태도를 지닌다는 걸 당연히 알고 있었다. 월급으로 근근이 살아가며 힘겹게 일하는 사람들에게 100만 달러라는 돈을 보상금으로 내주라고 설득하는 일은 정말이지 어려웠다. 제이크도 이런 사실을 잘 알았다. 그는 지금까지 배심원단에게 100만 달러 이상을 요구해 본 적도 없었지만, 그런데도 크게 실망한 적이 있었다. 1년 전 그는 감정에 휘말려 배심원들에게 10만 달러를 요구한 적이 있는데, 그 사건은 사실 가치가 그보다 절반에도 미치지 못했다. 배심원들은 만장일치를 이루지 못했고 보상금은 겨우 2만 6천 달러에 불과했으며 사건은 항소 법원에 올라가 있다. 해리 렉스는 최후 변론을 지켜보면서 제이크가 너무 큰 금액을 불러 일부 배심원이 소외감을 느끼도록 했다고 생각했다.

변호사들과 그들이 돈을 많이 주고 고용한 전문가들은 스스로 탐욕스러워 보인다면 위험하다는 걸 잘 알았다.

하지만 개인적으로 제이크와 해리 렉스는 명단을 보고 기뻤다. 50세 이하인 사람의 수가 50세를 넘은 사람들보다 많았는데, 그 말은 더 공감할 수 있는 젊은 부모들이라는 뜻이었다. 나이 든 백인 배심원들이 가장 보수적이었다. 카운티 인구의 26퍼센트가 흑인이어서 명단에서도 같은 비율을 차지했는데, 그건 높은 숫자였다. 백인이 대부분인 카운티에서 유권자로 등록한 흑인 비율은 훨씬 낮았다. 또 흑인들은 기업과 싸우는 소시민에 더 동정적인 것으로 알려졌다. 게다가 해리 렉스는 두 명의 '선수'를 알고 있다고 주장했는데, 그건 고소인 입장이 되도록 설득이 가능한 사람들을 의미했다.

제이크 사무실 주변 분위기는 극적으로 바뀌었다. 드루 갬블을 변호해야 하고 그 비극을 접해야 한다는 걱정은 사라졌다. 대신 중요한 소송과 그를 위한 끝없는 준비의 흥분이 그 자리를 대신했다.

그렇지만 갬블 사건은 사라지지 않았다. 적절한 치료보다는 수용 인원의 과밀화 문제로 갬블은 휫필드를 떠나야 했다. 그곳에 간 지 18일 후 담당 의사인 새디 위버는 다른 청소년 환자를 위해 자리를 내어주어야 한다는 이유로 그를 클랜턴으로 돌려보내라는 지시를 내렸다. 그녀는 누스 판사와 제이크, 월스 보안관에게 전화로 연락했다. 아이를 구치소로 돌려받게 된 오지는 기분이 좋아졌고, 〈포드 카운티 타임스〉의 듀머스 리에게 정보를 흘렸다. 보안관이 직접 운전하는 순찰차 뒷자리에 앉은 피고인이 도착했을 때, 기다리고 있던 듀머스가 사진을 찍었다. 다음 날 1면에는 '**코퍼 사건 용의자, 클랜턴 구치소 재수감**'이라는 헤드라인 아래 커다란 사진이 실렸다.

듀머스는 지방 검사인 로웰 다이어의 말을 인용해 피고인이 기소되었으며 법원에 첫 출석을 하게 될 거라고 보도했다. 아직 재판 날짜는 정해지지 않았다. 제이크는 "노코멘트"라고 말했다고 보도되었다. 누스 판사 역시 마찬가지였다. 익명의 소식통(제이크)은 듀머스에게 심각한 사건에서 피고인이 횟필드에 가서 검사를 받는 일은 전혀 드문 일이 아니라고 말했다. 또 다른 익명의 소식통은 여름 중반 이전에 재판이 열릴 거라고 예상했다.

토요일 오전 8시, 제이크는 휴일이라 닫힌 법원 뒷문에서 여러 사람을 만났다. 빌려온 열쇠로 문을 열고 사람들을 업무용 계단을 통해 대법정으로 안내했다. 그곳에는 조명을 켠 채 그를 위해 일하는 사람들이 기다리고 있었다. 모두 열세 명을 배심원석에 앉힌 다음 해리 렉스와 루시엔 윌뱅크스, 포샤 랭, 머리 실러버그 그리고 그의 부하 직원 한 명을 소개했다. 법정은 안에서 문을 잠가두었고 물론 방청객은 없었다.

그는 열세 명의 이름을 한 명씩 부르고 시간을 내줘 감사하다고 말한 다음 300달러짜리 수표를 한 장씩 나누어주었다(소송 비용에 쓸 대출금에서 또 3천9백 달러가 지출되었다). 그는 민사 소송에서 모의 배심원단을 종종 사용한다고 설명하면서 즐거운 경험이 되기를 바란다고 말했다. 모의재판은 거의 온종일 걸릴 예정이고 몇 시간 뒤 훌륭한 점심 식사가 제공될 예정이었다.

열세 명 가운데 일곱 명은 여자, 네 명은 흑인, 다섯 명은 나이가 50세보다 적었다. 모두 제이크와 해리 렉스의 친구들과 이전 의뢰인들이었다. 흑인 여성 가운데 한 사람은 포샤의 숙모였다.

루시엔은 판사 자리를 차지했는데, 잠깐이지만 판사 행세를 즐기는 것 같았다. 해리 렉스는 변호인석으로 이동했다. 제이크는 짧게 줄인 첫 변론으로 재판을 시작했다. 시간 문제로 모든 단계가 축소되었다. 그들은 하루 만에 모의재판을 끝내야 했다. 진짜 재판은 적어도 사흘간 이어질 예정이었다.

제이크는 커다란 스크린에 테일러 스몰우드와 아내 세라 그리고 세 아이의 컬러 사진을 띄웠고 그들이 얼마나 화목한 가정이었는지 말했다. 그는 사고 현장의 부서진 자동차와 기차 사진을 보여주었다. 주 경찰이 사고 다음 날 현장을 다시 방문해 경고등을 사진으로 여러 장 찍어두었다. 제이크는 그 사진들을 배심원들에게 보여주었고, 그 가운데 몇 명은 제대로 유지되지 않은 건널목 시스템을 보며 믿을 수 없다는 듯 고개를 저었다.

변론을 마무리하면서 제이크는 보상금 얘기를 꺼내며 큰 규모의 판결에 관한 씨앗을 심었다. 안타깝게도 사망 사고에서 피해를 산정할 수 있는 유일한 척도는 돈이라고 그가 설명했다. 다른 사건이라면 피고인들에게 다른 구제 방식을 강제할 수도 있었다. 하지만 이 사건에서는 그렇지 않았다. 스몰우드 가문 상속자들에게 보상금 판결 말고는 달리 피해를 보상할 방법이 없었다.

자기 경력에서 처음으로 보험회사 변호인을 맡은 해리 렉스가 다음에 일어나 변론을 개시했다. 그는 스몰우드 가족 차에 받혀 부서진 열네 번째 화차를 찍은 커다란 컬러 사진을 보여주며 극적으로 변론을 시작했다. 높이 4.5미터에 길이 12미터인 화차는 다른 모든 화물 열차와 마찬가지로 자동차 전조등으로 비추면 300미터 떨어진 곳에서도 보일 수 있도록 밝은 노란색을 뿜어내는 반사 스티커가 붙어 있었다. 마지막 결정적 순간에 테일러 스몰우드가 무엇을 봤는지 혹은 보지 못했는지 아무도 알 수 없지만, 그가 봤어야만 했던 모습은 매우 확실했다.

피고인 측 변호인인 해리 렉스의 변론은 원고 측 주장을 의심할 만할 정도로 훌륭했고, 배심원 대부분은 그의 주장을 열심히 들었다.

첫 증인은 행크 그레이슨으로 머리 실러버그의 직원인 네이트 페더스가 대신 연기했다. 8개월 전 그레이슨 씨는 제이크의 사무실에서 증언한 적이 있다. 그는 스몰우드 가족이 탄 차에서 90여 미터 떨어진 뒤에서 사고를 목격했다고 주장했다. 찰나의 순간 무슨 일이 벌어졌는지 알 수 없었고 브레이크를 세게 밟고도 거의 그들 가족의 차와 부딪힐 뻔했는데, 스몰우드 가족의 차는 공중에 붕 떠서 180도 뒤집혔다고 말했다. 기차는 여전히 움직이고 있었다. 가장 중요한 내용은 건널목의 빨간색 경고등이 꺼져 있었다는 점이었다.

제이크는 늘 그레이슨이 걱정스러웠다. 그는 그레이슨이 진실을 말하고 있다고 믿었다. 거짓말을 해 얻을 것이 없었다. 하지만 그는 소심했고 상대방과 눈길을 마주치지 못했으며 목소리가 날카로웠다. 다른 말로 말하면, 진실성을 보여주지 못했다. 게다가 문제의 그날 밤에 그는 음주 상태였다.

해리 렉스는 반대 신문에서 그 점을 파고들었다. 그레이슨은 근처 싸구려 술집에서 맥주를 딱 석 잔 마셨다는 이야기를 바꾸지 않았다. 술에 취하지 않았고 무엇을 봤는지 정확히 알았고 사고 뒤에 경찰관 여러 명에게 얘기도 했다. 경찰관들 가운데 아무도 그가 술을 마셨는지 묻지 않았다.

모의재판에서 배심원 선정 컨설팅업체 직원인 네이트 페더스는 진짜 그레이슨보다 훨씬 역할을 잘 해냈다.

다음 증인은 철도 건널목 전문가였고, 전문가의 증언 내용을 잘 파악하고 있는 실러버그가 전문가의 진술서 사본을 들고 대신 역할을 해냈다. 제이크는 확대 사진을 사용해 센트럴 앤드 서던 철도회사가 건널목을 엉망으로 관리하고 있었다는 여러 예를 자세하게 증명했다. 빨간색 점멸등 덮개 유리는 먼지에 뒤덮였고 일부는 깨져 있었다. 기둥 하나는 기울어져 있었다. 조명 주변 페인트는 벗겨지고 있었다. 해리 렉스는 건널목에 대한 몇 가지 반론을 내놓았지만, 점수를 획득하지는 못했다.

이때까지 루시엔은 거의 아무 말도 하지 않았고, 진짜 판사처럼 낮잠을 자는 듯 보였다.

다음 증인은 다른 철도 안전 전문가로 포샤 랭이 대신 역할을 맡았다. 그녀는 배심원들에게 현재 철도회사들이 건널목에서 사용하는 다양한 경고 시스템을 설명했다. 센트럴 앤드 서던 회사가 사용하는 방식은 최소한 40년이 지난 것으로 끔찍할 정도로 시대에 뒤떨어져 있었다. 그녀는 시스템의 단점을 매우 자세히 설명했다.

10시가 되자 루시엔 판사는 잠에서 깨어 휴정을 선언했다. 배심원들에게 커피와 도넛이 전달되었고 모두가 휴식 시간을 보냈다. 휴식 시간이 끝나고 루시엔은 제이크에게 계속 진행하라고 말했다. 그는 증언석에 올 미스의 경제학 교수인 로버트 삼손 박사를 불러냈다. 다름 아닌 스탠 앳캐비지가 대신 역할을 맡았는데, 그는 골프를 치러 가야 한다고 말했지만, 부탁하던 제이크는 거절을 받아들이지 않았다. 제이크가 설명한 대로 만일 스탠이 진정으로 소송비 대출금을 걱정한다면 무슨 일이든 도와야 했다. 스탠은 대출에 관해 진심으로 걱정하고 있었다. 진짜 삼손 박사는 진짜 재판에서 한 번 증언할 때마다 만 5천 달러를 받았다.

증언은 지루했고 온통 숫자로 뒤범벅되어 있었다. 전문가는 테일러와 세라 스몰우드는 만일 그들이 추가로 30년 동안 일했다면 모두 220만 달러를 벌었을 것이라고 결론지었다. 해리 렉스는 반대 신문에서 세라는 늘 시간제로 일했고 테일러는 자주 직업을 바꿨다는 점을 지적해 약간의 점수를 땄다.

다음 증인은 다시 네이트 페더스였는데, 이번에는 사고를 조사했던 주 경찰의 경찰관 역할이었다. 그 뒤에 다시 포샤가 돌아와 가족의 사망을 선고한 의사 역을 해냈다.

제이크는 그 시점에서 변론을 종결하기로 했다. 실제 재판에서는 가까운 친척 두 명을 증언대로 불러 가족의 개인사를 설명하도록 해 가능하면 동정심을 자아내려고 했지만, 모의 배심원들을 상대로는 쉽지 않았다.

12시가 되자 판사석에서 보내는 시간이 완전히 지루해진 루시엔은 배가 고프다고 했고 제이크는 쉬면서 점심을 먹자고 했다. 그는 모든 사람을 데리고 법원을 나가 도로 건너 커피숍으로 갔다. 그곳에서는 델이 긴 테이블에 아이스티와 샌드위치를 준비해 두고 기다리고 있었다. 제이크는 공식적인 협의를 시작하기 전까지는 사건에 관해 의논하지 말라고 배심원들에게 부탁했지만, 그와 해리 렉스 그리고 실러버그는 재판 얘기를 하지 않을 수 없었다. 그들은 테이블 한쪽 끄트머리에 앉아 증언과 배심원들의 반응을 되짚어보았다. 실러버그는 제이크의 모두 변론이 만족스러웠다고 했다. 그는 모든 배심원을 주의 깊게 살펴보았고, 모두 같은 생각인 것 같다고 판단했다. 하지만 그는 피고 측 변호인 논리가 간단하다는 점을 걱정했다. 제정신인 운전자가 어떻게 반사 스티커로 뒤덮인 채 달리는 열차를 보지 못할 수 있을까? 그들이 테이블 끝에서 이런저런 의견을 주고받는 동안 모의 배심원들은 공짜 점심을 먹으며 수다를 떨었다.

판사님은 점심을 먹으러 집에 돌아갔고 훨씬 기분이 좋아져 돌아왔다. 칵테일 한두 잔의 도움을 받은 것이 분명했다. 판사가 주위를 정리했고 재판은 1시 30분에 다시 시작되었다.

피고 측 변호사인 해리 렉스는 열차의 기관사를 증인으로 불렀다. 포샤가 기관사 역할을 맡아 8개월 전에 미리 받아둔 조서를 바탕으로 증언했다. 그는 20년 동안 센트럴 앤드 서던에서 일한 경험이 있고 한 번도 사고를 겪은 적이 없다고 증언했다. 그가 일하면서 가장 중요하게 여기는 업무 가운데 하나는 기관차가 지나갈 때 경고등이 작동하는지 확인하는 일이었다. 문제의 그날 밤, 그는 분명히 빨간 경고등이 제대로 번쩍거리고 있었다고 확인했다. 고속도로에서 다가오는 차량은 보지 못했다. 쿵 하는 느낌이 들었고, 뭔가 일이 벌어졌다고 생각해 열차를 멈춘 다음 후진하다가 차량 잔해를 확인했고 건널목 양쪽에서 구조대 차량이 접근할 수 있도록 열차를 이동시켰다.

반대 신문에서 제이크는 제대로 유지되지 않은 경고등의 컬러 사진을 확대한 것을 다시 보여주며 기관사에게 배심원들이 경고등이 "완벽하게" 작동했다고 믿을 것을 기대하느냐고 물었다.

해리 렉스는 건널목 시스템을 검사했을 뿐 아니라 사고 며칠 뒤 그걸 시험한 전문가를 증인으로 불렀다(이번에도 머리 실러버그가 대신 나왔다). 놀라울 것도 없이 모든 것이 완벽히 작동했다. 아무리 오래되었다고 해도, 시스템이 작동하지 않을 이유가 없었다. 그는 배심원들에게 회로와 배선을 설명하는 동영상을 보여주었고, 모든 것이 앞뒤가 맞았다. 물론 경고등과 기둥은 약간의 수리나 심지어 교체가 필요할 수는 있었지만, 그것들이 오래되었다고 해서 제대로 작동하지 않는다는 뜻은 아니었다. 그는 비슷한 열차가 밤에 건널목을 지나는 동영상을 보여주었다. 환한 반사 스티커에 비치는 빛 때문에 배심원들이 눈을 똑바로 뜨기가 어려울 정도였다.

진짜 재판에서 센트럴 앤드 서던 철도회사는 회사를 대표해 임원 한 사람을 피고 측 변호인 테이블에 계속 앉혀두어야 한다. 제이크는 그 임원을 빨리 만나고 싶었다. 그는 정보 공개 과정을 통해 잔뜩 쌓인 회사 내부 문건과 보고서들을 손에 넣은 상태였다.

지난 40년 동안 건널목에서 일어날 뻔한 사고 내용이 담겨 있는 문서들이었다. 운전자들이 불만을 제기한 내용. 주변 주민들이 아슬아슬했다고 말하는 사고들. 기적적으로 지금까지 사망한 사람이 없지만, 1970년 이후 적어도 세 건의 사고가 발생했다.

제이크는 배심원들 앞에서 그 임원을 잔인하게 공격할 계획이었고, 그와 해리 렉스는 그것이 재판에서 가장 중요한 장면이 되리라 생각했다. 하지만 모의재판에서는 제대로 된 드라마를 만들어 낼 수 없었고, 그래서 그냥 판사가 간단히 읽을 수 있도록 몇 가지 사실을 문서로 준비했다. 루시엔은 마침내 할 일이 생겼고 그 순간을 즐기는 것 같았다. 1970년 야간에 발생한 사고에서 차량 운전자는 경고등이 작동하지 않았다고 주장했다. 1982년 발생한 다른 사고에서는 부상자가 나오지 않았다. 또 다른 1986년 사고에서는 정신을 차리고 있던 운전자가 가까스로 방향을 바꿔 차를 도랑에 처박으면서 지나는 열차를 피해 충돌을 피할 수 있었다. 건널목 주변에 사는 주민의 민원이 담긴 내부 문건 세 건도 있었다.

판사석에 앉은 사람이 단조로운 말투로 읽어 내려갔음에도 사건들의 내용은 비난받기에 충분해 보였다. 일부 배심원들은 루시엔이 계속 웅얼거리는 동안 믿을 수 없다는 듯 고개를 흔들었다.

제이크는 최후 변론에서 철도의 낡은 시스템과 '심각할 정도'의 소홀한 유지 보수를 맹렬히 비난했다. 그는 안전은 전혀 신경 쓰지 않는 회사의 '오만함'을 증명하는 내부 문건과 보고서를 손에 들고 흔들었다. 그는 배심원단에 조심스럽게 돈을, 그것도 거액을 요구했다. 인간 생명의 가치를 돈으로 환산하는 것은 불가능했지만,

달리 선택의 여지가 없었다. 그는 스몰우드 가족 한 명마다 100만 달러를 제안했다. 그리고 철도회사 측에 징벌적 손해배상금 500만 달러를 요구해 결국 건널목 시스템을 개선하도록 강제해야 한다고 주장했다.

해리 렉스는 동의하지 않았다. 그는 900만 달러는 말도 안 되는 금액으로 누구에게도 도움이 되지 않는다고 말했다. 돈이 죽은 가족을 되살릴 수 없는 것은 분명했다. 철도회사는 이미 건널목을 새롭게 고쳤다.

제이크는 해리 렉스가 최후 변론 중간쯤에 열기가 식은 것은 아닌지 의심스러웠는데, 어쩌면 그가 900만 달러를 진정으로 원하고 있고, 그 금액을 줄이려 애쓰는 일이 바보 같다는 기분이어서 그런 것은 아닌가 생각했다.

해리 렉스가 자리에 앉자 윌뱅크스 판사는 배심원들에게 과실 상계라는 법률 개념에 세심한 주의를 기울일 것을 요구하는 배심원 지침을 읽었다. 만일 철도회사에 불리한 판결을 할 경우, 그들이 정할 보상금액은 그들이 테일러 스몰우드가 조금이라도 잘못했다고 생각하는 경우 그의 과실로 줄어들 수 있었다. 루시엔은 진짜 재판이었다면 배심원들의 협의 시간에 제한이 없지만, 오늘은 한 시간만 논의할 수 있다고 말했다. 포샤가 배심원들을 배심원실로 데려가 그들이 커피를 마실 수 있도록 했다.

제이크, 해리 렉스, 머리 실러버그와 네이트 페더스는 함께 피고 측 변호인 테이블에 모여 재판을 평가하기 시작했다. 루시엔은 지쳐 재판정을 떠나버렸다. 배심원들은 하루 일하고 300달러를 받겠지만 그는 한 푼도 받지 못했기 때문이다.

45분 뒤, 포사갸 배심원들과 함께 돌아왔다. 배심원 대표는 배심원단의 의견이 갈렸다고 말했다. 아홉 명은 원고 측, 두 명은 철도회사의 손을 들어주었고 두 사람은 중립적인 태도였다. 대부분 배심원이 400만 달러를 보상금으로 정했고 테일러 스몰우드 역시 과실이 있었기에 그 보상금을 절반으로 줄였다. 아홉 명 가운데 징벌적 보상금에 찬성한 사람은 세 사람뿐이었다.

제이크는 모든 배심원이 토론에 참여해도 되지만 언제든 집에 돌아가도 좋다고 말했다. 그는 모두 돈을 받을 만큼 잘해주었으며 고맙다고 말했다. 처음에는 아무도 떠나지 않았고 모두 열심히 토론에 참여했다. 제이크는 배심원이 열두 명인 민사 소송에서는 아홉 명만 동의해도 판결을 할 수 있다고 설명했다. 형사 재판에서는 만장일치로 판결해야 했다. 배심원 한 명이 철도회사는 꼭 임원 한 명을 재판 내내 참석하도록 해야 하는지 물었다. 제이크는 그렇다고, 한 명이 피고 측 변호인 테이블에 앉아 있어야 하고 증인으로 불러낼 수도 있다고 대답했다.

다른 배심원은 삼손 박사의 경제 손실에 관한 증언이 혼란스러웠다고 말했다. 해리 렉스는 자기도 마찬가지였다고 말해 모두가 웃었다.

다른 배심원은 판결로 받은 보상금 가운데 변호사들에게는 얼마나 돌아가는지 물었다. 제이크는 원고 가족과의 계약 내용이 비밀이라고 말하며 질문을 회피하려 애썼다.

다른 배심원은 증인으로 나온 전문가들은 돈을 얼마나 받고, 그 돈을 누가 내느냐고 물었다.

다른 배심원은 철도회사가 보험에 가입되어 있는지 물었다. 제이크는 가입되어 있지만, 그 내용을 법정에서 밝힐 수는 없다고 알려주었다.

배심원 두 명이 자리를 떠났으나, 다른 사람들은 남아서 더 얘기하고 싶어 했다. 제이크는 오후 5시에 불을 끄기로 약속해 두었고, 포샤는 결국 그에게 이제 떠나야 할 시간이라고 말했다. 그들은 뒤쪽 계단을 통해 법원을 빠져나왔고, 밖으로 나온 뒤 제이크는 시간을 내주고 수고해 준 점에 다시 한번 그들에게 감사했다. 참여한 사람들 대부분은 경험을 즐긴 것 같았다.

30분 뒤 뒷문을 통해 해리 렉스의 사무실 건물로 들어선 제이크는 회의실에서 손에 찬 맥주를 들고 있는 그를 발견했다. 제이크도 냉장고에서 맥주를 하나 가져왔고 그들은 사무실 서재 의자에 털썩 앉았다. 그들은 그날 하루와 얻어낸 판결에 감격했다.

"200만 달러에 아홉 명이나 찬성했어요." 제이크가 모의 승리를 만끽하며 말했다.

"그들이 자넬 좋아했어, 제이크. 그들의 눈을 보면 알아. 법정에서 자네를 따라다니던 눈빛 말이야."

"그리고 우리 쪽 전문가들이 실물로 보면 그들보다 나아요. 게다가 세라 스몰우드의 여동생이 증언하면 모두 눈물을 쏟게 될 테니까."

"그것도 있고, 철도회사 임원을 잘 공격하면 200만 이상도 뽑아낼 수 있을 거야."

"200만도 좋아요."

"젠장, 제이크. 지금 당장이라면 100만 달러라도 감지덕지야."

"100만도 고맙죠. 우리 카운티에서 100만 달러짜리 판결이 나온 적은 한 번도 없으니까."

"욕심은 부리지 말자고. 우리가 지금 진 빚이 얼마지?"

"6만 9천이요."

"저들이 100만을 부른다고 하자고. 일단 비용부터 빼야지. 나머지의 40퍼센트면 37만 정도 되나? 우리가 절반씩 나누면 18만 5천씩이군. 지금이라도 18만 5천 준다고 하면 포기할 거야?"

"아뇨, 달려야죠."

"나도 그래."

그들은 웃음을 터뜨리고 맥주를 꿀꺽거리며 마셨다. 해리 렉스가 입가를 닦더니 말했다. "이걸 잭슨에서 알게 해야 해. 우리가 클랜턴, 그것도 같은 법정에서 모의재판을 했는데 200만 달러 보상금 판결이 나온 걸 숀 길더가 알면 어떻겠어?"

"그거 죽이네요. 누구한테 말해야 하지?"

"월터 설리번에게 흘리자고. 자기가 이쪽 동네를 맡고 있다고 생각하니까 알아낼 수 있도록 해주는 거야. 소문이야 금세 퍼질 테니까."

"이 동네는 안 그래요."

21

무게 1,500킬로그램의 소형 자동차와 화물 무게까지 합쳐서 총
75톤인 화물 열차와의 충돌한 사고 현장은 끔찍했다. 처음 현장에
출동한 구조대원들은 탑승자 네 명이 모두 사망했다고 판단했고,
대원들이 시신을 잘라내고 들어내는 소름 끼치는 작업을 시작하
면서 긴박감은 다소 줄어들었다. 현장에는 스무 명이 넘는 경찰과
구조대원들이 있었고, 우연히 현장 주변에 있다가 그냥 지나치지
못한 다른 여행객들도 있었다. 한 고속도로 순찰대원이 사진을 여
러 장 찍었고 지역 소방대의 한 자원봉사자가 현장을 수습하고 정
리하는 모습을 필름 네 통에 모두 담았다.

정보 공개가 시작되자마자 제이크는 현장을 찍은 모든 사진을
받아내 확대했다. 그는 석 달 넘게 꼼꼼히 구급대원들과 그들이 일
하는 모습을 지켜보는 구경꾼들의 이름을 하나씩 수집했다. 소방
대원, 구급대원, 경찰관의 신분 파악은 쉬웠다. 그는 카운티에 있

는 세 곳, 클랜턴시에 있는 두 곳의 자원봉사 소방대에서 많은 시간을 보냈다. 다섯 곳 모두가 현장에 출동한 것 같았다.

누군지 알 수 없는 사람들의 얼굴에 이름을 부여하는 작업은 생각보다 힘들었다. 그는 조금이라도 뭔가를 본 목격자를 찾고 있었다. 유일하게 알려진 목격자인 행크 그레이슨은 자기 뒤에도 차량이 있는 것 같았다고 진술했지만, 스스로 확실하지는 않다고 분명히 밝혔다. 제이크는 모든 사진을 철저히 조사했고 현장에 있던 사람들의 이름을 조금씩 찾아냈다. 대부분 포드 카운티 주민이었고 일부는 경찰 무선망을 엿듣고 있다가 사고 내용을 듣고 현장에 찾아왔다고 인정했다. 적어도 열두 명은 늦은 밤에 이동하다가 시신과 현장을 치우는 세 시간 동안 도로에 갇혀 있던 사람들이었다. 제이크는 그들 모두를 한 명씩 추적했다. 한 명도 사고 순간을 목격하지는 못했다. 사실 대부분은 사건 발생 한참 뒤에 현장에 도착했다.

하지만 사진 여섯 장에 찍힌 대머리가 벗어진 한 백인 사내는 현장과 어울리지 않아 보였다. 나이는 쉰 살 정도로 보였고 검은 정장에 하얀 셔츠, 검은 넥타이 차림이었는데, 금요일 밤 시골인 포드 카운티에 어울리지 않게 너무 깔끔한 모습이었다. 그는 다른 구경꾼들과 함께 서서 소방대원들이 시신 네 구를 수습하기 위해 잔해를 톱질하고 자르는 모습을 지켜보고 있었다. 아무도 그를 모르는 것 같았다. 제이크는 구조대원들에게 사내를 아는지 물었지만 아무도 그를 본 사람은 없었다. 제이크의 세상에서 그는 검은 정장을 입은 미지의 낯선 사람이 되었다.

멜빈 코크런은 건널목에서 400미터 떨어진 곳에서 살았고 그 날 밤 사이렌 소리에 잠에서 깼다. 옷을 입고 밖으로 나와 언덕 아래 아비규환의 현장을 발견한 그는 비디오카메라를 손에 들었다. 카메라 스위치를 켜고 현장으로 걸어가면서, 그는 갓길에 세워둔 자동차들을 지나기 시작했다. 모두 동쪽을 보고 서 있었다. 현장에 도착한 그는 배터리가 떨어질 때까지 거의 한 시간 동안 촬영했다. 제이크는 해당 동영상의 사본을 받아 한 프레임씩 오랜 시간 살펴보았다. 검은 양복의 사내는 여러 장면에서 등장했는데, 비극적인 장면을 지켜보면서 가끔은 지루해하고 떠나고 싶어 하는 모습이었다.

현장으로 접근하던 멜빈은 모두 열한 대의 주차된 차량 옆을 지났다. 제이크는 그 가운데 일곱 대의 번호판을 확인할 수 있었다. 다른 번호판들은 가려서 보이지 않았다. 일곱 대 가운데 다섯 대는 포드 카운티의 자동차였고, 한 대는 타일러 카운티, 다른 한 대는 테네시주 번호판을 달고 있었다. 그는 모든 번호판을 집요하게 추적했고 마침내 차량과 군중 속에 서 있는 차 주인들의 이름과 얼굴을 서로 연결할 수 있었다.

제이크는 작업실 내부 한쪽 벽에 스물여섯 명의 구조대원과 구경꾼 서른두 명을 각각 작은 이름표로 구분해 커다란 현장 사진을 만들어냈다. 검은 양복을 입은 사내만 제외하고 모두의 신분을 확인했다.

테네시주의 번호판을 단 차량은 내슈빌에 있는 한 식품 중개 회사 이름으로 등록되어 있었다. 그래서 당시 운전한 운전자의 이름을 알아낼 수는 없었다. 제이크는 한 달 동안 이것이 막다른 골목이라고 생각했고, 그렇다고 크게 신경이 쓰이지는 않았다. 만일 누군지 알 수 없는 사내가 뭔가 관련 있는 걸 봤다면 그는 현장에 있는 경찰관에게 말했을 것이다. 하지만 왠지 좀 걸렸다. 사내는 묘한 표정이었고, 제이크는 모든 사항을 꼼꼼히 뒤쫓고 있었다. 이 사건은 그의 경력에서 가장 큰 소송이 될 수 있었고, 그는 모든 걸 알아내자고 결심했다.

나중에 그는 자신의 호기심을 저주하게 될 터였다.

그는 결국 내슈빌의 사설 탐정에게 250달러와 정체 모를 사내의 사진을 함께 보냈다. 이틀 뒤 탐정은 제이크에게 보고서를 보내왔다. 제이크는 보고서를 읽어보고 없애버리고 싶었다. 내용은 다음과 같았다.

사진을 들고 회사 주소로 찾아가서 탐문을 했습니다. 일종의 지역 영업 대표인 닐 니켈 씨의 사무실로 안내를 받았습니다. 그는 분명히 사진 속 남자였고, 저는 사진을 그에게 보여주었습니다. 그는 제가 그를 찾아낸 사실에 놀랐고 어떻게 그럴 수 있었느냐고 물었습니다. 저는 사건과 관련된 변호사를 위해 일하고 있다고 말했지만 이름을 밝히지는 않았습니다. 우리는 15분 정도 얘기를 나눴습니다. 아무것도 숨기지 않는, 착한 사람이었습니다. 그는 빅스버그에서 있었던 친척 결혼식에 참석했다 집으로 돌아가던 길이었다고 했습니다. 그는 내슈빌 교외에 살고 있습니다. 88번 고속도로는 익숙하지 않았지만, 그리로 가면 시간을 조금

벌 수 있다고 생각했다고 합니다. 포드 카운티에 들어선 뒤에 한 픽업트럭 뒤를 따라가게 되었다고 합니다. 길거리 어디서나 볼 수 있는 모양의 트럭이었습니다. 운전자가 분명히 술에 취한 것 같아서 멀찌감치 떨어져 따라갔다고 했습니다. 그들이 내리막길을 따라 달리는데, 앞에 건널목이 있다는 표지판을 발견했습니다. 그리고 언덕 아래쪽에 빨간 경고등이 반짝이는 모습을 봤습니다. 큰 소음이 들렸습니다. 처음에는 무슨 폭발음이라고 생각했습니다. 그 순간 앞에 있던 트럭이 브레이크를 밟더니 길을 벗어났습니다. 닐 니켈은 도로 위에 차를 세우고 서둘러 걸어서 현장으로 갔습니다. 열차는 여전히 지나가고 있었습니다. 건널목 경고등은 여전히 빨갛게 번쩍이고 있었습니다. 경고 종소리도 여전히 울리고 있었습니다. 트럭 운전사가 그에게 소리를 질렀습니다. 부서진 차에서 수증기와 연기가 뿜어져 나왔습니다. 뒷좌석 안에서 짓눌린 아이들을 볼 수 있었습니다. 열차가 멈추더니 뒤로 움직였고, 건널목은 양쪽으로 통행할 수 있게 되었습니다. 그 때쯤에는 지나던 다른 운전자들도 멈춰 섰고, 잠시 후에 처음으로 경찰관과 구급차가 도착했습니다. 도로가 봉쇄되어 건널목을 넘어갈 수 없었고, 어쩔 수 없이 주변을 서성대며 지켜볼 수밖에 없었습니다. 세 시간이나 걸렸습니다. 죽은 네 사람의 시신을 수습하는 장면을 지켜보는 일은 정말 끔찍했다고 했습니다. 특히 어린 애들의 시신을 꺼내는 모습이 그랬다고 했습니다. 몇 주 동안 악몽을 꾸었고, 보지 않았더라면 좋았을 거라고 했습니다.

저는 경고등을 확실히 봤냐고 확인했습니다. 그는 트럭 운전사가 고속도로 순찰대원에게 경고등이 작동하지 않았다면서 뭔가 말하는 걸 들었다고 말했습니다. 하지만 그는 일에 말려들고 싶어 하지 않았습니다. 그는 지금도 일에 개입하지 않겠다고 합니다. 이번 사건과 관련해 원하는 건 전혀 없다고 합니다. 왜 그러느냐 물었더니 오래전에 끔찍한 자동차 사고에 연루된 적이 있었고, 그 일로 비난받았다고 합니다. 재판을 받은 적이 있고 변호사와 법원을 끔찍하게 싫어합니다. 게다가 희생된 가족을 많이 동정하고 있고 그들에게 해를 끼치고 싶어 하지 않습니다.

흥미로운 사실: 그는 몇 달 전 그쪽 지역, 클랜턴 근처에 갔다가 법원에 들렀고 혹시 이번 소송 서류를 볼 수 있는지 물었다고 합니다. 법원에서는 공개된 자료라고 했고, 그래서 소송 자료 일부를 읽었는데 증인인 픽업트럭 운전사 그레이슨 씨가 여전히 경고등이 작동하지 않았다고 말하고 있다는 사실에 재미있어했다고 합니다.

닉 니켈이 이번 사건에 껴들고 싶어 하지 않는 건 확실합니다.

토할 것 같지는 않다는 생각이 들자, 제이크는 간신히 조심스럽게 소파로 걸음을 옮겨 그 위에 누웠다. 코를 움켜쥐고 눈을 감고 행운이 멀리 사라지는 모습을 보았다.

니켈은 믿음직스러운 증인인 것은 말할 것도 없고, 그들의 스타 증인인 행크 그레이슨이 그날 밤 취해 있었음을 확인해줄 수 있었다.

마침내 다시 움직일 수 있게 된 제이크는 보고서를 접어 아무

표시도 없는 봉투에 넣고 불태워버리고 싶은 유혹을 이겨내고 그냥 어디론가 없어질 수도 있을 것 같은, 또는 그가 그냥 잊어버릴 수도 있을 것 같은 두꺼운 법률 서적을 펼쳐 안에 넣고 덮었다.

만일 니켈이 재판에 나오고 싶지 않다면, 제이크는 아무 불만이 없었다. 그들은 같은 비밀을 지키게 될 것이다.

하지만 두려운 건 피고 측 변호인이었다. 소송이 시작된 지 7개월이 지났지만, 숀 길더는 사건에 큰 관심을 보이지 않았고 그저 정보 공개 요구 정도만 했다. 그는 표준 질의서를 한 세트 제출하고 기본적 서류들을 요구했을 뿐이다. 그들은 핵심 증인 몇 사람의 증언에 대해 합의했다. 제이크가 추측하기에 시간당 보수를 받는 피고 측 변호인들은 그와 비교해 3분의 1도 일하지 않은 것 같았다.

만일 닐 니켈이 계속 재판에 관여하지 않겠다고 하면 철도회사나 보험회사를 위해 일하는 그 누구에게도 발견되지 않을 가능성은 꽤 컸다. 그리고 갑작스럽게 양심의 가책을 느끼는 일만 없다면, 그는 원하는 대로 어떤 소송에도 말려들지 않을 수 있다.

그런데 왜 제이크는 그 후 사흘 동안 속이 쓰린 채로 지냈던 것일까? 가장 큰 걱정은 해리 렉스였다. 그에게 보고서를 보여주고 그가 정신이 나가는 걸 봐야 할까? 아니면 그냥 보고서와 함께 누군지 알 수 없던 증인에 관한 모든 내용을 잊어야 할까? 며칠을 두고 이 어려운 문제가 제이크의 세상을 뒤흔들었지만, 시간이 흐르면서 그는 다시 그 문제를 다른 서랍에 밀어 넣은 채 다른 문제들에 집중할 수 있었다.

두 달 뒤, 정확히 말하면 1990년 1월 9일에 그 문제가 맹렬한 기세로 되살아났다. 숀 길더가 두 번째 정보 공개 요구서를 제출했는데, 대부분 이미 그가 아는 사실들에 관해 답변을 구하는 내용이었다. 이번에도 그는 열의도 없고 상상력을 전혀 발휘하지 않았다. 제이크와 해리 렉스는 길더가 피고 측 변호사들이 흔히 쓰는 기습 전략을 짜고 있는 게 아니라고 확신할 수 있었다.

그보다 길더는 테일러 스몰우드가 움직이는 열차를 들이받았다는 사실에 지나치게 자신감을 가진 것처럼 보였다. 마치 그거면 끝이라는 듯.

하지만 총 서른 개의 요구 사항 가운데 마지막은 치명적이었다. 그건 게으르거나 바쁜 변호사들이 흔히 사용하는 질문이었다. "이 사건에서 주장된 사실에 관한 내용을 아는 모든 사람의 성명과 완벽한 주소, 전화번호 목록."

'종합 요약'이라고 부르는 이 질문은 초과 근무를 하며 사실관계를 파고드는 변호사들을 괴롭히는 전술로, 많은 논란과 증오를 불러일으켰다. 정보 공개 규칙상 소송에서 매복 전술은 없어야 했다. 양측은 모든 정보를 교환하고, 그것들을 투명하게 배심원단에게 제시해야 했다. 어쨌거나 그래야 한다는 것이 이론이자 목표였다. 하지만 새로운 규칙은 불공정한 관행을 만들었고, 이 종합 요약을 모두 경멸했다. 그건 다른 말로 하면 "열심히 일해 모든 사실을 알아낸 다음 접시에 담아 상대방에게 바치세요"라는 내용이었기 때문이다.

두 번째 정보 공개 요구를 받고 이틀 뒤, 제이크는 마침내 탐정이 보내온 보고서를 해리 렉스의 커다랗고 지저분한 책상 뒤에 올려놓았다. 그는 보고서를 들고 읽더니 내려놓고 주저 없이 말했다. "소송은 끝이군. 사건도 날아가 버렸어. 도대체 왜 이 광대를 찾아 낸 거야?"

"그냥 일하고 있었던 겁니다." 제이크가 니켈을 찾아낸 이야기 를 하는 동안 해리 렉스는 의자에 앉은 채 뒤로 물러나 천장을 응 시했다. "망했군." 그는 여러 번 반복해 말했다.

제이크가 이야기를 마치자 그는 마지막 정보 공개 항목을 언급 했다. 해리 렉스는 생각도 하지 않은 채 말했다. "이 친구 얘기는 꺼내지도 말자고. 절대로. 알았지?"

"나도 상관없어요. 얼마나 위험한지만 알고 있다면요."

석 달 뒤 검은 양복의 사내가 다시 나타났다.

서기가 예비 배심원들을 모아 정리하고 법정에 어울리는 정장 을 차려입은 변호사들이 각자의 테이블 주위에 모여 전투를 기다 리고, 법원 단골 구경꾼들이 각자의 방청객 지정석에서 큰 재판을 앞두고 신나서 떠들고 있을 때, 숀 길더가 제이크에게 다가와 속삭 였다. "판사님을 만나야겠어요. 중요한 문제입니다."

제이크는 마지막 순간에 상대가 뭔가 술책을 쓸 것을 어느 정도 기대하고 있었기에 놀라지 않았다. "뭡니까?"

"안에 들어가서 설명하죠."

제이크는 나이 많은 법정 담당 보안관보인 피트 씨에게 손짓한 다음 그들이 아직 판사실에 있는 누스 판사를 만나야 한다고 말했 다. 변호사 일곱 명이 피트 씨를 따라 법정에서 나왔다. 그들은 검은 가운을 차려입고 큰 재판을 시작하고 싶어 하는 모습으로 보이는 누스 판사 앞에 모였다. 판사는 숀 길더와 월터 설리번 그리고 다른 변호사들의 굳은 표정을 보더니 말했다. "좋은 아침이군요, 신사 여러분. 무슨 문제라도 있습니까?"

길더는 손에 뭔가 문서를 들고 있었는데, 그는 판사에게 문서를 흔들어 보이며 말했다. "판사님, 지금 당장 재판 연기를 신청하니 법원에서 허가해 주시길 부탁드립니다."

"근거가 있나요?"

"설명에 시간이 좀 걸릴 것 같습니다, 판사님. 저희가 좀 앉아도 될까요?"

누스는 회의용 테이블 주위의 의자를 향해 어색하게 손짓했고 모두가 자리를 잡고 앉았다.

"말씀하세요."

"판사님, 지난 금요일 제 공동 변호인인 월터 설리번 씨에게 어떤 남자가 접근해서 자신이 이번 사고의 중요한 증인이라고 주장했습니다. 그의 이름은 닐 니켈이고 내슈빌 근처에 살고 있습니다. 설리번 씨?"

월터가 열정적으로 끼어들었다. "판사님, 그 사람이 제 사무실로 걸어 들어와 말하길, 이번 사건에 관해 꼭 얘기해야만 한다고 말했습니다. 저희는 커피를 마셨고 그는 자신이 그 끔찍했던 밤에 스몰우드 가족의 차가 열차와 충돌하는 장면을 어떻게 목격했는지 묘사했습니다. 그는 모든 걸 지켜본 완벽한 증인입니다."

제이크의 심장과 폐가 얼어붙었고 속이 울렁거렸다. 해리 렉스는 설리번을 노려보면서 손에 총이 들려있기를 바랐다.

"이번 사건에서 가장 중요한 문제는 경고등이 제대로 작동했는지입니다. 열차를 움직였던 철도회사 직원 두 명은 경고등이 점멸했다고 맹세했습니다. 증인 한 명은 경고등이 꺼져 있었다고 했습니다. 니켈 씨는 경고등이 작동했다고 확신하고 있습니다. 하지만 그는 그날 밤 경찰관에게 다가가 그렇게 말하지 않았고 지금까지도 사건에 관해 아무에게도 이야기하지 않았습니다. 그 이유는 스스로 설명할 수 있다고 합니다. 그 사람이 중요한 증인인 것은 분명하고, 저희는 그 사람을 신문할 권리가 있습니다."

누스가 불쑥 말했다. "정보 공개는 끝났습니다. 공개 요청 기한이 한 달 전에 끝났어요. 제가 보기엔 이런 증인이라면 진작 찾아냈어야 했던 것 같습니다."

길더가 나섰다. "맞습니다, 판사님. 하지만 다른 문제가 있습니다. 저희가 기한에 맞춰 정보 공개 요청을 했을 때, 모든 증인의 이름을 요청한 바 있습니다. 브리건스 씨는 답변서에서 닐 니켈을 언급하지 않았습니다. 전혀요. 하지만 니켈 씨는 지난 11월, 미시시피주 클랜턴의 한 변호사를 위해 일하는 사립 탐정이 그에게 접근했다는 이야기를 판사님께 해드릴 겁니다. 변호사의 이름은 알 수 없지만, 월터 설리번이 아니라는 건 분명히 말씀드릴 수 있습니다. 저희는 신속하게 탐정을 찾아냈고 그를 돈 주고 고용했던 사람이 제이크 브리건스라는 걸 확인했습니다. 탐정은 니켈 씨의 진술을 두 페이지짜리 보고서로 작성해 제출했습니다."

길더는 거드름을 피우며 말을 멈추고 이 재앙과도 같은 상황에서 자신을 구해낼 수 있는, 그럴듯한 거짓말을 생각하려 애쓰는 제이크를 바라보았다. 하지만 제이크의 머리를 얼어붙었고, 창의력을 쥐어 짜내려는 그의 모든 노력은 비참하게 실패하고 말았다.

길더는 칼을 더 깊숙이 꽂으며 말을 이었다. "그리고 브리건스 씨가 증인인 닐 니켈 씨를 찾아낸 것 그리고 증인이 자신에게 도움이 되지 않을 뿐 아니라 자신의 주장과 아예 반대인 것을 확인하고 나서 편리하게도 그냥 잊어버리려 했다는 사실은 명백합니다. 그는 중요한 증인을 숨기려 시도하는 방식으로 정보 공개에 관한 규칙을 어겼습니다."

제이크와 비교해 훨씬 부정직하고 교활한 사람인 해리 렉스가 그에게 고개를 돌리더니 말했다. "자네가 답변서를 보완해 보낸 걸로 알았는데." 그것은 완벽하면서 어쩌면 유일하게 끼어들어 할 수 있는 말이었다. 정보 공개 요청에 대한 답변서는 추가 정보가 생길 때마다 주기적으로 수정 및 보완할 수 있었다.

해리 렉스는 이혼 전문 변호사였고 판사 앞에서의 허세에 익숙했다. 하지만 제이크는 아마추어였다. 그는 간신히 중얼거렸다. "나도 그렇게 생각했어요." 그러나 그건 한심한 노력이었고 전혀 믿기지 않았다.

숀 길더와 월터 설리번은 웃음을 터뜨렸고, 그들과 같은 쪽에 앉은 세 명의 검은 정장 차림 사내들도 끔찍한 유머에 동참했다. 누스 판사는 요청서를 손에 들고 믿을 수 없다는 듯 제이크를 바라보았다.

숀 길더가 말했다. "아, 그럼요! 저도 그쪽에서 분명히 보완 답변을 해서 닐 니켈을 우리에게 알려주고 싶으셨으리라 생각합니다. 하지만 깜박 잊었고, 지금까지 5개월을 잊고 지냈던 거네요. 그럴듯한 변명이네요, 신사분들. 판사님, 저희는 이 사람의 증언을 들을 권리가 있습니다."

누스 판사는 한 손을 들어 올려 사람들의 입을 막았다. 2분에서 3분가량, 제이크가 느끼기에는 한 시간은 된 것처럼 긴 시간 동안 누스 판사는 재판 연기 요청서를 읽더니 천천히 고개를 흔들기 시작했다. 마침내 그는 제이크를 보고 말했다. "원고 측 변호인이 증인을 숨기려고 시도한 것이 명백해 보입니다, 제이크?"

제이크는 "전혀 그렇지 않습니다, 판사님"과 비슷한 말을 거의 할 뻔했다. 하지만 그는 입을 꽉 다물었다. 탐정이 자신을 고용한 변호사의 이름을 밝힐 정도로 얄팍한 사람이라면 아마도 숀 길더에게 자신이 작성한 보고서 사본도 건넸을 것이다. 길더가 보고서를 내놓는다면 도끼가 떨어질 것이다. 또다시.

제이크는 어깨를 으쓱하더니 말했다. "모르겠습니다, 판사님. 전 우리가 보완한 줄 알았습니다. 아마 실수가 있었던 것 같습니다."

누스는 얼굴을 찌푸리더니 반격했다. "그건 믿기 어렵군요, 제이크. 이렇게 중요한 증인을 깜박했다는 거요? 내게 빈말은 하지 마시오, 제이크. 당신은 증인을 찾았고 찾지 않았더라면 좋았겠다고 생각했소. 그리고 정보 공개의 규칙을 위반했소. 정말 경악하지 않을 수 없소."

해리 렉스조차 재빠른 반박으로 그를 구할 수가 없었다. 제이크가 의자에 앉은 채 몸이 무너져 내리자 피고 측 변호사 다섯 명은 모두 바보처럼 웃었다.

누스는 요청서를 테이블에 내려놓고 말했다. "당연히 여러분은 이 증인을 신문할 수 있습니다. 증인이 어디 있는지 압니까?"

월터 설리번이 재빨리 말했다. "지난 토요일 멕시코에 갔습니다. 2주 후에 돌아옵니다."

해리 렉스가 불쑥 말했다. "센트럴 앤드 서던 철도회사가 보내 준 모양이죠?"

"이런, 아닙니다. 휴가를 간 겁니다. 멕시코에 가 있는 동안에는 증언할 수 없다고 했습니다."

누스가 손을 흔들었다. "그만들 하세요. 이러면 문제가 더 복잡해집니다, 여러분. 모두에게 편리한 시간에 이 증인이 증언할 수 있도록 허락하겠습니다. 그러니 연기 요청을 허가하도록 하겠습니다."

길더는 계속 물고 늘어졌다. "판사님, 제가 제재 요청서도 준비했습니다. 이 사안은 원고 측 변호인들의 심각한 윤리 위반으로, 니켈 씨의 증언 청취를 위해 별도로 비용을 들여 업무를 진행해야 합니다. 원고 측에서 해당 비용을 내야 합니다."

누스는 어깨를 으쓱하더니 말했다. "하지만 어차피 피고에게 비용을 받고 있잖습니까?"

"그냥 의뢰인에게 두 배로 청구하세요." 해리 렉스가 말했다. "늘 그랬잖아요."

제이크가 이성을 잃고 말했다. "당신들이 FBI를 고용했어도 찾지 못했을 정보를 찾아낸 우리가 왜 넘겨줘야 합니까? 당신들은 처음 7개월 동안 자리만 지키고 앉아 아무 일도 안 했습니다. 그런데 이제 우리가 일한 결과물을 내놓으란 겁니까?"

"그러니까 지금 당신이 증인을 숨겼다는 걸 인정하는 건가요?" 길더가 물었다.

"아뇨. 증인은 사고 현장 그리고 내슈빌의 집에 내내 있었습니다. 그저 당신이 찾아내지 못했을 뿐입니다."

"그리고 당신은 정보 공개 규칙을 위반했고?"

"그 규칙이 나쁘다는 건 당신도 알고 있습니다. 로스쿨에서 배우는 내용이죠. 게으른 변호사들을 보호하는 규칙입니다."

"그 말은 유감입니다, 제이크."

누스가 양손을 들어 올려 상황을 정리했다. 그는 턱을 문지르며 한참 심각하게 생각하더니 말했다. "자, 오늘 재판을 진행할 수 없다는 건 확실합니다. 그렇게 중요한 증인이 국내에 없으니까요. 우선 재판을 연기해서 여러분이 정보 공개 절차를 마무리할 수 있게 하겠습니다. 이상입니다."

제이크가 말했다. "하지만, 판사님, 저희는……."

누스가 그의 말을 잘랐다. "아뇨, 그만 하세요, 제이크. 들을 만큼 들었습니다. 자, 이제 모두 돌아가세요."

변호사들은 앞서거니 뒤서거니 일어서서 줄지어 판사실을 나왔다. 문가에서 월터 설리번이 해리 렉스에게 말했다. "200만 달러를 받아내면 어디에 쓰려고 했나?" 숀 길더가 웃었다.

제이크는 해리 렉스가 주먹을 날리기 전에 간신히 두 사람 사이에 끼어들었다.

22

그냥 법원을 떠나지 말고 테일러 동생이자 가족 대표인 스티브 스몰우드에게 몇 마디라도 설명했어야 했다. 멍하니 할 말을 잊은 포샤에게 대신 그러라고 지시라도 해야 했다. 해리 렉스와 언제 다시 만나 욕설을 퍼붓고 물건을 집어 던질지 상의라도 해야 했다. 법정 곳곳에 흩어져 앉은 머리 실러버그와 그의 부하 직원들에게 제대로 인사하고 나중에 다시 만나자고 해야 했다. 다시 판사실로 돌아가 누스 판사에게 사과하거나 뭔가 보상해야 했다. 그러는 대신 제이크는 예비 배심원들이 법정을 채 나가기도 전에 옆문으로 빠져나가 법원에서 달아났다. 그는 차를 타고 광장을 벗어나 시내를 벗어나는 첫 번째 도로를 타고 달렸다. 클랜턴시 경계에 다다른 그는 편의점에서 멈춰 땅콩과 탄산음료를 샀다. 몇 시간째 아무것도 먹지 못한 상태였다. 주유기 옆에 앉아 넥타이를 풀어 제치고 상의를 벗고 울리는 카폰 벨소리를 들었다. 사무실로 돌아간 포샤의 전화였는데, 그는 처리하고 싶지 않은 뭔가를 상의하려고 전화한 것이 틀림없다는 생각이 들었다.

그는 남쪽으로 차를 몰았고 금세 채툴라 호수에 가까워졌다. 절벽 위 쉼터에 차를 세우고 커다란 진흙 호수를 내려다보았다. 시간을 확인해 보니 9시 45분이었다. 칼라는 수업하고 있을 시간이었다. 아내에게 전화해야 했지만 뭐라고 말해야 할지 알 수 없었다.

"저기, 여보. 내가 우리 사건을 망칠 수 있는 증언을 할 중요한 증인을 감추려고 했어."

또는 "저기, 여보. 빌어먹을 보험회사 변호사들이 이번에도 나보다 한 수 앞섰고, 그래서 정보 공개에서 속임수 쓴 걸 들켰어."

또는 "저기, 여보. 내가 규칙을 어겨서 재판이 연기됐어. 우린 망했다고!"

그는 여기저기, 동쪽으로 서쪽으로 카운티의 좁고 그늘진 도로를 찾아 차를 몰고 돌아다녔다. 그러다 결국 사무실에 전화했고 듀머스 리가 사건 냄새를 맡고 근처에서 어슬렁거리고 있다는 정보를 포샤에게 들었다. 게다가 기분이 좋지 않은 스티브 스몰우드가 대답을 듣기 위해 사무실에 들렀다고 했다. 루시엔은 자리에 없었고, 제이크는 포샤에게 사무실 문을 잠그고 수화기는 내려놓으라고 지시했다.

그는 과녁의 정중앙처럼 눈에 잘 띄는 빨간색 사브 자동차를 없애고야 말겠다고 다시 한번 다짐했다. 지금이야말로 그는 남들 눈에 띄고 싶지 않았기 때문이다. 그는 한 번 더 방향을 바꿔 남쪽으로 오래 달려서 멕시코만까지 가고 싶었다. 어쩌면 그런 다음에도 계속 달려 방파제에서 뛰어올라 바다로 뛰어들 수도 있었다. 인생에서 이렇게 간절하게 어디론가 달아나고 싶었던 적은 기억나지 않았다. 사라지고 싶었다.

전화 소리에 그는 깜짝 놀랐다. 칼라였다. 그는 수화기를 들고 인사했다.

"제이크, 어디 있어? 당신 괜찮아? 방금 포샤랑 통화했어."

"괜찮아, 그냥 드라이브 좀 하고 있어. 사무실에 들어가고 싶지 않아서."

"포샤 말이 소송이 연기됐다면서."

"그래. 연기됐어."

"이야기 좀 할 수 있어?"

"지금은 안 돼. 안 좋은 얘기여서 전부 말하려면 시간이 좀 걸려. 당신 퇴근할 때쯤 집으로 갈게."

"좋아. 어쨌든 당신 괜찮은 거지?"

"자살할 생각은 없어, 칼라. 당신이 그런 걱정을 할까 봐 말하는 거야. 그런 생각을 했을 수는 있지만, 이제 정신을 차렸어. 이따 오후에 만나면 다 설명해 줄게."

어떻게든 피하고 싶었던 대화였다. 그래, 여보, 내가 사기를 크게 쳤다가 들켰어.

언젠가 양쪽 변호사가 모여 닐 니켈의 증언을 들어야 할 테지만, 숀 길더는 늘 그랬던 것처럼 최대한 시간을 끌려고 할 것이다. 이제 그가 유리한 상황이고 제이크도 재판을 열자고 난리를 피울 수 없으니, 증언을 들으려면 몇 달은 기다려야 할 것이다. 게다가 니켈은 의심할 여지 없이 최고의 증인일 터였다. 옷차림은 단정하고 철저히 신뢰가 가는 말을 명료하게 할 것이다. 그는 행크 그레이슨의 신용을 떨어뜨리고 기관사의 증언을 강화하고 테일러 스몰우드가 차를 몰고 열차에 충돌하던 순간 졸았거나 전혀 엉뚱한 것에 신경 쓰고 있었다는 철도회사의 논리에 엄청난 신빙성을 부여할 것이다.

사건은 끝났다. 따져볼 것도 없었다. 일생일대의 사건, 최소한 변호사 생활 가운데 최고가 될 수 있던 사건은 변기 속으로 휩쓸려 사라져 버리고 말았다. 일부러 규칙을 외면하고 오만하게도 들키지 않으리라 믿었던 한 변호사의 야망과 탐욕 때문이었다.

소송 비용 대출금은 7만 달러였다.

그는 시계를 확인했다. 10시 5분이었다. 그 순간 그는 예비 배심원단 앞에 서 있어야 했다. 아침에 여든 명이 법원에 출석했고, 제이크는 그들 모두의 이름, 어디에 사는지, 직장과 종교까지 모두 파악하고 있었다. 일부에 대해서는 출생지를 또는 가족이 어디에 묻혔는지도 알았다. 그들의 나이와 피부색을 알았고 자녀들까지 일부 파악하고 있었다. 그와 해리 렉스 그리고 머리 실러버그는 오랫동안 회의실에 틀어박혀 팀원들이 수집한 온갖 정보를 암기했다.

그의 사무실에 다른 그럴듯한 사건도 없었고 청구서도 많이 밀린 상태였다. 그는 국세청과 다툼을 벌이고 있었다.

도로 표지판은 그의 고향인 캐러웨이를 가리키고 있었다. 4월 하순의 아름다운 월요일 오전에 목적지도 없이 차를 타고 돌아다니는 그를 어머니가 볼까 두려워 그는 다른 방향으로 차를 돌렸다.

이제 그는 드루 갬블 사건 그리고 질 게 뻔한 소송에 발목을 잡혔다. 두 건 모두 시간과 돈을 낭비하는 건 물론 이 지역에서 그를 향한 악감정만 만들어낼 게 뻔했다.

일부러 파인 그로브를 가로질러 지나간 것은 아니었지만, 그는 그쪽 동네를 지나고 있었고 스스로 깨닫기도 전에 선한목자성서 교회에 가까워지고 있었다. 그는 차를 돌리려고 자갈 깔린 주차장으로 들어갔다가 교회 뒤쪽, 작은 묘지 근처에 있는 피크닉 테이블에 어떤 여자가 앉아 있는 모습을 보았다. 조시 갬블이 책을 읽고 있었다. 키이라가 나타나서 어머니 옆에 자리를 잡고 앉았다.

제이크는 엔진을 끄고 오전에 발생한 참사는 전혀 알지 못하고 신경도 쓰지 않는 두 사람과 이야기를 나누어야겠다고 생각했다. 걸어오는 그를 보고 두 사람이 웃었다. 그를 만나 반가운 것이 틀림없었다. 그렇지만 그 순간 제이크는 그들이 누구든 손님이 오면 무조건 기쁠 거라는 생각이 들었다.

"웬일로 여기까지 오셨어요?" 조시가 물었다.

"그냥 지나던 길이었습니다." 그는 테이블 맞은편에 앉으면서 말했다. 오래된 단풍나무가 그들에게 그늘을 드리웠다 "어떻게 지내니, 키이라?"

"괜찮아요." 아이는 대답하더니 얼굴을 붉혔다. 헐렁한 스웨터 아래로 아이를 가졌다는 기색은 드러나지 않았다.

조시가 말했다. "그냥 지나던 길에 파인 그로브를 들렀다는 사람은 한 번도 못 봤어요."

"그럴 수도 있어요. 뭘 읽어요?"

그녀는 페이퍼백의 한 페이지를 접으며 말했다. "고대 그리스 역사예요. 꽤 흥미진진한 내용이에요. 작은 교회 도서관에서는 이 것도 감지덕지죠."

"책을 많이 읽어요?"

"글쎄요, 제이크. 제가 텍사스에서 2년 동안 교도소에 있었다고 얘기한 것 같은데요. 741일 동안이요. 책을 730권 읽었어요. 출소 할 때 하루에 한 권꼴로 책을 읽었다고 말할 수 있게 2주만 더 있 으면 안 되느냐고 물어보기도 했어요. 안된다더군요."

"어떻게 하루에 한 권을 읽어요?"

"교도소에 가본 적 없어요?"

"아직은요."

"대부분 두껍지도 복잡하지도 않은 책이었다는 건 인정해요. 언 젠가는 하루에 낸시 드루의 추리소설을 네 권이나 읽었죠."

"그래도 진짜 많이 읽으셨네요. 너도 책 좋아하니, 키이라?"

아이는 머리를 흔들더니 고개를 돌렸다.

조시가 말했다. "교도소에 처음 들어갔을 때 저도 겨우 글씨만 아는 수준이었어요. 하지만 교도소에 좋은 교육 프로그램이 있었 죠. 검정고시로 고등학교 졸업장을 따고 책을 읽기 시작했어요. 책 을 읽을수록 속도가 붙더군요. 우린 어제 드루를 만났어요."

"어땠어요?"

"아주 좋았죠. 우리 세 사람이 작은 방에 함께 들어갈 수 있었어 요. 서로 껴안고 키스를 해줄 수 있었죠. 저만 그러는 게 좋았는지는 모르지만요. 눈물이 많이 났지만 몇 번 웃기도 했어요. 그렇지, 키이라?"

아이는 고개를 끄덕이고 웃었지만, 아무 말도 하지 않았다.

"정말 기분 좋았어요. 면회를 한 시간 넘게 한 뒤에 쫓겨났어요. 정말이지 감옥은 마음에 들지 않아요."

"좋아할 사람이 어디 있겠어요?"

"그렇겠죠. 거기에다 이제 사형시키자는 말까지 나와요. 정말 우리 아이를 죽일 수야 없겠죠?"

"분명히 그러려고 할 겁니다. 저도 지난주 목요일에 만났어요."

"네, 드루가 변호사님을 며칠 보지 못했다고 하더군요. 큰 재판을 앞두고 계신다면서요. 어떻게 됐나요?"

"드루가 약은 잘 먹고 있나요?"

"먹고 있대요. 기분이 훨씬 나아졌다고 해요." 조시는 목소리가 갈라지더니 잠시 눈을 가렸다. "너무 작아 보여요, 제이크. 구치소에서 좀 오래돼서 바랜 오렌지색 죄수복을 입혔어요. 가슴과 등에 '카운티 구치소'라고 쓴 옷인데 제일 작은 사이즈라고 하지만 그래도 크더라고요. 소매와 바짓단을 접어 올려 입었어요. 빌어먹을 옷이 아이를 삼킨 것처럼 보였어요. 그러니 드루는 어린애처럼 보였고요. 어린애니까 그럴 수밖에요. 아이에 불과하죠. 그런데도 사람들은 사형장으로 보내고 싶어 해요. 도무지 믿을 수가 없어요, 제이크."

제이크는 양 볼을 훔치는 키이라를 바라보았다. 불쌍한 사람들이다.

다른 차 한 대가 주차장으로 들어섰다. 조시가 차를 보더니 말했다. "선생님인 골든 부인이에요. 요즘은 일주일에 네 번 오는데, 키이라가 진도를 따라잡고 있다고 하더군요."

키이라가 일어서서 아무 말도 하지 않고 교회 출입문으로 가더니 골든 부인을 껴안았다. 골든 부인이 이쪽을 향해 손을 흔들어 보였다. 두 사람이 교회 안으로 들어가 문을 닫았다.

"이렇게 도와주시다니 좋은 분이군요." 제이크가 말했다.

"이 교회 교인들이 얼마나 멋진 분들인지 믿을 수 없을 정도예요, 제이크. 우린 공짜로 이곳에 살아요. 먹여주시기도 하고요. 사료 공장 감독인 서버 씨가 소개를 해주셔서 저도 일주일에 열 시간에서 스무 시간은 일해요. 최저임금을 받지만, 전에도 그렇게 일한 적이 있으니까요."

"좋은 소식이네요, 조시."

"만일 다섯 군데에서 일할 수 있고 일주일에 80시간을 일해야 한다면 맹세코 그렇게 하겠어요, 제이크. 키이라가 아기를 낳아서 인생을 망칠 일은 없을 거예요."

제이크는 항복한다는 뜻으로 양손을 들어 보였다. "이 얘기는 전에도 했어요, 조시. 정말이지 그 일을 반복하고 싶지 않아요."

"죄송해요." 한참 동안 두 사람 모두 아무 말도 하지 않았다. 제이크는 묘지 너머 언덕을 바라보았다. 조시는 두 눈을 감고 명상하는 것 같았다.

마침내 제이크가 일어서서 말했다. "가봐야겠어요."

조시가 눈을 뜨더니 예쁜 미소를 지었다. "들러주어 고마워요."

"제 생각에 키이라는 상담을 받아야 해요, 조시."

"젠장, 안 그런 사람이 있나요?"

"키이라는 많은 일을 겪었어요. 반복해서 성폭행당했고 이제 다른 악몽을 견뎌내고 있어요. 아이가 처한 상황은 나아지지 않을 겁니다."

"나아져요? 우리가 어떻게 나아질 수 있을까요, 제이크? 그렇게 말씀하시긴 쉽겠죠."

"투펄로에서 드루를 진찰했던 정신과 의사인 루커 박사에게 제가 얘기해도 될까요?"

"무슨 얘길요?"

"키이라를 만나봐 달라고요."

"그 돈은 누가 내고요?"

"모르겠어요. 그건 제가 생각해 볼게요."

"그러세요, 제이크."

사무실에서 기분 좋은 일이 기다리는 것도 아니었고, 어차피 제이크는 광장 쪽으로 가고 싶지 않았다. 만일 월터 설리번과 우연히 만나기라도 하면 주먹을 날릴지도 몰랐다. 지금쯤이면 이 지역 모든 변호사가 소문을 듣고 브리건스가 법정에서 쫓겨났고 그들 모두가 욕심내던 스몰우드 사건을 어떻게 망쳤는지 알고 있을 터였다. 이 지역의 서른 명 정도 되는 변호사들 가운데 그 소식에 진정으로 안타까워할 사람은 겨우 두세 명뿐이었다. 일부는 대놓고 기뻐할 것이고, 제이크 역시 그들을 경멸했기 때문에 아무렇지도 않왔다. 뒷골목에서 갈 곳을 잃은 그는 루시엔에게 전화를 걸었다.

진입로 위 160만 킬로미터를 달린 1975년식 포르쉐 카레라 자동차 뒤에 차를 세우고 집의 1층 전체를 원 모양으로 감싸고 있는 낡은 테라스 계단을 향해 인도를 터벅터벅 걸어갔다. 루시엔의 할아버지는 대공황 직전 동네에서 가장 웅장한 집을 갖겠다는 생각으로 이 집을 지었다. 집은 법원에서 1.6킬로미터 떨어진 언덕 위에 자리 잡고 있었고, 루시엔은 현관 앞 테라스에 앉아 주변 동네를 내려다보며 시간을 보내곤 했다. 그는 1965년 아버지가 갑자기 세상을 뜨면서 로펌과 함께 집을 물려받았다.

그는 언제나처럼 두꺼운 논픽션 책을 읽고 흔들의자에서 몸을 흔들며 기다리고 있었다. 옆에 놓인 테이블에는 늘 술잔이 놓여 있었다. 제이크는 테이블 반대편에 놓인 먼지 쌓인 등나무 흔들의자에 털썩 몸을 던지며 물었다. "어떻게 잭 다니엘을 마시면서 하루를 시작하실 수 있어요?"

"속도 조절이 가장 중요해, 제이크. 해리 렉스와 얘기했어."

"그 사람은 괜찮던가요?"

"아니. 그 친군 자넬 걱정하던데. 혹시 자네가 숲속에서 차에 시동을 건 채 고무호스를 배기구에 꽂은 채 발견될지도 모른다고 생각했나 봐."

"그럴 생각도 했어요."

"한 잔 마실래?"

"아뇨, 괜찮아요. 고맙습니다."

"샐리가 돼지갈비를 구울 수 있고, 정원에서 딴 신선한 옥수수도 있어."

"샐리에게 괜히 요리시키고 싶지 않아요."

"그게 그 사람 일이야. 그리고 난 매일 점심을 먹지. 도대체 무슨 생각을 했던 거야?"

"아무 생각이 없었나 봐요."

모퉁이 너머에서 샐리가 나타나더니 마치 시간은 아무 의미도 없고 고용주와 10년도 넘게 동침하는 사이인 자신이 집을 지배하고 있다는 듯 평소처럼 자신감 넘치는 태도로 느릿느릿 그들을 향해 걸어왔다. 그녀는 짧은 흰색 드레스를 입었는데, 갈색 다리가 대부분 드러나 보였다. 그녀는 늘 맨발이었다. 루시엔은 열여덟 살인 그녀를 가정부로 고용했고, 그녀는 금세 승진했다.

"안녕, 제이크." 그녀가 웃으며 말했다. 아무도 그녀를 평범한 가정부로 여기지 않았고, 그녀는 이미 오래전부터 손님에게 아무개 씨라든지 부인이라고 높여 부르지 않았다. "뭐, 마실 거 드려요?"

"고마워요, 샐리. 그냥 설탕 없이 아이스티 한 잔 주세요."

그녀는 사라졌다. "말해봐." 루시엔이 말했다.

"전 말하고 싶지 않을 수도 있어요."

"글쎄, 난 듣고 싶을 수도 있지. 그렇게 중요한 소송에서 진짜로 증인을 숨길 수 있다고 생각한 거야?"

"숨겼다기보다는 그냥 그 사람이 나타나지 않기를 바란 거죠."

루시엔은 고개를 끄덕이더니 책을 테이블 위에 내려놓았다. 술잔을 들고 한 모금 마셨다. 그는 눈도 코도 빨갛지 않고 냉철할 정도로 정신이 말짱했다. 제이크는 그의 내장이 술에 푹 젖은 상태라고 확신했지만, 루시엔은 누구와 대작해도 취하는 법 없는 전설의 술꾼이었다. 루시엔은 입맛을 다시더니 말했다. "해리 렉스가 그러는데 둘이 같이 결정한 일이라더군."

"그건 정말이지 관대한 말이네요."

"나라도 같은 결정을 내렸을 거야. 변호사라면 세상 끝날 때까지 증오할 나쁜 규칙이니까."

루시엔이라면 숀 길더의 정보 공개 요청서를 보고도 웃어넘기면서 문제가 될 법한 증인들은 전부 밝히길 거부했을 것이다. 제이크는 그런 생각에 추호의 의심도 없었다. 차이라면 루시엔은 애초에 닐 니켈 같은 사람을 찾아낼 생각조차 하지 않았을 터였다. 제이크는 너무 철저하게 일하려다 그와 우연히 맞부딪혔다.

"최선의 시나리오가 뭔지 알고 있나?" 루시엔이 물었다. "해리 렉스는 모르겠다더군."

"글쎄요. 증언을 미리 들었더니 우리가 두려워했던 것처럼 확실한 의견이 아니라면 그냥 재판할 수도 있겠죠. 그래도 지금부터 6개월은 걸릴 테고요. 우리가 돈을 주고 전문가들을 불렀으니, 그들이 참여하겠죠. 배심원 뽑는 일에 사람을 쓴다면 돈이 또 잔뜩 들어갈 테고요. 몇 가지가 조금씩 바뀌겠지만 사실관계는 달라지지 않아요. 건널목은 위험해요. 건널목의 경고등 시스템은 낡았고 제대로 유지되고 있지 않았어요. 철도회사는 그런 문제를 알았지만, 보수하기를 거부했고요. 네 사람이 살해당했어요. 배심원단을 뽑고 주사위를 던지는 거죠."

"대출은 얼마나 했어?"

"7만 달러요."

"농담해? 소송 비용으로만 7만 달러?"

"요즘엔 그 정도도 흔해요."

"난 소송한다고 한 푼도 빌린 적 없어."

"그거야 유산을 물려받았으니까 그렇죠, 루시엔. 우리 대부분은 그렇게 운이 좋지 않아요."

"내가 운영한 사무실은 엉망이긴 했지만, 늘 이익을 냈어."

"최선의 시나리오가 뭔지 물어보셨죠? 더 좋게 풀릴 수도 있을까요?"

샐리가 아이스티를 담은 키 큰 유리잔과 레몬을 준비해 돌아왔다. "30분 뒤에 점심이에요." 그녀가 말하더니 다시 사라졌다.

"아직 내게 조언을 구하지 않았잖아."

"좋아요, 루시엔, 조언 좀 해주실 수 있어요?"

"새로 나타났다는 증인을 좀 캐봐. 뒤로 숨어 있다가 다시 나타난 데는 이유가 있을 거야."

"전에 수사관이 그를 고소한 적이 있어서 변호사라면 질색이라고 했대요."

"그 친구 조사해 봐. 그 친구가 겪었다는 소송에 관해 전부 알아내. 먼지를 털어보라고, 제이크. 자넨 이 친구를 배심원들 앞에서 묻어버려야 해."

"저는 재판으로 가고 싶지 않아요. 어디 한적한 산속 냇물에서 송어 낚시나 하고 싶어요. 그것 말고는 원하는 게 없어요."

루시엔이 술은 한 모금 더 마시더니 술잔을 테이블에 내려놓았다. "칼라와는 얘기했나?"

"아직 안 했어요. 아내가 집에 오면 그때 해야죠. 재밌네요. 제가 사기를 치다가 들켰고, 그래서 법정에서 쫓겨났다고 사랑하는 사람에게 말해야 하니."

"나도 아내들과는 잘 지내지 못했지."

"철도회사가 합의하자고 할까요?"

"그런 식으로 생각하지 마, 제이크. 절대 약한 모습을 보이면 안돼. 다시 거칠게 밀어붙이면서 누스한테 소리를 질러대고 다시 재판 날짜를 잡고 그 빌어먹을 녀석들을 다시 법정으로 끌어들여야 이 사태를 되돌릴 수 있다고. 새 증인을 공격해. 좋은 배심원을 뽑아. 이 문제를 해결할 수 있어, 제이크. 합의는 얘기도 꺼내지 마."

제이크는 몇 시간 만에 처음으로 웃음을 지을 수 있었다.

호컷 하우스는 루시엔 집보다 몇 년 앞서 지어진 집이다. 나이가 많았던 호컷은 다행스럽게도 정원 관리를 좋아하지 않았고, 그래서 그는 도시의 작은 부지에 멋진 새집을 구했다. 제이크 역시 정원을 관리하고 싶지 않았지만, 날씨가 따뜻할 때는 일주일에 한 번씩 잔디 깎는 기계와 잔디 모서리 다듬는 기계를 꺼내 두어 시간 땀을 흘렸다.

월요일 오후가 그런 일 하기에 좋은 시간인 것 같아서 뒷마당에서 일하고 있는데 아내와 딸이 학교에서 돌아왔다. 그가 집에서 두 사람을 기다리던 적은 처음이었고, 해나는 이렇게 일찍 집에서 아버지를 볼 수 있어 매우 기뻤다. 그는 아이스박스에 레모네이드 캔을 몇 개 넣어두었고, 그들은 테라스에 앉아 학교 얘기를 했다. 해나는 어른들 얘기에 지겨워졌고 안으로 들어갔다.

"당신 괜찮아?" 칼라가 걱정이 가득한 채로 물었다.

"안 괜찮아."

"얘기하고 싶어?"

"날 용서해 준다고 약속하면."

"늘 용서하지."

"고마워. 듣기 힘들 거야."

그녀는 웃더니 말했다. "난 당신 편이잖아, 알지?"

23

드루는 감방에 식사를 가져다주고 지시 사항을 알려주고 방 점검과 소등을 맡아서 하고 가끔은 친절한 말을 건네주는 교도관 세명 가운데 그에게 마음을 써주는 것 같은 잭 씨가 가장 마음에 들었다. 그의 목소리는 다른 사람들과 달리 거칠지 않았다. 버포드가 최악이었다. 한번은 드루에게 자기였다면 카운티 구치소에 있는 시간을 즐길 거라면서 사형수 감방은 끔찍한 곳이라고 했다. 경찰 살해범은 사형수 감방으로 가게 마련이라면서.

잭 씨는 평소보다 일찍 음식을 담은 접시를 들고 왔다. 스크램블드에그와 토스트였다. 그는 음식을 침대 옆에 두고 사라졌다가 장바구니를 들고 돌아와 말했다. "너희 교회 목사님이 이걸 사 왔어. 제대로 된 옷이 들었으니까 이걸로 차려입도록 해."

"왜요?"

"오늘 법원에 가야 해. 변호사가 말해주지 않았니?"

"글쎄요. 기억나지 않아요. 법원에 가서 뭘 하죠?"

"내가 어떻게 알겠니. 난 그저 구치소만 관리해. 샤워는 마지막으로 언제 했지?"

"모르겠어요, 기억 안 나요."

"아마 이틀 전이었을 거야. 괜찮아. 심한 냄새가 나진 않으니까."

"물이 얼음처럼 차요. 샤워 안 하고 싶어요."

"그러면 밥 먹고 옷을 입어라. 사람들이 8시 30분에 데리러 올 거야."

교도관이 사라진 뒤 드루는 달걀은 못 본 체하고 토스트만 한 조각 먹었다. 음식은 늘 차가웠다. 장바구니에서 청바지와 두꺼운 체크무늬 셔츠, 양말 두 켤레 그리고 낡은 흰색 운동화를 꺼냈다. 전부 중고품이 분명해 보였지만 세제 냄새가 강하게 났다. 오렌지색 죄수복을 벗고 받은 옷으로 갈아입었다. 전부 적당히 몸에 잘 맞았고, 다시 진짜 옷을 입었다는 사실에 기분이 좋아졌다. 침대 아래에 둔 종이 상자 속에는 갈아입을 옷 한 벌이 다른 귀중품과 함께 들어 있었다.

변호사가 가져온 작은 봉지에 든 소금 뿌린 땅콩을 꺼내 한 번에 하나씩 천천히 먹었다. 매일 아침 한 시간은 책을 읽어야 했다. 어머니의 엄격한 지시였다. 어머니가 책을 두 권 가져왔는데, 하나는 학교에서 보던 주 역사책으로 엄청나게 지루한 내용이었다. 다른 하나는 찰스 디킨스의 소설로 학교 영어 선생님이 목사님 편에 보내준 것이었다. 그는 두 권 모두 별로 관심이 없었다.

잭 씨가 접시를 가지러 돌아와 말했다. "달걀은 안 먹었구나."

드루는 그의 말을 무시하고 아래층 침대에 몸을 눕히고 다시 잠을 청했다. 잠시 뒤 문이 벌컥 열리더니 어떤 보안관보가 걸쭉한 목소리로 말했다. "야, 일어나."

드루는 허둥지둥 일어났고 마셜 프레이더는 아이의 손목에 수갑을 채우고 팔꿈치를 잡아끌었다. 감방 밖으로 나가 복도를 따라가 뒷문으로 나서니 드웨인 루니가 운전하는 순찰차가 기다리고 있었다. 프레이더는 드루를 뒷좌석으로 밀어 넣었고, 그들은 재빨리 달리기 시작했다. 죄수는 혹시 누가 지켜보는지 궁금해 창밖을 내다보았다.

잠시 후 그들은 법원 뒷문에서 가까운 곳에 멈춰 섰다. 그곳에는 카메라를 든 두 사람이 기다리고 있었다. 프레이더가 아까보다 부드럽게 드루를 밖으로 끌어내 카메라를 든 사람들이 그의 정면 사진을 찍을 수 있도록 해주었다. 그런 다음 그들은 법원 안으로 들어가 어둡고 좁은 계단을 올라갔다.

제이크가 테이블 한쪽에 앉았고 로웰 다이어는 다른 쪽에 앉았다. 테이블 끝에는 누스 판사가 가운도 입지 않은 채 불이 붙지 않은 파이프를 입에 물고 앉아 있었다. 얼굴을 찌푸린 세 사람은 모두 불만에 차 있는 것이 분명했다. 이유는 제각각 달랐다.

누스는 뭔가 서류를 테이블에 올려놓고 두 눈을 문질렀다. 제이크는 그곳에 앉아 있는 것조차 짜증스러웠다. 오늘 행사는 새롭게 기소된 피고인들 몇 명이 법원에 최초 출석하는 것에 불과했고, 제이크는 드루의 출석을 막아보려고 애썼다. 하지만 판사는 범죄자들을 가두어두고 관리하며 자신이 일하는 모습을 보여주고 싶어 했다. 당연히 구경꾼이 몰릴 테고, 제이크는 누스가 유권자들에게 잘 보이려 한다고 냉소적으로 생각했다.

제이크는 당연히 유권자 걱정을 하지 않았고, 무슨 일이 벌어지든 그는 나쁜 사람으로 보이게 되리라는 사실을 받아들였다. 그는 피고인 옆에 앉고 옆에 서고 그에게 조언하고 그를 대변해 말하고 그밖에 모든 걸 맡아서 하게 될 터였다. 명백하고 분명한 드루 갬블의 범죄 책임은 그의 변호사를 물들이게 될 것이다.

제이크가 말했다. "판사님, 저는 의뢰인을 위해 정신과 전문의를 고용해야 합니다. 하지만 제가 비용을 댈 수 없다는 사실을 주 정부는 알아야 합니다."

"피고인은 횟필드에서 돌아온 지 얼마 안 됐습니다. 거기 있을 때 전문가를 만나지 않았나요?"

"만났죠. 하지만 그들은 주 정부 소속이고, 주 정부는 제 의뢰인을 기소했습니다. 우리는 자체적인 민간 의료인이 필요합니다."

"나야말로 의사가 필요하겠군." 로웰이 중얼거렸다.

"그럼, 결국 심신미약 쪽으로 재판이 흘러가나요?"

"그럴 수도 있습니다. 하지만 저희 쪽 정신과 전문의가 없는데 어떻게 그런 결정을 할 수 있겠습니까? 로웰은 분명히 의사를 법정에 줄 세울 수 있을 테고, 횟필드에서 전문가 여러 명을 데려와 아이가 방아쇠를 당길 때 무슨 짓을 하는지 확실하게 알고 있었다고 말하도록 할 수 있을 겁니다."

로웰은 어깨를 으쓱하더니 동의한다는 듯 고개를 끄덕였다.

누스는 당황하며 말했다. "이 문제는 나중에 얘기합시다. 오늘 논의하고 싶은 건 일정입니다. 적어도 대략적인 재판 날짜라도 정해야 할 겁니다. 여름이 다가오는데, 여름이 되면 대개 일정들이 복잡해지니까요. 제이크, 어떻게 생각해요?"

아, 생각이야 많죠. 우선 그의 중요한 증인은 임신했지만 아직은 잘 숨기고 있었다. 그는 누구에게도 이 사실을 알릴 의무가 없었다. 사실 주 정부는 제이크에 앞서 키이라를 증언석에 불러낼 가능성이 컸다. 포샤, 루시엔과 오랜 대화를 한 제이크는 늦은 여름에 재판이 열릴 수 있도록 밀어붙여서 키이라가 증언할 때 누가 봐도 임신 사실을 알 수 있도록 하는 전략이 낫겠다고 결정했다. 복잡한 요인은 중절 수술의 위협이었다. 조시는 최저 시급을 받으며 두 곳에서 일했고 차를 갖고 있었다. 딸을 멤피스로 데려가 수술을 받는다면 누구도 막을 방법이 없었다. 중절 수술 문제는 너무 민감해 아예 언급이 되지 않았다.

두 번째, 몸집이 작은 드루 갬블이 마침내 크기 시작했다. 제이크와 드루의 어머니는 드루를 자세히 살폈는데, 뺨에 작은 여드름과 입술 위 새 솜털이 살짝 나는 모습을 두 사람 모두 발견했다. 목소리도 변하고 있었다. 교도관 말에 따르면 밥도 더 먹었고 몸무게도 2킬로그램 늘었다고 했다.

제이크는 재판이 열렸을 때 피고인석에 나이가 들어 보이려 애쓰는 깡마른 10대가 아니라 작은 어린아이가 앉아 있길 원했다. "빠를수록 좋습니다. 늦여름 정도면."

"로웰?"

"많은 준비가 필요하지 않습니다, 판사님. 증인도 많지 않고요. 두 달이면 준비가 끝나겠죠."

누스는 자기 일정표를 보더니 말했다. "일단 8월 6일 월요일로 정하고, 일주일을 통째로 비워두죠."

석 달 후였다. 그때면 키이라는 임신 7개월이 될 것이다. 제이크는 키이라가 사실은 임신했으며 아이 아버지는 코퍼이고 그가 주기적으로 그녀를 성폭행했다고 증언했을 때 법정에서 벌어질 드라마를 여전히 상상할 수 없었다.

정말이지 지저분한 재판이 될 것이다.

드루는 다른 두 명의 범죄자와 함께 작고 어두운 대기실에서 나무 의자에 수갑으로 연결된 채 앉아 있었다. 다른 두 사람은 성인 흑인 남성으로 새로 온 동료의 나이와 덩치에 놀라고 있었다. 그들이 저지른 범죄는 대수롭지도 인상적이지도 않아 보였다.

한 사람이 말했다. "야, 네가 경찰을 쏜 걔냐?"

드루는 변호사에게 아무 말도 하지 말라는 조언을 받았지만, 수갑을 찬 다른 사람은 안전하다는 생각이 들었다. "맞아요."

"그 경찰 총으로 쐈다며?"

"총이 그거밖에 없었어요."

"그 친구가 진짜 열받게 했나 보군."

"우리 엄마를 때렸어요. 엄마가 죽은 줄 알았어요."

"넌 전기의자에 앉아서 죽겠구나."

"아마 가스실이겠지." 다른 사람이 말했다.

드루는 확실히 모른다는 듯 어깨를 으쓱했다. 문이 열리고 법정 경위가 말했다. "보위." 사내들 가운데 한 명이 일어섰고, 경위가 그의 팔꿈치를 붙잡더니 데리고 나갔다. 문이 닫히고 방이 다시 어두워지자 드루가 물었다. "무슨 짓을 해서 들어왔어요?"

"차를 훔쳤지. 경찰을 쐈더라면 좋았을걸."

피고인들의 최초 출석이 진행되는 동안 법정 주변을 변호사 몇 사람이 무리 지어 돌아다녔다. 그들 가운데 일부는 실제로 업무가 있었고, 다른 사람들은 구경거리를 절대 놓치지 않는 법원 단골 구경꾼들 일부였다. 문제의 소년이 마침내 공개 석상에 모습을 드러낸다는 소문에 구경꾼들이 시체를 본 독수리처럼 몰려들었다.

누스 판사실에서 나온 제이크는 정의로 가는 길에는 거의 아무런 의미도 없는 예비 심리를 보기 위해 몰려든 사람들 수에 놀라지 않을 수 없었다. 조시와 키이라는 찰스와 메그 맥게리와 함께 앞줄에 모여 있었고, 네 사람 모두 겁에 질린 것처럼 보였다. 통로 건너편에는 코퍼 가족과 친구들이 모두 화난 채 모여 있었다. 듀머스 리는 다른 기자 한 명과 냄새를 맡으며 돌아다녔다.

누스 판사가 드루 앨런 갬블의 이름을 불렀고, 피트 씨가 아이를 데리러 나갔다. 두 사람이 배심원석 옆 옆문으로 들어왔고 수갑을 풀기 위해 잠시 멈춰 섰다. 드루가 주위를 둘러보면서 법정 크기와 그를 바라보는 사람들 시선을 받아들이려고 애썼다. 어머니와 여동생이 함께 앉아 있는 모습을 발견했지만, 너무 놀라 웃음을 짓지 못했다. 피트 씨가 그를 판사석 앞 지정된 곳으로 안내했고 그곳에서 그를 맞이한 제이크와 함께 판사를 쳐다보고 섰다.

제이크는 키가 180센티미터였다. 피트 씨는 최소 183센티미터는 되어 보였고, 두 사람은 피고인보다 적어도 30센티미터는 커보였다.

누스가 내려다보며 말했다. "드루 앨런 갬블 맞습니까?"

드루는 소리를 냈는지 모르지만, 고개를 끄덕였다.

"크게 말하세요." 누스는 마이크에 대고 거의 소리 지르는 것처럼 말했다. 제이크는 의뢰인을 내려다보았다.

"네, 판사님."

"그리고 당신은 제이크 브리건스 변호사를 대리인으로 두고 있습니다, 맞죠?"

"네, 판사님."

"피고인은 스튜어트 코퍼 경관을 살해한 혐의로 포드 카운티 대배심이 기소했습니다, 맞습니까?"

제이크의 편견 섞인 의견에 따르면 누스는 지나치게 극적으로 행동하며 구경꾼들을 의식하고 있었다. 젠장, 최초 출석 과정 전체를 대신해 서명만 했어도 충분했을 텐데.

"네, 판사님."

"기소장 사본을 받아보셨습니까?"

"네, 판사님."

"어떤 혐의를 받고 있는지 이해합니까?"

"네, 판사님."

누스가 뭔가 서류를 뒤적이는 동안 제이크는 이런 식으로 얘기하고 싶었다. "제발요, 판사님. 어떻게 어떤 혐의인지 이해를 못 하겠어요? 얘는 한 달 넘게 갇혀 있었다고요." 제이크는 자신이 입은 멋진 회색 블레이저에 등을 꿰뚫는 듯한 시선들을 거의 느낄 수 있을 것 같았다. 5월 8일인 오늘은 그가 비공식적으로 이 지역에서 가장 경멸받는 변호사로 등극한 날이 될 터였다.

판사가 물었다. "유죄를 인정합니까? 무죄를 주장합니까?"

"무죄입니다."

"좋습니다, 피고인은 보안관 사무실로 신병이 인도되어 스튜어트 코퍼를 살해한 혐의로 재판을 기다리게 됩니다. 다른 사항 있습니까, 브리건스 씨?"

다른 사항이요? 젠장, 이런 절차가 필요하지도 않았는데. "없습니다."

"데려가세요."

조시는 이성을 잃지 않으려 애썼다. 제이크는 변호인석 테이블로 돌아와 쓸모도 없는 법률용 노트를 툭 던졌다. 그는 맥게리 목사를 쳐다본 다음 코퍼 가족 무리를 똑바로 바라보았다.

2주 전, 로웰 다이어는 제이크에게 자신과 수사관 한 명이 조시와 키이라를 만나서 질문할 기회가 있으면 좋겠다며 연락했다. 다이어는 피고인 본인을 제외한 누구든 만날 때 제이크 허락이 필요하지 않았으므로 상당히 전문가적인 태도를 보여준 셈이었다. 제이크는 드루를 변호할 뿐 그의 가족과는 상관이 없었다. 그리고 만일 법 집행 기관이나 검찰에서 일하는 누구든 증인이 될 수도 있는 사람과 이야기하고 싶다면 당연히 그럴 수 있었다.

재판 전에 모든 증인과 그들이 할 증언을 공개해야 하는 민사 소송과 달리 형사 재판에서는 아무것도 밝히지 않아도 상관없다. 간단한 이혼 소송이라면 이론상으로는 단돈 1달러까지 세세히 밝혀야 옳았다. 하지만 사형 선고까지 가능해 사람의 목숨이 걸린 중범죄 재판에서는 변호인은 검찰 측 증인이 무슨 말을 할지, 전문가가 어떤 의견을 내놓을지 알 권리가 없었다.

제이크는 자기 사무실에서 만날 약속을 정하고 오지와 래디 형사도 초대했다. 그는 사람이 많이 모이는 분위기를 원했다. 조시와 키이라가 많은 사람 앞에서 무슨 일이 있었는지 이야기하는 일의 긴장감을 경험해 보기를 원했기 때문이다.

누스 판사는 11시 30분에 점심 식사를 위해 휴정했다. 제이크와 포샤는 조시와 키이라를 도로 건너로 데려갔고 그 뒤를 다이어와 검찰 수사관이 따라갔다. 그들은 베벌리가 커피와 다과를 준비해 둔 대회의실에서 다시 모였다. 제이크는 테이블에 사람들을 앉히고 마치 증언석처럼 테이블 한쪽 끝자리에 조시가 앉도록 했다.

로웰 다이어는 다정하고 유쾌한 태도로 시간을 내주어 고맙다는 인사를 건네며 시작했다. 그는 래디 형사에게 받은 자세한 보고서를 읽었고, 조시의 배경에 관해 많은 것을 알고 있었다. 조시는 대답을 짧게 했다.

제이크는 전날 교회에서 두 시간 동안 조시와 딸에게 답변 요령을 가르쳤다. 그들이 복습할 수 있도록 글로 써서 두고 가기도 했다. 이를테면 이런 내용이었다. "대답은 간단히 할 것. 아무것도 자진해서 하지 말 것. 알지 못한다면 추측해 말하지 말 것. 다이어 씨에게 질문을 다시 말해달라고 요청하는 데 주저하지 말 것. 신체적 학대에 관해서는 최대한 적게 말할 것(재판할 때까지 아껴두겠습니다). 가장 중요한 것은 그는 적이고 드루를 사형장으로 보내려 애쓴다는 점입니다."

조시는 강인했고 경험이 많았다. 그녀는 흥분하지 않고 질문을 견뎌냈고, 구타에 관해서도 자세한 내용은 최소한으로 말했다.

키이라가 다음 차례였다. 제이크의 요청에 따라 키이라는 청바지와 꼭 맞는 블라우스를 입었다. 열네 살인 그녀가 임신한 지 4개월이 되었다는 사실은 아무도 눈치채지 못할 터였다. 제이크는 키이라가 임신했다는 사실이 겉으로 드러나기 전에 로웰 다이어가 증인을 평가할 기회를 가지길 원했기에 기꺼이 이번 신문에 동의했다. 키이라를 위해 포샤가 타이핑해 정리한 지침 목록에는 굵은 글씨로 이렇게 쓰어 있었다. "**임신은 언급하지 말 것. 성폭행을 언급하지 말 것. 만일 신체적 학대를 물어보면 울어버리고 대답하지 말 것. 제이크가 개입할 것임.**"

질문이 시작되자 바로 키이라의 목소리가 갈라졌고 다이어는 밀어붙이지 않았다. 키이라는 겁에 질리고 약한 어린아이로 남몰래 아기를 품고 있었고 완전히 압도당한 것처럼 보였다.

제이크는 얼굴을 찡그리고 어깨를 으쓱한 다음 다이어에게 말했다. "다음에 다시 하든지 하죠."

"그럼요."

24

제이크는 법원 주변에서 사진이 찍히는 일이 없도록 조심해 왔다. 〈타임스〉의 편집자는 5년 전 칼 리 헤일리 재판 때 찍은 수백 장의 사진 자료를 찾아 그 가운데 하나를 선택한 것이 분명했다. 그의 사진은 전날 순찰차에서 수갑을 차고 내리는 드루의 사진과 함께 1면을 차지했다. 경찰 살해범과 변호사 사진이 나란히 붙어 있었다. 제이크는 주방에서 커피를 따라서 들고 듀머스 리가 쓴 기사를 읽었다. 익명의 소식통은 재판이 8월 6일 클랜턴에서 진행된다고 말했다.

재판 장소에 관한 소식은 흥미로웠다. 제이크는 재판 장소를 바꿔 클랜턴에서 가능한 한 가장 먼 곳에서 진행해야겠다고 생각했다.

다시 1면을 펼쳤다. 그도 기억하는 사진이었고, 그때는 마음에 들었던 사진이었다. 사진 아래 설명에는 이렇게 적혀 있었다. "피고 측 변호사 제이크 브리건스." 그는 그 순간의 심각성을 그대로 전달하듯 제대로 찡그린 표정이었다. 어쩌면 살짝 말라 보일 수 있지만, 그는 몸무게 변화가 없다는 걸 알았다. 5년이 지났고 머리카락은 여전히 조금씩 줄고 있다.

천둥소리를 듣고 비가 예보되어 있었다는 사실이 떠올랐다. 봄 폭풍이 또 몰려올 것이다. 아무 약속도 없는 날이었고 커피숍에 나가 사람들과 어울리기도 싫었다. 그래서 될 대로 되라 내뱉고는 침실로 가서 옷을 벗고 이불 밑을 파고 들어가 아내의 따뜻한 몸을 찾아냈다.

좋은 소식이 계속 쏟아져 들어왔다. 누스 판사는 15분 차이로 편지 두 장을 팩스로 제이크에게 보내왔다. 첫 편지의 내용은 이랬다.

친애하는 누스 판사님께,

포드 카운티 감독위원회 변호사인 저는 스튜어트 코퍼 사건의 변호사 제이크 브리건스에게 지급한 수임료에 관한 귀하의 질의에 대답해달라는 위원회의 요청을 받았습니다. 잘 아시겠지만, 미시시피 주법 제99-15-17조에는 사형 선고 가능 살인죄로 기소된 빈민 변호를 위해 카운티가 지급할 수 있는 최대 변호사 수임료가 천 달러로 명확히 규정되어 있습니다. 해당 규정에는 위원회가 추가로 지급할 수 있는 재량권이 명시되어 있지 않습니다. 재량권이 있어야 마땅하며 상한선이 충분하지 않다는 사실은 귀하와 마찬가지로 저도 잘 알고 있습니다. 이 문제를 두고 위원회의 구성원 다섯 명 모두와 논의했지만, 그들 모두의 입장은 최대 보상이 천 달러라는 것이었습니다.

저도 제이크를 잘 알고 있으며 기꺼이 이 문제를 그와 직접 이야기하도록 하겠습니다.

진심을 담아,

토드 탠힐
변호사

두 번째 편지는 철도회사의 변호사인 숀 길더가 보낸 것으로 내용은 이랬다.

존경하는 누스 판사님께,

저희 전문가 증인 가운데 한 명인 크로 레드포드 박사가 지난주 키웨스트 마라톤 대회를 마치고 얼마 되지 않아 갑자기 사망했다는 소식을 전해드리기 위해 무거운 마음으로 편지를 보냅니다. 사인은 심장마비로 추정하고 있습니다. 레드포드 박사는 에머리 대학교의 교수이자 고속도로 및 철도 안전 분야의 저명한 전문가였습니다. 그의 증언은 저희 피고 측 변호의 초석이었습니다.

아직 재판일이 정해지지 않았지만, 레드포드 박사를 대신한 전문가를 찾아내 고용하는 데 시간이 더 필요할 것 같습니다.

재판부에 사과드립니다. 브리건스 씨에게도 따로 연락해 이 끔찍한 소식을 전하도록 하겠습니다.

진심을 담아,

숀 길더

제이크는 책상에 편지를 던지고 포샤를 바라보았다. "전문가가 죽는 바람에 저쪽은 6개월을 벌었군."

그녀가 말했다. "보스, 얘기 좀 하시죠."

제이크는 사무실 출입문을 보더니 말했다. "문은 닫혀 있어. 무슨 일이야?"

"저, 저도 이제 여기서 일한 지가 거의 2년이잖아요."

"그래서 이제 파트너 변호사가 될 준비라도 됐나?"

"아뇨, 아직 아니죠. 하지만 이제 로스쿨에 진학해야 할 것 같아요."

"다니면 되잖아."

"어쨌든, 전 사무실이 걱정스러워요. 올해 첫 3개월 동안 걸려온 전화 기록과 최근 6주 동안의 전화 기록을 비교해 봤어요. 대표님, 요새 전화가 안 와요."

"알고 있어, 포샤."

"더 심각한 일은 정말 사람들 방문이 줄었다는 거예요. 우린 평균 하루에 한 건, 일주일에 다섯 건, 한 달이면 스무 건의 사건을 접수하고 항상 쉰 건을 진행하고 있어요. 지난 6주 동안 새 사건이 일곱 개였어요. 대부분 소규모 절도나 합의 이혼 같은 작은 건이었어요."

"그런 일을 하는 거지."

"심각해요, 제이크. 걱정된다고요."

"고마워, 포샤. 하지만 걱정하지 않았으면 좋겠어. 그런 것들이 내가 할 일이야. 이쪽에서 일하다 보면 풍년 아니면 기근이라는 걸 금세 알게 돼."

"풍년은 언제 와요?"

"갬블 건으로 천 달러 받을 거야."

"농담하지 말고요, 제이크."

"걱정해 줘 고맙지만, 내가 알아서 할 거야. 자넨 8월에 로스쿨에 진학할 걱정이나 해. 그것만으로도 충분히 바쁠 테니까."

포샤는 깊게 숨을 들이마시더니 웃음을 지으려 애썼다. "제 생각에 동네 사람들이 모두 등을 돌린 것 같아요, 제이크."

그는 인정하듯 한참 말이 없다가 입을 열었다. "일시적이야. 난 갬블 사건에서 살아남을 거야. 그런 다음 스몰우드 건을 해결할 거야. 1년이 지날 테고 모두가 나에게 일해달라고 찾아오겠지. 약속할게, 포샤. 로스쿨을 졸업했을 때도 여기 남아서 사람들을 고소하고 있을 거야."

"고마워요."

"제발 가서 다른 걱정이나 하라고."

어머니가 부정기적으로 사료 공장과 닭 가공공장에 가서 일하는 동안 키이라는 지루한 오후에는 목사관 주위에서 놀면서 맥게리 목사의 아이인 네 살짜리 저스틴을 돌보곤 했다. 임신 8개월째인 메그는 전문대학에서 수업을 듣고 있었고 아이를 봐주는 걸 고맙게 생각했다. 그녀가 집에 있을 때 두 사람은 자주 긴 산책에 나서곤 했다. 교회 뒤쪽 자갈 깔린 도로를 따라 걸으면 저스틴이 작은 자전거를 타고 앞장섰다. 그들은 카터스 크릭강을 건너는 다리에서 멈춰 저스틴이 얕은 물에서 노는 모습을 지켜보기를 좋아했다.

키이라는 메그를 좋아했고 어머니라면 듣고 이해하지 못할 것들을 그녀에게 말하기도 했다. 한참 동안 낙태 얘기를 입 밖에 꺼내는 건 금지였지만 메그와 찰스는 달력을 보면서 점점 중대한 시기가 오고 있음을 알았다. 키이라는 임신 중기였고 이제 결정을 내려야 할 때였다.

다리 가장자리에 두 다리를 아래로 늘어뜨린 채 앉아 메그가 말했다. "조시는 아직도 수술받아야 한다고 얘기하니?"

"그렇다고 하는데 수술받을 돈이 없어요."

"넌 어떻게 했으면 좋겠니, 키이라?"

"아기를 낳고 싶지 않은 건 확실해요. 하지만 진짜 중절 수술은 받고 싶지 않아요. 엄마는 별일 아니래요. 비밀 하나 말해도 돼요?"

"나한테는 뭐든 말해도 돼."

"알아요. 엄마는 드루하고 저를 낳은 다음에 낙태 수술을 한 번 받았는데 아주 쉽대요."

메그는 어머니가 열네 살짜리 딸에게 그런 비밀을 털어놓았다는 사실에 받은 충격을 숨기려 애썼다. "그건 사실이 아니야, 키이라. 전혀 그렇지 않아. 중절 수술은 정말 끔찍한 일이고 후유증도 아주 오래가. 기독교인으로서 우린 임신했을 때 생명이 시작된다고 믿어. 너와 내가 지금 품고 있는 아이는 살아 있는 생명이고 하나님께서 보내주신 작은 선물이야. 수술을 받으면 생명을 끝내는 짓이란다."

"그럼 수술이 살인이라고 생각하세요?"

"그래. 그렇다고 생각해."

"전 수술 받고 싶지 않아요."

"어머니가 수술하자고 고집을 부리시니?"

"항상 그래요. 엄마는 다른 아기를 키우느라 고생할까 봐 두려워해요. 엄마가 억지로 절 수술시킬 수 있어요?"

"아냐. 내가 비밀 하나 말해줄까?"

"그럼요, 우리는 서로 비밀 얘기도 하잖아요."

"그렇지. 내가 제이크와 비공식적으로 얘기했어. 만일 조시가 널 멤피스의 병원으로 데려갔는데 네가 수술에 반대하면 어떻게 되는지 물어봤어. 제이크 말로는 임신 당사자가 원하지 않으면 어떤 병원이나 어떤 의사도 수술할 수 없대. 네 어머니 때문에 마음 바꾸는 일이 없도록 해, 키이라."

키이라는 메그의 손을 꼭 쥐었다. 저스틴이 소리를 지르더니 물가에 있는 개구리를 가리켰다. 메그가 말했다. "넌 아기 키우는 문제를 걱정하기엔 너무 어려, 키이라. 그러니 입양이 가장 좋은 선택일 거야. 아기를 간절히 원하는 젊은 부부는 아주 많단다. 찰스가 다른 목사님들을 많이 아니까 네 아기를 위한 완벽한 가정을 찾는 데는 아무 문제도 없을 거야."

"저희가 살 집은요? 전 교회에서 사는 데 지쳤어요."

"방법을 찾아야지. 그리고 교회 얘기가 나왔으니 말인데, 의논해야 할 문제가 하나 더 있어. 네 어머니와도 얘기해야 하고. 네 몸 상태가 드러나 보이기 시작하는데, 우린 그걸 비밀로 하려고 하는 거잖아, 그렇지?"

"제이크는 그렇게 말했어요."

"그럼, 예배에 나오지 말아야 할 것 같아."

"하지만 예배는 좋아요. 모두 너무 친절하시거든요."

"그렇지, 다들 얘기하길 좋아해. 어디든 작은 교회는 마찬가지란다. 만일 네가 임신했다는 걸 알면 미친 것처럼 소문이 퍼질 거야."

"그럼 앞으로 4개월 동안 전 어떻게 해야 해요? 교회 주방에 숨어 있어요?"

"네 어머니와 함께 상의해 보자."

"엄마는 그냥 수술받으라고 할 거예요."

"그럴 일은 없어, 키이라. 넌 건강한 아기를 낳을 거고, 다른 젊은 부부를 아주 기쁘게 해줄 거야."

해나가 잠든 뒤 제이크는 자동차로 가서 레드와인을 한 병 가져와 주방 카운터에서 코르크를 열고 좀처럼 쓸 일 없던 와인 잔 두 개를 찾아내 서재로 들어가 아내에게 말했다. "테라스로 와."

밖으로 나온 아내는 테이블 위 술병을 보고 물었다. "무슨 일이야?"

"좋은 일은 아니야." 그는 술을 두 잔 따라서 하나를 아내에게 건넸고, 두 사람은 술잔을 서로 부딪치고 앉았다. "파산이 눈앞이니 건배하자고."

"건배해야겠네."

제이크가 크게 한 모금 마셨고 칼라는 적당히 한 모금 마셨다.

그가 말했다. "오늘 스몰우드 건이 몇 달 늦춰졌어. 살인범 변호를 하는데 카운티에서는 천 달러밖에 못 준대. 사무실에는 이제 의뢰 전화가 안 와. 조시는 셋집을 구하려면 한 달에 300달러가 있어야 해. 가장 큰 문제는 스탠 앳캐비지가 오늘 전화했는데, 윗선에서 우리 소송 대출금을 갚으라고 했대."

"얼마나 갚아야 하는데?"

"절반 정도 갚으면 좋아하겠지. 7만 달러의 절반. 담보가 없어서 은행은 처음부터 돈을 빌려주고 싶지 않았어. 스탠 말로는 은행에서도 소송 비용 대출은 처음이라 겁난다고 하더라고. 그렇다고 그들을 욕할 순 없지."

"소송이 끝날 때까지 기다리기로 동의한 줄 알았어."

"스탠은 구두로 동의했지만, 상사가 압박을 하나 봐. 기억하겠지만, 은행이 3년 전 잭슨에 있는 더 큰 은행에 팔렸잖아. 그쪽에서 하는 의사결정 때문에 스탠은 힘든가 보더라고."

칼라는 다시 한 모금 마시더니 깊게 숨을 몰아쉬었다. "그래, 누스 판사가 당신이 돈을 받을 수 있도록 계획을 세워두었다고 생각했어."

"그렇긴 한데, 계획이 변변치 않았지. 일단 재판이 끝날 때까지 기다렸다가 일한 시간과 쓴 돈을 물어달라고 카운티를 고소해야 해. 판사는 그때 내가 유리하도록 판결해서 카운티가 돈을 내도록 하겠다고 약속했어."

"그 계획이 어때서 그래?"

"전부 엉망이야. 계획대로 된다고 해도 난 몇 달 동안 한 푼도 못 받아. 수임 사건이 전혀 없고 동네 사람들이 날 외면하는 사이에도 들어가는 각종 비용은 충당할 수가 없어. 내가 카운티를 고소하면 신문에 날 테고, 더 나쁜 내용만 보이겠지. 또 누스는 카운티가 천 달러 이상을 내도록 강제할 방법이 없어. 만일 감독위원회가 고집을 부리면, 당연히 그럴 텐데, 우린 끝장이야."

그녀는 이해한다는 것처럼 고개를 끄덕이고 술을 한 잔 더 마시더니 마침내 말했다. "끝내주네."

"그래. 누스는 진짜 똑똑한 계획이라고 생각했지만, 그땐 아이를 변호할 사람이 없어서 너무 필사적이었나 봐."

"우리가 지금 현금이 얼마나 되는지 감히 물어도 될까?"

"별로 없어. 사무실 계좌에 5천 달러. 투자금이 8천. 예금이 만 달러 조금 넘고." 그는 와인을 좀 더 들이켰다. "생각해 보면 상당히 한심하네. 변호사 생활 12년인데, 모은 돈이 고작 만 8천 달러라니."

"우리 잘살고 있잖아, 제이크. 우리 둘 다 일하고. 다른 누구보다 잘하고 있어. 집을 담보로 제공할 수 있잖아, 그렇지?"

"조금. 스탠의 대출금을 갚으려면 최후의 한 푼까지 전부 쥐어짜야 해."

"집을 담보로 추가 대출을 받아야 하나?"

"그것 말고는 방법이 없어."

"해리 렉스는 뭐라고 해?"

"글쎄, 일단은 내게 욕을 하더니 스탠에게 삼자 통화로 전화해서 그쪽이랑 싸우기 시작했어. 해리 렉스는 대출금에 상환 기한은 없었다고 주장하면서 그냥 기다리라고 했어. 스탠은 바로 욕설을 퍼부으면서 전체 대출금을 갚으라고 했고. 내가 먼저 전화를 끊을 때도 두 사람은 싸우고 있었어."

"안타까운 일이네."

두 사람은 귀뚜라미 소리를 들으며 잠시 앉아 있었다. 길거리는 조용했고 벌레가 윙윙거리는 소리나 멀리서 개가 짖는 소리만 들렸다. 칼라가 말했다. "조시가 돈을 달라고 했어?"

"아니, 하지만 그들은 교회에서 나와야 해. 교회에서 사는 데 지쳤는데, 그걸로 그들을 비난할 수는 없어. 키이라가 중기로 넘어가니까 사람들이 눈치챌 거야. 더는 감출 방법이 없어. 아이가 임신한 걸 알면 참견하기 좋아하는 사람들이 얼마나 신나 할지 알잖아."

"그럼 조시가 살 곳은 찾았대?"

"찾아보고 있다는데, 그러면서 요새는 시간제로 일도 해야 하니까. 조시가 어떻게든 한 달에 100달러쯤은 월세로 짜낼 수 있을 거야. 게다가 그들은 가구가 전혀 없어."

"그럼 우리가 월세도 대신 내줘야 해?"

"아직은 아니지만, 우리가 도움을 줘야 할 거야. 그리고 병원에 내야 할 돈도 많아서 그것까지 생각하면 조시도 파산이야."

"키이라 병원비는 어떻게 해야 해?"

"아, 그것도 있군."

또 한참 동안 아무 말이 없다가 칼라가 말했다. "물어볼 게 있어."

"그래."

"혹시 와인 한 병 더 사둔 것 없어?"

25

사흘 뒤 해나와 칼라는 학기를 마치고 여름방학을 맞았고, 제이크 가족은 개까지 데리고 차를 타고 해마다 가는 휴가를 위해 바닷가로 향했다. 칼라의 부모님은 윌밍턴 지역에서 반쯤 은퇴한 상태로 살았고, 라이츠빌 비치 해변에 넓은 콘도를 소유하고 있었다. 해나와 칼라는 모래밭과 태양을 아주 좋아했다. 제이크는 공짜 숙소가 아주 마음에 들었다.

제이크가 여전히 "매컬로 씨"라고 부르는 장인은 자신을 "투자자"라고 부르길 좋아했고, 상대가 누구든 최근의 수익보고서를 언급하며 지루하게 만들 수 있는 사람이었다. 그는 유명하지 않은 금융 관련 잡지에 칼럼을 썼는데, 제이크는 오래전 장인이 무슨 일을 하는지 이해해 보려고 그 잡지를 구독했지만 결국은 헛수고로 끝나고 말았다. 진짜 구독 동기는 혹시 장인어른이 엄청난 재산을 보유했는지 확인해 보고 싶어서였다. 지금까지도 매컬로 씨의 순자

산액은 수수께끼였지만, 그들 부부가 상당히 여유롭게 생활하는 건 확실했다. 매컬로 부인은 유쾌한 60대 중반 여자로 정원 가꾸기 모임과 거북이 보호 단체, 병원 자원봉사 모임 등 다양한 활동에 참여했다.

지난여름, 그리고 그 전 여름에도 브리건스 가족은 멤피스에서 롤리까지 비행기를 타고 간 다음 그곳에서 자동차를 빌려 휴가를 즐겼다. 해나는 또 비행기를 타고 싶었는데, 이번 가족 여행은 자동차를 타고 간다는 사실을 알고 실망스러워했다. 열두 시간이나. 해나는 그들이 허리띠를 졸라매고 있다는 걸 알기에는 너무 어렸고, 부모는 말이나 행동을 더 조심했다. 그들은 이번 여행을 원대한 모험으로 계획했고 이동하는 동안 들를 몇 군데 장소를 언급하기도 했다. 사실은 그들이 돌아가며 운전할 생각이었고 딸은 많이 자기를 바랐다.

사브 자동차를 집에 두고 갔다. 칼라의 차가 좀 더 새 차고 주행 거리가 적었다. 제이크는 새 타이어를 사고 제대로 정비를 받아두었다.

아침 7시, 그들은 아직 잠에서 덜 깬 해나가 뒷자리에서 개를 껴안은 채 이불을 덮은 상태로 출발했다. 제이크는 멤피스에서 방송하는 1960년대 노래를 들려주는 라디오 채널을 찾아냈고, 그와 칼라는 떠오르는 해를 보며 옛날 노래를 콧노래로 따라 불렀다. 그들은 그들 자신을 위해서도 해나를 위해서도 분위기를 가볍게 유지하기로 했다. 제이크가 하는 일은 전부 망가지고 있었다. 은행에서는 돈을 돌려달라고 했다. 노다지였던 스몰우드 건은 종류가 다른 열차 사고가 되어가고 있었다. 두 달 앞으로 다가온 갬블 사건 재판은 마치 사형 집행일처럼 보였다. 수입이 줄면서 빚이 급격히 늘어서 도저히 극복할 수가 없어 보였다.

하지만 그들은 살아남기로 했다. 두 사람은 아직 마흔도 되지 않았고 건강하며 멋진 집을 가졌고 친구도 많았고 제이크는 여전히 자기 사무실을 더 큰 규모로 키워낼 수 있다고 믿고 있었다. 재정적으로 힘든 한 해가 될 것이지만 그들은 이를 극복하고 더 강해질 터였다.

해나가 배고프다고 말하자 칼라는 어디서 아침을 먹으면 좋겠는지 골라보라며 받아쳤다. 해나가 고속도로 옆에 있는 패스트푸드 식당을 골랐고, 그들은 식당 드라이브스루로 들어갔다. 그들은 좋은 시간을 보냈고 제이크는 어두워지기 전에 도착하고 싶었다. 매컬로 부인이 저녁을 준비해 두기로 약속했기 때문이다.

그들은 자동차 게임, 카드 게임, 간판 찾아내기 게임, 소 숫자 세기 게임 등 해나가 생각해 낼 수 있는 온갖 게임을 했고, 라디오에서 나오는 노래를 따라 부르기도 했다. 해나가 잠에 빠지자 칼라는 책을 꺼냈고 모든 것이 조용해졌다. 점심은 이번에도 해나가 선택한, 다른 드라이브스루 식당에서 햄버거로 먹었고 다시 출발하기 전에 자리를 바꿔 칼라가 운전석에 앉았다. 운전한 지 한 시간 뒤 칼라는 졸리기 시작했다. 어차피 제이크는 아내가 운전하는 걸 좋아하지 않았고 두 사람은 다시 자리를 바꿨다. 조수석으로 옮겨 앉자 칼라는 졸음이 달아났고 잠을 청할 수가 없었다. 거의 오후 2시가 다 되었고, 그들은 앞으로도 한참을 가야 했다.

칼라는 해나가 깊이 잠들었는지 확인한 뒤 말했다. "좋아, 이 얘기는 적어도 해나 앞에서는 하지 않기로 했지만, 도저히 머리에서 떠나질 않아."

제이크는 웃으며 말했다. "나도 그래."

"좋아. 자, 큰 질문이 하나 있어. 지금부터 1년 뒤, 드루 갬블은 어디 있게 될까?"

제이크가 대답을 생각하는 사이 차는 2킬로미터 가까이 달렸다. "재판에서 어떤 일이 벌어지느냐에 따라 가능한 대답이 세 가지 있어. 하나는 1급 살인죄로 유죄 판결을 받게 되는 상황인데, 그럴 가능성이 커. 사실관계를 두고 별로 다툴 일이 없어서인데, 그러면 파치먼 교도소에 가서 사형을 기다리게 되겠지. 여기저기 끈을 동원해서 나이와 덩치를 이유로 일종의 보호 시설 같은 곳으로 보낼 수도 있겠지만, 그래 봐야 여전히 끔찍한 상황일 거야. 아마도 실제 사형수 대기소 같은 데 보내질 텐데, 그러면 독방에 있게 될 테니 오히려 더 안전할 수도 있겠지."

"만일 항소하면?"

"재판이 영원히 계속되겠지. 만일 유죄 판결을 받으면 아마 해나가 대학교에 갔을 때도 난 변론서를 쓰고 있을 거야. 두 번째, 혹시나 심신미약으로 무죄 판결을 받는 경우가 있어. 그럴 가능성은 적지만. 만일 그렇게 되면 아마도 치료 시설에 정해진 기간도 없이 수용되었다가 결국은 풀려나겠지. 아이 가족은 분명히 이 지역을 떠날 테고, 우리 가족도 바로 같은 꼴이 될 테고."

"그런 결과도 별로 공정하지는 않은 것 같아. 갬블 가족에게는 더없이 좋지. 코퍼 가족에겐 끔찍하고. 우린 이러지도 저러지도 못하네."

"맞아."

"아이가 남은 평생을 감옥에 갇혀 살지 않았으면 하지만, 그런 짓을 하고도 그냥 빠져나가는 건 공정하지 않아. 그 중간의 뭔가 좀 더 약한 형태의 처벌을 받아야 해."

"같은 생각이야. 하지만 그게 뭘까?" 제이크가 물었다.

"나도 잘 모르겠지만, 난 칼 리 사건 때문에 심신미약을 주장하는 변호에 관해 좀 아는 게 있어. 칼 리는 미치지 않았지만 빠져나왔어. 드루는 칼 리보다 더 충격을 받았고 현실과 동떨어져 있는 것 같아."

"그것도 동감. 칼 리는 두 사람을 살해할 때 무슨 짓을 하는지 정확하게 알았어. 신중하게 계획하고 완벽하게 실행에 옮겼지. 그를 위한 변론은 그의 정신 상태가 아니라 배심원에게 동정을 받는 일이 중요했지. 언제나 그랬던 것처럼 중요한 건 배심원들이야."

"그럼, 어떻게 배심원들이 동정하도록 만들 생각이야?"

제이크는 어깨 너머를 돌아보았다. 해나와 멀리는 깊은 잠에 빠져 있었다. 그는 부드럽게 말했다. "임신한 여동생."

"그리고 어머니가 죽었다는 점?"

"어머니의 사망은 강력한 요소가 될 테고, 우린 그걸 계속 주장할 거야. 하지만 어머니가 실제로 죽지는 않았지. 그녀는 여전히 숨 쉬고 맥박이 뛰고 있다고. 검찰은 그걸 계속 강조할 테고. 아이들은 조시가 죽지 않았다는 걸 알았어야 했어."

"말도 안 돼, 제이크. 어머니가 처음도 아니고 짐승 같은 자에게 얻어맞고 의식을 잃은 채 아무 반응이 없었으니, 아이들은 당연히 겁에 질렸고 어쩌면 제정신이 아니었을 거야. 그 정도면 어머니가 죽었다고 믿을만한 이유가 충분히 되는 것 같은데."

"나도 배심원들에게 그렇게 말할 거야."

"좋아, 세 번째 시나리오는 뭐야? 배심원들이 일치된 의견을 내지 못하는 거?"

"그래. 배심원들 가운데 몇 명이 동정하면서 유죄 판결에 동의하지 않는 경우지. 그들은 뭔가 약한 처벌을 원하지만, 나머지 대부분은 고집을 피우면서 사형시키자고 하겠지. 배심원단 논의가 완전히 교착 상태에 빠지고 그럼 난장판이 되겠지. 며칠 지나면 누스 판사는 미결정 심리 말고는 다른 방법이 없어져서 모두 집에 돌려보내게 될 거야. 드루는 다시 감방에 돌아가 재심을 기다려야 하고."

"그럴 가능성은 얼마나 돼?"

"나도 모르지. 당신이 배심원이라고 생각해 봐. 당신은 이미 사실관계는 알고 있어. 어차피 복잡하지도 않으니까."

"왜 늘 나더러 배심원이 되어보라고 하는 거야?"

제이크는 낄낄댔다. 이번에도 그가 죄인이었다. "만일 배심원 의견이 일치하지 않으면 엄청난 승리야. 유죄 평결 가능성이 더 커. 심신미약을 이유로 한 무죄 판결이 나올 확률은 매우 낮아."

칼라는 스쳐 지나가는 언덕들을 바라보았다. 그들은 조지아주 어딘가 고속도로를 달리고 있었고, 그녀 말은 끝나지 않았다. 그녀가 고개를 다시 돌려 해나를 확인하고 작은 목소리로 말했다. "조 시가 중절 수술은 하지 않겠다고 약속했지?"

"마지못해 그랬지. 게다가 너무 늦기도 했으니까."

"그러니까 자연스럽게 흘러간다고 보면 9월이면 아기를 낳겠 네. 그리고 키이라는 잘 지내면서 병원에 다니고 있으니까."

"그래, 우리가 병원비 일부를 대고 있지."

"키이라는 아기를 입양시키겠다고 동의했고."

"그렇게 하기로 정할 때 당신도 있었잖아. 조시 역시 같은 생각 이었고. 그녀는 결국 아기를 누가 키우게 될지 알았어. 지금 당장 그녀는 자기와 키이라만 해도 먹여 살리기 바빠."

칼라는 깊게 숨을 들이마시더니 남편을 바라보았다. "혹시 입양 생각해 본 적 있어?"

"변호사로서?"

"아니, 아버지로서."

제이크는 숨이 턱 막히는 듯 핸들을 잡은 손이 살짝 흔들렸다. 그는 소스라치게 놀란 표정으로 아내를 보고 고개를 흔들면서 말했 다. "글쎄, 아니, 생각해 보지 않았어. 당신은 생각해 본 모양이군."

"한번 같이 생각해 볼까?"

"생각해 보지 못할 건 없지 않나?"

두 사람은 고개를 돌려 해나를 확인했다.

"모르겠어." 칼라가 말했다. 그들이 의논할 문제가 복잡하리라 는 의미가 담긴 목소리였다. 제이크는 똑바로 앞을 보며 재빨리 생 각해야 할 문제들의 목록을 만들었다. "우린 몇 년 전에 입양 얘기를 했고 무슨 이유인지 전혀 기억나진 않지만, 그냥 얘기하다 말았지. 해나가 겨우 걷던 때였어. 의사들 말이 몇 번 실패한 뒤에 해나를 임신할 수 있게 되어 운이 좋았다고 하면서 다시는 아이를 가질 수 없을 거라고 했지. 우린 최소한 하나나 둘은 더 원했고."

"기억해. 나도 같이 들었으니까."

"그냥 사느라 바빴고 해나 하나만으로도 만족하게 되었나 봐."

"아주 만족하지."

"하지만 아이에게는 좋은 집이 필요해, 제이크."

"좋은 집을 찾아주겠지. 나도 1년에 여러 건 개인 입양 건을 처리하는데, 아기를 원하는 사람들은 늘 있어."

"우리가 남들보다 좀 유리한 처지 아닌가? 제이크, 그렇게 생각하지 않아?"

"내 생각에는 적어도 두 가지 큰 문제가 있어. 가장 중요한 건 우리 가족이 규모를 늘릴 준비가 됐나? 당신은 서른일곱 살인데, 아이가 더 있었으면 좋겠어?"

"그런 거 같아."

"해나는 어때? 어떤 반응을 보일까?"

"남동생이 생기면 분명히 좋아할 거야."

"남동생?"

"그래. 이틀 전에 키이라가 메그한테 사내아이라고 했대."

"그런데 왜 나는 몰랐지?"

"그런 건 여자들 얘기야, 제이크. 당신은 늘 바쁘잖아. 생각해 봐, 여보. 남자아기와 거의 열 살 많은 누나."

"왜 갑자기 기저귀랑 밤에 바닥 닦는 모습이 떠오를까?"

"애들은 금방 커. 아이 가질 때 가장 힘든 부분은 낳는 일이야."

"난 좋기만 하던데."

"당신이야 말하기 쉽지. 이번엔 낳는 부분은 다 피할 수 있다고."

그들은 한참 아무 말도 하지 않은 채 다음에 어떻게 할 것인지 고민했다. 제이크는 어지러운 머릿속을 정리하려 애쓰고 있었다. 선제공격을 계획한 칼라는 어떤 저항에도 대비가 되어 있었다.

제이크는 긴장이 풀린 것 같더니 사랑스러운 아내를 향해 웃음을 지어 보였다. "대체 언제부터 이런 생각을 한 거야?"

"모르겠어. 한참 전부터 생각했나 봐. 처음엔 바보 같은 생각이라고 여겼고, 실행에 옮기지 말아야 할 수많은 이유가 떠올랐어. 당신은 그 가족을 위한 변호사야. 당신이 내부자 지위를 이용해 아기를 데려오면 어떻게 보일까? 다른 사람들이 어떻게 반응할 것 같아?"

"그런 건 걱정스럽지도 않아."

"혹시 그렇게 된다면 아이와 키이라 그리고 조시와의 관계는 어떻게 될까? 코퍼 가족과는? 그쪽 사람들은 스튜어트 코퍼가 손자를 남겨뒀다는 걸 알면 경악할 거야. 아이를 거두겠다는 생각은 할 리가 없겠지만, 혹시 모르는 일이야. 난 아이를 입양하면 안 될 수많은 이유와 문제를 생각했어. 그런데도 계속 아이 생각을 하게 되더라고. 어떤 사람, 어딘가 운 좋은 부부가 마법처럼 전화를 받겠지. 병원에 차를 몰고 와서 쪼그만 사내 아기를 데리고 떠나는 거야. 아기를 차지하는 거지. 그게 우리면 왜 안 돼, 제이크? 우리가 다른 누구보다 못할 건 없잖아."

뒷좌석에서 달콤하고 졸린 어린아이 목소리가 들렸다. "누구 화장실 갈 사람?"

제이크가 재빨리 말했다. "지금 갈 거야." 그리고 고속도로 출구 표지판을 찾기 시작했다.

그들은 해가 질 무렵 바닷가에 있었다. 해나는 할머니 할아버지의 손을 잡고 쉴 새 없이 수다를 떨면서 파도 속에 발을 담근 채 천천히 해변을 걸었다. 제이크와 칼라도 손을 잡고 그 뒤를 따라가며 어린 딸이 사랑으로 가득 찬 모습을 행복하게 지켜보았다. 칼라는 이야기가 하고 싶었으나 제이크는 가족을 늘리는 일을 두고 다시 토론할 준비가 되어 있지 않았다.

"좋은 생각이 있어." 그녀가 말했다.

"좋은 생각이니 당연히 내게 들려주겠군."

그의 말을 무시하고 칼라가 말했다. "드루는 매일 감옥에 앉아 학교 공부에서 계속 뒤지고 있어. 3월 말부터 공부도 못 하고 그곳에 갇혀 있잖아. 조시는 드루가 이미 2년 뒤처진 상태였다고 했어."

"적어도 2년이지."

"내가 일주일에 두세 번 구치소에 가서 가르치게 해줄 수 있어?"

"그럴 시간이 있어?"

"여름방학이 있잖아, 여보. 그리고 시간이야 언제든 내면 되는 거야. 당신 어머니한테 해나를 봐달라고 해도 되고. 늘 좋다고 하시잖아. 사람을 구해서 아이를 봐달라고 해도 되니까."

"아니면 내가 아이를 봐도 되지. 사건이 들어오지 않으니 난 시간이 많아."

"농담하지 말고. 학교에서 교과서를 가져올 수 있고 최소한 아이에게 숙제를 내주면서 공부를 시킬 수는 있어."

"모르겠네. 예전이면 오지가 허락했을 텐데 요즘엔 별로 협조를 안 해준단 말이야. 어쩌면 누스 판사에게 물어볼 수 있겠지."

"구치소가 안전하긴 하겠지? 난 한 번도 가본 적이 없어서."

"운이 좋았군. 그 생각이 괜찮은지 모르겠어. 당신이 좀 거친 사람들과 가까워지는 거고, 요즘 우리와 별로 사이가 좋지 않은 경찰들과 만나야 하니까. 오지도 뭔가 예방 조치를 취해야 할 테고, 어쩌면 거부할 수도 있어."

"한번 말해볼 거야?"

"그럼. 당신이 원한다면."

"혹시 감옥 말고 매주 몇 시간이라도 다른 곳에서 공부할 수는 없을까?"

"그건 안 될 거야."

해나와 조부모가 돌아서서 기다렸고 거리가 가까워졌다. 매컬로 부인이 말했다. "내가 저녁을 준비하는 동안 와인 한잔하고 있으면 어떨까?"

"아주 좋습니다." 제이크가 말했다. "오늘 차에서만 두 끼를 먹었는데, 이제 좀 제대로 된 음식을 먹어야겠어요."

26

닷새 동안 해변을 걷고 수영하고 책 읽고 늦잠과 낮잠을 즐기고 매컬로 씨와 체스에서 무참히 진 제이크는 휴식이 필요해졌다. 5월 31일 이른 아침 그는 칼라와 포옹하고 장인 장모와 작별 인사를 하고 다섯 시간의 행복한 고독을 즐기기 위해 기쁜 마음으로 차를 몰고 떠났다.

어린이 변호 재단은 워싱턴 중심부에 있는 패러컷 광장 근처 M 스트리트에 사무실을 두고 있었다. 잿빛 벽돌로 지은 1970년대 스타일 5층 건물은 창문이 거의 없었다. 로비 안내판에는 미국 건포도 재배자들부터 시골 지역 장애인 우체부까지 망라하는 10여 개의 협회와 비영리단체, 연합, 연맹, 단체의 이름이 적혀 있었다.

제이크는 4층에서 엘리베이터를 내려 방문할 사무실을 찾아냈다. 비좁은 응접실로 들어서자 일흔 살 정도로 보이는 덩치 작고 말쑥한 신사가 깔끔한 책상 뒤에 앉아 있다가 웃으며 인사를 건넸다. "멀리 미시시피에서 오신 브리건스 씨로군요."

"네, 그렇습니다." 제이크는 한 걸음 다가서며 손을 내밀고 말했다.

"저는 로즈웰이라고 이곳을 책임지고 있습니다." 그는 일어서며 말했다. 작은 빨간색 나비넥타이에 빳빳한 흰 셔츠차림이었다. "만나서 반갑습니다." 두 사람은 악수를 교환했다.

카키색 바지에 넥타이도 매지 않은 버튼다운 셔츠 차림으로 양말도 신지 않은 제이크가 말했다. "저도 반갑습니다."

"해변에서 차를 몰고 오셨나 보군요?"

"네." 제이크는 주위로 눈길을 돌리며 실내장식을 살펴보았다. 벽에는 하얀색 죄수복이나 교도소 작업복을 입은 젊은 사람들의 사진 액자가 걸려 있었다. 일부는 철창 속에서 렌즈를 보고 있었고, 수갑을 찬 사람도 있었다.

"우리 본부에 오신 것을 환영합니다." 로즈웰은 다시 상쾌한 웃음을 지었다. "그쪽에서 꽤 큰 사건을 맡고 계시더군요. 보내주신 사건 내용 요약 문건을 읽었습니다. 리비는 우리가 모든 걸 읽어야 한다고 하거든요." 그는 말하면서 문을 가리켰다. "기다리고 있습니다."

제이크는 그를 따라 복도를 걸었고 두 사람은 첫 번째 문 앞에서 멈췄다. 로즈웰이 말했다. "리비, 브리건스 씨가 오셨습니다. 브리건스 씨, 진짜 책임자인 리비 프로빈입니다."

프로빈 씨는 책상 앞에 서서 기다리다가 재빨리 손을 내밀었다. "반가워요, 브리건스 씨. 제이크라고 불러도 될까요? 우린 별로 격식

을 차리지 않거든요." 진한 스코틀랜드 억양이었다. 처음에 전화로
얘기할 때 제이크는 투박한 억양의 말을 알아듣느라 꽤 힘들었다.

"제이크라고 불러주세요. 만나서 반갑습니다."

로즈웰은 사라졌고, 그녀는 사무실 구석에 놓인 작은 회의용 탁
자를 가리켰다. "점심을 드시고 싶어 할 것 같았어요."

테이블 위에는 종이 접시에 간단한 샌드위치 두 개와 물병이 놓
여 있었다. "점심 드시죠." 그녀가 말했다. 두 사람은 테이블에 자
리를 잡고 앉았지만, 음식에는 손대지 않았다.

"운전하고 오시긴 괜찮았나요?" 그녀가 물었다.

"별일 없었습니다. 해변과 처가 식구들에게서 벗어날 수 있어
좋았습니다."

리비 프로빈은 쉰 살 정도에 빨간 곱슬머리가 희끗희끗해지고
있었고, 세련된 디자인의 안경을 낀 모습이 거의 매력적으로 보일
정도였다. 그가 알아본 바로는 조지타운의 로스쿨을 마친 지 얼마
지나지 않은 20년 전 비영리단체를 만들었다고 했다. KAF로 알려
진 어린이 변호 재단은 법률보조원 한 명과 내부 변호사 네 명으
로 이루어져 있었다. 재단의 임무는 중범죄로 재판받는 10대 청소
년들을 지원하는 것으로, 더 구체적으로 말하자면 유죄 판결 후 선
고 단계에 있는 청소년을 구출하려 애쓰는 거였다.

제이크는 매우 배가 고팠지만 두 사람은 샌드위치에는 손도 대
지 않은 채 몇 분 동안 이야기를 나누었다. 리비가 물었다. "검찰이
1급 살인으로 밀어붙일 것으로 보시나요?"

"아, 그렇습니다. 2주 뒤에 이 문제를 두고 심리를 할 것 같은데,

이길 거라고 기대하지는 않습니다. 검찰은 전속력으로 내달릴 겁니다."

"코퍼가 실제로 근무 중도 아니었는데도요?"

"그게 문제입니다. 2년 전에 법령이 바뀌었고, 새 법률을 무시하기는 어렵거든요."

"알아요. 진짜 불필요한 법 개정이죠. 뭐죠? 사형제 강화법이었나요? 마치 주 정부가 사형수 감방을 가득 채우려고 작정이라도 한 것처럼 말이에요. 완전 쓰레기 법이에요."

그녀는 모든 것을 알았다. 제이크는 전화로 두 번이나 얘기했고, 40페이지나 되는 문건을 포샤와 함께 작성해 미리 보냈다. 그는 재판에서 KAF의 도움을 받았던 텍사스와 조지아의 다른 변호사 두 명과도 얘기했는데, 그들의 의견도 매우 긍정적이었다.

리비가 말했다. "미시시피와 텍사스만이 근무 여부와 상관없이 경찰관을 죽이면 사형 선고를 허락하고 있어요. 말도 안 되는 일이에요."

"우리 지역에서 저희는 여전히 전쟁을 벌이는 중입니다. 배가 고프군요."

"치킨 샐러드로 하실래요? 아니면 칠면조에 스위스 치즈로 드실래요?"

"치킨 샐러드로 하죠."

두 사람은 샌드위치 포장을 풀고 한 입씩 베어 물었다. 여자 쪽이 베어 문 양이 훨씬 적었다. 그녀가 말했다. "우리가 헤일리 재판에 관한 신문 기사들을 좀 찾아봤어요. 정말 대단한 쇼였더군요."

"그렇게 보실 수 있겠죠."

"정신이 멀쩡한 사람을 심신미약으로 잘 변호하신 것 같던데요."

"그건 인종 문제가 중심이었고, 갬블에게는 그런 방식이 먹히지 않을 겁니다."

"그럼 당신이 썼던 전문가 배스 박사는요?"

"감히 그를 다시 부를 수는 없습니다. 그 사람은 주정뱅이에다 거짓말쟁이였는데, 그를 썼던 이유는 공짜였기 때문이었습니다. 우리가 운이 좋았어요. 혹시 우리가 쓸 제대로 된 전문가를 찾으셨습니까?"

그녀는 샌드위치 끄트머리를 깨물며 고개를 끄덕였다. "당신은 최소한 전문가 두 명이 필요해요. 한 사람은 심신미약 변호를 위한 사람이에요. 난 심신미약 말고는 방법이 없다고 생각해요. 또 다른 사람은 유죄 평결을 받게 될 때 선고를 도와줄 사람이에요. 우리가 그 시점에 도움을 드릴 수 있어요. 사실상 우리 의뢰인들은 거의 모두 유죄인데, 그 가운데 일부의 범죄는 상당히 끔찍해요. 우린 그저 그들의 목숨을 살리고 남은 평생 감옥에 가지 않도록 애쓰는 것뿐이에요."

제이크는 입안이 꽉 찬 상태여서 그냥 고개만 끄덕였다. 리비는 소식하는 사람이 분명했다.

그녀는 말을 이었다. "언젠가 이 위대한 나라의 대법원이 청소년을 사형장으로 보내는 일은 잔인하고 비정상적인 처벌이라고 판결하겠지만, 우린 아직 그 단계에 이르지 못했어요. 대법원이 각성해 애들에게 가석방 없는 종신형을 선고하는 일이 사형 선고와

다를 것이 없다고 판결할 수도 있죠. 그것도 마찬가지로 아직 일어나지 않은 일이에요. 그러니 우린 계속 싸울 수밖에요."

그녀가 마침내 샌드위치를 한 입 더 먹었다.

제이크는 돈과 인력 지원을 요청했다. 돈은 전문가 증언과 소송 비용을 위해서였다. 또 재판하는 동안 '두 번째 의자'에 앉을 수 있는, 노련한 변호사의 도움을 받고 싶었다. 법률에 따르면 변호사가 두 명 필요했는데 누스 판사는 다른 변호사를 찾아내지 못하고 있었다.

제이크는 이런 요청을 서면으로 보냈고 전화 통화로 논의하기도 했다. KAF 소속 변호사들은 지금도 일이 넘쳤다. 그들의 예산 역시 부족했다. 그가 다섯 시간이나 차를 몰고 온 이유는 직접 인사하고 리비 프로빈에게 드루 사건의 긴급성을 강조하기 위해서였다. 혹시 직접 얼굴을 보고 의논하면 협조를 얻어낼 수 있을지도 몰랐다.

비슷한 기관 두 곳에 해둔 요청이 보류 상태였지만 가능성이 없어 보였다.

그녀가 말했다. "저희가 미시간에서 에밀 잼블라 박사라고 아동 정신과 전문의를 여러 번 이용했어요. 지금까지는 그분이 최고예요. 시리아 태생으로 피부색이 살짝 검고 억양 있는 말투를 써요. 혹시 그런 사람이면 그쪽에서 문제가 될 수 있을까요?"

"아, 그렇죠. 진짜 문제가 클 수 있어요. 다른 분은 없나요?"

"두 번째 선택은 뉴욕 출신 의사여야겠군요."

"그냥 발음이 제대로인 사람은 없나요?"

"가능할 수도 있어요. 베일러 대학 교수인 사람이 한 명 있거든요."

"이제야 좀 얘기가 되네요. 법정에서 전문가가 어떻게 통하는지 잘 아시잖아요, 리비. 배심원들은 다른 주, 그것도 멀리서 온 사람일수록 더 똑똑한 사람으로 인식하죠. 반면에 그쪽 사람들은 이상한 억양, 특히 북부 지방 억양에 아주 펄쩍 뛰며 반응합니다."

"알아요. 10년 전에 앨라배마에서 재판을 한 번 했어요. 제가 터스컬루사의 배심원들 앞에서 말하는 모습을 상상할 수 있겠어요? 결과가 좋지 않았어요. 아이는 열일곱이었고요. 지금 그 친구는 스물일곱 살이고 여전히 사형 집행을 기다리고 있어요."

"그 사건 읽어본 것 같습니다."

"당신네 배심원들은 어떤 사람들일까요?"

"무시무시하죠. 아주 평범한 사람들이니까요. 미시시피 북부 시골이죠. 그런 악명 때문에 다른 카운티로 재판 장소를 바꾸려 애써볼 생각입니다. 하지만 어디든 인구 비율은 그리 다를 것이 없어요. 백인이 75퍼센트죠. 평균 가계 수입이 3만 달러입니다. 예상으로는 아홉에서 열 명은 백인이고 두세 명은 흑인, 일곱은 여자, 남자는 다섯 명, 나이는 서른에서 예순, 전부 기독교인이거나 그렇다고 주장하겠죠. 열두 명 중에서 대학 졸업자 이상 학력을 가진 사람은 네 명 정도일 겁니다. 네 명은 고등학교조차 마치지 못했을 테고요. 한 사람은 1년에 5만 달러를 벌어요. 두세 명은 실업자고요. 법과 질서를 믿는, 독실한 신앙인들이죠."

"그런 배심원단을 본 적 있어요. 재판 날짜는 여전히 8월 6일로 예정되어 있나요?"

"네, 연기될 것 같지 않습니다."

"왜 그렇게 빠르죠?"

"안 될 건 뭐죠? 그리고 제가 8월 6일 재판을 원하는 데는 그럴 만한 이유가 있어요. 곧 설명해 드리죠."

"좋아요. 어떻게 진행될 것 같나요?"

"어느 정도까지는 뻔히 정해져 있어요. 물론 검찰 측에서 먼저 나서겠죠. 검사는 유능하지만, 경험이 부족해요. 그는 우선 수사관들, 범죄 현장 사진들, 사인, 부검 같은 것들로 시작할 겁니다. 사실 관계는 모호하지도 않고 평범합니다. 사진들도 끔찍하니 시작부터 배심원들을 손아귀에 넣고 갈 겁니다. 살인 피해자는 육군 출신으로 솜씨 좋은 경찰관에 그 지역 출신이었습니다. 사건은 정말이지 복잡할 일이 없어요. 몇 분도 지나지 않아 배심원들은 희생자와 살인범 그리고 살인 무기를 볼 수 있게 될 겁니다. 반대 신문에서 저는 부검 결과를 통해 코퍼 씨가 사망 당시 인사불성으로 취해 있었다는 사실을 끌어낼 겁니다. 그러면 그를 재판에 세우는 볼썽사나운 과정이 시작될 거고 상황은 더 나빠지겠죠. 일부 배심원들은 이런 모습에 분개할 겁니다. 또 어떤 사람들은 충격에 빠지겠죠. 그러다 보면 검찰 측은 아마도 피고인의 여동생인 키이라를 증인으로 불러낼 겁니다. 그녀는 중요한 증인이고, 총성을 들었고 오빠가 코퍼를 죽였다고 말했다는 증언을 하리라 다들 기대하고 있을 겁니다. 지방 검사는 피고인이 총을 쏘기 전에 보여준 행동과 움직임을 통해 그가 스스로 무슨 짓을 하고 있는지 알고 있었다는 걸 증명하려 시도할 겁니다. 복수였다는 거죠. 아이는 엄마가 죽었다고 생각했고 복수하기를 원했다."

"믿을 만하네요."

"정말 그렇죠. 하지만 키이라의 증언은 훨씬 더 극적일 겁니다. 그 아이가 증언석에 오르는 순간 배심원단과 법정에 있는 다른 모든 사람은 즉시 증인이 임신했다는 사실을 알게 될 겁니다. 그것도 7개월이 넘었다는 걸요. 그리고 누가 애 아버지일 것 같습니까?"

"코퍼는 아니겠죠."

"코퍼입니다. 저는 키이라에게 아이 아버지가 누군지 물어볼 것이고 그녀는 증언할 겁니다. 사뭇 감정적으로 코퍼가 주기적으로 성폭행했다고 말할 겁니다. 크리스마스 때부터 시작해 대여섯 번. 집에 둘만 있을 때면 키이라를 성폭행했고, 행위를 마치면 늘 누구에게든 말하면 그녀와 오빠를 죽이겠다고 위협했습니다."

리비는 할 말을 잃었다. 그녀는 샌드위치를 옆으로 조금 밀어내더니 눈을 감았다. 잠시 후 그녀가 물었다. "아이가 임신한 상태인데 검찰이 왜 증언석으로 불러내겠어요?"

"검찰은 임신한 걸 모르니까요."

그녀는 깊게 심호흡하더니 의자를 뒤로 밀고 일어서서 사무실 반대편 끝으로 걸어갔다. 그녀가 책상 뒤에서 물었다. "검사에게 알려야 할 의무가 있지 않나요?"

"없습니다. 그녀는 제 증인이 아닙니다. 제 의뢰인도 아니고요."

"미안해요, 제이크. 이걸 어떻게 받아들여야 할지 모르겠군요. 지금 그녀가 임신했다는 사실을 숨기려고 애쓰는 건가요?"

"그냥 상대측이 알기를 원하지 않는 거라고 말해두죠."

"하지만 지방 검사는 재판 전에 수사관을 보내 신청할 증인을 만나보도록 하지 않을까요?"

"보통은 그렇게 합니다. 그들이 하기 나름이죠. 그들은 언제든 원하면 그녀를 만날 수 있습니다. 그들은 2주 전에 제 사무실에서 그녀를 만났습니다."

"그 아이를 숨겨두고 있나요? 친구는 있어요?"

"많지는 않습니다. 그리고, 맞습니다, 기본적으로 숨어 지냅니다. 저는 키이라와 조시에게 그녀가 임신한 사실을 아무도 모르는 편이 가장 좋다고 설명했지만, 늘 누군가에게 들킬 염려는 있습니다. 또 지방 검사가 사실을 알아낼 가능성도 있습니다. 하지만 그녀는 검사 측에서든 변호인 측에서든 증인으로 불러낼 것이고, 만일 재판이 8월에 열린다면 그녀는 임신 7개월의 모습으로 증언할 겁니다."

"지금 겉으로 드러나나요?"

"아주 조금이요. 어머니가 헐렁한 옷만 입으라고 당부했다고 합니다. 그들은 여전히 교회에 얹혀살고 있지만 제가 다른 동네에 그들이 살 수 있는 아파트라도 얻어주려고 알아보고 있습니다. 그들은 2주 전부터 교회 예배에 참석하지 않고 다른 사람들을 피하려고 하는 중입니다."

"분명히 당신이 그러라고 추천했겠지요."

제이크는 웃으며 고개를 끄덕였다. 리비는 다시 테이블로 걸어와 자리에 앉았다. 물병에 든 물을 마시더니 말했다. "와."

"좋아하실 줄 알았습니다. 피고인 측 변호사의 꿈이죠. 검사 측 증인을 느닷없이 기습하는 겁니다."

"그쪽에서는 정보 공개가 제한적이라고 듣긴 했는데, 이건 좀 극단적인 경우네요."

"제가 문건에 포함해 보내드린 것처럼, 형사 사건에서는 실질적으로 정보 공개가 없다고 볼 수 있습니다. 그건 전국 대부분이 마찬가지입니다."

그녀도 알고 있었다. 그녀는 샌드위치를 한 입 베어 물더니 천천히 씹으며 깊은 생각에 잠겼다. "미결정 심리가 나오면요? 검찰은 전혀 몰랐다면서 난리 치면서 새로 시작하자고 할 거예요."

"검찰에서 미결정 심리를 주장하는 일은 거의 없어요. 우린 지난 80년 동안 미결정 심리와 관계된 수백 건의 재판을 조사했어요. 검찰이 주장한 사례는 세 건에 불과했고, 나머지는 모두 중요한 증인이 법정에 나타나지 않았던 경우였습니다. 또 저는 미결정 심리가 불필요하다고 주장할 겁니다. 왜냐하면 어느 쪽에서 증인으로 부르든 소녀는 재판에서 증언할 것이기 때문입니다."

"혹시라도 코퍼가 아이 아버지가 아닐 가능성은 없나요?"

"그럴 것 같지 않아요. 아이는 열네 살이고 코퍼가 처음이자 마지막 남자였다고 맹세했으니까요."

리비는 고개를 흔들더니 눈길을 다른 곳으로 돌렸다. 그녀가 다시 고개를 돌렸을 때 제이크는 그녀의 눈가가 촉촉해진 모습을 발견했다. "겨우 아기인 나이인데." 그녀는 부드럽게 말했다.

"착한 아이가 험한 인생을 살아왔어요."

"있잖아요, 제이크. 이건 끔찍한 재판이에요. 저는 여러 주에서 그런 재판을 수도 없이 겪어봤어요. 살인을 저지른 아이들은 살인을 저지른 어른들과는 달라요. 그들은 아직 뇌가 완전히 형성되지 않았어요. 쉽게 영향을 받아요. 종종 학대와 혹사를 당하기도 하고 나쁜 환경에서 달아나지 못하기도 해요. 하지만 그들은 어른과 마찬가지로 방아쇠를 당길 수 있고 피해자는 똑같이 죽어요. 그들을 피해 살아남은 사람은 똑같이 화를 내죠. 이런 사건은 처음이죠?"

"네, 그리고 제가 원해서 맡지도 않았습니다."

"알아요. 이런 재판이 아무리 힘들다고 해도, 이건 제 일이고 소명이고 여전히 도전하는 중이에요. 저는 법정을 사랑해요, 제이크. 그리고 정말이지 키이라가 증언대에 오르는 순간을 놓치고 싶지 않아요. 최고 수준의 드라마가 펼쳐지겠죠."

"그 말씀은—"

"저도 거기 있고 싶어요. 8월 초에 켄터키에서 재판이 있지만 우린 연기하는 쪽으로 밀어붙이고 있어요. 우리 다른 변호사들은 이미 예약이 잡혀 있어요. 어쩌면, 정말 혹시 일정을 조정할 수 있다면 제가 참여하겠어요."

"그렇다면 정말 큰 도움이 될 겁니다." 제이크는 웃음을 참을 수가 없었다. "돈은 어떻습니까?"

"우린 늘 그렇듯 빈털터리예요. 제 시간과 비용은 우리가 처리할 것이고 만일 선고 단계로 넘어가게 되면 우리가 전문가를 섭외하겠어요. 심신미약 주장할 때 필요한 전문가는 직접 구하셔야겠네요."

"혹시 좋은 생각이라도?"

"아, 있죠." 그녀가 말했다. "아는 사람이 아주 많아요. 백인, 흑인, 황인종, 남자, 여자, 젊은 사람, 노인. 골라보세요. 제대로 된 사람을 뽑을 테니, 일단 생각을 좀 할 수 있게 해주세요."

"당연히 백인이어야 하고, 아마도 여자여야 하지 않을까요? 약간의 자비를 끌어낼 가장 좋은 기회는 여자들로부터 올 테니까요. 취한 사람에게 뺨을 맞아 본 사람. 성폭행 경험을 어두운 비밀로 간직한 사람. 10대 딸을 둔 사람."

"우린 최고의 전문가들에 관한 두꺼운 자료철을 유지하고 있어요."

"억양도 잊지 말고 고려해 주세요."

"물론 그래야죠. 우리가 3년 전쯤 함께 일했던 뉴올리언스의 정신과 의사가 있어요. 저는 법정에 가지 않았지만, 우리 변호사들이 감동했어요. 배심원들도 그렇고요."

"그 정도 전문가면 돈이 얼마나 들까요?"

"2만 달러 정도죠."

"전 2만 달러 없는데요."

"제가 어떻게든 해보죠."

제이크는 손을 내밀어 악수를 청하며 말했다. "포드 카운티에 오시는 거 환영합니다. 그렇지만 재판은 다른 곳에서 열리길 기대해 봅시다."

그녀가 그의 손을 잡고 흔들며 말했다. "좋습니다."

27

지방 검사 밑에서 일하는 수사관은 예전에 타일러 카운티에서 보안관보로 일했던 제리 스누크였다. 월요일 아침 그는 그레트나에 있는 법원 내 지방 검사 사무실에 출근해 일주일업무를 계획했다. 15분 뒤 그는 옆방인 로웰 다이어 사무실에서 부름을 받았다.

상사는 이미 기분이 좋지 않았다. 다이어가 말했다. "방금 얼 코퍼와 통화했어. 일주일에 적어도 세 번은 전화하는 것 같군. 늘 알고 싶던 얘기를 똑같이 늘어놓았어. 재판은 언제냐? 지난번 통화 때 말한 것처럼 8월 6일이다. 날짜는 정해졌고 변경되지 않을 거다. 포드 카운티에서 재판이 열릴지 궁금하다더군. 브리건스는 장소를 바꾸길 원하기 때문에 나는 모른다고 했지. 왜냐고 묻더라고. 그쪽에서는 클랜턴 분위기가 너무 좋지 않다는 생각에 좀 더 우호적인 장소를 찾는 거라고 설명했지. 사건에 관해 잘 모르는 배심원을 원하는 거라고. 그랬더니 얼이 화가 나서는 욕설을 퍼붓기 시작하면서 사법 체계가 늘 범죄자를 보호하느라 조작된다고 말하더군. 재판 장소를 옮기려는 그 어떤 시도든 거부할 생각이지만 결정은 누스 판사가 내릴 거라고 설명했어. 얼은 브리건스와 칼 리 헤일리 재판을 두고 난리를 치면서 그가 미쳤다고 주장해 빠져나갔고 이번에도 같은 짓을 할 텐데 제도가 공평하지 않다고 했어. 누스 판사가 그때도 재판 장소 변경을 허가하지 않았고, 변경을 허가한 경우가 있긴 하지만 매우 오래전이라는 사실을 상기시켜 주었어. 미시시피에서 판사가 재판 장소를 바꾸는 건 매우 드물다는 식으로 계속 설명했지. 하지만 그 사람은 듣지도 않고 독한 말만 퍼붓는 거야. 그거야 이해할 수 있어. 나더러 아이가 유죄 평결을 받고 사형장으로 갈 거라고 보장하라는 거야. 언제 사형 집행이 이루어질 지도 알고 싶대. 미시시피에는 사형을 기다리는 사람이 많지만, 그들을 가스실로 보낼 수 없는 것으로 보인다는 글을 어디서 읽었다면서. 사형 대기 기간은 평균 18년이래. 그렇게 오래 기다릴 수는 없고, 자기 가족이 엄청난 충격에 빠졌고 어쩌고저쩌고. 지난주 금요일에 했던 것과 똑같은 대화였어."

"힘드셨겠군요, 검사님." 스누크가 말했다.

다이어는 책상 위 서류를 이리저리 옮겼다. "어쩌겠나, 그것도 내가 하는 일의 일부겠지."

"엄마랑 딸 얘기를 좀 하자고 하셨죠."

"그렇지, 딸이 더 중요해. 우린 지금 그들이랑 얘기해 봐야 해. 조시가 재판에서 무슨 말을 할지 대충 알아. 그래서 우린 그 여자는 증인으로 부르지 않을 거야. 하지만 여자애는 증언해야 하거든.

아마도 피고인은 직접 증언대에 오르지 않을 테니, 우린 여동생을 불러내야겠지. 그 두 사람 현재 어떻게 지내는지 아나?"

"여전히 교회에서 살고 있습니다. 조시는 적어도 두 곳에서 시간제로 일하고 있습니다. 여자애는 뭘 하면서 지내는지 모르겠네요. 어린 데다 학교도 다니지 않고 있어서요."

"어머니가 있는 자리에서는 대화가 안 되겠지. 그러니까 이론상 대화는 할 수 있겠지만, 그러면 문제가 생길 거라는 말이야. 브리건스가 개입할 거고 난리를 피울 거니까. 그들은 뭐든 그 친구가 시키는 대로 하는 것 같더군."

"조시가 없을 때 찾아가도 문제 될 건 없다고 봅니다."

다이어는 고개를 가로저었다. "겁에 질려 어머니한테 연락하겠지. 너무 위험해. 내가 브리건스에게 연락해 만남을 주선해 달라고 하겠네."

"행운을 빌어드리겠습니다."

"두 달이면 재판이야. 준비됐나?"

"걱정하지 마십시오."

"언제 포드 카운티로 갈 건가?"

"내일요."

"얼 코퍼에게 들러 인사 전해주게. 그쪽 가족을 안심시켜야 해."

"기꺼이 그러겠습니다."

제이크와 칼라는 구치소 앞에 차를 세우고 정문을 통과해 들어갔다. 그는 서류 가방을 들고 있었다. 그녀는 교과서와 메모장을 가득 담은 커다란 옷 가방을 들고 있었다. 안으로 들어간 다음 제이크는 알고 지내던 보안관보 두 명과 이야기를 나누었지만, 아내를 소개하지는 않았다. 분위기는 금세 긴장되었고, 경직된 인사만 오갔다. 그는 칼라를 구치소 감방 입구 문 안쪽으로 안내했고 버포드 경관이 기다리고 있는 접수대에서 멈춰 섰다.

제이크가 말했다. "오지가 우리더러 여기에 9시에 오라고 했어. 누스 판사 명령이야."

버포드는 마치 제이크가 시간을 보지 못하기라도 하는 것처럼 자기 손목시계를 내려다보았다. "그것 좀 살펴봐야겠는데." 그는 제이크의 서류 가방을 가리켜 보였다. 제이크가 가방을 열고 대충 살펴보도록 했다. 내용물 검사에 만족했지만 애초에 이번 만남이 즐겁지 않은 버포드는 칼라의 가방을 보더니 물었다. "안에 뭐가 들었죠?"

그녀는 가방을 열고 말했다. "교과서와 연습장이에요."

그는 가방 속을 뒤적거리더니 아무것도 꺼내지 않은 채 으르렁거리듯 말했다. "따라오세요."

제이크가 안심하라고 했지만, 칼라는 속이 뒤집힐 것 같았다. 그녀는 구치소 안에 한 번도 들어와 본 적이 없었고, 창살 너머에서 진짜 범죄자들이 그녀에게 추파를 던지는 모습을 보게 될 수도 있다고 걱정했기 때문이다. 하지만 창살 감방은 보이지 않았고 낡은 카펫이 깔린 축축하고 좁은 복도 양쪽에 문들이 있었다. 그들은 한 문 앞에서 멈췄고, 버포드가 꾸러미에 잔뜩 매달린 열쇠 가운데 하나로 잠긴 문을 땄다.

"오지가 두 시간이라고 했어. 11시에 돌아오지."

"난 한 시간 후에 떠나고 싶은데." 제이크가 말했다.

버포드는 전혀 신경 쓰지 않는다는 듯 어깨를 으쓱하더니 문을 열었다. 그리고 두 사람에게 안으로 들어가라는 고갯짓을 하더니 그들이 들어가자 다시 문을 밖에서 잠갔다.

드루는 매일 입는 빛바랜 죄수복 차림으로 작은 테이블 앞에 앉아 있었다. 그는 일어서거나 인사를 건네지 않았다. 양손은 묶여 있지 않았고 카드 한 벌을 들고 놀고 있었다.

제이크가 말했다. "드루, 이쪽은 내 아내 브리건스 씨야. 하지만 넌 칼라 선생님이라고 부르면 돼."

드루는 미소를 지었다. 칼라를 보고 웃지 않을 수가 없었기 때문이다. 그들은 좁은 테이블을 사이에 두고 철제 의자에 마주 앉았다.

칼라가 웃으며 말했다. "만나서 반갑구나, 드루."

제이크가 말했다. "자, 드루, 내가 어제 설명한 것처럼 칼라 선생님이 일주일에 두 번 널 찾아와서 학교 수업을 따라갈 수 있도록 해주실 거야."

"좋아요."

칼라가 말했다. "제이크가 그러는데 넌 작년에 9학년이었다면서?"

"음."

제이크가 웃으며 말했다. "드루, 네가 '네, 선생님'이나 '아뇨, 선생님'이라고 말하는 습관을 들였으면 좋겠구나. '네'나 '아니오'라고만 해도 괜찮아. 이걸 연습할 수 있겠니?"

"네."

"잘하네."

칼라가 말했다. "선생님들에게 확인했는데, 네가 배울 과목이 미시시피주 역사, 기초 대수학, 영어 그리고 일반 과학이라더구나. 맞겠지?"

"그런 것 같아요."

"특별히 좋아하는 과목이 있니?"

"별로요. 공부는 전부 싫어요. 학교는 끔찍할 정도로 싫으니까요."

학교 선생님들도 그렇다는 사실을 확인해주었다. 그들은 드루가 공부에 무관심하고 간신히 낙제를 면했고 친구도 거의 없이 혼자만 지냈고 전반적으로 비참한 듯한 학교생활을 했다고 이구동성으로 말했다.

칼라가 처음 본 인상은 제이크가 본 것과 비슷했다. 아이가 열여섯 살이라는 걸 믿기가 쉽지 않았다. 열세 살이라고 해도 믿을 수 있을 것 같았다. 연약하고 마른 체격에 아무렇게나 자란 금발 머리는 얼른 다듬어야 할 정도였다. 아이는 조심스러워하고 소심하고 눈길이 마주치는 걸 피했다. 그런 끔찍한 살인을 저질렀다는 사실을 추측하기조차 힘들었다.

그녀가 말했다. "좋아, 학교를 싫어하는 아이들은 많아. 그렇지만 그만둘 수는 없어. 그냥 여기가 학교가 아니라고 하자. 그냥 개인교습이라고 생각해. 내가 원하는 건 과목마다 30분 정도 수업하고 네게 숙제를 좀 내주는 거야."

"숙제라고 하니까 학교 같네요." 드루가 말했고 그들은 모두 웃었다. 제이크에게 그건 작은 돌파구가 되었다. 그의 의뢰인이 시도한 첫 유머였다.

"그런 것 같구나. 어디서부터 시작하면 좋겠니?"

그는 어깨를 으쓱하더니 말했다. "상관없어요. 선생님이 정하시면 돼요."

"좋아. 그럼, 수학부터 시작하자."

드루는 얼굴을 찡그렸고 제이크는 중얼거렸다. "나도 수학은 별로야."

칼라가 가방 속에 손을 넣더니 노트를 한 권 꺼내 테이블 위에 올려놓았다. 그녀는 노트를 펼치고 종이 한 장을 꺼냈다. "여기 기본 수학 문제 열 개가 있어. 이걸 좀 풀어줬으면 해." 그녀는 연필을 내밀었다. 문제들은 간단한 덧셈으로 5학년이라도 몇 분이면 풀 수 있는 수준이었다.

긴장감을 덜어주려고 제이크는 서류 가방에서 파일을 꺼내 금세 변호사 업무에 푹 빠졌다. 칼라는 역사 교과서를 꺼내 넘겨보기 시작했다. 드루는 문제를 풀기 시작했는데 힘들어하는 것처럼 보이지는 않았다.

좋게 말해서 드루의 학업 성취도는 고르지 않았다. 그는 어린 시절에 다른 주의 다른 지역에서 적어도 일곱 군데의 학교에 다녔다. 최소 두 번은 퇴학당했고 전학도 여러 번 했다. 세 군데 위탁 가정에서 살았고, 보육원에도 한 번, 친척 집에서도 두 번 살았다. 월세 캠핑카에서도 살았고 자전거를 훔쳐 소년원에 넉 달 갇힌 적도 있었으며 학교에 전혀 다니지 않은 채 노숙 생활을 한 적도 있었다. 가장 안정적이었던 기간은 열한 살에서 열세 살 때로 어머니가 교도소에 가고 그와 키이라가 아칸소주에 있는 침례교 보육원에 보내졌을 때였다. 남매는 그곳에서 체계 있고 안전하게 생활했다. 가석방된 조시가 다시 아이들을 되찾았고, 그때부터 가족은 어딘가를 향한 혼란스러운 여정을 계속했다.

포샤는 조시의 서면 동의를 얻어 드루와 키이라의 학적 자료를 끈질기게 추적했고, 그들의 작고 슬픈 일대기를 정리했다.

제이크는 인상을 찌푸린 채 뭔가 읽는 척했지만, 지난 11주 동안 의뢰인이 얼마나 먼 길을 걸어왔는지 생각하고 있었다. 처음 만났을 때 긴장증 환자 같은 모습부터 처음 입을 열던 순간, 횟필드에서의 2주, 독방 감금과 감방 속 쓸쓸한 일상을 할 수 없이 받아들인 일까지. 그러다가 이제는 제법 멀쩡한 대화를 할 수 있고 자기 미래에 관해 질문할 수 있게 되었다. 항우울제가 효과가 있다는 사실은 의심할 여지가 없었다. 다른 교도관인 잭 씨가 드루를 마음에 들어 해서 함께 시간을 보내준 일도 도움이 되었다. 그는 아내가 구운 브라우니와 만화책을 아이에게 가져다주었고, 카드 한 벌을 주면서 진 러미, 포커, 블랙잭을 가르쳐주었다. 바쁘지 않을 때면 잭 씨는 아이의 작은 감방에 가서 한두 판 함께 게임을 하기도 했다. 사람들과의 접촉은 누구에게나 중요했고, 잭 씨는 독방에 갇힌다는 개념을 진저리나게 싫어했다.

제이크는 거의 매일 들렀다. 그들은 가끔 카드놀이를 했고 날씨나 여자애들, 친구, 전에 드루가 했던 게임 등에 관해 얘기했다. 살인과 재판을 제외한 무엇이든 얘기했다.

제이크는 의뢰인에게 가장 중요한 질문을 할 준비가 여전히 되어 있지 않았다. "코퍼가 키이라를 성폭행하고 있다는 걸 알았니?"

그 이유는 제이크가 대답을 들을 준비가 되어 있지 않았기 때문이다. 만일 그렇다고 대답하면, 복수심이 개입되었다는 것이고 복수는 드루가 사전에 키이라를 보호하겠다고 생각하고 행동했다는 의미가 된다. 사전에 생각했다는 건 계획과 같은 뜻이고 그렇다면 사형을 선고받을 수 있었다.

어쩌면 그는 영원히 그 질문을 하지 않을 수도 있었다. 그는 드루를 증언대에 세워 애를 말려 죽일 것 같은 지방 검사의 반대 신문을 견디게 만드는 일에 심각한 의구심을 품고 있었다.

수학 문제를 푸는 모습을 지켜보던 제이크는 아이를 배심원들 앞에서 희생시키는 일을 상상조차 할 수 없었다. 어떤 변호인이라도 그런 결정은 마지막 순간까지 유보할 권리가 있었다. 미시시피주에서는 재판 전에 피고인을 증언대에 세울 것인지 변호인이 미리 밝힐 의무가 없다. 제이크는 누스 판사와 로웰 다이어에게 드루가 증언하지 않을 거라고 암시했지만, 그건 검사 측이 키이라를 증인으로 불러내도록 하기 위한 전략의 일환이었다. 오빠를 제외하면 키이라가 유일한 목격자였기 때문이다.

드루가 말했다. "여기요." 그는 칼라에게 문제지를 내밀었다. 그녀는 웃으며 다른 종이를 주고 말했다. "좋아, 그럼 이걸 풀어봐." 이번에는 살짝 더 어려운 덧셈 문제들이었다.

아이가 문제를 푸는 사이 칼라는 첫 번째 문제지를 채점했다. 열 문제 가운데 네 개를 틀렸다. 그녀가 해야 할 일이 쉽지 않을 것 같았다.

한 시간 뒤에 버포드가 돌아왔고 제이크는 떠날 준비가 되어 있었다. 그는 드루에게 일어서라고 한 다음 굳은 악수를 주고받으며 작별 인사를 했다. 칼라는 그들이 사는 주에 옛날에 살았던 아메리카 원주민에 대한 간단한 수업을 준비하고 있었다.

제이크는 걸어서 구치소를 떠나 피하고 싶은 만남을 위해 광장까지 세 블록을 걸었다. 그는 시큐리티 은행에 들어가 로비에서 5분을 기다렸고 곧 스탠 앳캐비지가 자신의 넓은 사무실로 들어오라며 손짓하는 모습을 보았다. 그들은 친한 친구처럼 인사를 주고받았지만, 두 사람 모두 논의하게 될 이야기를 두려워하고 있었다.

"바로 본론으로 들어가자고, 스탠." 제이크가 결국 말했다.

"그래, 제이크. 전에도 내가 말했지만 지금 이곳은 2년 전 은행과는 달라졌어. 그때는 지역 사람들 소유였고 에드가 내게 권한을 많이 줬지. 내가 원하는 건 거의 모든 걸 할 수 있었어. 하지만 자네도 알다시피 에드가 은행을 팔았고 이제는 세상을 떠나고 없어. 또한 잭슨에 있는 새 경영진은 전혀 다른 방식으로 은행을 운영해."

"그런 얘기는 전에도 했잖아."

"지금 또 하는 거지. 우린 오랜 세월 좋은 친구로 지내왔고 나도 내 능력이 닿는 한 자네를 돕고 싶네. 하지만 내가 더는 결정을 내릴 수가 없어."

"그들이 얼마나 갚아야 한다고 해?"

"그들은 이 대출 자체를 좋아하지 않아, 제이크. 소송을 위한 비용이라서. 그들은 이걸 '불법 스포츠' 자금이라고 부르면서 애초부터 대출을 반대했어. 난 자네가 실력이 좋다면서 그들을 설득했고, 자넨 스몰우드 건이 노다지라고 확신했잖아. 그런데 이제 사건이 날아가 버렸으니, 그들은 자기들이 옳았다고 느끼는 거야. 7만 달러에서 절반은 갚아야 하고, 그것도 아주 빨리 갚아야 해."

"그래서 내가 재융자를 신청하게 된 거야. 만일 은행에서 우리 집을 다시 담보로 잡고 신용 한도를 높여주면 현금을 좀 돌릴 수 있잖아. 소송 비용을 갚고 계속 영업할 수 있을 테고."

"그런 식의 운영 방식을 본사에서 걱정하는 거야. 자네 재무 상태를 살펴봤는데, 좀 걱정스러웠나 봐."

거물급 은행가 여럿이 자신의 재무 정보를 뒤지고 적은 수입에 인상을 찌푸렸다고 생각하니 피가 끓어올랐다. 그는 은행은 질색이었고, 앞으로 살면서 절대로 은행을 상대하지 않겠다고 다시 한 번 다짐했다. 하지만 지금 당장은 불가능해 보였다.

스탠이 말을 이었다. "작년에 자네는 9만 달러를 벌어서 세전으로 5만 달러의 순익을 남겼어."

"나도 알아. 진짜라고. 하지만 그 전해에는 14만 달러를 벌었어. 작은 도시에서 의뢰인을 끌어모으는 일이 얼마나 힘든지 잘 알잖아. 설리번 로펌을 제외하고 광장 주변 변호사들은 모두 매출 부침이 심하지."

"그건 맞아, 하지만 그 전해에는 허버드 가족의 유언 소송 때문에 괜찮았던 것뿐이잖아."

"정말이지 자네하고 논쟁하고 싶진 않아, 스탠. 2년 전에 윌리 트레이너로부터 25만 달러에 집을 샀어. 클랜턴에서는 큰 금액이지만 집이 그 정도 가치가 있으니까."

"그래서 내가 망설이지 않고 대출해 준 거야. 하지만 잭슨의 본

사 사람들은 자네 집 감정가를 회의적으로 평가하고 있어."

"자네나 나나 감정가가 높았다는 건 알고 있어. 잭슨에 사는 놈들은 분명히 30만 달러도 넘는 집에 살고 있겠지."

"그건 요점을 벗어난 얘기야, 제이크. 그들은 새로운 담보 대출을 반대하고 있어. 미안하네, 제이크. 만일 내가 결정할 수 있었다면 담보도 없이 자네 서명만으로 대출을 허락했을 거야."

"너무 흥분하지 말자고, 스탠. 자네는 어쨌거나 은행원이잖아."

"난 자네 친구야, 제이크. 그래서 나쁜 소식을 전하려니 마음이 아프네. 끝이야. 새 담보 대출은 없어. 미안하네, 제이크."

패배한 제이크는 한숨을 내쉬었고, 친구에게 미안한 감정마저 들었다. 그들은 한참 동안 서로 바라보았다. 제이크가 마침내 말했다. "좋아, 좀 더 알아보지. 언제까지 갚아야 한다던가?"

"2주 내로."

제이크는 믿을 수 없다는 듯 고개를 흔들었다. "얼마 안 되지만 모아둔 저축이라도 털어야겠군."

"미안하네, 제이크."

"진심인 거 알아, 스탠. 그리고 자네가 이러고 싶지 않다는 것도 알아. 괜히 자책할 필요 없어. 난 살아남을 거야. 어떻게든."

그들은 악수했다. 제이크는 은행에서 얼른 빠져나가고 싶어서 기다릴 수가 없었다.

그는 사람들을 피하려 뒷골목으로만 걸었고 몇 분 뒤 사무실에 도착했다. 더 나쁜 소식이 기다리고 있었다.

조시가 접수대에 포샤와 함께 앉아 있었다. 두 사람은 함께 커피를 마시며 즐거운 대화를 나누고 있는 것 같았다. 그녀는 굳이 미리 약속하고 방문할 필요가 없었다. 제이크는 남을 위로할 기분이 아니었지만, 그녀를 거절할 수는 없었다. 그녀는 그를 따라 위층, 그의 사무실로 올라가 어수선한 책상을 사이에 두고 마주 앉았다. 두 사람은 잠시 드루에 관해 이야기했고, 제이크는 칼라가 구치소에 가서 첫 수업을 했다고 말해주었다. 그는 조금 과장해서 드루가 관심을 즐기는 것 같았다고 말했다. 그들은 잠시 키이라에 관해 이야기했고, 조시는 딸이 외롭고 지루해하고 겁에 질렸다고 묘사했다. 교회 신자인 골든 부인이 일주일에 세 번 찾아와 수업한다고 했다. 그녀는 숙제를 잔뜩 내주었고, 그래서 키이라는 조금 바쁘다고 했다. 찰스와 메그 맥게리는 이틀에 한 번씩 들러 키이라가 어떻게 지내는지 확인했다. 키이라와 함께 갈 수 없어서 조시도 교회 예배에 참석하지 않고 있었다. 키이라는 결국 겉에서 보기만 해도 드러나는 시기가 되었고, 그들의 비밀은 보호받아야 했다.

조시가 핸드백에서 편지를 몇 장 꺼내더니 건네주었다. 그녀가 말했다. "두 개는 이곳과 투펄로에 있는 병원에서 왔고 하나는 투펄로 의사가 보낸 거예요. 총 6만 천 달러가 조금 더 되는데, 물론 저들은 협박하고 있어요. 어떻게 하죠, 제이크?"

제이크는 재빨리 숫자를 훑어보고 다시 한번 의료 비용에 매우 놀랐다.

그녀가 말했다. "전 지금 세 군데에서 시간제로 일해요. 전부 최저 시급이고 간신히 먹고 사는 형편이라 도저히 이 돈을 낼 수가 없어요. 게다가 차는 변속기를 갈아야 하죠. 차까지 뻗으면 우린 그냥 망하는 거예요. 뻔한 일이에요."

제이크가 말했다. "이건 파산 신청을 하면 돼요." 그는 이혼 사건만큼이나 개인 파산 업무도 하기 싫었지만, 비참한 상황에 빠진 의뢰인을 따라 구덩이 속에 뛰어들 때도 있었다.

"하지만 전 의사가 필요해요, 제이크. 파산할 수는 없어요. 게다가 전 2년 전에 루이지애나에서 두 번째로 파산 신청을 한 적이 있어요. 파산 신청에는 횟수 제한이 있지 않나요?"

"아마 있을 겁니다." 재정 문제, 형사 전과 그리고 이혼 경험까지 있는 그녀는 웬만한 변호사들보다 법률에 해박한 것 같았다. 그는 생존해 아이들을 보호하겠다는 그녀의 용기와 결단력에 감탄하면서도 그녀가 저지른 실수들에 대해 혹독하게 비판하고 싶은 욕구를 억눌러야 했다.

"그럼, 또 파산 신청은 못 하겠네요. 어떻게 하면 좋을까요?"

다른 변호사를 찾아가 보라고 말해주고 싶었다. 그는 그녀 아들 문제만으로도 너무 바빴고 어쩌면 파산할 수도 있는 상황이었다. 그녀를 변호하겠다고 동의한 적도 없었다. 반대로 그는 억지로 드루의 변호를 맡게 된 상황이었다. 하지만 그는 이제 이들 가족의 변호사였고 빠져나갈 방법은 없었다.

해리 렉스였다면 그녀를 피하거나 그녀를 사무실에서 내쫓고도 별 동정심을 보이지 않을 터였다. 루시엔이라면 그녀를 받아들인 다음 그녀의 문제를 누구든 하급 직원 책상 위에 풀어놓게 하고 시끌벅적하게 그녀 아들을 변호했을 것이다. 제이크는 그런 호사를 누릴 수 없었다. 사실 그는 도움이 필요한 가난한 의뢰인을 거절하는 법이 거의 없었다. 가끔은 업무의 절반이 무료 변론인 것처럼 보였는데, 미리 무료로 협의하기도 했고 몇 달 뒤에 수임료를 결손 처분하면서 무료 변론이었다는 사실을 깨닫기도 했다.

복잡한 문제는 시간의 흐름이었다. 키이라는 석 달 후면 아기를 낳을 것이다. 칼라와 나눈 대화가 아직 생생했다.

"좋아요, 제가 병원 그리고 의사들과 전화로 얘기를 좀 해보죠."

그녀는 눈가를 닦았다. "봉급이 압류당해 본 적 있어요, 제이크?"

변호사가 봉급이라니?

"아뇨, 없어요."

"끔찍해요. 거지 같은 곳에서 뼈 빠지게 일했는데 마침내 봉급을 받는 날인데 봉투에 노란색 통지서가 붙어 있는 거예요. 신용카드 회사나 은행 또는 사기꾼 중고차 딜러가 봉급을 가로채서 절반을 가져가 버린 거죠. 정말이지 끔찍해요. 제가 그렇게 살았어요, 제이크. 언제나 산을 오르고, 식탁에 먹을 것을 올리려고 애쓰고, 누군가 늘 제 뒤를 쫓았어요. 못된 편지를 보내면서요. 변호사를 써서 돈을 달라고 매달리고요. 협박해요. 누군가 늘 협박하죠. 힘들게 일하는 건 괜찮아요. 하지만 전 그저 물에 빠지지 않으려, 살아남으려 허우적거리는 것뿐이에요. 앞으로 나아가는 일은 생각조차 할 수가 없어요."

그녀의 문제가 전부 자초한 것이고 스스로 만든 피해 아니냐고 생각하기 쉽지만, 제이크는 그녀가 진정한 의미의 기회를 한 번도 가져본 적 없었던 것 아닌가, 하는 의문이 들었다. 그녀는 32년을 힘겹게 살아왔다. 살면서 매력적으로 보였던 적도 있었을 것이고, 결국 그래서 나쁜 남자들과 심각하게 얽혔던 것이 틀림없다. 조시는 학대당한 것일 수도 있다. 하지만 어쩌면 스스로 늘 잘못된 결정을 내렸던 것일 수도 있다.

"여기저기 전화를 걸어 시간을 벌어볼게요." 그는 말했다. 달리 할 말이 없었고 뭔가 할 일이, 바라건대 뭔가 돈이 되는 일이 필요했다.

그녀가 불쑥 말했다. "차 변속기를 중고로 갈려면 8백 달러가 필요해요, 제이크. 돈 좀 빌려줄 수 있어요?"

소도시 변호사로 살아가면서 이런 부탁은 비일비재하게 받았다. 제이크는 파산한 의뢰인들에게 돈을 빌려주지 않는 법을 어렵게 배워왔다. 기본적이면서 신뢰할 수 있는 대답은 '미안해요, 하지만 당신에게 돈을 빌려주는 건 비윤리적인 일이에요'였다.

왜요?

왜냐고? 돈을 돌려받을 가능성이 희박하기 때문이다. 어째서? 주 변호사협회의 윤리 담당자들이 수십 년 전 소도시 변호사가 대부분인 협회 구성원을 그런 요청에서 보호해야 한다는 사실을 깨달았기 때문이다.

당시 그는 회사 계좌에 약 4천 달러를 갖고 있었는데, 그 돈은 앞으로 몇 달 사무실을 운영하려면 반드시 있어야 할 자금이었다. 하지만, 그따위가 뭐란 말인가? 그보다 그녀는 훨씬 더 돈이 필요했고, 만일 자동차가 멈추면 그는 감당하고 싶지 않은 더 많은 문제와 직면하게 될 터였다. 그는 더 오래 일하고 더 많은 의뢰인을 끌어모으고 누스 판사에게 부탁해 가난한 의뢰인들을 맡아 양형 협상을 끌어내는 식으로 돈을 벌 수도 있다. 거대 로펌의 양복쟁이와 반대되는 길거리 변호사인 게 자랑스러웠고, 궁지에 몰리면 언제든 추가로 일거리를 늘릴 수 있었다.

그는 웃으며 고개를 끄덕이고 말했다. "그 정도는 할 수 있죠. 1년 뒤에 지급한다는 약속어음에 서명을 해줘야 해요. 윤리적인 이유로 그냥 형식상 하는 거죠."

그녀가 눈물을 흘려서 제이크는 뭔가 노트에 적는 척하고 있었다. 한참 만에 울음을 멈춘 그녀가 말했다. "미안해요, 제이크. 정말 미안해요."

그는 조시가 평정을 되찾을 때까지 기다렸다가 말했다. "조시, 좋은 생각이 있어요. 다들 교회에서 사는 일에 지쳤을 거예요. 맥게리 목사와 교회 신자들이 놀라울 정도로 당신과 키아라를 보살펴줬지만, 계속 교회에 머물 순 없어요. 사람들이 키아라의 임신을 알아차릴 테고 소문이 퍼지기 시작하겠죠. 당신은 병원비를 낼 수도 없고, 그렇다고 병원과 의사들이 물러서리라 생각하는 건 비현실적이에요. 난 당신이 이사해서 이 지역에서 그냥 사라져 버렸으면 좋겠어요."

"드루가 감옥에서 재판을 앞두고 있는데 떠날 수는 없어요."

"지금 당장 드루를 도울 수는 없어요. 어디든 멀지 않은 곳으로 이사한 다음 재판이 열릴 때까지 납작 엎드려 있는 거예요."

"어디서요?"

"옥스퍼드. 한 시간이면 갈 수 있어요. 대학교를 끼고 있어서 싸구려 아파트도 많아요. 가구를 갖춘 곳을 구하면 돼요. 여름방학이라서 학생들은 떠났어요. 그곳에 변호사 친구 두 명이 사니까 부탁해서 일자리도 한두 개 찾아낼 수 있어요. 이런 청구서들은 잊어요. 빚쟁이들도 찾아낼 수 없을 겁니다."

"제가 지금까지 그런 식으로 살았어요, 제이크. 늘 달아나면서요."

"가족도 없고, 진짜 친구도 없는 이곳에 머물 이유가 없어요."

"키이라를 봐줄 의사는 어쩌죠?"

"옥스퍼드에도 좋은 지역 병원이 있어요. 좋은 의사도 많이 있고요. 우리가 키이라는 잘 보살필 수 있도록 할게요. 그게 가장 우선이니까."

눈물을 그친 그녀의 눈이 맑아졌다. "자리를 잡으려면 또 돈을 빌려야겠네요."

"다른 이유도 있어요, 조시. 키이라는 9월쯤 아기를 낳을 거예요. 재판이 끝난 뒤고, 클랜턴 사람들 모두 임신 사실을 알고 있겠죠. 만일 옥스퍼드에서 아기를 낳으면 이곳 사람들은 거의 알지 못할 겁니다. 극소수만 빼고. 코퍼 가족도 그렇고요. 그들은 손자가 생겼다는 걸 알면 충격을 받을 테고, 아마도 엮이고 싶은 생각이 전혀 없을 거예요. 하지만 내가 배운 것처럼, 사람들이 무슨 짓을 할지 예측하는 건 불가능해요. 혹시라도 그들이 아기와 접촉을 원할 수도 있어요. 절대 그러면 안 돼요."

"그럴 수는 없어요."

"그쪽에서, 다른 재판구에서 입양을 처리해야 해요. 키이라는 다른 학교에 다니게 될 거고, 새로 생길 친구들은 임신했던 일을 전혀 몰라야 합니다. 이사가 키이라에게는 최선이에요, 당신한테 도 그렇고요."

"어떻게 해야 할지 모르겠어요, 제이크."

"당신은 견뎌낼 수 있어요, 조시. 이곳에서 달아나요. 이곳 카운 티에 남아 있어 봐야 당신과 딸에게 좋은 일은 일어나지 않아요. 이건 내 말을 믿어야 해요."

그녀는 입술을 깨물더니 다시 흐르려는 눈물을 참아냈다. 그녀 는 부드럽게 말했다. "알았어요."

루번 애틀리 판사의 멋진 옛집은 클랜턴 중심가에 있는 제이크 의 집과 두 블록 떨어져 있었다. 메이플 런이라고 따로 이름을 붙 여 말할 정도로 오래된 집이었고, 판사는 그곳에서 수십 년째 살고 있었다. 늦은 오후, 제이크는 커다란 뷰익 승용차 뒤에 차를 세우 고 방충망 문을 두드렸다. 애틀리는 아직도 에어컨 설치를 거부할 정도로 악명 높은 구두쇠였다.

안에서 그를 부르는 목소리가 들렸고, 제이크는 습하고 끈적거 리는 현관문 안쪽으로 들어섰다. 애틀리 판사는 갈색 음료가 든 텀 블러 두 개를 들고 나타났다. 힘든 하루를 마칠 때 그가 늘 마시는 위스키 사워였다. 그는 텀블러 하나를 제이크에게 건네며 말했다. "현관 밖 테라스로 가지." 그들은 훨씬 가벼운 공기가 느껴지는 밖 으로 나가 흔들의자에 앉았다.

애틀리 판사는 오랫동안 형평법 법원을 맡고 있었고, 카운티의 거의 모든 일에 조용히 관여해 오고 있었다. 그가 판결을 맡은 사

건은 가족법, 모든 이혼 소송, 입양에다 유언 소송, 토지 분쟁, 지역
구획 문제 말고도 배심원 재판을 제외한 긴 목록의 법적 분쟁들이
었다. 그는 현명하고 공정하고 냉정했으며, 장황하게 말하거나 게
으른 변호사들은 참고 지나치지 않았다.

그가 말했다. "갬블 사건 때문에 발목을 잡혔더군."

"그런 것 같습니다."

제이크는 위스키를 한 모금 마셨다. 그의 취향도 아니었고 위스
키 마신 걸 어떻게 칼라에게 설명해야 할지 난감했다. 그리 어렵지
는 않을 것이다. 애틀리 판사가 술을 주면서 현관 앞 의자에 앉으
라고 하면 거절할 수 있는 변호사는 없었다.

"누스가 조언해 달라며 전화했더군. 이 사건을 다룰 수 있는 다
른 변호사는 카운티에 없다고 말해줬지."

"한술 더 뜨시네요."

"변호사 일이란 그런 거야, 제이크. 늘 의뢰인을 선택할 수는 없
다네."

그러면 왜 안 되는데? 왜 그와 다른 모든 변호사가 의뢰인을 거
절할 수 없는 거야?

"어쨌거나 그 건 때문에 큰일입니다."

"아마도 심신미약으로 밀겠지."

"그럴 것 같긴 한데, 아이가 무자비하게 총으로 쏴 죽여서요."

"정말 유감스럽군. 너무나 비극적이야. 보안관보나 그 아이나
모두 생명을 낭비한 셈이야."

"아이에게 동정심을 보일 사람은 별로 없을 것 같습니다."

애틀리는 술을 한 모금 마시고 언덕 아래 지붕들을 바라보았다. 멀리 호컷 하우스의 지붕이 보였다. "공정한 처벌이 뭔가, 제이크? 어린아이를 1급 살인죄로 재판하는 건 별로 마음에 들지 않지만, 누가 방아쇠를 당겼는지와는 전혀 상관없이 보안관보는 목숨을 잃었네. 살인자는 처벌받아야 해. 그것도 엄중하게."

"정말 대단한 문제 아닙니까? 하지만 그런 건 진짜 문제가 되지 않습니다. 도시 전체가 사형 선고와 가스실을 바라고 있어요. 제가 맡은 일은 맞서 싸우는 거고요."

애틀리는 고개를 끄덕이고 다시 한 모금 마셨다. "자네, 내게 부탁이 있다고 했지."

"네, 판사님. 우리 카운티에서 아이를 재판하는 건 공정하지 않다는 생각입니다. 편견 없는 배심원을 뽑는 일은 불가능합니다. 동의하시죠?"

"난 배심 재판을 하지 않아, 제이크. 자네도 알잖아."

애틀리 판사가 극소수 사람을 제외한 모두보다 이 사건을 속속들이 알고 있다는 사실은 제이크도 알았다. "하지만 판사님은 이 카운티를 다른 누구보다 잘 아시잖습니까. 전 재판 장소 변경을 요청할 생각이고 판사님 도움이 필요합니다."

"어떤 식으로?"

"누스 판사님께 얘기 좀 해주세요. 두 분은 사람들이 알지 못하는 방식으로 소통하실 것 아닙니까. 조금 전에도 누스 판사께서 누굴 변호인으로 임명할지 조언을 구하느라 연락하셨다고 했잖아요. 얘기해서 재판 장소를 바꾸게 해주세요."

"어디로?"

"여기만 아니면 됩니다. 누스 판사님은 이미 사건을 맡았고, 게다가 중요한 사건이니 판사가 바뀔 일은 없겠죠. 재미를 놓치고 싶진 않을 테니. 게다가 내년 선거 때는 경쟁자가 생길지도 모르니까 누스 판사님은 멋진 모습을 보여주고 싶을 겁니다."

"버클리?"

"소문으로는 그렇습니다. 버클리가 시동을 걸고 있다는 겁니다."

"버클리는 바보에다 지난번 선거에서 박살이 났는데."

"그렇죠. 하지만 현직 판사치고 선거에서 경쟁하고 싶어 하는 사람은 없어요."

"나도 경쟁은 한 번도 없었지." 그는 살짝 잘난 척하며 말했다. 머리가 조금이라도 있는 변호사라면 루번 애틀리에게 도전할 리가 없었다.

제이크가 말했다. "누스 판사님은 칼 리 헤일리 재판 때도 장소 변경을 거부했는데, 사건이 악명이 너무 높아 주 안에서 자세한 내용을 모르는 사람이 없을 거라는 이유였습니다. 그 말이 맞았을 수도 있어요. 이번 사건은 다릅니다. 경찰관 살해는 엄청난 건입니다. 비극적이긴 하지만, 자주 일어나죠. 언론의 관심은 지나갑니다. 제가 보기에 밀번 카운티 사람들은 이 사건 얘기는 안 할 겁니다."

"지난주에 거기 갔었지. 아무도 얘기하지 않아."

"여긴 다릅니다. 코퍼 가족은 친구들이 많아요. 오지와 그 부하들도 열받은 상태죠. 그들이 계속 시끄럽게 굴 겁니다."

에틀리가 고개를 끄덕였다. 그러고는 다시 한 모금을 마시더니 말했다.

"누스에게 얘기해 보겠네."

— 2권에서 계속

자비의 시간 1

1판 1쇄 인쇄	2025년 5월 7일
1판 1쇄 발행	2025년 5월 21일
지은이	존 그리샴
옮긴이	남명성
발행인	황민호
본부장	박정훈
책임편집	신주식
편집기획	김선림 최경민 윤혜림
마케팅	이승아
국제판권	이주은 한진아
제작	최택순 성시원
발행처	대원씨아이㈜
주소	서울특별시 용산구 한강대로15길 9-12
전화	(02)2071-2095
팩스	(02)749-2105
등록	제3-563호
등록일자	1992년 5월 11일

www.dwci.co.kr

ISBN	979-11-423-1830-6 04840
	979-11-423-1829-0 (set)

◦ 이 책은 대원씨아이㈜와 저작권자의 계약에 의해 출판된 것이므로 무단 전재 및 유포, 공유, 복제를 금합니다.

◦ 이 책 내용의 전부 또는 일부를 이용하려면 반드시 저작권자와 대원씨아이㈜의 서면 동의를 받아야 합니다.

◦ 잘못 만들어진 책은 판매처에서 교환해드립니다.

◦ 책 가격은 뒤표지에 있습니다.